ENSAIOS À SOLIDÃO

ENSAIOS À SOLIDÃO

Carlos Florence

EDITORA
Labrador

Copyright © 2018 de Carlos Florence
Todos os direitos desta edição reservados à Editora Labrador.

Coordenação editorial
Diana Szylit

Projeto gráfico e diagramação
Maiane de Araujo

Capa
Felipe Rosa e Rafael Florence Rezende

Imagem do boneco
Escultura de Beto (Aracaju, SE), fotografada por Ana Carolina Amaral Florence e Eduardo Florence Rezende

Revisão
Carolina Caires Coelho
Gabriela Castro

Dados Internacionais de Catalogação na Publicação (CIP)
Angélica Ilacqua CRB-8/7057

Florence, Carlos
   Ensaios à solidão / Carlos Florence. -- São Paulo : Labrador, 2018.
   352 p.

ISBN: 978-85-87740-35-9

1. Literatura brasileira 2. Ensaios I. Título.

18-2020   CDD B869

Índice para catálogo sistemático:
1. Literatura brasileira

EDITORA Labrador

Editora Labrador
Diretor editorial: Daniel Pinsky
Rua Dr. José Elias, 520 – Alto da Lapa
05083-030 – São Paulo – SP
Telefone: +55 (11) 3641-7446
contato@editoralabrador.com.br
www.editoralabrador.com.br

A reprodução de qualquer parte desta obra é ilegal e configura uma apropriação indevida dos direitos intelectuais e patrimoniais do autor.

A editora não é responsável pelo conteúdo deste livro. O autor conhece os fatos narrados, pelos quais é responsável, assim como se responsabiliza pelos juízos emitidos.

*Consegui cadenciar estes devaneios graças à ajuda
e ao suporte de:*

*Minha mulher, Maria do Carmo Sette de Azevedo
Silva, Tuca, sempre empenhada em tentar
enveredar-me de forma competente pelas lógicas
gramaticais;
Ricardo Ramos Filho, que me encorajou a caminhar
até o fim por estes* Ensaios à Solidão;
*Doralice Sena Batista, Dora, cuja competência
em computação permitiu que este livro saísse
do imaginário;
Marcelo Benedetti Figueiredo, de quem roubei os
ensinamentos carinhosos das fantasias ricas com
que o cerrado, os pássaros e a vida nos deleitam;
Giovani dos Santos, Vaninho, com quem tenho
acavalado por anos e pelas veredas, furtando
o cicio afetivo da brisa, os segredos das serras,
da mística, da natureza, e que repartiu comigo,
com seu palavreado pontuado, o seu imenso amor
pelo sertão, pelo cavalo e pelo infinito.*

A eles, os meus reconhecimentos mais carinhosos.

CAPÍTULO I

DAS FADIGAS, DAS SANHAS, DO ANARQUISTA, DAS POMBAS, DO CÃO

Quem deu por cadenciar moroso e dolente os proseados, como era das suas temperanças, arribado sobre a mula alazã passarinheira como preferia aleguar nas trilhas encarrilhadas tropeando burrada xucra pelas serras e sertões, foi o muladeiro renomado Amandácio do Catadeu no restado dos dias, antes de prover morrer muito amasiado com a tranquilidade e o destino, pois iria bater quase cem, desfeito de remorso por jamais ter matado ou castigado um cristão, mesmo de má catadura, sem as estritas justiças e os modos condizentes nos respeitos às regras do senhor. Amoldado às vontades de contar seus casos, mas por ser carente das regras das ciências das leituras e das letras não se atreveu a deixar de refazer nas lembranças nenhum diminutivo ou atrevimento, e no contraverso me mandou atentar nas memórias para depois recontar como desse e assim ficou o que sobrou das catas. Pelo que salvei das falas de Amandácio, enquanto comíamos poeira atrás da tropa, deduziu ele, muito justo como sempre, que, das contradições carecidas de serem grafadas sobre as desavenças ou as premonições, nem se sustentaram nas crendices ou se atiçaram esclarecidas de todo, mas isto não desmereceu serem contadas e vão agora devagarosas, pacientadas, como era do seu jeito para apaziguar o verbo como quem lambesse a palha de milho para o cigarro cheiroso ou para bajular as fantasias e não desvirtuar o ouvido de quem atentava. E assim me atiço nos palavreados cantados do Amandácio.

* * *

    Achegada a hora, mais caberia começar a aurora depois das doze derradeiras estrelas escolhidas pelas luas agraciadas pelos sonhos e seresteiros chorarem em seus recantos de silêncios para começarem a se recolher. Por conta das rotinas, coube ao sol já ir se preparando atrevido para espionar por trás das torres da matriz beijadas pelos ventos e desventuras. Era assim o anseio para se converter em madrugada, carrilhões da praça atenderam os recados engraçando embalos coloridos para os primeiros fiéis compartilharem achegos aos serviços em tempo justo dos portais da catedral abertos, pois nos pêndulos das artimanhas entre o fim da noite e o parir do dia, acalantariam os aninhos das meretrizes e dos proxenetas desabnegarem escaldados das agruras que enfrentaram para merecerem seus repousos. Antes de as luzes serem recolhidas, a garoa lacrimou nos ombros das mágoas, os pecados sem arrependimentos não se persignaram frente aos vitrais abençoados da matriz e os desatinos procuraram aninho nas solidões. Pairava um azul acabrunhado e dolente envolvendo os achegos, coisas dos imprevistos e das solidões. Nisto, por justo dos caminhos, as torpezas foram escapando dos dentes da boca da noite fechando e o ranço do tráfego agitando a tristeza de cada desgraçado portando suas desavenças com os próprios destinos, destinos cujos traçados só os deuses adivinhariam e procurariam seus meandros, para deixar o dia começar. Nos palpites jogados tais búzios para interpretarem os rancores não atinavam mais se haveria motivos de serem recontados, mesmo até porque os preceitos e os provérbios não foram vistos com os mesmos olhos entre os enfeitiçados, que lambiam uns os sovacos do demônio e os outros demais, desprovidos de alentos, assuavam de deus os ranhos, fingindo arrependimentos cínicos.

    Tanto que também se aforaram as mesmas tropelias sobre o sestro do sertanejo desparido das catingas, convertido em sucateiro de catados e desforras para a vida se fazer. Acangalhara Arcádio Prouco — Cadinho — suas manhas trazidas dos cerrados secos, vila arruada de poeiras rezingadas e encardidas, Oitão dos Brocados, de onde a desfortuna o desgarrara sem remorso para suas solidões. Como impunha, urinou Cadinho largado, como sendo rotina correta herdada por promessa ao pai, no sopé da torre da catedral, tal qual se deu e o fez bem sobre os seus tisnados silêncios e tristuras encarvoadas na véspera. Cinzelara certo ali, noite anterior, emprenhado muito de amor e respeito às cativas preces, tradições e magias suas ajustadas aos aléns nos ordenados postos, como a mãe sumida lhe ensinara para nunca deixar de reverenciar obobolaum e deuses outros. Prontidão do rumo do sertanejo revertido por destino em catador de descartados fora desembocar raiando sol pelas incertezas do dia rasgado em tarefas incalculadas no garimpo das agruras por restados, suores, mitigação de inúteis, desaforos, quebrados, devaneios, rejeitos dos vazios, amarguras, desprezados, refugos e das sobras dos outros gentios sobre-sofrer ele na merda. Desta forma se dava o troado encrustado da faina, labuta arrolada nas desditas e tramas de Cadinho se desentendendo consigo mesmo nos delírios confundidos com o sol amanhecendo, depois arrastar o dia e intentar o mesmo poente no final da sina. Desatrelando dos manejos e desmandos, ora sendo afinadas as contas da trabalheira do dia sofrido, pouca monta sobrara, nadinha a bem prover. Corrido dia na faina, a noite chamou recanto de volta e após puxar jornada bruta com seus despautérios, o carro foi atinando refugiar e o carreteiro de sobrados juntou os catados e volveu. Os ventos embalaram as amarguras, pois os pássaros carentes enrolados nas solidões se acercaram dos aninhos e pelos sins, depois das desforras, Cadinho atinou também em propositados seus de assumir abrigo no frontão de sempre, aos pés dos umbrais da Matriz de São Apalício dos Perdões. Corpo moído apontou demanda, alma prudente atendeu recado.

    Inteirado no vir das providências, o arrastador no tirante da carroça se deu conta de seguir bem ameado ao burburinho atiçado do tráfego carcomido, onde urdia demência, recalcava agrura, para então o torvelinho debulhar confusões como brotoejas nos rastejados dos carregos das caixas de papelões, latas, lamentos, velhos ferros, desforras, sobras várias, rancor, vazias garrafas, desaforos, pesando tudo uma servidão de sofrimento no balanceio das penúrias. Angústia brava! Nas cismas o mundo reciclava matéria, espírito, deuses cuidassem. Arquejados, arrastados, pneus do carro encruando, encastoados nos traumas e pedras, no desassombro do destempero, fôlego encolhendo as vistas da carência para atiçar achego ao despontado final, puxado peso encarnado sobre os paralelepípedos cravando no amargor, Cadinho Prouco, gemido goela vasta, atazanava as rodas vadias, debochadas, para os ajutórios implorados às morosas no levante proposto da carga infame de pesada atentar ganhar até restado aprumo. Restado fim, meta, paredão de São Apalício, dali então acenando já às cruzes dos campanários deslumbrando eternos. Cadinho alavancado, no limite sendo, desespero, tormenta, corpo inclinado teso nas pontas dos pés descalços enroscados à agonia, clamando aos bofes prontos para saltarem dos pulmões chiando, caminhava pouco, movia por vez um dedo de nada, se tanto fosse a dizer. O tempo se desfazia em amarguras sórdidas e nos derradeiros a boca arfava descompensando os miúdos ganhos canalhas de cada palmo sofrido, agadanhado esqueleto estraçalhado, recurvado na dor. Liau, cachorro atento, nos volteios irregulares aprendera por fome lamber gotas de suor caídas para enaltecer penúria, atiçar sanha, reforçar garra, instigando ainda mais a demência. Buzinas azucrinando a labuta, motoristas praguejavam, tráfego escorria lento, fétido carbono maldito. Vida em saga se fazendo, quase sangue e purgatório assumiam os destinos e as desforras da carreta da agonia, dos enjeitados, remanchando lerda-parando ladeira acima. No desaforo do confronto, o sol debochado, rachando para mandriar, recalcava desforra bruta, enrodilhado cru no calor abafado.

    Do aleatório, do imaginário concreto, de um recôndito disfarçado do sofrimento, desviando dos inexplicáveis, cruzando a rua pelo corredor de veículos, altivo saltitante assim sobre o inesperado, Cadinho atentou emparelhar consigo Simião Cigano, anarquista, no descuido e desfeita das primeiras refregas da vida tumultuada, depois republicano e abolicionista em inúmeras desforras e sanhas. Marcara Simião a data em que fora executado no átrio da mesma matriz em frente, em refrega contra desigualdades e intolerâncias. Cadinho fora abordado pela primeira vez, há alguns esquecidos, pelo cigano quando descuidava de destravar uma penca de agonias calejadas, observando o silêncio despencar das cruzes da igreja, acompanhando o cruzeiro do sul despedindo-se da madrugada por trás dos casarios. O espírito sagaz do cigano, já desprovido do corpo enterrado em vala comum no cemitério do fundo do mosteiro, sentiu naquele primeiro encontro as angústias à flor da pele do catador de sobrados e desceu manhoso como lagartixa pelos paralelos das paredes góticas das torres, como saboreava tresandar exibindo-se para invejar as imagens sérias, compenetradas, escrupulosas, dos santos estáticos em suas penúrias milagrosas nas capelas do santuário. Amigaram-se nas carências e desforras das ânsias do sucateiro e na alma desencarnada, experiente, afetiva do anarquista. Muito oportuno nos traquejos e nos tantos, após os proveitos finais consagrados nas práticas guerreiras, passou o cigano a agir empenhado nos ativos outros e a ser vidente considerado efervescente no rastreio das louvações dos astros e premonitórios para o catador, além dos demais dependentes desarvorados em penúrias da região central da cidade em torno da matriz. Assassinado ali Cigano fora, havia bem mais de século, naquela mesma praça pelos cascos ferrados da cavalaria militar rancorosa tentando impedir manifestação favorável à república liberal chegando do horizonte na ânsia de amordaçar, por vez, a monarquia decadente. Exatamente naquele largo se espiritualizou Cigano desencarnado em alívio profano do corpo esmagado para comprazer-se sempre em ouvir os campanários da catedral, primeiros a saudarem a vitória dos anseios republicanos e abolicionistas, enterrando a realeza.

O revolucionário passou a cirandar pelos arredores do centro na alegria de implicar jocoso com os camelôs propalando suas ofertas fantásticas e desmentir lorotas dos vendedores de ervas santas e medicinais. Provocar irônico as elucubrações dos apóstolos das extravagâncias redentoras das almas nos esmurrados excêntricos das bíblias surdas e inocentes. Achincalhar sem mágoa e na troça o dono do pastel ordinário e da garapa azeda, Seu Laudino. Desfrutar da prosa azul de Acotinha Dourado, cafetina prudente e rigorosa nos respeitos às regras, zelosa curadora do bordel da esquina, Pensão Nossa Senhora das Boas Dádivas. Nos embalos e alegrias ouvir ameno o canto choroso-bonito do cego Croágio Borta, na viola briosa melodiando afinada em riachão, efervescendo os improvisos das cores e das fantasias dos que circulavam nas trilhas dos seus destinos. Pródigo de espírito lucido, nas tardes mais amenas findando, encostava ouvidos e prosas nas tertúlias, melindrava ternuras entre um chope e outro no Bar Itamarati, preferido pelos acadêmicos da faculdade de direito, para instigar conflitos existenciais ao Dr. Artépio Mousso, fiel apostólico romano dominical, respeitado marido, pai exemplar, advogado assíduo, ligeiro e competente na porta da cadeia, devoto juramentado da tradição, da propriedade e sistemático com sua concubina às sextas-feiras, Ilícia Rélia, escrivã do fórum e referência de pontualidade nas reuniões carismáticas das Apóstolas do Sétimo Dia da Reencarnação. Via-se o revolucionário sempre cortês, prosear futricas inconsequentes e amenidades sobre os cicios e acrobacias das andorinhas floreando sobre os vazios, com o cativante veado Necauzinho Donca e o querido namorado, preparado teólogo das doutrinas e confidente dos fiéis, Monsenhor Rocio Alcondo Morcato, seguindo responsável e atribulado, sempre, pelas manhãs, para seus sermões, confissões e conselhos espirituais altamente acatados na matriz de São Apalício. Habituara-se a instigar alegre o cigano desencarnado, envolvido sempre nas ocorrências dos atos políticos, a nunca deixar de provocar dialético e sarcástico, com insinuações cáusticas, apimentadas, o libanês-cearense, jornaleiro, Bercati Palo Asmzim, comunista ferrenho, torcedor do Nova Ponte, prestes a tropeçar na segunda divisão, respeitoso devoto de obobolaum maior para os acalantos e recursos espirituais, conselhos finais confiáveis, como afirmava, para as desditas esportivas e autocríticas materialistas, subjetivas, infindáveis e, principalmente, inúteis do partidão. Por fim, nos desaguados e vieses dos apertos, que por ali nunca desafinaram faltados, assistia o anarquista os desafortunados, como Cadinho e outros molambos nas carências dos imediatos e dos dissabores sobrados.

 No perfil de andarilhar soberbo ao lado dos catados, no arpejo fundo das rodas encruadas, arrastadas, machucando engripadas a passo tido, travejando à flor da pele do carreteiro o sofrimento, na fúria e na força, caminho a caminho exausto, foi que sentiu Simião a leveza da morte e o despautério da vida. Chegando, chegou ajustado para urdir providências, o quico, e desentranhar imponderáveis. Acariciou Liau, o cão parceiro, se persignou para desajustar urdiduras do catador amargo e invadiu o imaginário de Cadinho, como sabiam bem os mandruvás na bolina das folhas verdes e alegres na primavera. Mastigava o abolicionista, muito a gosto e atrevido, réstia madura de esperança roubada do bicheiro Picadélio Blácio, enorme de gordo, adiposo passador de ilusões, tramoias e sonhos, assentado invariavelmente à porta da Bodega do Catetá Saicó ou na saída da cadeia da delegacia de polícia na Rua da Constituição. Senhor de si confortado, o amigo chegado ao carro do sucateiro abreviou por desusos e inúteis gestos os protocolos das formalidades de saudações e boas-vindas. Muito arrogante e lastreado nos pretéritos de como traçar destino baseado nas lutas vividas a sangue e balas, segurava petulante o cigano um violino sobre o ombro direito, pois, em sendo canhoto de manejo e complementando superstições atávicas, deixava pender delicada e harmoniosa, pelo esquerdo, a título galhardo e nobre, uma camélia rosa de seda, símbolo do movimento revolucionário pelo qual lutara e fora esmagado até a morte na praça da matriz. Cor garrida, cor rosa, imagem e senha emprestada da violência dos vulcões que o acarinharam ao vir à luz. Propositados ainda nas vidências, cor que abençoara sua sina revolucionária espelhando suas eternas rebeldias e acompanhara seus passos, embora também memorasse a tonalidade marcante dos parreirais bonitos, ventados, da sua infância cigana, solitária, longínqua. Símbolo empolgado, tonalidade ainda arrastada consigo da terra mãe, de onde se despediu lacrimoso do jamais, abandonando seus apegos, depois de meio criado e então perseguido amiúde em fugas sistemáticas carreadas pelas arruaças e batalhas anarquistas vividas antes de aportar no país e de enfrentar torturas e cadeias.

Por abono habitual às nostalgias, o silêncio pediu espaço para cumprir promessas e esparramar pazes, sustentando os carrilhões devotos ritmos, beijando o crepúsculo, na falta de outros apelos, tentando se entender com os céus, pois eram contraditados na terra. Cada badalada envolvia delicada sutileza azul, distinta, prenha de ilusão dispersa em fantasias. Simião advertido, como sempre sim, colheu muito ciente e rápido, com ternura, penca graúda das disputadas fantasias ilusórias dos sonidos debulhados, lançados ao acaso pelos bronzes das torres ao além, para manejá-los no bom proveito a ser. Aproveitou o revolucionário o exato momento e aliciou as sonoridades antes de roubá-las os pássaros ladinos, como em surdina o faziam sempre, acomodando-as em seus ninhos para apetrechos terem dos melhores tons dos tempos vindos e melodiarem as regências corretas dos solfejos cadenciados, singelos, das purezas musicais perfeitas para os filhotes aprendizes. Espontâneo nos proventos, lambuzou tempestivo o gitano com as tonalidades diversas recolhidas dos sinos, os eixos das rodas gemendo preguiçosas do carro dos refugos do sucateiro sofrido. Correto e na medida exata salpicou o anarquista ainda, com as mesmas entonações musicais sobradas no correr das providências, as pedras por onde se dariam os tropeços finais de Cadinho antes de se encantar com a alegria e o desembocar no átrio da igreja.

A valer, nos entraves da rampa, o desdouro encolheu um tanto visto, foi assumindo feitio de mesura, pendularam nos paralelepípedos uns descuidos de esperanças, espalhando odores cativantes, sensuais, aleluia. E até por ser, sorriu um cravo pequeno, um dedal, se muito, mas honesto da garra e reforçou de traços carecidos as lascas miúdas de esperanças para o embalo alentar outras motivações. Aquele desejo atarracado de achego vindo mais atrasado bafejou ativo um brilho de quiçá maduro para se enternecer no provável e se o talvez acostasse na pega de chegar tudo se daria em, pois. A cigarra desopilou a meia distância silvo simples, intencional, alongado, a propósito de camuflar tristeza, desfazer monotonia, motivar destino ao catador e suas metas. Ajustado ao embalo, Simião Cigano se deu por si, muito à vontade sem rebeldias, aliás, como de seus princípios jamais constrangidos, sempre que se soubesse, e para embalo final entonou ao violino a medida exata que os deuses escolhiam quando se desinibiam tempestivos das desforras, suspendiam suas bacanais para repousarem bolinando as glórias das suas vitórias tidas e ousadas. E por andantes providências o calom se encantou sem modéstia exagerada ou fingida.

Emparelhado a Cadinho, Cigano versado e tempestivo auscultou brios, confidenciou estritas melancolias medidas, mascou ternura, o momento era de desafios, perspectivas refletidas, detalhes justos. Assim, por corretos valores, o anarquista acompanhado em dó sustenido pelo violino, assobiou igualado hino revolucionário ao fustigar os adversários covardes quando os corcéis o atropelaram ali no campo de batalha em que se transformara a praça da matriz pela sandice dos monarquistas defendendo ainda a realeza já ao convés do navio em despedida final. Atentou o gitano o buchicho da brisa ao acarinhar macia e mansa as copas das árvores, deixando o silêncio desentranhar agonia e aproveitou o ensejo para derramar propósitos, caminhos seus outros, soluções diversas, providências cativadas e lançá-las pelos ouvidos extenuados do catador suado. Muito senhor de si tomou do lenço vermelho, querido velho sobrado das guerras travadas, símbolo sempre atado ao pescoço ferido de Simião, e, como gostava de fazer nos assanhados dos gargalos sofridos, retirou de dentro um paradoxo existencial desabusado, cáustico desacatado, rompante sensualizado, crioulo no descompasso, exímio em destinos. Além do mais ainda era o paradoxo fluente no solfejo dos contraditórios, promíscuo nas irreverências e, se diga por bem, calejado nas desforras. Muito merecida de registro se dizia da petulância do paradoxo amealhado do lenço símbolo ser por demais digno do cigano anarquista. Borbulhou ligeiro pelo chão, o paradoxo, instigando em demais medidas, como impunham as harmonias dos arpejos em escalas menores antes de entonarem propósitos de guerrilhas e no embalo disparou os arroubos finais no intuito de galgarem todos, Simeão, cachorro, ilusões, cigano, paradoxo, carreto e Cadinho, às portas da matriz. Por ali escalou o paradoxo carnudo e exibido, assobiando apropriado maxixe festivo, requebrando compassos gingados em sincopados vibrantes, engastalhou ele altivo às tábuas do carro arribando nas agruras, emaranhou-se em seguida pelas pernas, pelas dores, pela alma agoniada e desfeita de Cadinho no intuito de eriçar justezas e romper chegantes.

Apesar dos toados e impulsos paradoxais introduzidos por Cigano, não se dava o júbilo final do portanto-finalmente-achego, pois carecia, mesmo que sendo apoucados miúdos os ajustados, as certezas, refinos das grandes batalhas e empenhos para afinarem. Ainda no castigo do sol cravado, embora encardido um desdém menor pelo fim da tarde crepusculando colorido surreal, amorfo, verdolengo de encarnações estranhadas, foi assumindo comandos propositados de venturas e melhoras. As ranhuras da torpeza e agruras se inibiram um tanto devido na contraface, para Cadinho e os despautérios todos provocados se disporem a sofrer enviesados embalos propositais e achegarem.

Emprenhados pelo caleidoscópio alucinado cigano, levitaram os transcendentes e alquimistas, ajudaram os aléns, atenderam os abstratos e as artimanhas se deleitaram mansas para acatarem as benfazejas sanhas dos porvires e as fortunas de Simião desafiando rompantes ao destino meta. O império do imponderável, submisso ao gitano, acalentava os desabrigados desatinos para embalar a fúria dos derradeiros passos pela lombada até o pátio almejado. Alucinações lambiscadas por Cigano na raça, colhidas nas refregas, tramoias, sarjetas, nos rasgos fundos da sua vida e morte aguerridas, foram clamadas das ribanceiras dos infinitos e surgidas no palco, ali, em bom tom, tempo e hora.

Cigano Simião colheu, destes embaralhados, intimadas tramas, pretéritos, porvires, e assim o tempo se fazia. Na ânsia intrincada das verborragias soltas, o inusitado se atinou, o revolucionário motivou as garras de Cadinho a se assanharem sanguinárias pelos ininteligíveis falados, estimulando o carreteiro ao desafio último de desatravancar a tarefa finda de arrastá-lo ao topo do largo da matriz, arrojando parelho, no embalo, carrinho extravasado em bugigangas, despencando penúrias. O sucateiro não entendia uma palavra, mas fascinava hipnotizado pelo mantra cadenciado, carinhoso, da exuberante demência do anarquista, medida exata para os destinos se darem. As veias do pescoço do carreiro desesperado ouriçaram, a respiração embriagava, as pernas retesaram sobre os pés descalços estirados, mas firmes sobre as angústias, atoladas aos lajeados impregnados para a luta, gadanhando o indefinido. Cada dedo nu do carreteiro infiltrava às almas, abortando do chão o amargo das pedras escaldadas e roubando as seivas das entranhas da terra mãe e dela sorviam a fúria da gana para adentrar de vez o largo dos sinos, destino sendo. Por justeza quem visse o homem ofegante, certeza dava de longe, que o quase castigo em joelhos caindo não era clemência ou moleza, mas precisão de destravar agonias corretas no manejo da subida, enterrando exatos os ossos nas frinchas ardendo ao sol. Os disparates ilógicos de Simião alucinavam, encarnavam, enlouqueciam, mas os arrancados desesperos ouvidos, sem sentido, sem entendimento, por absurdo consagravam. Os urros das apologias embalavam, fascinavam, magnetizavam. Com a magia do paradoxo, mais cigano sisudo, empolgado em seu violino, alucinado pela gala vermelha da flor empenhada, cachorro uivando ao além, os pássaros clamando postura, Cadinho aloprou, o carro aliviou massa e nos últimos lances as rodas atenderam lamentos, agadanharam nas lajes lisas desenroscando das tramas, últimas forças de todos a romperem, ânsia bruta, o chegar à praça se daria. O anarquista, profeta, atiçou rumo ao infinito, enquanto Cadinho se estirava no pulso e na raiva ouviu, sem entender palavra, o destravado das preces estranhas, redentoras das dores, surreais das agruras, alentando metas. Simião revolucionário aliciou, professou, divagou, gargalhou, pregou, desouviu:

* * *

Quem por desavença, destino ou praga se dá, mesmo porfiando com os destinos, e se assenta para peneirar o azul do provérbio, assim separar a mentira da ilusão, verá depositados, nos escaninhos da vida peneirada, um borralho grosso de demência, do lado que a sorte é mais calhorda, e do outro, um ranço de solidão. Abeirado ao retido notará, desfibrando, o cheiro acre de enxofre azedo, fermentado em chumaço graúdo de despautério pelo demônio. Neste proceder, meticuloso para não desandar, a sutileza bela do nada se enfeita de ser, mas só depois de manipulada pelo destino que deus articula quando se propõe. Fica separada assim, no centro desta bateia cósmica, uma catinga apodrecida, inexplicável, condimentada pelos despautérios, vomitando probabilidades e inesperados sem aviso antecipado na ardência da sobra de ilusão ou do rastro calado das estrelas. Loucos, alegres e desvairados inflamados brincam de utopia dentro de critérios atemporais, nestas circunstâncias caleidoscópicas. Mas para não dizer que a sina se alienou na desgraça, só, ficam caídas no canto esquerdo, também, os pedaços mais graúdos de angústia, que o senhor aproveita para lambuzar as almas que o enganaram ou das outras, para compensar, que ele ludibriou nas encruzilhadas das tabocas. Por derradeiro, as solidões se aglomeram em pedaços maiores e enroscam na joeira. Assim se grafa o evangelho dos descalabros para desvelo das ameaças e outras torpezas. Segundo os aliciamentos dos alucinados e imbecis, há os que acreditam em deus, embora nem sempre deus nos próprios fie. Também se contam entre os tarjados, múltiplos em série por não serem poucos, os que de mais ardilosos se assanham nas tramoias e sorrelfas para catimbarem divinas dádivas, em santos nomes, e nunca pagam assumidas contas. Jamais esquecer os mentirosos ao senhor voltados, que os há desmesurados, no entanto não são, com certeza, os mesmos que deus abandonou. Destrava-se entre alguns os pios ou trêfegos pedintes de dízimos, adereços, relíquias, indulgências, profecias, promessas, esperanças, falcatruas. Estalam estes ligeiros aos céus infindáveis, como se portavam os sarracenos, os olhos sebentos de ardis mesquinhos, pastores oportunistas de melodramáticas curas, exorcismos e promessas nos versículos jamais seguidos. Refazem com os gestos intrincados, amiúde, as contas com os aléns, por se adornarem de lídimos depositários provisórios dos tributos aliciados em divinos nomes e os esbanjam muito por conta, até deus vir no encalço para justo reclamo da sua parte. Então, ah! Adeus a deus. Andais, ó, deus. Há ainda, nem mais retardos nos propósitos, mas nem também os mais afoitos, pois são notados tanto entre os justos como entre os vendilhões, alguns mais descuidados e do senhor darem por falta ou conta só no caminho da morte, amém. Atente sempre estas preces, olhe seus horizontes com fé e desfrutará suas metas com certeza. É o quanto basta por ora, meu bom amigo Cadinho (disse Cigano), para começar a desfolhar o futuro, os imprevistos e as destrezas outras a serem manipuladas no correto espaço entre a vida e o eterno. Tenha bom tempo e chame quando for.

* * *

Satisfeito, pendores cumpridos, Simião, o cigano, volteios dados das faladas ditas, tomou rumo muito convicto, afagou o cachorro, beijou Cadinho no rosto suado e se desmanchou nas buzinas, desesperos, nas náuseas carbonadas, imaginações. Assim chegados à praça enorme o cortejo da carreta do puxador da faina, da revolta, dos papelões, do cachorro Liau, da birra, foram saudados veementemente pelos brios, pássaros, insanidades, lutas e principalmente pelos sinos alegres em dobrados repiques singelos e afetuosos. Cadinho se desatrelou do tirante dos varais, acarinhou a carroça lotada, agradecendo aos eixos, rodas, sanhas, raças, ao cão, todos, a ajuda final para vencer o tope à praça. Murmurou aos aparatos a presteza nos rompantes do além, nas gratas chegadas aos delírios destinados, mas principalmente as atenções ouvidas, obedientes, dos propósitos estimulantes de Simião e do paradoxo afortunado. Acomodou carinhoso, solícito, o carro à beirada da parede enorme da Catedral. O vento, àquelas horas das aves-marias, não se acanhava de esparramar nem as folhas secas que o sol queimou durante o dia nem de embaralhar os galhos das centenárias árvores, permitindo aos seus farfalhados assistirem às transações dos dopados-traficantes, rezas da última missa, ofertas das putas, bares começando a lotar solidões, pendências não resolvidas, tramoias desejadas. A parede enorme e mais fria do mosteiro, mas aconchegante, ao abençoar a alma aliviada de Cadinho, refrescou merecido o corpo extenuado do catador recostado. Agarrou ele a pinga e se afagou manso à demência carinhosa, que o olhava admirada, perfeitamente compreensiva e ajustada aos pés das torres. Por correto e praxe aleluiou, respeito recolhido e sincero no imediato, com a canhota, por ser a mão da essência dos inexplicáveis, o gole justo pingado ao santo, sempre.

Desvaneceu mole junto ao cachorro, que na falta de proventos outros lambia um resto de fome e mascava o ganido triste de esperança. As pombas se acercaram esperançadas de um inusitado, um desprovido imprevisto, na premissa de arrulharem mentiras, bicarem invejas, ciscarem provérbios, campearem desaforos, defecarem despeitas, provocarem ciúmes, obterem migalhas. Coisas atávicas herdadas dos hábitos e das nostálgicas esperanças dos pombos quando se encarnavam de santos espíritos das trindades para anunciarem nascimentos, mortes, mentiras, desditas, batalhas, traições. Em carecendo dos inusitados, no antanho perdido, para chegarem profecias, novas luzes, anunciações, caberia unicamente aos pombos das conflitantes tripartites unidades ensinarem novas magias e falas redentoras aos profetas e convertidos na remissão dos engodos, dos mistérios, das confusões ou estímulos às falcatruas. Tanto assim que para as euforias dos descuidos e dos sermões, das lendas abertas às contradições e aos contraditórios, por consagrações milenares permeadas, conseguiam só as aves-correios, enlevadas em seus arrulhos sofisticados, voos longos, naqueles então acariciados nas dolências visionárias, barganhar as premonições portadas por uma côdea de pão velho, um cuspe respeitoso, por um lamento sem volta, ou no mínimo um pontapé intencional. Assuntos dos pombos idolatrados e correios ágeis, que não rejeitavam nada, mas nem tanto contrafeitavam.

Sinos não desavisaram metódicos as horas para as providências saberem das continuadas vidas e carências. Enquanto o desassombro revia seus comezinhos, estes tais, urdindo tramas para continuar o dilema de preparar infâmias outras, desatinos, fim de jornada do sol entonando solfejos curtos para não se desnortear do poente, a vida prosseguia. Por ser ainda o destino da lua no embalo do seria para o será, ajustava providências ao sucateiro exausto para se fazer em cisma. E estas tantas providências nada mais foram do que separar as tarefas das caladas das safras entre o dia e a noite e, portanto, resolvido este impasse, os astros acompanharam Cadinho Prouco, descamisado, tisnar com carvão, sanha e respeito à linha das magias, dos aléns juramentados. Linha correta, exata, solta pelo infinito, tropeçando debulhada sobre a crença e esperança, perpendicular ao repique dos sinos da Catedral, para se afortunar nos lajeados da praça. Na fé, ânsia, traçou caprichoso, Cadinho, ao pé do frontão enorme do mosteiro gótico, prestimoso na querença de agatanhar o céu, semicírculo místico sinuoso em lunática semelhança com a crescente para proteção dos ventos, repúdio aos vivos, agasalho dos frios, carinho aos mortos, rejeito à polícia, prevenção ao calor, à maldade, ao sacristão, à puta que pariu. Ao encarvoejar abnegado o chão, afastava os encarnados dos desmandos das torpezas e das sinas para fora dos seus domínios. E ali se davam os clamores e chamamentos aos espíritos para se perpetuarem gratificados em suas posses. Neste assim, naquela divisa, facção, timbre, com o simples carvão cravado na pedra crua, defendia-se Cadinho das agruras, doenças, pandemônios, das lutas. Riscou nos confrontos da parede enorme, rumo aos céus, esgarçando da catedral a meia-lua abençoada pelos astros definindo as interdições às maldades, ânsias, aos pecados, nostalgias e principalmente se defender dos indefinidos e das surpresas. Era o que lhe cabia nas águas que bebeu nas preces da mãe nos tempos de sertões, por trazer no sangue as oitivas de obobolaum maior, dos exus, das sabedorias dos astros e assim ordenou ela, nas despedidas finais, para Cadinho nunca dormir sem enfeitiçar os chãos e as almas com os carvões consagrados.

O debuxo atiçou fundo nas texturas demarcadas, nos desaforos e desengravidou os grilhões das angústias dos sofrimentos do sucateiro nos limites das posses encarvoadas. Desapegou devagar das memórias dos sofrimentos recentes e conversou consigo mesmo sobre as premonições. O aviso para os infinitos, para os vivos e falecidos era o nefasto-nefando, seu e só seu só do seu latifúndio de solidão, só, da sua loucura-sadia, só, da sua desesperança-esperança, do inferno-celeste, receio-corajoso, imponderável-previsível, só. Confirmara-se ali o espaço ilimitado grilado das fatias de rancores desprezados da fadiga agônica, domínio do intangível, do inalcançável. Os invasores das terras dos aléns, sonhos, dos abstratos, insanidades e das ânsias teriam de respeitar e acatar os frontais tisnados por Cadinho. O tempo e o espaço se dividiam entre a labuta dos arrastos sofridos das cargas intermináveis pelas ruas infernais e findavam nas bocas das noites, depois de delineadas as divisas mágicas encarvoadas como posses suas consagradas aos pés dos sinos divinos. Era a magia do nada se transmudando para a alucinação do vazio pelo poder do irreal, que se estabelecia, instaurava, se tornava concreta, inabalável, tão só cinzelada pelos delírios e pelos imaginários reais grafados pelo catador de dores. Neste império, os mortos afetuosos enlambuzavam suas solidões, os vivos fugiam ameaçados, as almas acalantavam afetuosas.

Tracejados os cardeais pontos indiscutíveis do poderio, mando e ciência do latifúndio, ficou-virou anuência de seus poderes. E ajustou ali maduro, como domínio de fé e propriedade, indiscutível, entranhado a ferro e brasa a autoridade descendo às ordenações dos cabedais desde os telhados benditos, caindo das torres tristes e seus carrilhões assentados, serpenteando chão adentro e lambuzado da confiança no destino, apossado tudo ficou. Nestas fronteiras acatadas, protegidas, Cadinho rebrotava, marcava, demarcava, endoidava, esclareceria, sofria, expunha, ouriçava, riscava, rasgava, conversava, morria, matava. Sem complacência, nas suas divisas, se premente, mastigaria deus para cuspir desforras, descornaria o capeta para trocar por desaforos, estraçalharia os monstros sem acalanto, arrebataria o nada e o pavor para ter certeza de que teria o direito de enlouquecer quando bem lhe aprouvesse nas entranhas de sua sesmaria. Por ventura dos anseios, nos cravados e sanhas do carvão, era dono não só por outorga dos seus domínios, mas por liberdade e raça das próprias alucinações.

No descuido, Liau atentava as orelhas espertas aos eternos e à catedral, pois, santos e santos, tanto assim cerrados os portais majestosos pelo sacristão, se livravam eles eufóricos dos devotos cáusticos do cotidiano penoso e de suas imobilidades. Esgotadas as deidades da faina e nos aguardos das caladas estrelas se oferecendo para amealharem os sossegos da noite, que caía morosa sem os homens terem tido espaço para se confraternizarem, como ajuizou Simião, conversando com Acotinha Dourado, afetuosa cafetina, muito informada dos prazeres, euforias, sacrilégios, à porta do bordel das Boas Dádivas, na esquina das alegrias. Só Liau cão, mais cigano Simião afamilhado velho às peripécias dos aléns e abstratos, ainda as pombas, óbvio, que já sabiam tudo das exaltações místicas, pois eram portadoras dos insondáveis desde os princípios dos mundos, davam conta das algazarras liberadas, depois dos portais fechados, para os beatificados exauridos das lamúrias dos crentes, após um dia interminável de romeiros e romarias intoleráveis, visitando-os como imagens imóveis, exaustas, mórbidas, encruadas em seus sofrimentos eternos, estáticas tristezas. Alvoroçavam-se os sagrados ao desfalecerem as velas e os candelabros. Descontraídos se lançavam eufóricos pelas andanças tantas livres e outras desinibições pelos adros das capelas, santos, santas, adereços. Cada beato escapulia das imobilidades exaustivas impostas pelas lendas castradoras e tabus alienantes, encarnados nas caladas dos longínquos tempos e por ingerência dos perdões pedidos se apascentavam mandatários dos devaneios e das tradições. E tudo se dava, pois haviam escolhido a romana casa dita de deus para se acastelarem separados de outras plebes pagãs, pecadoras, impuras.

E por rompantes habilidosos, como comandavam as dialéticas materialistas antes de distorcerem o marxismo, Simião arrogou-se na prerrogativa de dar a conhecer a Liau e às pombas as verdades das sínteses ocorridas na querida matriz que os acomodava. E afinou o cigano seguro, desde lá dos tempos, para as histórias se darem mais cativantes e altercadas, em idos acontecidos, permitiram nascer novos alvoroços sagrados ditos pelas mãos dos cristãos acatadores do messias salvador, chegando para redimir quem se aproximasse das recentes verdades. Afastados se santificavam por serem bons, reconhecerem outros meandros destes vaticínios e, portanto, para muito melhor se religarem a deus eterno pelo seu filho mandado, se deram por bem afastarem-se dos demais judeus hereges, irmãos mercenários vendilhões, filisteus, impuros sarracenos. E os escolhidos muito perseguidos se santificaram pelas graças do senhor. Tudo se preservou grafado nas imagens dos redimidos e nas pinturas das paredes colossais das catedrais, das igrejas e das capelas, para o sempre abençoado eternizar e tudo se purificar. Assim, para se oferecer à história o sabor melhor dos espíritos tumultuados, deu-se a cizânia, a alegria dos homens e, por obra das demências, passaram judeus ortodoxos e romanos, imperialistas afins, a crucificar, culatrear, escravizar o que de novo povo crente aparecia nas catacumbas e arenas. Pensamentos sadismos e torturas pontuaram os perseguidos e, portanto, liberadas suas sofridas almas tiveram reconhecidas as glórias por merecidos serem seus sofrimentos. E para serem glorificados se santificaram e careceram de altares expoentes para cada um se eternizar em nome do senhor e praticar milagres.

O imprevisto assumiu o comando das desditas para deixar o tempo correr e o jogo da evolução reverteu novas modalidades e as cismas se reviram em diásporas dos cristãos convertidos a descarnar judeus ortodoxos em nome da santa madre, inquisição que fora perseguida e os acolhera, impingindo abençoadas redentoras fornalhas aos incréus, às bruxas, aos ciganos, maçons, para depois estes se santificarem muito amiúde também. E para cada milhão de santificados havia carência muita de criarem igrejas, capelas, santuários, matrizes, para acomodarem todos, se venderem indulgências e relíquias. Como sempre ocorrera, continuava a alegria das razões eternas, pipocavam a granel os quinhentistas redentoristas, absolutistas, intransigentes, lançando as melhores falas para as salvações protestantes e se ofereceram aos palcos os luteranos, os calvinistas, anabatistas, adventistas, huguenotes e todos foram mordiscando seus quinhões de purezas em pregações infindáveis para também se endeusarem em améns e recolherem seus dízimos em nome do senhor deus, pois ele nunca viria reclamar.

Todos enfeitiçados por inovações criativas e fáceis passaram outros a prometer mais retornos materiais e alegrias com percentuais dízimos antecipados para nestes casos já terem sucessos financeiros em curto prazo – protegei-nos, senhor. Em manobras envolventes sempre de melhoramento das almas, optaram outras freguesias por dividirem as desovas das mortes em várias parcelas de reencarnações sucessivas para quem preferisse redimir seus pecados de formas apaziguadas e intermitentes. Amarraram-se vários nestas equivalências surrealistas espirituais e kardecistas muito alegres das soluções de reincorporações metódicas, intermitentes, continuadas, retornantes.

Por último, para desvalidar crendices, marcarem como sendo os ópios dos povos e regenerarem a essência do próprio homem, surgiram os indomáveis impérios acalentados nas filosofias místicas materialistas, dogmáticas e racionalistas. Deslumbrantes dialéticas históricas, pelas mãos dos profetas do futuro, das igualdades ou purificações das raças, das sanhas, das lutas, das mentiras e para não se insinuar que não mereceriam idolatrias compulsórias, tão alienantes quanto, passaram a ser nos altares das praças nos quartéis, palácios, religiosamente santificados em vida seus ideólogos salvadores depois de os mesmos degolarem milhares em nome das ressureições das únicas verdades eternas. Muito esbanjados entre intelectuais e acadêmicos, foram enfeitiçados em livros, estigmas, estátuas, cinismos, citadinas metrópoles e arruados nomes. Entusiasmadas arrulharam as pombas assíduas acompanhantes das desavenças da humanidade desde investidas de mensageiras das trindades e Liau ganiu admirado das sabedorias teológicas do cigano orgulhoso, mas convicto.

Protegidos, âmago da matriz, ninguém mais depois, apesar de santificado em atestado garantido em seu destacado altar privativo, exausto do dia de orações desouvidas, se desviava dos desejos próprios por estes históricos esquecidos perversos. Espontâneo, entorpecia deitado com as pernas cruzadas, sobre o banco largo, o piedoso flechado, salivando as pontas das setas para aliviar as magoadas feridas abertas. Cutiladas a ele impostas numa guerra de mil anos, quando as armaduras e os cavalos foram arrebatados pelos ímpios e pecadores. Outro ensanguentado, magro e acabrunhado, olhos virados ao tormento, recostado confortável ao pé de seu altar sóbrio e gelado do mármore, lavava as remeladas chagas purgando segredo, tédio, cansaço. Arrastara pelas maresias salgadas, vales e desertos suas mazeladas sangrias, escancaradas feridas, para mostrá-las aos infiéis as consequências das santas loucas cruzadas. Livrou-se dos trapos ridículos o seminu, aliviado, clamando aos céus sua paz em nome da liberdade sexual e lembrou, sorrisos, da contemplação de sua beatificação só depois que a inquisição o queimou em praça pública, com mais duas monjas bruxas, pervertidas, que às escondidas distribuíam broas insossas emboloradas aos miseráveis esfomeados. Por intimação dos céus ainda sapecaram os inquisidores, nas mesmas brasas do maltrapilho e bruxas, uma africana, negra mina, por não adivinhar mais, depois de velha, os locais dos veios de ouro nas colônias distantes. Ainda o esfomeado santificado, no cenário das apagadas luzes dos tetos pedindo para beijarem o cosmos e ouvirem os cicios dos anjos, sofrido crédulo, sorriu trôpego ao pé da santa ceia, esperando derrubarem por descuido um copo de vinho, uma réstia de sovado pão ou, na carência, um desvelo de piedade, quiçá um sorriso ameno dos coadjuvantes em resguardo para se atribularem em toadas posteriores de traições, delações, torpezas crucificações. O encardido, cabisbaixo, se enxaguava com certa ternura na pia batismal como invejoso vira o bem-te-vi espojar fazendo, no calor, várias vezes ao dia. Atrás dele, aguardando tranquilo como só cabem às solidões e às penitências, ficara um beato bonito, mulato de traços marcados pelas injustiças e desesperanças, acalentando moroso a cabeça grata de seu borrego, antes de achegar brioso para dessedentá-lo na fonte batismal, aguada do bem-te-vi altivo.

Oportuno nas euforias com as descontrações, mas no silêncio das abóbadas aconchegantes, desfrutando as luzes das estrelas cortando os vitrais góticos majestosos, se deleitavam os abençoados nos aguardos livres e liberados das tarefas inúteis de ouvidores de pedidos e pecados, e na hora das suas liberdades, permitiam-se urinar nos cantos sagrados definidos, sem os controles indevidos das censuras dos romeiros atrapalhados, padres ranzinzas, sacristãos mal-intencionados. Sabiam os escolhidos que as coisas mais simples e sinceras eram as mais gratificantes. E no desanuviar dos infortúnios milagrosos impostos a eles impiedosamente, as imagens libertas das rigidezes das posturas torturantes na faina conhecida, se entretinham nos diálogos saborosos apostos pelas futricas eclesiásticas das revelações dos pecados dos fiéis viciados em verbetes das rezas infindáveis, inúteis, hipócritas. Bem à vontade e afortunados, comentavam descontraídos, desprovidos dos papéis irritantes de imagens estáticas, os milagreiros, as sanhas dos pedintes alucinados para soluções ridículas, rápidas e impossíveis. Futricavam entre si as esperanças e pedidos cínicos dos seus adoradores.

Aos sons das liras, flautins e harpas, executados com maestria pelos anjos bailando em voejos graciosos, tão apropriadamente despregados das sofisticadas pinturas barrocas, paredes enormes ofereciam às deidades a alegria de se confraternizarem com os aléns e ruas, sacando vistas longas, prazerosas, pelos vitrais decorados. A imaculada estátua exausta no abraço quedo e triste de seu bebê risonho, gordo e bonito ao colo eterno, postou a criança sobre o altar frio, mas aconchegante, para trocar-lhe as fraldas encharcadas. O sacristão clamou aos ventos os últimos silêncios agitados dentro do mosteiro para não perturbarem mais os divinos enquanto atendiam aos regressos dos seus sacrifícios de se quedarem estáticos enclausurados nas próprias capelas, altares, cruzes, espaços proporcionais às suas relevâncias em milagres. Quem guardava estes segredos próprios da praça e do aconchego da matriz era um encanto de nostalgia liberada, que Acotinha Dourado, cafetina, via entrar em seu quarto para dormir ao lado da cama, pois chegava sempre amuada, de madrugada, junto com as prostitutas, travestis e proxenetas ao bordel, embora nunca se tenha permitido abrir mão do sigilo.

Fora da matriz o catador sertanejo, acostado ao seu frontão apossado ajustava complementos em seus domínios. Delimitado pelo semicírculo enluarado, nas pazes dos assentamentos metódicos e caprichosos, já mais senhor de proventos e sinas próprias, cravara sobre a marca negra do calçado meia braça tendo entre elas, de dobradas enfeitiçadas exatidões, cruzes de fé sagradas e cada uma instava providências consagradas, mais do que pertinentes, nas garantias de arremates com os aléns e expio dos despautérios, escape dos inesperados e desmaldição do futuro. Nesta cisma, instigada na paz do senhor, a cruz cinza, olhando as profundezas das melancolias do cruzeiro do sul, renegava intenções dos intermediários dos descartados de bronze e cobre que se aleitavam canalhas nas aquisições dos ladrões dos cemitérios e das praças roubando imagens e estátuas, surrupiadas nas caladas da noite, levadas dos defuntos indefesos e pretendiam cotejar, os compradores larápios, a preços vis, iguais às sobras honestas campeadas nas fainas dos catadores simplórios e decentes. À esquerda do frontão, transversal ao sentido da porta principal, no exato mandado de obobolaum, recuando doze braças e meia da esquina das escadas de acesso à matriz, olhando de face o chafariz, na ânsia de fazer as pazes com as águas que sempre lhe foram carentes e arredias, o sertanejo retirante marcou constrito referência altiva para saudar os ventos das chuvas que não poderiam faltar para garantirem as vidas, como recomendara sua mãe Inhazinha, de doces lembranças e saudades. Postado ali ficou, em roxo, quase junto à primeira, um tirante, também crucificado de tristeza fúnebre, a bem dizer cor apropriada, pois, para correto ser o traçado em repouso eterno mostrava ajustado caminho aos falecidos da família e achegados, como Simião, para adentrarem as vassalagens de Cadinho com os devidos respeitos aos deuses que alentavam os desencarnados. No fundo, em preto, harmoniosa à agonia e ao respeito ao imponderável, jazia sempre cruz fidalga em sinal à memória do cavalo amigo, Proeiro, morto na desgraça da seca que abortou Cadinho de Oitão dos Brocados, saudoso sertão. A mesma cruz postada revia também, na intenção dos dissabores, o pai assassinado no vilarejo em desatinos vindos por desafetos e vinganças bravas nos alaridos de atenções e carinhos às moças amarguradas na zona. O pai morreu primeiro, um descuido de tempo diferenciado de nada ao desencarne do cavalo querido, embora antes de a seca afeiar nos impraticáveis. Uma cruz por si só dava conta e graça de penitência para os dois, melhor, até era mandatória de unidade, pois o pai era tão afeiçoado ao Proeiro, às andanças dos dois nos cerrados perdidos, vendas das artes perfeitas e caprichosas, trançadas em couros de linhas e sapiências, que não admitiria ser desparelhado do animal de tantas estimas. Era neste mundo cadenciado dos espíritos de imprevistos que as arrelias se apeteciam, pois as orações das sete luas de enlevação a obobolaum nem duvidariam das sanhas ou das súplicas de Cadinho para com seus passados e destinos.

CAPÍTULO II

DAS MEMÓRIAS, DOS SERTÕES, DO PASSAREDO, DA CABRA, DO OVEIRO

Enquanto ajustava suas cruzes afortunadas, atadas aos ventos e emprenhadas de saudades, Cadinho, nos baixios das torres da matriz, deixado certo nos tracejados seus fronteiriços, viu passar pelas melancolias formatadas de nuvens, mágoa trejeitando destino de ajuizar passado e rastrear visagens. Lacrimejou o retirante na garupa do anuviado triste campeando pretéritos, ao dispor em frente, bem no tombado da sina, embaixo do carrilhão, na entrada dos seus tisnados, por onde achegavam só os desejos, afetos, ternuras, um quadrinho já amarelecido em curtidos de lamentos. O retrato sobrou único de sua mãe Inhazinha, Elizia Prouco, sumida nas vagas dos tempos rasados de velhos, desfeitas das secas grassando sertões, na boleia de um caminhão de retirantes, nos adeuses empoeirados que a estrada desfez. Igualados procedimentos se deram nas desforras de muita gente fugindo. Certeza sim, no adeus que deus cravou, mandado propositado, ciente e claro, ao povo dos Oitões e redondezas, para saberem que iria inundar o que sobrasse ainda mais de seca e praga, como já não bastasse, as alongadas catingas. No torvelinho, juntado ao intimado de aviso certo então, sem escrito, veio ordem de despejo clara, que era para o cuidado ser tomado de embalar e levar sem nenhuma negaça, por juízo e sem retruque de desgraça, o tudo do nada que cada um de si já não possuía e alinhar rumo correto no sentido qualquer que escolhesse, mas sumir no chão seco e se inteirar de saber que teria de aprender a sofrer em outros desdouros para não morrer de fome, agonia e sede naquelas desforras avizinhadas.

Recado dado, prontidão ouvida, caminhos desfeitos, desafetos pautados. No após dos cuidados das palavras justas, aviso serpenteou ligeiro nos roçados de todos os arruados, bibocas, estradados, corruptelas, junto sabia quem atentou sem duvidar de não desfazer das misérias, pois poderiam carecer muito delas nas outras desfortunas adiante, assim era, foi. O mensageiro que deportava recado amargoso às propositais mesuras cínicas no final dos contados era um encapetado, com sanha de lobisomem e aderências xucras, muito senhor de barganhar falcatruas, mesmo sem resignação, por mais inópia, como apreciou o danado montado no sovaco magro da placenta do aborto de uma jumenta morta em tempo exato de malcheirosa no caminho da desgraça, encruzilhando com o inferno. Desconsagradas as coisas na falta de venturas quaisquer, o pai morto já se fazia e a mãe Inhazinha deslacrimou logo das formalidades e tolerâncias de praxe, sem entraves maiores, mas se viu carente de solução em destino cruzo, pois jeito outro não sabia certo qual, salvo pôr em mãos das sortes ou das agruras. A esperança já desmerecia de confianças naqueles andados. Neste então, tanto descreu a mãe de largar os rebentos sobrados em Oitão nas cismas de deus como nas dos infernos, pois atinara correto não afortunar solução de contrários e progressos. Assanhou de trançar rumo sem volteio com o motorista do caminhão de retirantes e, por despedida, sem outros versos ou escritos na carência de escola tida para alfabetizar, desprezou ela na soleira da porta do casebre, além do juntado da foto montada na garupa da tristeza, o nada de uma lágrima que secou de pronto. Entrelaçou Inhazinha na partida uma angústia calhorda e podre, entre a janela entreaberta acompanhando até longe o caminhão sumir e a sina das filhas chorosas ali debruçadas nas piúcas dos batentes, pedindo um restolho de dúvida cruenta, escondida nos meandros das fantasias, esperanças da volta da mãe de um infinito qualquer intemporal. Passadiços inúteis, lágrimas, adeuses. Nenhum dos três filhos ficados contou encontrar por mais um pedaço de carinho no campeio pela casa pobre, devaneando e mascando lágrimas, o chapisco amadrinhado de um risco encarvoado ao acaso em alguma parede para supor interpretação de arrependimento e retorno de Inhazinha sumida. Uma muda sequer de roupa atrás largada, talvez por desleixo ou, de banda, encimando a taipa do fogão, junto à ponta de cigarro ainda acesa para justificar fantasiados em promessas de um dia reaparecer no casebre. Quem saberia dar por conta ao descuido, meio pisoteada, para pedir licença à tristeza e achar aquietada no pé da parede do fundo uma melancolia escondida muxoxando sinal de ameaço intentado de volta. De cabeça baixa tropeçar, quem chorasse e nem saberia dizer se por desleixo pendido, desencontrar molengo o gemido de uma esperança esquecida pela mãe, distração derradeira, a pretexto de pensarem que o caminho teria avesso. Na alma do provável, expectativa, achar marca na prateleira troncha, tudo no anseio de ter restado cravado no inexplicável das façanhas uma metade de talvez para rever Inhazinha, mesmo bem depois de fugida dos cerrados, catingas, do Oitão dos Brocados, seca, dos filhos, voltear às origens.

Quem ajuizaria de mão, pois naquela hora amargada das fugas sumidas, nem de si o próprio destino daria conta de estimar futuro, só ele intuído das tramas dos porvires, e nem se expectou dos volteios da mãe por sentir carência da terra, dos filhos, das sagas. Poderia, se o então chegasse de sobreaviso sem mágoa de desajustar pensado mais engrossado, nos despachos dos melindres belicosos do companheiro, acaso das cismas, o caminhoneiro aparecido por ora e, na servidão das impaciências ou desentendimentos, devolver a mãe na beirada da estrada de onde a carregou. Mas tal nem se deu no amargor do sofrer maior dos que restaram olhando das janelas do mocambo e redores, pois eram filhos ficados de mãe ida. No correto ajuizado, constou nas sapiências das intolerâncias e dos desarrazoados, vontades de Inhazinha amontada na insegurança do nunca mais, na cabine do caminhão de pau-de-arara e nem de rastilho mirado volver as vistas para Cadinho, agastado na sanha do sumiço e das irmãs chorando. E tudo muito empertigado de sofrimentos, nem lambuzaram por insuficiências ou marcaram as lágrimas caídas nos pós do chão. As poeiras que o estradão escondeu com as saudades depois das curvas desabençoaram sertões outros escondendo o destino no sumiço. Até mandacarus gemeram faltas d'água e tristezas, enquanto o inhambu voava curto por não saber chorar e nem desmereceram outras desforras deles nas penitências mais alongadas. Nisto tudo se desfalou, ficou quieto como foi, antes dos fins.

Embora a mãe lamentasse tortura de esquecer filhos sem matutar sina, partiu deixando duas irmãs de Cadinho, a mais velha de fazer quinze, se tanto, e para treze, achegada de passar pouquinho a outra. Na verdade crua, por mais de abnegadas de solidões e fomes ficaram emagrecidas nos achegados de sucumbir, de tão pouco tendo, não mais do que uns restados de nada para comer e água quase no fim. E pior sendo as fontes, alguns dias de colher mais longe do roçado e na miséria de buscar na cacimba embarrada em lombo do cavalo Proeiro, fraquejado de fome. Cadinho, nos improvisos dos travos, repartiu em duas sanhas as melancolias herdadas. Diversificou as carências amarguradas, sendo uma das manas, Vilácia Prouco, atendendo por Imati, mais madura, ajuntada com a bruaca carregada só de muda de roupa única sobrada, meio remendada, chita barata de azul por ser, lembrou chorando o sucateiro ao pé da parede do frontão do mosteiro, olhado de frente pelo vitral indulgente da matriz, aconchegado ao braço amigo do cigano, para descarregar a menina no lar das putas da cafetina Dona Naquiva, muito bordada de respeitos e dívidas ao pai assassinado, no mor de aprender profissão e outros adereços pertinentes, por falta de saber ler e rezar. A outra, Helésia Prouco — Nema, por apelidada sendo, e pelos demais ainda nova para aprender putanhar nas competências e porfiar correto a profissão como carecia, Cadinho deu de ombros e atinou em sendo mais digno usar a última cabra velha, restada entre as misérias do sítio, sem filhotes, os carcarás os mastigaram vivos do umbigo até os miolos antes da seca os matar de sede e descuido, e barganhou a bita por passagem para o sul no pau-de-arara, despachando a mana com os tostões sobrados na propositura de comer no caminho umas farofas faltadas, mas carecidas de enganar a solidão fartada. Assentou de memória pelas irmãs nos riscados encarvoados no frontão um pé único de alpargatas que trouxe na bruaca e onde achou que elas prefeririam encruar caladas para ali definharem as mágoas e ficando as duas entre o retrato da mãe e a cruz do pai acavalado no Proeiro.

Tudo se assentou muito condigno nos limites da sesmaria dos carvões. Acatou nas conversas, chegando a irmã caçula pelas paragens dos aléns, beiras da capital, se o capeta ou deus não estorvassem mais, algo se daria melhor do que no cerrado, morrendo. Sumira já para lá o irmão Juparto Prouco — Jupá, meio sem endereço ou atrapalhado de consciências, nas certezas sendo de quem não sabia ler-escrever, de tanto analfabeto mantido nas improvidências, tal como, pois assim se deu para atinar nunca mandar carta-recado de endereço certo. Mas se o azar trégua abrisse, poderia achar ela um alguém, num talvez, que ajudaria a campear o parente mano desarvorado no desparecido. Deus mandou a seca, ele mandou a irmã, puta merda. De lá das catingas nunca mais soube de ninguém então. Sobrou por uns tempos miúdos ali nos cerrados, antes de também desarvorar retirante, fé e estrada, ele Cadinho só, no lavrado quase sem água, no quinhão minguado de terra sem escritura ou papel. Tudo era igual nos arruados de Oitão dos Brocados, morrendo como vila de gente vivente e saúde, desabitada de povo fugindo quem podia, embora dito de há muitos da família do pai do retirante o chão medido pequeno ser o sítio deles. Para não se afirmar que empacou sozinho em Oitão dos Brocados o Cadinho sertanejo, depois de alongadas as irmãs, se ajeitou ele, mais a sepultura do cavalo Proeiro, a fome, a mandioca seca, um descuido do roçado de milho tiquira, filha, a roça, da puta da chuva que não veio e da desesperança graúda, parceira das agonias e sempre tudo ajuntado, visto que tal era. Alembrou que ficou por conta um cachorro cego, atendendo por Pecó, o papagaio e por último um curió, que lhe coube destinar tudo para não findar nada para trás. Deram-se assim mesmo os ditos, tanto que os tempos se desperdiçaram iguais como às outras agruras dos retirantes todos sumidos por anos seguidos, desatinados.

 O tempo voltou aos Oitões, a magia dos destinos e dos desatinos carregou as memórias às voltas aos apegos da infância de Cadinho. O descuido veio por acasos, nos reparos dos rastros tristes e aos outroras, por artes e conluios, desfolhou Inhazinha mãe mimosa do retrato postado à beira do riscado no sopé da matriz, para mimá-la no passado com a beleza cafuza, sertaneja, temperada nas catingas e arrojada nas cadências versadas em lutas salgadas. O vento faceiro moldava a saia fininha ao corpo esguio, molemente atrativo, bordando-se buliçoso em torno das formas catitas da cabocla cafuza, presenciando altiva, carinhosa, da porta do casebre, clamando mãezinha meiga, pedindo mandado de pronto a Cadinho, no manejo de desleitar a cabra mais velha, malhada, na presteza urgente de atender carência das meninas irmãs acordando fomes postadas e choramingadas. No limite do adorno das acomodações da soleira da porta, dentro do riscado de carvão que traçava noites sem falhas para exorcizar as maledicências, os maus-olhados, os desarvorados, as imprudências, Inhazinha sorria. Os riscados vinham de família, em linha direta e santa de obobolaum por amor e promessa, nas cativas orações da bisavó, negra mina escravizada, emparedada viva castigada em taipa, muro em arrimo sendo sovado, na graça de não cumprir tanto mais sina correta de adivinhar e apontar veios de ouro e prata em sertões das gerais, como era de suas obrigações de cria e nascedouro. Cadinho herdou da mãe e antepassados o atento do uso pertinente na fé cativa e indispensável dos tisnados encarvoados, adentrados nas proteções dos seus fronteiriços espirituais e milagreiros. Enquanto por si deram, nunca desfizeram de cumprir os rituais dos encarvoados das sanhas e dos astros, tanto mãe Inhazinha como Cadinho, no saúdo respeitoso a obobolaum.

Sinos, destinos e ventos enveredaram pelos devaneios e falas de Cadinho, refazendo suas mágoas, pés dos vitrais da matriz gótica querendo conversar com deus, horizontes e solfejos. A vida naquele então do sítio em Oitão, nos cerrados de terras pobres e secas, pé da Serra da Forquilha, início das cismas para desencontrar os caminhos dos céus, se fazia meio desengordurada de sobrados, mas não de tantos, até às vezes sobrinha pouca, decente, vinha para socorridas prontidões de atentos nos difíceis, ocorridas nos acasos. Por bem dos recados e das desvalias, se diga, como Cadinho ponteou, muito tudo se dava na vida por conta das chuvas rareadas, mas não vindo muitas vezes com fartura, intermeadas de sustos e de prazos, carecia ciência. Assim, se as sobras não haviam das águas, pois então nos faltados procediam aos usos a serem definidos, ajustados, repartidos. Do casebre ralo carecido de tanto, de pau a pique e sapé, subia um roçado cercado de aroeiras e taquaras, preferidas nos balanceios e avoados curtos do bem-te-vi atinado, depois seguiam os plantados de mandioca miúda para descarecer a faina da farinha. Topava a mandioca com tiquira de milho se dando para o uso contado, até acabarem as roças no abeirado do corguinho enfeitiçado no mimo, coisa de insignificância, mas enaltecido de alegria nos banhados e se fartava de chamar Perobinha. Cercadinho miúdo para se fazer de horta deixava subir o maxixe, e o bambu protegia o jerimum das galinhas sempre à cata de traquinagens. Contudo, era assim aquele todo nadinha de chão medido de pouco, que os de lá avizinhados chamavam de sítio dos Proucos sendo, lacrimejou Cadinho, *"mas era nosso"*.

Bem castigou o sucateiro das memórias, que tirando os faltados só carecia o que não tinham. Também não sobrava nada de muita precisão, salvo, de vez em quando, uns pedaços de euforia entremeados de umas cismas meio mirradas, sem sobrevalias, mas rateadas nas igualdades pela família. Tudo aos acasos e às vezes dava para se atender aos poucos. No pontuado a vida foi se aprendendo assim desde que nasceu por se dando gente ele em ser, tanto que falta só endiabrava para quem já tinha tido, pois, como garantia Inhazinha, era. A cabra mais antiga, a malhada, fornecia o leite medido sem sobra e substituía muito melhor, ensimesmada ela de silêncio e candura, a punheta, no oco da touceira de gabiroba, juntinho ao bambu onde se dava o chiado manso da vida boa. Ali era o ponto enviesado do papa-capim trinar e por sendo destino corria o Perobinha vindo brincar nos reversos, de longe, levando seus saltitados pelas pedras contornadas, arredondando águas limpas num pocinho mais espraiado, alargado um tanto até na justificativa de ter postura de onde nadar ternura e lavar roupa. E antes de descruzar a aguinha para ir seguindo nos atentos de esconder seus destinos nos cerrados à frente, a taboa crescia no remanso e disfarçava, sem fartura, de quando em vez, por descuido, um lambari, uma traíra miúda ou um bagrinho distraído. A peneira ligeira ou o anzol envarado desfaziam as manhas e apeteciam os sorrisos nas pescas raras. Delicadas, as avenças com a cabrita se davam muito amiúde na distração e na desatenção da mãe em outras serventias, estando o pai no roçado pequeno, quase nunca, ou quando mais das vezes acalentado nos couros que trançava com maestria para enfeitar as soberbas dos peões e boiadeiros, nos retoques primorosos dos cabrestos, rebenques, guascas, rabos-de-tatu, cabeçadas, chicotes, jiboias, guaiacas. E na folga das tranças se alternava o pai mandriando justo como lhe era direito e correto, na pinga indispensável, exímio no truco, acalentando putas magoadas em desfeitas, desventuras raras, se diga. Não era incomum acomodar as trovas das quebradeiras e destroncados de peão de animal xucro desaforado. Quando em vez, desembebedava o pai, amolecia uns picados fingidos, meio manejados restos de remorsos, convenientemente, atinava perdão dos falhados e promessas dos nunca mais. Tudo muito acomodado nas altivezes, tanto sendo de apetecidas soberbas as peças trançadas que amenizavam as carências de todos, pois na entressafra das pingas e trucos, o pai se aprimorava em competente trançador de couro cru e assim iam saindo das mãos calejadas os primados regalos também de jacás, esteiras, covos de peixe, gaiolas, alçapões, arapucas. Os mais vicejados, no entanto, em ornados detalhes, delicadezas, eram os laços, cabeçadas, peitorais, retrancas, rédeas de crinas, que o pai Camiló trançava caprichoso na boca da bomba de gasolina, passagem obrigatória dos sertões vários, e dispunha para vender. Dos regalos, com contados todos, sobravam uns trejeitos para irem vivendo do que caía ou do que deus ou o demo não escolhessem ficar antes. Tudo era nestes exatos contidos, por não ser diferente.

O irmão mais velho, tanto experiente, já mais calejado, que alongou primeiro de todos de Oitão para o nunca mais, amestrou os desejos no uso da cabra sisuda, indiferente, quieta, comportada. A cabrita era a Divina, velha preferida, a mais saborida, amigavelmente dolente, pois pastejava concentrada na rama justa cortada propositada de capim verde posto para receber quirelinha minguada de milho debulhado por cima e se deleitando conjuntamente ruminando, enquanto o irmão e Cadinho se afortunavam nas desforras e nos manejos do coito vasto, carente da puberdade sobrando, boceta caprina acalentada, prudente, muda, e nos assíduos orgasmos. Por benefício explicável e jocoso, quedara entre as taquaras, junto ao córrego, um restado de chiqueiro antigo, tempo dos avós do pai, ponto de engordar capado, emparedado de adobe, mas parte faltada e caindo da velharia do abandono. Tudo do quase nada desfazendo, mais no entretanto do que não tinha do que dos sobrados, mas as fantasias cobriam restados e tudo com larga abastança definida de privativas regalias, vantagens de vigílias escondidas mais silenciosas, adornadas nas ideias e conveniências dos propositados intentos de Jupá, o irmão mais velho, e Cadinho.

Muito confidente das lambanças ilusórias, alegres e desafogos, Jupá passou a convidar Cadinho nas carências e nas horas certas de se ajustarem com a cabra, aproveitando os proventos restados meio caindo da tapera adobada entre bambus e medos. Muito providos das circunstâncias e euforias, se referiam então ao local, como ali sendo o refúgio da Igrejinha da Divina. E as paredes carcomidas foram se enfeitando de regalos assanhados, arrazoadas fantasias enfeitiçadas. Mimos. Oportuno, cismaram de arribar cobertura de secas galhadas e taquaras entremeadas na formatura imitadas de caibros e ripas, corretas procedências, mais sapé, para se protegerem espionando atentados os redores durante as tarefas de serventias da cabra amainada no cocho saboreando seus milhos, capins, serviços atendidos nas barganhas. Como destaque amarraram os manos, no jirau das folhas por riba das espias, um lombilho desservido, meio mais rasgado do que couro tendo, para ornar uso de fingimento e mais se deram pondo cabaça grande d'água na boca da tranqueira caída, atenção de imitar um chafariz e, na carência, a cabra aguar sede na hora dos acertados préstimos. A cabrita acatava bem os escambos justos do milho, capim e água pelas estáticas serviçais propostas das trepadas compartilhadas. Falou Cadinho que de restado penduraram no adobe quadro sobrado em tiras do pau da festa de São João. Ornou também sobremaneiramente tais e quais as assanhadas premeditadas intenções. Ainda pendia um cabresto quebrado, um pedaço de cata-vento pendurado dos caibros fingidos, imitando janela um pano vermelho puído, onde o vento brincava de pecado e luxúria e tudo nas artimanhas de enfeitar, só. As fantasias sabiam reforçadas, estimuladas.

Tudo veio pelos infinitos das rebeldias e das imaginações das puberdades. Pelo que fustigavam as falas dos mais vividos, pegado ao posto de gasolina e à venda, posses merecidas de Abigão, onde o pai de Cadinho trançava suas esteiras, cabrestos e cachaças, descendo o arruado abaixo, rumo da Várzea da Macoté Crioula, quase beijando as margens graciosas, entravando no rio Jurucuí Açu, ali se arvorou ficar a casa das moças livres. Na esquizofrenia social das regras a não se cumprir, meio nos fingidos das escondidas vistas, por desordenanças simuladas das autoridades da polícia para apaziguar os beatos, mas mais inserida nos confrontos muito prestativos, atentando as exibidas aparências nas carências justas de socorrer os préstimos conhecidos em alargados sertões dos serviços das meninas de Oitão e caminhos cruzados, fora permitida a zona para que fosse simultaneamente amaldiçoada, estimulada, proibida, respeitada, querida, detestada. Muito recomendadas se instalaram duas casas na zona definida de moças prestativas de euforias e encantos, para atenderem tropeiros e motoristas rumando outros sertões, além de se haverem os coronéis de renomes e posses, para amadrinharem amasiadas protegidas, teúdas e manteúdas, em casarios avizinhados. Eram por ali os atiçados das desordens e das melancolias em barganhas das pingas e das cervejas pagas para os atendimentos dos carinhos mal propostos e outros desassossegos finais das mulheres.

Regava a rua, correndo modesta pelo seu trilhado enviesado, pelo lado que o vento e as águas vinham do Morro do Ancião da Nonô para depositarem suas poeiras e corredeiras na Várzea da Macoté Crioula, uma aguada de santo nome, afamada nas desforras, para revitalizar os tesões. Acontecia ela correr mansa e prudente, permanente, e limpa como santa cisma e alegria junto ao pé de maracujá soberbo, vazando na boca de um chafariz modesto de boca de leão capenga encalacrado e por ele se esquivava, muito agraciada, a nascente da aguinha cristalina, acomodada de atender carinhosa pelo nome de Bica-das-Putas. Vinha tropeiro de muitas indiferenças e pastoreios perdidos, estradas confinadas às teimosias, terras consabidas de lonjuras, para atestar as anuências da bica e já se desfazia empertigado das desconfianças das impertinências e incapacidades do órgão macho na prontidão das teimas nas casas ofertadas de moças habilitadas às gentilezas. Os comércios, vendas, serviços, casas de amor, os impostos e as autoridades agradeciam e estimulavam as fantasias esticadas pelas brisas boas das águas beatificadas e das gurias trazendo gentios e famas aos Oitões e seus progressos, pois fazia rolar mais dinheiro. Nos sermões da capela ou nas orações dos cultos protestantes, as desfeitas eram amadrinhadas nas bocas pequenas, mas muito gratificadas nas controvérsias, pois graças aos pecados fartos as rezas e súplicas eram acaloradas e ressarcidas em dízimos interessantes, confissões, mentiras, promessas, descumprimentos, perdões a se repetir. Euforias dos cinismos engrandeciam as conversas apaziguadas e a Bica-das-Putas afamou.

Como bem-posto, os enfeites pobres de louças jogadas nas mesas simples, candeeiros vermelhos e quadros pendurados postados vinham também de arrelias e sobejas petulâncias das moças carecidas de fantasias para sobreviverem nas casas dos acertos da zona. Transportadas querenças da Bica-das-Putas às ilusões e imaginações dos meninos apalpavam altas nos molejos das puberdades e eteceteras tais ajuntados. Pois fantasiavam que a Igrejinha da Divina seria o bordel da irmandade ao jogarem aos acasos o lombilho, a cabaça d'água entrecortada de chafariz, o quadro de São João, o cabresto, cata-vento, cortina vermelha da janela, tudo esfacelando nos contextos, mas soberbos nos imaginários, sobre os adobes em pedaços e, ademais, em trocas gratas dos serviçais préstimos amigáveis da santa cabra e seus carinhos inconscientes. Existiam mais duas cabritas, mas eram um tanto assexuadas nos moldes imaginários dos irmãos. Além de mais outro resguardo na história: o único bode poderia ser um tanto cioso das prerrogativas sobre elas, mais novas.

Em sendo catinga nada se arribava de véspera ou porventura. Quando o trabalho rareava, desacomodavam da cabra ou deixavam outras cismas para depois, subiam Cadinho e o irmão Jupá os trambiques da capoeira de cima, abeirando o córrego, no silvado da macega escondendo o destino, alongando para os lados da Serra da Forquilha, chamada tanto assim pelo morro dividido em dois despeitos de seios em formas enforquilhadas e pontiagudas arrogâncias. Seios maduros de uma madrinha seca oferecendo os mamilos enormes para deus saciar o infinito e oferecer ao sertão as bonanças dos ventos e das cismas que nascidos ali enfeitiçavam os acasos e benziam os sonhos. E eram derredores todos sempre terras devolutas, muito disformes em pirambeiras e sem apropriados certos, chamadas divisas dos impossíveis, pois ninguém sabia os confrontos, os limites ajustados e nem atazanavam donatários tendo por carências de faltas de serventias exatas e garantidas, por ser tudo muito despenhadeiro e quebradas. Os irmãos ali ouviam atilados, correto, o chamado do curió piando cismado de preventivo, amedrontado do caracará ciscando nuvens e travessuras ou encarapitado, olhudo de guloso de algum mais alto de vista longa, buriti ou angico. Fim de tarde era uma ternura de aconchego ouvir a avezinha cantando, como assentavam mais preferirem eles. Então empunhavam a chama, estribados nos propósitos, o curió velho de gaiola, e armavam o alçapão na quietude da boca da Matinha do Timbó Grande, onde sobejava passarinho tanto de fartura a desanuviar tristeza e benzer alegria. Subia pela trilha da serra um encarrilhado de cambarás onde os pintassilgos enveredavam suas preferências e aptidões dos cantados próprios. Em vistas distraídas jogadas sobre os azulados, atravessa os firmamentos a sonoridade da canarinhada voltejada na animação de se fantasiarem de inacabados, revisitando com suas cores douradas, alegres, para brincarem. Do bacupari mudo, o gato-do-mato desfazia as vistas disfarçadas para atiçar as preferências dos ataques às juritis aninhadas no cajá de cima.

Carecia atenção andar naquelas rasuras perdidas, pois as manias do cerrado saltitadas em quebradas enganavam os desconhecidos, tanto assim que por ali quase dobrava a serra para as bandas das tombadas dos noroestes, de onde o vento empertigava dos baixios da catinga dos Marombos das Pagodeiras, antes de enveredar carrancudo para tremular o jacarandá velho do Espigão dos Carcarás. Palpitava naqueles desvãos, cismado de cuidados muito palpitados de formosuras, mas acabrunhado nos medos se assentava o papa-capim ciciando moroso, cativado na beirada da pedra grande, deixando ver o sol encontrar suas obrigações. Atendida de ouvinte dos perigos carecidos, entravada nos lamentos das macegas, tristezas das folhas, em sendo hora derirembora, no sovado igual da trilha velha, a paquinha miúda assustada desassombrava ao bebedouro, no intuito de fazer escurecer e na cautela acompanhava suas manias de esconder à luz do dia, desfazendo na mesma toada e rumo para puxar nesta mania, devagar, a noite, atrás de si. O destino era manso e na carência da fêmea alongada, o azulão por melodia de costume e praxe, entristecia piados curtos para disfarçar propósitos do gavião bicudo, sanguinários apetites, rondando as tocaias. O receio era senhor do resguardo e o azulão se sabia aquietado de providências, malditas, avisando a companheira desjuizada nas sumidas redondezas entre as ramas das candeias.

Movimentos tremulados sinuosos, bailado perfeito, certo beija-flor, aos acasos, flertava cores indiferentes em cada descuido e nem carecia ajuda de quem seguia a faina para lambiscar suas afeições, escolhendo, intrigado, entre as farturas da florada do chapéu-de-couro, entravado na beirada do córrego, ou sugar as delicadezas dobradas ao vento pelo pau-de-tucano. Tal sendo assim, então Jupá e Cadinho, escondidos nas tramoias outras no encerrando do dia, atiçaram na sanha do curió descuidado desavisado ser engaiolado.

No ameaço de arrastar o dia levar embora o sol cansado, mas no desatento de deixar chuva chegar, o trinca-ferro pedia — "bons dias seu Dito", acenava para águas novas e outros provimentos na melancolia piada. O ninho dos tico-ticos no mangue mais alto era certinho na beirada da trilha e estavam ficando tão malandros os desaforados dos bichinhos, que o perigo era antecederem no alçapão à cata do fubazinho pouco iscado para o curió. Sem distância muita ousada de chegar grudado, dava para seguir o picotar de galho em galho dos jacus graúdos atentando ternuras. Antes de seguirem melindrando pelos escondidos, disfarçados para não fustigarem de susto o curió sabido, Cadinho e Jupá seguiam nos olhados sisudos e nos emaranhados deixavam as rolinhas fugidias beliscando o que careciam. Atentava o fogo-apagou soturno, entristecendo a tarde e moendo melancolias saltitando de um ipê calado para o pequi e depois para o infinito. Cantos de avisos tristes e respeitos do fogo – apagou para enfeitar o silêncio. Uma juriti se fez distante para esperar o parceiro escapulir arredio do gambá astuto no pé do pau-d'alho. Confronto e atento, o jatobá antigo, senhor das nostalgias e censuras, envergava suas petulâncias para ensinar aos ventos os caminhos das ousadias e dos meandros que levavam os desejos para escutarem os cururus sapos a encantarem as estrelas nas noites limpas dos cerrados, que chegariam ao apagar dos sóis. Os irmãos caminhavam, carregando as mudezes dos silêncios, para nos atentos pousarem a gaiola ao enfeitiçado curió desejado.

Veio mais a dupla dos irmãos entrosados nos intentos do curió ajustado pelos escondidos e cantos como andejavam eles nos disfarces sabidos das vistas dos passarinhos briosos e livres. Desviavam estreitos, ciências sabidas de não enroscarem pés arteiros nos cipós que puxariam galhos ruidosos, pisavam leves nos barulhos que teriam de mascar silêncios. Atinavam olhados na moita onde o danado do passarinho pousou chamando fêmea e se empertigaram nas pontas dos pés para armarem o alçapão com a gaiola do chama no mais alto dado. O angico grande, imutavelmente nas aptidões que lhe conferiram, nem desmereceu a gentileza do alçapão e do chama engaiolado, entrelaçado às suas confianças e mesuras, assossegou calado nas parcerias. Atentavam silenciados os obséquios dos irmãos, vendo ali cismando ruído, susto, o bichinho sem nem piar de articulado nos medos. Mas se não fosse não era premeditado correto para solução e ser. Olhavam calados de mudos, silêncios e atenções. Esperavam: *"não – agora – já – põe – veja a gaiola"*. Ele, curió, vinha encruado de manias, passarinhando sendo como era sempre, assim passarinho, curió continuamente, praga, quem sabe, agora, merda, não. A ave veio, bateu asa miudinha de poucas magnitudes, ciências passarinhadas, por carência de não ir longe, ameaçou alçapão, mas a rixa chamou mais forte. *"Quem sabe agora? Só ameaçou bicho danativo".* Voltou sisudo de lampejos lindos e fugidios, arrependimentos sem causas dos homens atentarem, terem, porém só dos curiós agirem improvisados de rebeldias próprias. Coisas das cantadoras aves que só os aléns ajustavam corretos entre os saberes próprios dos voadores. Os espíritos dos homens e dos passaredos foram diversificados pelo criador justamente para se desentenderem nas artimanhas.

Enquanto sim, e mais proveitos, semeavam pela galhada um disparate de tizius, maritacas, pombas-rolas, e nem atendia desencantar as vistas só de poucos. O sol castigou atravessado do topo do jequitibá que destacava mais desassombrado no meio da galhada das alongadas capoeiras subindo a serra para vestir os olhos do mais alto das suas petulâncias do azul infinito, que por lá queria ser céu, enquanto os seus baixios premeditavam acarinhar só os verdes para cobrirem os chãos. Vastidão e quebradas, grotas soltas, aguadas, farturas, terras, era donde a passarada desmanchava na imensidão de toda ternura barulhando os silêncios. Mas Cadinho e irmanado, juntos, alucinavam preferências maiores no pio manso do curió, destacado de bonito e graça, ao invejar de sobejo todos os cantadores. Zanzar mato dentro, escolher pautado exato de assentar gaiola e alçapão, careciam consciências vivas, corretas temperanças ajustadas, traquejos provados, sortes tidas. Atentaram os irmãos, o curió se abeirou do descuido, pipilou miúdas ignorâncias. Estilhaçou os pezinhos para a briga ferrenha com o parceiro engaiolado e espraiou imprudência no descanso e na estratégia, antes. Depois do susto tido e o medo duvidoso, desceu o curió livre do ingazeiro madurando frutinho pingando mesuras, para continuar rebeldia e disputa com o adversário preso. Azucrinado, zonzo das figurações dos caçadores manhosos se fazia o curió repelente passarinhando derredor sem achar caminho do alçapão postado. *"Passarinho filho da puta"* – gemeu Jupá, sussurrado, no ouvido tenso de Cadinho mudo. O alçapão boquejado, aberto no correto, no fundo intuía guardar justinho o fubá iscado, as malícias exatas e as espertezas mascadas. No entanto, por ser de natureza sua como deus criara, o curió atentava briga e não comida.

O sol já vinha acabrunhando cansaço, o tempo nem se dizia tanto. Perigo de as coisas ruinarem. Esperança ou desesperança, sem aviso de contentos e a irmandade, no suposto de ensimesmar prontidão, vigiava ansiedade acautelada. Tanto sim que, vindo os esperados, poderia o curió livrado empenhar mais atiçado nas rebeldias e entornar no desassossego de atentar o fubá mimoso esperando para ser pedido e destroncar o poleiro. E aí a desforra pronta, aleluia! As angústias irmanadas nas sofreguidões na espera da caça pontuavam as desforras. No inverso, o destino poderia escurecer os desejos, pois a noite viria, sumiria ele, com suas rebeldias de passarinho, pelos labirintos sinuosos das quiçaças, assim desarvoraria mais longe, extenuado das brigas, como fadiga de muladeiro estradado de dias, ajuizaria destravar sumiço e cantar seus pios nos rumos outros e de volta só ao ninho dele. Praga viria! Com os olhos pensando alto, abertos, ansiosos de Cadinho e Jupá, foram levando os recados certos e as cismas ao curió surdo como desventura de pecado sem perdão. Era uma conversa enviesada de três destinos extraviados, como sempre as coisas se davam. O curió briguento, analfabeto de fim a vir, ele fora vendo o adversário na gaiola bojuda e o alçapão, mal-intencionados, vangloriava espaço seu, na mata sua, intentado ajustar contas a toda prova com o invasor. Na defensiva, o curió atado sem nem opinião ou justiça atinava nada mais do que arreliar das brigas, das forras, das sanhas, mas preso cortado de decisão e trova de respiro próprio há muito. E, nos indecisos finais, os irmãos nem se atazanavam das causas das desforras das brigas dos passarinhos, mas atinavam emprenhados únicos nos voltejados das ansiedades, esperas descuidadas na solução do alçapão desarmado com a caça dentro.

Mas veio, e veio no final, simulados revoos, pequenos gracejos passarinheiros, lindezas, coisas dos desejos, ânsias, inocências dos meninos, desatino do curió. Deus aprovando o desaprovo, sem saber torcer para que lado, coisas das delícias, e pingou o tilique-taque jurado de ser soberbo no alvoroço. O tilique-taque do poleiro caindo era uma euforia quase tão melodiosa como o orgasmo da Divina entravada na quirela miúda. Na porventura do descuido o curió se viu a ver dentro da arapuca e nunca mais. Cadinho riu alto, descontraído, desencontrado, supremo. O resto foram soberbas entrâncias lembradas dos acertos de contas e barganhas com Cirió Oveiro, comprador em sítios todos, numa bagageira larga, puxada por mula ruana, de porte vistoso, invejada, assentado rondando fundões sem fins. Sempre ele enorme de gordo, Seu Cirió, levando embora, nos engradados, frango e deixando chita nova em vez, trocando galinha por agulha, dedal e vestido barato por ovo carregado na permuta ou pela calça de brim ficava na despedida da leitoa. E nos mais intencionados dos prazeres, aceitava passarinho bom e ficava no lugar gaiola, alçapão, alpiste, pirulito ou bala de goma. E neste, portanto, depois das ânsias e destrezas, o curió caçado assentou rumo, na bagageira do Cirió Oveiro, sem prazo de adeus, também para o nunca mais do sertão de Oitão dos Brocados. Cadinho atentou correto que foi o passarinho primeiro a ter a desfortuna de escapar da ruína maior e não esperar a seca. O cantador se foi para o infinitivo sem dono definido e deixou Cadinho ali soluçando na boca do chafariz da matriz, lembrando os desatinos do Jupá retirante da família primeiro sendo. Mas no mais das agruras e pelas outras intenções de rever pelo menos um dia, antes de morrer, o irmão, a mãe, as irmãs, a puta que pariu e os sumidos todos nas solidões dos desesperos, molhou fundo o lenço do cigano junto, abraçado.

CAPÍTULO III

DO AFETO, DAS CISMAS, DA INVEJA, DOS CIÚMES, DA FUGA

Tiquiras, mundaréus, destravado Oitão dos Brocados e solidão, do sertanejo proseando com Simião, não acabavam ali. Do corguinho riscado no fim dos roçados, os olhos de Cadinho chamuscavam Aiutinha, Atélia Calício, vizinha menina sendo, adornada às fantasias, prima pelo lado da irmã do pai, tia Uvira, casada com o tio Peralbo Calício, mulato carrancudo dos Calícios, gentias gentes de famas adversas nas composturas e nas rixas por coisas poucas de boquejos e facas riscadas, se nos carecidos. Se tanto, até tiro, em caso sacramentado de dúvida se abrisse vazas ou desafios não subjugados e que desceram em terras de Oitões vindos de outras secas alongadas mais aos nortes e antigas. Homens de valentias sobejas, mulheres de apetências extraviadas nas desconfianças, abonitadas nos preceitos e fogosas nas cadências, prosas poucas, cismarentos. Eram por isto os Calícios. E quem saberia ainda mais um tanto de moça-menina, Aiutinha enfeitiçada de desejos, até se fazer por tal, e ser como teria de ser no preparo gestado de debutar os peitinhos na formosura exata da puberdade e uma porção de coisas aderentes. Descendo em dengos pelo caminho, andejava sisuda no sorriso disfarçado, vindo ameigar os destinos, desabrida de fogosa sem suspeita de querer tanto. E descia ela despontada por trás de uma touceira de cana ralinha, cortada em hora certa no inverno mais seco para moer garapa e virar rapadura ou deixar aguada para vender como melado.

Doce como a cana era Aiutinha, sem conta de se cismar para tanto. Saudade! Aiutinha chamuscava da tapera em frente onde morava, na hora correta, se pondo justa e no ponto a pedido do sol caindo um pouco mais de tanto amainado no findar de tarde. Coisinha era a casa deles, vizinhos, trinta braças apartadas, se tanto, do roçado, por conta correta dita, do sítio do Cadinho ao dos Calícios. Entremeava as diferenças e os afetos só o riacho, o Perobinha, separando a vergonha, a vontade e os desejos dos dois se entreolhando nas cerimônias e cismas. Se sabia menina moçando, flor molenga de ternura e ginga, abeirando Aiutinha por carência de serviços à aguada do remanso das taboas, fim de tarde, categóricas horas de lavar roupas, as vontades e os sorrisos. Não desprezava trazido sempre abraçado pedaço carnudo de acanho nos olhos chispados de castanhos lindos, movendo procura em tudo à volta. Por destino e astúcia preventiva, apesar do recato e derradeiro nas manhas, entrouxava nos bracinhos finos um quase nada de panos para desmelindrar no córrego. Entre ternuras e assanhados galopavam os desejos e as fantasias do menino nas ancas ajustadas pelo vestido colado à meninota. Suposto sempre esperançoso de se dar o levante petulante, carinhoso, pelo vento devaneando quimeras em soluços para subirem as beiradas da saia e Cadinho atinar até o infinito a alma de Aiutinha, enxergando, disfarçado, as profundezas das malícias nas coisas suspeitas entre os camuflados das pernas sonhadas. Destino.

Se davam alentadas aos imaginários, à alma ventada chegava madura como sapoti sorrindo, àquela extravagância mais desejada de esplendor, escondida pela calcinha sendo lavada nas águas e nas ilusões que viajavam para o além. O córrego de saliente nome de ternura e verbo, descrito de Perobinha pelo conhecido nome de quem avizinhava, de pouca distância dividia a fantasia cobiçada do imponderável traquina e nem pedia perdão. As diferenças das terras e das tramas sedavam muito corretas marcadas de incertezas e dissimulações, pois nos constrangimentos, do lado em que o sol se punha ficava a vergonha de Aiutinha e, da parte do pasto, beirada do riacho, onde o vento brincava de rodamoinhos, a timidez de Cadinho caía na aguinha correndo assanhada pelas pedras que gostavam de enfeitar os remansos, mas quedava ele abobado, olhar invertido, medroso, para encarar de topo a menina. De esguelhas eram as falas caladas, pontos de cruzes, ressabiados de dupla, patinando como muriçocas voejando sem definir precisão, mas disfarçava outras impertinências.

Não por acaso, mor das vezes, na hora que Aiutinha começava a achar direção rumo ao poço, Cadinho se fazia de senhor de si e ajustava montaria no pelo para se enfeitar de peão tropeiro, dono de muitas prosas vicejadas e pretendidas, como se imaginava ele sobre o cavalo altaneiro, o Proeiro. Sabedorias arrogantes de serem exibidas no cativo do flerte até petulante de silencioso. Aquilo era o propósito encarnado da ostentação em pessoa, disparates bravios, o sonho subia pelos despautérios e alongava as estradas desmarcadas pelos infinitos das paixões ouriçando os imaginários, beiras dos azuis e os meandros das alucinações. No rompante das sobejas arribava seus devaneios de ser perseguido ao infinito pelas vistas ansiosas apaixonadas de Aiutinha, ele afortunado sobre o animal fogoso e o mundo acabava no nunca mais. Acenos e posturas não careciam mais do que os olhados castanhos dela, enormes de deslumbrantes travados nas fantasias de Cadinho, para ganhar sertão e poderes, onde o potro volteava brioso na conquista plena nas imensidões dos beijos e das carnes colhidos nas ilusões e nas fantasias. Nem se não fosse o potro rompia bonito, destravado, elegante, sob as vistas alongadas de Aiutinha enamorada, querente, compelida de desejos e euforias. E depois na imponência do cavalo descabresteado o tempo se fazia nas carências arrematadas, nas extravagâncias tracejadas, já de longe. E os restos das partes carreadas corriam para as carnes da cabrita, levada à Igrejinha da Divina, por onde desciam as mãos excitadas pelos desenhos malhados das ancas da cabra, enquanto do sigilo dos adobes caindo, espionava as silhuetas das pernas alongadas da Aiutinha debruçada sobre as águas mansas remarcando seu corpo para instigar sofreguidão. O mundo se fazia para acabar em pedaços poucos e suficientes de desejos satisfeitos, contando com o sol poente, a água mansa, as saias grudadas ao corpo desejado da menina moça atiçada nas vistas de longe, vergonha das ânsias, ajustes com a cabrita profilática de bem mantida às quirelas, ao capim, e ao infinito imenso do orgasmo carecido.

Quando em vez abria, semana finda, nas calmas de Oitão dos Brocados, a tulha velha do Abigácio Ruaz Morfaha, Abigão do Oitão, descendente de libaneses, dono do armazém mais abastecido do arruado, abeirado da desembocadura do Portinho Novo do Catalêz, onde a balsa do Jurucuí cruzava o rio para agitar gentes subindo, descendo destinos nos contrários, ventos, notícias, boiadas, mentiras. E era por onde cortavam os caminhões e passantes para os sertões que enveredavam os encaminhados todos de Oitão. Armazém, ponto de atribuídas prosperidades herdadas do pai de Abigão, vendas fartas, cismas roladas. Mesmo tirando as invenções e as invejas, Abigão era assíduo plantador de fumo de corda, milhos bastante, dono de terras sobrando e algodão farto. Acatava cria de muito gado azebuado de procedências respeitadas nos motivos de enricar sempre os frutos das atividades. Por transversas prosas, se não era, diziam ser, e ele se fazia para tanto, benzedor de bicheiras e bernes, sacramentado de conhecido em léguas, lampeiro de escamoteado nos intentos de negócios espertos, atinado de malicioso e olhudo nas barganhas de cavalos e mulas. Nos proveitos, em voltas de Oitão, mesmo quem não era e não tinha pai definido de papéis ou artimanhas se dizia filho de Abigão, por descuido acaso ou esperteza, um talvez, no arrisco de tempos duvidosos, e ver se na incerteza sobrava alguns; mas sim, podia esperar e nunca se viu tal, mesmo de moça apimentada nos solfejos, que ele cadastrou nas braguilhas dos colhões, mas sequer reconheceu as crias por dúvidas merecidas ou não.

    A vida se dava no arruado nas rotinas, mas de quando pouco nem se penitenciava desculpa para ali na tulha, marcados sábados em antecedências e avisos rodados, para não faltar ninguém, se abriam as portas para vender pinga safada, traçar truco roubado, tocar mal sanfona, dançar pior e, se tudo desse correto no fim, umas desfeitas riscadas de facas nos pós das terras, raspas-pés, fingidos desacatos. Cachaçadas, cachaceiros, festas. Soberbas acovardadas se dando, sem prosperidades maiores, salvo nos ocasionais de uma morte descuidada, mas esquecida em pingas, falta de autoridades e sertões desencontrados nas fugas fáceis. Isto sim quando fosse, só nos sábados, às vezes, sobre ordens categóricas do Abigão e os acordos entre deus e os festeiros. Nas dolências as cerimônias se repetem casadas e iguais sempre antes de desacatar as danças. O povo arrepiava nos começos em entraves consabidos, chegando estorvado, xucro de afetos, medroso de meiguices, premeditado nas usuras dos gastos do que não tinha. Sendo ainda os gentios ativos nos despontados para desfeitas tão logo embebedados e tudo se dava assim como mesmo igual. Depois de uns toques mal-ajambrados da música ruim do fole da sanfona, violão e pandeiro, os acertos venturavam e o baile começava engatinhar lerdo. Os entões desassenhoreavam de pouco, deixavam aos sós bocados pequenos e controlados as solidões desgrudarem para saírem pegajosos nas garupas das bebidas. Salpicavam destravados por vez e devagar, misturas das pingas com groselhas ou capilés, arrumando os embaraços, repuxando as roupas simples sobre as querenças, disfarçando as vergonhas adornando os cabelos, correndo as mãos sobre os melindres, olhando dos empertigados traveses, desapegando morosos das tibiezas mais encarnadas, os mais ousados primeiro, os carentes de empenho, por mais sisudos, depois do então e dos demais goles, outros.

Entretanto, festa-bailada, início, assim lembrou Cadinho murmurando os tempos, por disparates das tibiezas tidas de todos, mulher chamava mesmo mulher para rodar nos embalos das músicas desajeitadas de mal cumpridas. Homem nos devassados cirandava com homem mesmo, pois tinhoso igual no susto carregado até desavergonhar inteiro das moças e das cerimônias para convidar no olhado a parceira de frente e supetão. Coisas sertanejadas e outras provocações. Os provérbios manhosos dos embaraços se davam de chapéu na cabeça, faca na cinta e cigarro na boca, muito à moda dos travados, e desconfortos, nas risadas altas, enrustidas, acobardadas. Nem se pensasse boquejo dos propositados estranhos, porque correria sangue se alguém insinuasse aos pares dos mesmos sexos achegos indevidos. Por lá se fazia sertão e quem tivesse rompante desajuizado se explicasse para os despautérios. Os ocorridos se davam nos lastimados do conjunto, nas pingas com ou sem as groselhas ou capilés, noite andejava.

Num acaso de receios procedentes e desafios, até mesmo por sendo a primeira vez que bebeu, assumiu Cadinho, invocado nas provocações das irmãs o desplante de achegar Aiutinha e tirá-la para dançar. Escondida no recanto das vergonhas, por onde descia uma prateleira de fumo de corda curando da produção do Abigão e desprevenida assentada em suplício, a menina Aiutinha, com as irmãs do próprio enamorado, titubeou agruras e os propósitos justificados dos pés neófitos em cadências e valsas. A menina virou camaleão, ouriçada no pavor, enrolou-se nos embaraços, sorriu para as paredes, pediu tempo, esfregou as mãos, assuou o nariz na manga do vestido bordado de renda engomada, tudo no nada do susto e no deus me acuda. O inesperado despreveniu-a no açoite e na imensidão do vexame. Cadinho, no embalo, também não estava muito mais à vontade, mas os instigados urgiam pela cachaça bebida. As irmãs de Cadinho provocaram Aiutinha para arder timidez no meio do salão da tulha. Entre o querer, o sorriso confuso e o medo, abriu-se um fosso verde de musgos escorregadios, difíceis, provocantes, por onde nenhum dos dois conseguia andar sem tropeçar, mas se deram a ser.

Os desapegos e as tibiezas nos sertões eram corrigidos das agruras para quem destinava. Despregou Aiutinha do banco embaixo dos rolos dos fumos cheirando retranca e, no empurrão que as outras meninas deram, quase sumiu nos estancados dos medos, tropeçou no vácuo, pediu à morte que viesse ajudá-la por um bailado e meio. Pois então, ali no celeiro, se deu aprender a começar, miúdo de nada, a se desfazer das vergonhas para não serem mais vexadas, principiar agadanhar de pouco mesmo e assim, sem tempos e afoitos, despetalar ternura no lugar de engravidar receio. Cada um arrastava um desaguado confuso entre o querer sumir e preferir ficar, entre esconder o broto ou desvelar a flor, entre exibir a alma ou desaparecer o corpo. Timidez era a tramoia dos invertidos, ajustes dos contraditórios, atiçados dos desassossegos: quanto mais se tentava camuflar, mais alardeava querer despontar. E a indefinição, aquele pedaço enorme de ansiedade rodando pelos meandros sem dar conta onde iria parar, foi acompanhando os desencontros dos passos errados, nos embalos da sanfona safada, do violão extraviado e do pandeiro socado.

Havia meandros de repiques, como no mais só a vida sabia ensinar naqueles passados e naquelas terras dos Oitões queridos e se fez uns miúdos de coragens, raquíticos até, devagarzinho, mastigados pedaços pequenos de paixão sem saber se eram tal ou tibiezas. Por mais certa, tudo vindo de indefinidos aprendizados, na ânsia de, se pudessem, outras cismas serem estrofes, pois no talvez, para rimarem os achegos, as coisas se dariam. Assim, nos mais das incertezas, quando muito um porém fraquinho a mais, entre desejos abertos, sem impulsos definidos, o vento rumou mais acolhido de propósito. No embalo, as coisas andavam paradas para ver como ficariam, sem saírem do lugar. Cambiar ternura de susto primeiro até a sofreguidão molejar no tempo certo, na vontade justa, na paciência grande. Nos embalos molengas atribuíam justezas, preceitos. Os passos mal dados, a risada do erro, o mordiscar do lábio, a sanha, foram alongando mesuras outras, tanto menos castigadas e tornando avessos os contrários dos começos para rumarem aos fins dos desajustes. Devagarmente inverteram os danos dos cismados, foram esvaziando de preocupações de gentes do mundo olhando, o baile nem carecia mais música, bastava o achego do abraço morno, do rosto perto, da respiração juntinha, do inusitado sem preparar o porvir. O sonho do irreal merecendo aferventar o apalpo do concreto. Chegando confuso de muito longe nas imaginações para acomodar à boca saborosa, pequena de exata, cada então mais perto, pedindo o verbo para cair no azul e se calar no ombro exato de quem não mais atinava morrer nem nunca.

Nos conflitados jogos dos porvires foram se dando trégua, palmilhando melhores os desencontros iniciais. O tablado improvisado, acolhedor de vergonhas, mistificador de receios, foi alongando nos provérbios, ajustando os apertos corretos das mãos entrelaçadas nos ensejos melhores das canduras, até se ouriçarem sem tibiezas. Em tudo se viram sussurrando mansos, como trafegavam os desejos, querendo desaprender os esquisitos no preparo de tornarem a ser, pisando miúdo nas pernas coladas para apalparem os infinitos, por onde nasceria a alegria da luxúria, mas ainda medrosa. Nada como tempo para o tempo se fazer tempo, propuseram os dois, pois não sabiam falar o que não queriam dizer e para não dizer o que não queriam bastava calar. Olhando Aiutinha e Cadinho a imensidão de nada macio espraiado entre os dois, dispensando terceiros, o talvez se fantasiou de esperança e acarinhou os rostos que gostariam de se encontrar em pedaços eternos, espalhando desde os tombadilhos das fantasias da tulha até as ternuras das cinco luas curiosas brotando pelas janelas pequenas. Mas o mundo enorme de Oitão era agourento de mal falado para os bem-amados. Tacanho de atrasado para os proventos e difícil de romper para os neófitos ainda insonsos.

O baile despachou mandriado, sanfona desafinando quase parada nas mãos bêbadas, o violão amuado no braço do sono, o pandeiro surdo encostado à parede dos fumos enrolados subindo até os caibros dos telhados para conversarem com os ratos engastados nas teias de aranhas. Ratos abismados de sono esperando o silêncio invadir a porventura e acatarem os seus direitos de sossego para dormirem. Os cantos da tulha acolheram carinhosos os embriagados mais carentes preferindo despencar por ali, para não enfrentarem a poeira seca das voltas aos molambos afastados pelos escuros escondidos nos caminhares ainda carecidos. Apaziguaram outros demais de irem embora, inclusive Aiutinha e Cadinho. As irmãs do enamorado seguiram à frente com Jupá, andando ligeiro e mal-humorado no rastro da desforra amarga do arremate do irmão à prenda Aiutinha pelos acasos dos imprevistos, das circunstâncias. Perdido, nos acatos das ternuras, junto a Aiutinha, Cadinho cismou que só daria por si conta das injúrias todas abortadas por Jupá, que despencaram nos destinos medrados por anos, que nunca mais se fizeram acabar e ali arribaram de galopes, desaforadas, montadas nas amarguras para riscarem em muita grandeza e fundura os restos dos traçados das vidas de todos nos futuros.

Cerimônias, medos, mas nas vastidões das esperanças e dos porvires, Cadinho não segurou mais do que mimoso só a mão da Aiutinha nos voltejados caminhados, sem saberem se olhavam o chão ou os infinitos, se falavam das cores ou das fantasias, das estrelas ou dos distúrbios. Não afinaram se andavam ou esqueciam. Pasmaram uns mimados de coloridos e astros além de outras ansiedades de quem começava saber que estavam se apaixonando, sem mesmo terem as medidas exatas ou pontuadas das mesuras adequadas do que aquilo iria deixar vir a ser um dia. Nunca haviam imaginado que andar tão devagar chegaria tão depressa, para quem o rumo era só o outro. Amaldiçoadas turras do tempo levando a nada. Cadinho deixou com Aiutinha, prima do achego, na soleira da porta, uma vontade enorme de beijá-la e uma dúvida maior ainda sem saber por que não procurou fazer. Foi arrastando como adeus o lampejo do lampião de querosene ainda ciscando fraco na janela, ameaçou empreita de desistência na despedida, mas sem prepotência aninhou no desânimo de não desistir e definiu como procedeu, sozinho, rumo de casa. E se deu como não poderia ser de outra serventia, partiu muito atiçado à cata da cabrita Divina pastejando no escuro, indiferente aos procedimentos de sempre. Cadinho seguiu intento de acomodar no coito raso e em sossego a cabra no pastejo satisfeita, sem agruras. Andejou à procura de destino, depois que descruzou o canavial ralo das terras de Aiutinha, pois atravessara o córrego pela pinguela atrelada ao silêncio das águas mourejando saudades, entremeou subidas já pelas terras do pai nas justiças dos respeitos consagrados nos anos esquecidos de tanta posse. Aprimorou as carências nas acomodações tranquilas da cabrita indiferente aos ensejos, mas afinada aos pastoreios. Satisfeitas as partes, cada um seguiu suas intimidades sem proseados ou desavenças. Por ali atalhou Cadinho, teimou e entravou nos receios, madrugada, pois se faziam horas atrevidas de perigos das crenças corretas. Melindrou consigo, o enamorado, os ressabiados e acatou desviar as provocações das vidradas vistas da corujinha, amoitando pios longos, encravada no oco do ipê adernado sobre o remanso da aguada do Perobinha, para afastar azares que as cruzas dos olhados trariam. A lua se acomodou escondida, por trás da serra, para deixar o serão às estrelas. Cadinho entravou os passos sobre as terras empoeiradas, destinou sussurros com os silêncios, continuou abnegado desolhando as refletidas vistas da coruja e do curiango, passarinhados de cantos curtos, mas de enfeitiçados brilhos dos maus olhados, que nas auroras preferiam desapaziguar os desabusados. Persignou nos meandros sem saber bem quais as manhas corretas para pedir auxílio aos astros e às estrelas. A vista desviada bateu na touceira de candeias coberta de pirilampos que escolheram assentar naquelas solidões para enfeitarem os sonhos e as fantasias dos que já se esqueciam dormindo horas dentro do rancho. Cadinho não sabia se dormiria com anjos ou capetas enquanto destramelava a porta.

Sonhou Cadinho no manejo das horas escuras correndo difíceis, estendidos e mansos de quando, vezes algumas arrepiado em compassos alternados ou estranhos de explicar, mas em trechos outros dos sonos os bordados assomavam prestimosos de alegrias e em alguns seguidos corriam atrevidos de perversos. Dormir, sonhar ou acordar virou um só nada sem solução de saber quais das escolhas estava cruzando. Enrolado nas pequenas dádivas de cores diversas e manhas sem compromissos, nos espigões dos inconscientes sem censuras e tocaias, o cavalo Proeiro, sonho de exuberância, embrincava sobre uma imensidão inacabada de ermos, onde Aiutinha e ele montados nus se excitavam nas luxúrias despencando, nos começos das compridas e suaves neblinas sem fins e dos devaneios alternados. Macias glórias trocavam beijos sem extravios ou censuras, repetidos, justos. Despidos de roupas inúteis, desinibidos de pudores e vergonhas, permitindo o florir de nesgas coloridas de ilusões atiçando as beiradas das libertinagens, insinuando às trilhas enfeitadas que não se preocupassem em deixar o tempo se desfazer ou de interromper o que sucedia, sem titubeios no labirinto das delícias, no resumo sendo, muito apreendidos estavam só afeitos a se amar em coisas simples que ninguém carecia ensinar. E amavam sem lerdezas. Levados pela imensidão de nada deixaram aos rastros dos afetos espalhados pelo infinito, salpicando estrelas esvoaçando leves, sem se preocuparem com uma enorme goela do futuro aberta para devorá-los.

    Mas o tempo foi andando de ré, empacado como assume o diabo quando põe urtiga para encarquilhar os defeitos e as maldições, garganta sedenta, lastimada, estreitou, escureceu até quando as mãos dos enamorados se perderam, os olhos não se encontraram mais, devaneios começaram a crescer, a regurgitar as luxúrias que haviam desfrutado, ferindo ensanguentadas e cruéis as carnes amolecidas, apodrecendo em urticárias maleitosas, atrevidas. Cadinho sabia estar a sonhar, mas devaneava não sonhar o que não queria devanear. Na torrente das demências, abria-se porta escalavrada de caveiras e agruras sobre outra porta, para só encontrar a terceira, desta seguia a quarta porta corroída pelas marcas dos insolúveis. Escancarava-se a décima, quase invisível de tão negra abertura, para visitar a nona-centésima fuga dando para o infinito invisível e a desesperar as artimanhas entrelaçadas, obrigando-os a arrastar uma colcha de pensamentos maus que não conseguiam ser esquecidos antes de se esconderem atrás de espelhos estranhos que não refletiam nada mais do que imensidões de vazios angustiantes. Pronta para ser entreaberta a infinitésima saída sem medidas ou paradeiros, adentrava um corredor inacabado, surgindo novos portais gigantescos, de cores e sons diferentes, para serem escolhidos compulsoriamente, sem alternativas, em períodos impraticáveis, como soluções ímpares para explicações jamais confirmáveis antes das catástrofes previsíveis e anunciadas.

Tudo isto envolto em neblinas onde os corpos nus se distanciavam diluindo nos desencontros. As portas convidavam estranhamente, para que portas se rompessem como sendo as almas perdidas e depois se transformavam em arrepios de loucuras invadindo as intimidades dos ouvidos, das bocas, dos narizes, das angústias, dos ânus, como saídas sem entradas dos desesperos de Cadinho tentando salvar Aiutinha de um imenso vácuo. Sem fins nem destinos, falta de tons ou melodias, carências de soluções ou problemas, sem vidas ou mortes, Cadinho acompanhou, ainda em pesadelo, Aiutinha sumir em uma metamorfose sem começo e, por incrível, sem fim, para se transformar em ausência presente, sem sabor ou rastro, mas ativa e grosseira, pegajosa, nauseante. Enormes visões cegas, olhando o desespero sem enxergar, como gosta o futuro quando se amasia com o improvável para mascarar o desespero. Cadinho, depois de ver Aiutinha ser arrastada pelos desesperos carnudos e hipócritas, pelos gritos alucinantes lançados, mordida e ensanguentada em seus seios estuprados como se fosse uma Divina cabrita, disputada por dois irmãos siameses, mas que, por ser amor, não poderia ser dividida, se viu acordar apavorado, suando, e olhou, vazia, a esteira de dormir forrada com saco magro de palha de milho ao lado da sua e confirmou que Jupá saíra bem antes de o sol despontar.

Levantando, desmandou do casebre, Cadinho, para o terreiro à cata de Jupá, intuindo entrave das maledicências, agruras, outras desventuras do que viria. Cruzou a meia-lua de obobolaum deixada por Inhazinha na véspera e sobre a qual o pai ainda não urinara devidamente respeitoso. Não rastreava sinal do irmão na poeira. Se evadira Jupá angustiado pelas cabeceiras da Serra da Forquilha para desanuviar nos cantos dos pássaros, nas brisas bolinando as folhas das quiçaças, na esperança de recostar a cabeça na tristeza e conversar com a pedra grande que sempre recolhia os recados para lançá-los aos aléns, decifrar os prováveis e retornar com a solidão ou com as fantasias. E, dos aléns, os ecos retornavam com os murmúrios das confidências, voltejavam carregados das surpresas nas respostas proseadas mesmo que não se gostasse de ouvir o que a pedra grande previsse. Na serra, na catinga subindo pelos desalentos, tristezas puxadas no lombo agastado e na cabeça sofrida das desfortunas, Jupá isolou só na sanha de pensar vida, destinos. Dolentes às desídias destas horas se tramavam com os inexplicáveis encaroçados, palpitando escutar só ruídos das aves, angústias, dos ventos. Cadinho, sem ver, sem ouvir, escutava lagrimado do irmão penitenciado, sem acudir na feita de ajudar, intuindo agruras por serem. Jupá não deu de si, mas também não desfez corujando de longe, boca do cerrado subindo serra, como marcado queria prover de deixar registrado.

    O tempo, que só sabia acontecer esperando, se fez dois dias mais e assim a mãe deixava para Jupá, boca do forno de barro, a tigela de comida que dela sobrava quase inteira, amargor da angústia fungando noite adentro, salpicando tristeza nas andanças. O irmão arrastava consigo, saindo da capoeira da serra, escondendo-se pelos cantos do sítio àquela hora da madrugada para não tropeçar em conversa sem monta de precisão. Como travo grosso, Jupá amarrava sua penca graúda de desarvoro e enrolava em volta da casa como guará ladrão, lambiscava partes de nada, quirelas, na gamela deixada por Inhazinha e sumia pisando as quiçaças nos meios da serra para ouvir os murmúrios dos segredos, retornar proseados com a pedra grande, beata de atender cismados sem curas, enxergar alegria da passarinhada lambiscando provérbios, mas desestimulado de dar ciência de ser. Cadinho sabia dos entornos, espionava esperança, assuntando traçar destino e ver onde as águas molhariam os passos de todos desafogando rusgas. Mas não se deram as barganhas dos entraves por soluções. No terceiro dia de enrustidas cismas, o irmão amanheceu no terreiro da casa, no sol ainda fazendo envergonhados silêncios e cerimônias antes de acalcar de todo, pisou sisudo pelas beiradas sobre os encarvoados pela mãe na véspera na soleira da porta, já molhados por Camiló. Amarrotava, no andejo, Jupá, o chapéu amarfanhado nas mãos nervosas na teima de esconder seus desejos, enquanto o pai jogava simultâneo no jacá as tiras de couro e seguia destino para o ponto de venda e trançados dos arreamentos. As meninas irmãs olharam o moço pelas brechas da tristeza das janelas quebradas, por trás do medo solitário dos olhos dele e arremedaram fazer o sinal da cruz, mesmo pobre de postura correta, como entendiam para as agruras das tramas que deveriam ser. A mãe viu as perversidades, beijou o rosto do filho por onde corria a lástima enlaçada à lágrima sem vontade de cair logo. Cadinho amuou na querença, sabendo das rimas com tramadas figuras a virem.

Achegadas, por horas serem corretas marcadas, passou pelo curral e pela tranqueira Cirió Oveiro, amoldado à bagageira arreada de um lado pelo seu peso prestimoso e saliente, sorria um genérico sem louvor, mas suficiente para a ocasião. Adentrou empenhado, questionando das catas, das barganhas, compras, das vendas de sempre para entabular vantagens. Rastreava Cirió, assim como velha gambá fêmea no cio, por todos os arruados e corruptelas, os ovos, galinhas gordas, frangos, as sobras, passarinhos, as tralhas. Sabia bem profissão e ajustava os verbos nos propósitos sempre iguais. Deixava pendurada na capota da bagageira, o oveiro, nos propósitos claros e dengosos, tira de chita vermelha, desejo azul, cobiça furta-cor, vaidade amarela, ostentação grená, maciez cinza florida de exibição, tudo rasgado dos panos vistosos, sendo oportuno para cevar desejo de compras ou trocas por outras ternuras, badulaques e cobiçados. As meninas-moças-senhoras se assanhavam nas ofertas vistas, bonitas expostas. Atazanavam encarreadinhas excitadas em tropeços pelos terreiros atrás das frangas, frangos, galinhas, dos ovos para os câmbios com os anseios. A vida se respaldava naqueles grotões em novidades ditas vindas das últimas modas de muito longe e se agitavam alegres. Cirió virou a mula ruana, garbosa, enquanto deixava bagageira na posição de sombra e também de destino de sair. Isto tudo se dando foi a conta da sina de Jupá assomar os ouvidos do oveiro e balbuciar calado um pedido triste de rumo, desafogo sisudo, um entretanto temperado de solidão escutado no ciciado do lamento, mesmo sem ser ouvido no detalhe.

Irmãos portadores desajustados de conflitos e dissabores, disputa urdida em amargas sinas da nobreza posta, Aiutinha mesma, emprenhados dos enormes entulhos de sofrimentos gêmeos, sentaram nos abeirados dos silêncios seus calados sobre as esteiras jogadas nos chãos dos sofrimentos onde dormiam. Ficaram lacrimejando uns infinitos de palavras mudas, deixados olhados sem as vistas enxergarem, desenterraram vagarosamente os amaldiçoados, ora grudados nas ânsias, e afundaram cada um mais nos seus insolúveis. Jupá jogava desmazelos de farrapos, solidão, carregou a angústia na mochila velha junto com as mudas para dar sinal de além, achar seus sumidouros, despropôs não dizer mais descabidos outros desnecessários e deixou correr o nunca mais para as desforras tomarem descaminhos que viriam. Na cumeeira do sapé, a coruja empunhava desobrigados maus-olhados vidrados e achegou simulada do lado da agonia para destravar retirada atristada, desacertos em mágoas e outros insolúveis. No remanso do riacho as águas brincavam de trazer as memórias dos tempos, sem volta, do nunca mais das serras visitadas, das caçadas dos passarinhos, dos alçapões armados no coração das expectativas, nos bordejos dos galopes no cavalo, nas malícias da igrejinha caindo, nos anseios da Divina comida. Por pureza das mesuras, o curió estalou o canto moroso, bonito, para reforçar as cismas, almejando, da janela entreaberta, deixar a despedida acompanhar a cabrita renascer passado e outras abnegações suas pastando para não permitir a vida morrer sem choro. Como premuniu retirada, o papagaio chamou Jupá, pedindo cafuné, mas naquele atropelo ficou para o posterior, que veio só no nunca mais. O nada continuou enrolado no silêncio e durou mais um resto de infinito sem nenhum dos dois irmãos proporem desmerecer desacatos dos sofrimentos e prosas. O além assumiu, mas o bordejo da mágoa se deu até acontecer chamado final da sineta da mula ruana, sem desconsolo, alertar definitivo das partidas alongadas e Cirió, na boleia, esperando gordos complacentes destinos a virem. Jupá ao alçar saída de pronto viu o vira-lata Pecó, quase cego e quinze anos tidos, tentar mordiscar, desdentado, sua sombra no estribo da bagageira. O cachorro amargurado insistia pegar o espírito de Jupá e implorar a desistência da intolerância e da vontade última antes do adeus e do jamais.

Por conta de catar as tristezas caindo nos andados apagados rastros não vistos, por quase cego, esperando a morte chegar pelos cantos traçados, soslaios palmilhando pelos descansos carentes que deus desempaca para findar sofrimento, Pecó abocanhava, como desse, as rebarbas das solidões lagrimadas, caídas nas poeiras e nos trambolhões dos buracos, que Jupá foi desmerecendo enquanto a bagageira começava a trilhar sumiço. Sem percalços foi topando na corrida paralela à condução o uivado lúgubre do cão magoado ao lado das rodas arrastadas no troteado da mula do Cirió, bagageira carregada de amargura, frangos, gaiolas, sofrimento. Muito sério, acompanhando a mula no troteado, levando os restos amargos de destinos, deslizando serra abaixo e por muito perturbado das vistas, velho, seguiu o cachorro sem enxergar quase nada, mas muito premonitório sentindo que as esperanças perderiam os rumos e ficariam parte nos encarvoados do sítio atadas às ânsias de cada um deles, chorando, e o restado deu conta de ir vendo o sertanejo irmão sumir na poeira. Desistiu o cachorro desvairado de acompanhar a agonia escondida na matula de Jupá, no sentido de desandar mundo afora, outros sertões ou paragens. Como sempre se davam nestas tristuras, seriema deu assanho, mesmo chamando no canto o companheiro sumido nos bordados das catingas, que não choveria por um verão alongado e chorou junto com o cachorro, ululando no moirão da tranqueira ainda aberta. Pelas algazarras dos tizius arruinando mesmices, ninguém deu atento de olhar o riachinho trazendo cedo Aiutinha, puxando o sol rabugento pelas beiradas das saias, para enxaguar nas águas brincando nas pedras, as apreensões dos que ficavam e as mágoas de quem sumia. O sol não atinava de amainar desventuras sem querer ensinar gente triste o desfazer. Embalados dados, Cirió charreteando destinos e carregando Jupá, voltearam por cima das gabirobas ainda restadas pouco verdes, tomando juntos os rumos mesmos iguais dos morosos ventados, levando poeiras finas, secas, emaranhadas nas rusgas e desditas, para esparramá-las pela Serra da Forquilha. Do beiral da janela com as irmãs remelando choros, Cadinho viu Jupá tirar o chapéu rasgado e recolher nas abas um infinito de tribulações para ir mastigando alongadas com os tropicões da bagageira desfazendo caminhos e incertezas. Caía devagar uma mancha longa de saudade, rufando sincronizadas as folhas das quiçaças pedindo chuva e esparramando os ruídos das maritacas em burburinhos, mas o curiango não desfez de querer aprender a chorar. O tempo duvidoso pôs atento nos olhados sisudos, agourados e petulantes da coruja para trazer notícias de que nada pararia no sertão antes de deus mandar chuva e desfazer desgraça. E os tropeços da bagageira continuaram ajustando para se ouvirem os papagaios ruidosos e as águas para andejarem, procurando outras desforras.

Com o tempo passando, pois não descansa nos cerrados e nos arredores, as coisas dos que vestiam as tristezas apropriadas às fugas de Jupá foram mudando os olhados para diferentes desventuras e a vida acompanhou os fados adequados para o azul deixar o sol brincar no infinito, desenhando, nos pequenos firmamentos, as sucessões dos dias. Mas os traçados continuaram correndo e o passado foi sendo engolido, tanto que a vida carecia se fazer mudada em outras destemperanças para acontecer em novadas tramas. Nas proposituras de se alternarem as atenções, as últimas estrelas continuaram lambuzando as noites, como era hábito quando amadrinhavam nos escuros das serras para os sóis repousarem. Nada parava, embora cada um fosse levando seus sofrimentos arraigados para escrever suas sinas com caligrafias diferentes e alternadas. Plantou-se Jupá no pretérito para o futuro brotar sisudo e desconhecido.

CAPÍTULO IV

DO PAI, DAS TRAMAS, DOS DRAMAS, DAS DAMAS, DAS SINAS

Os acontecidos vinham achegando retorcidos, atristados, cada vez mais nos carreiros cismados, como codorninha hipnotizada enfeitiçada de agouro de cascavel desabusada no cio. Ano prometido de sinistros, embora admoestado o quanto se daria revirado por premonitórios desolados dos videntes e cartomantes. Pôs-se de a chuva começar a escassear forte nos roçados, desajustando por conta desesperança de fartura, que já era miúda e barganhou o restinho por minguados, ademais fome piscando caolha amortando braba, arremedando sofruras por trás dos cerrados. Da soleira da porta do sítio, Camiló Prouco, pai de Cadinho, Jupá, Nema e Imati, não saiu das rotinas naquela hora que deus ficou dormindo até mais tarde e deixou-o só, por conta das desditas em tarefas do dia começando. Na tarimba de não poder, por regras e praxes, fugir dos meandros acostumados de onde enxergava o fim dos azuis sem nuvens para aguarem as esperanças, bisbilhotou o pai da moçada os aléns, persignou-se voltado de frente para os cantos das juritis assentadas ao pau-d'alho no pé da Forquilha, virou contra o vento para não se molhar, antes de, na sequência, sério e compenetrado, urinar aguado, mole, largo, com fé e candura, sobre as caligrafias dos encarvoados de Inhazinha, sua mulher de desforras, coitos, desavenças e assanhados melindres acudidos na cama, mesa e fogão. Não se punha como desrespeitoso ou desventurado, como sabido, mas muito pelos contrários, premido atendente de servidão e mandado obediente das ordens certas das crenças reverenciadas, amoldadas a prosperarem robustas, como se era sempre para homenagear obobolaum.

Por outorga das venturas, as coisas se iniciavam entre o pé de pitanga, a macambira e o ingazeiro da barra do cerrado, pois, para darem-se os destravos, as maritacas confirmavam os ajustes alternando premências de voos encurtados, fugindo do nada, respeitosas e sistemáticas, compromissadas no assumo de desregrarem as algaravias revoadas manhãs inteiras. Se punham as barulhentas filhas de deus discutindo se as carências das cores da solidão desorientavam os desatinos dos ventos ou amainavam as melancolias. Meditava Inhazinha mãe que, das ternuras da vida própria, pouco se atentava em aproveitar para os juízos, pois a cabeça desandava por conta das loucuras dos outros, pelos buliçosos da natureza tresandando secas, desatolando por trás das desgraças, ajustando mortes, impondo destraves. Mãe de Cadinho, Jupá e meninas, beira d'água, manhã sobrada se dando ali para atender roupas com quem conversava suas lamúrias e premissas. Tristeza achegando, olhava de soslaio e definia Inhazinha, correta, que se assentavam as aves barulhosas nos galhos das folhas mais coloridas, as mais saborosas de assanhar as vistas, suportadeiras das algazarras e naquelas preferências compunham suas poesias e estripulias, parindo as dúvidas tanto como as solidões nascidas só nos sertões. Solidões das dúvidas ventadas aos aléns antes de se derramarem em outros desatinos e desavenças.

O pai, Camiló Prouco, até as coisas tomarem outros rumos, enquanto desaquecia a ressaca da bebida forte da noite anterior, choramingava umas sinceridades disfarçadas na beira da bica do córrego, onde Inhazinha mãe ouvia surda e continuava a batida da roupa na tábua larga de óleo, aproveitando restado se dando da aguada diminuindo, encolhendo de se ver sumir cada dia um tanto. Camiló prometia correção e postura de nunca mais chegar tarde, parar de beber, suspender o truco lavrado, desmedir assanhados de putas mansas benzidas nas carências e não desaforar os meninos e todos, depois de achegado às noites antes de dormir. A roupa sovada na madeira dura gemia os pedaços das almas de Inhazinha dilacerando afrontas das mesuras fáceis, recendendo mesmices, um bafo de mentira, com cheiro do arroto de cachaça velha, salpicada da mesma toada como taipa de borralho frio. E as respostas sem eco, nas orelhas de Inhazinha, ritmavam uns gemidos de desaforos curtidos nas pancadas dos trapos sovados sobre a tábua aguada do córrego, nos retalhos lavados, comidas contadas, secas chegando, torturas crescendo. Camiló, trançador famoso de couro e taquaras, benzilhão, que a vida fez nas carências dos acasos, assumia palavreado de promessas nos desacertos de contas da véspera em que chegara, como sempre, amarrado à pinga, atarracado aos seus aléns e ameaçara todos da casa, mulher, filho Cadinho, pois Jupá se fora, filhas, em desavenças, antes de se haver com a tigela de comida sobre o fogão de lenha. Plantavam o silêncio, os demais da família, na solidão e isolamento de Camiló, até que o jogassem no jirau, recolhido depois de despencado das desforras, insolvências, e dormia atravessado entre a taipa do fogão, a banqueta de cipó, a gamela vazia, garrafa destampada, mesa caindo.

Sertão, profissão se dando não se mandava na matreira, ela que escolhia o desavisado e ajuizava entendimentos, perícias, ferramentas, melhoras ou despeitas. Tal se deu muito proveitoso com Camiló Prouco, que herdou de sangues e sobejos do avô, que já recebera dos antepassados sumidos e enfezou na mesma o pai e aprendiam as artimanhas de nascença para trançar com mestria couros crus, habilidades, taquaras, bambus. Não era de raça vinda só a arte impregnada nas correias, mas a destreza nos couros e provérbios sacramentava perfeitos tanto iguais as mesmas abnegações com que os dedos das beatas e carpideiras atribulavam os terços para se ajustarem os intentos com os aléns. E os tentos dos couros embebidos carinhosos nos trançados agradecidos retornavam dos infinitos abençoando as artes nas vistas boas dos aperfeiçoamentos das peças acabadas. Deu-se hora dita dos procedimentos, amargou aos costados, Camiló, jacá sortido dos necessários para a faina de dia todo com as tiras a ser entrelaçadas, couros secados nos bambus envarados, cortados justos nas minguantes das luas, entronizados nas carências com rezas exatas e de fé, muito apropriadas aos efeitos nas tradições e sabedorias herdadas. Sintonias das perfeições para darem-se combinados os descarnados esticados, tudo pendurado e ajustado ficava pendendo nas pontas do cambará, os das vacas e bois graúdos, pois na candeia estirava Camiló as peles menores das cabras e bezerros. Igualados sensos e proveitos, como de sempre fora de pai para filho, de bisavôs sumidos, nos antigos procedimentos, sem sapiências de velhas tantas datas esquecidas e perdidas, mas instigados nas sanhas corretas. Acabados os tramados, inclusos sem registros memorados de perdidas tradições nas mãos dos Proucos e os entremeios fiados das peças finadas, nas ambições dos olhados se exibiam galanteadas por quem desfrutava cobiçar em terras de Oitão e redondezas.

Atadas às providências tomadas e assistidas, passou a alongar da casa e assobiar, Camiló, faceiro, cadenciados ritmos de bem embalar larguezas dos pés a passos dados, descalços, sobre o pó marcando rastros, rumo abaixo das trilhas da Forquilha vindo, serra ficando parada a olhar a alegria do sertanejo desfazendo as dúvidas e as cismas para não estorvar o dia. Tudo exato de onde a passarinhada atiçava lambuzar alegre nas algazarradas cantorias. Formosuras das sinfonias acompanharam até o trançador encontrar os arruados e as prosas, para cair nos remansos das mentiras e das contraditas, atravessar na labuta e no sequenciado das artimanhas, as peripécias, tomando assento ao sol já mascando agressivo, apetitoso, no seu ritmo de astro rei, como deus lhe ordenara prover e bailar. Assim ritmado e sempre, todos os dias, as sombras das casas e das árvores, como carecia ao pontuar as horas, até que pelo meio do dia devorava jocoso, o sol, o restinho para esquentar tudo ainda mais. O resto ficava para acontecer nas tardes mais calorosas, enquanto o vento enfurnava, a querença sovada pedia mandriados, as folhas das catingas enrugavam sabidas, enroladas para guardarem as águas poucas, a passarinhada calava no seu tempo atenuada em melodia. E por serem crias do astro rei se punham as sombras a se deixarem crescer, mas dos outros contrários lados, para dizer que era justo e imparcial, ele.

Quem deu prosa dos acontecidos, por descuido e falta de méritos melhores, foi o inhambu fugidio, parvo, avoando em sorumbáticos piados, à frente das passadas de Camiló. Assossegado voo em postura continuada para a negrura sua sumir na quiçaça e emprenhar no hábito da jornada intentar curtinha, pelo fôlego pouco, taciturna e meditada, pois a ave entoava canto fininho à companheira, comprido, para acalentar parceira pousada no moirão da curva mais adiantada. Tudo muito miúdo por descarecer de mais, triste chio de longe ouvir, inhambu viageiro, e atendido nas vistas dos amuados passantes, acompanhando andarilhados destinos próprios das cantadas de Camiló. Já no arruado palmilhando, jacá ombreado no costado e os trançados juntos, alongavam as perspectivas de não afrontarem em desforras, dando conta das coisas não mudarem enquanto o sertão continuava pelas léguas e desfortunas. Nos reboques dos pensamentos ouriçados, assentia caminho pai muito compenetrado nos seus afazeres a serem enfrentados na luta do dia começando. E já na viela, tropelias assistidas se davam na poeira grossa vendo o passadiço das tropas de cavalada xucra passarinhando manhosa, refugando sombras, carros, carroças, latidos, assustando gente, pedindo relho as boiadas, peão agitando berros, caminhos à frente clamando destino. Terras de deus ou do demo, em tempos sucedidos, alongavam amarguradas vacadas morosas carregando sede na procura de água farta e haja caminho para seguir ouvindo o lamento solfejado do berrante triste para não desapetecer obobolaum. O azul cortava o infinito, a tristeza machucava o coração e o boiadeiro traçava pelo caminho da saudade.

Tudo muito desfilado pelas portas do Abigão, armazém escancarado para as compras ofertadas das gentes cruzando à cata de seus necessários. No repente dos provérbios e proposições, assentavam por transitadas carências, na mesma ruela estradeira da vila se dando, as esperanças dos caminhoneiros, parada, divulgada boa de ser, Oitão dos Brocados e ali desamaldiçoarem os buracos, os chãos, as poeiras. Abastecimentos mandatórios no posto de gasolina, repastos na venda, cerveja, conversa, cachaça, alento. No reverso das manhas boas, os intentos dos passadores alongando boiadas, dirigindo caminhão ou palmilhando fronteiras outras, se davam ajustados e dengosos nos tempos de descansos morosos de pouco, nos intentos das refeitas das refregas nas cataduras de pinga curada, de cerveja fria, da guria briosa. Noite aberta, gente muita rodada de viagens chegando às casas de achegos e fantasias da Naquiva Tiúca e Jupita Ganzoe, que atendiam motoristas, peões, viajantes no rastro de dormirem em Oitão, acompanhados das regalias depois de sorverem as águas abençoadas da Bica-da-Putas, nos imaginários que lhes competiam. Os caminhões pousavam nos fundos das posses do Abigão e as tropas e boiadas acomodavam soltas no pastejo da Várzea da Macoté Crioula, que melindrava alargada pelas beiradas do Jurucuí Açu, mor das vezes Açu ou Jurucuí para as afinidades.

E no assento do pó rabugento amordaçando vielas todas de Oitão, desanuviava as vistas afobadas amainar atenção no trote lerdo da jumenta velha no carrego das crianças engarupadas e o latão de leite trazido cheio ou levado vazio. Sol ganindo, vento nada quase, tempo indo. Até de preguiça farta, a avistada de supetão da estrada principal de Oitão, estreita e mal-acabada, deixava atender olhado de caber irregular e nos desconformes, sem métricas e desalinhadas despreocupações contidas, os casarios nadinhas, alguns insignificantes de contar nos dedos de tão apocados de pau a pique ou adobe, maioria sem eiras nem beiras, desnotados, além de outros limitados tais mais petulantes, pouquinhas construções atijoladas entremeadas nos corridos. E por diferentes se levantaram menos ainda, raros entre as minorias, alguns sobrados nos contados. Mais caprichadas sendo também escassas construções de cozidos barros requeimados, reboques e caiadas até, mas o branco assumia em tempo curto sabor carrancudo de imundo sujo, depois tão logo cruzavam assim pegajosas, macetando poeiras e outras intrigas as tropas bravejando. E gemendo a catadura das águas distantes dos cerrados seguiam os berrantes acalentando garrotadas entristecidas e tudo corria anuviando as vistas. Ficavam diferenciadas e soberbas nestas vaidades a se verem fáceis, na ponta da chegada de quem vinha rasgando caminho dos lados de Troncado das Antas, pela canhota, o armazém de secos e molhados do próprio Abigão. Depois, ao cair o terreno para o lado da Serra do Mimoso, o seu próprio posto de gasolina. Visava ainda, tendo ao lado de quem cruzava depois do cemitério, o assobradado da residência da venda e do boteco do Lobágio do Rótulo.

Também atijolada mais exibida, se fazia ali, na rua, a Farmácia do Ponga Doido, que adrede acudia nos casos de urgência e simpatia de benzedor, médico e vidente. Vizinho do Ponga se instalara Jamicaro Ralendo, na euforia de barbeiro, atendente de sangrias e divulgador das fofocas ou das mentiras. As vidas de muitas léguas em redor de Oitão de gente conhecida ou desafeta eram inventadas, trituradas e esmiuçadas na barbearia do Jamicaro pelo povo desocupado e desfeito de afobação. Tanto abaixo, mas já na ruela estradada de descida, mesmo bem rebocada nos intuitos e vaidades e arvorada de dois andares construída, pois sendo mais caprichada, caminhando ainda trinta braças, antes da curva da saída para Vertedouros dos Jacintos, já esmerava o bordel da Naquiva Tiúca, bagatela de mais careira nas cervejas, nas pingas e nas complacências amorosas afagadas, por se dizer um dedal de aprazer insinuado na sofisticação dos serviços prestados aos donos de caminhões ou das boiadas e mais abastados. Na porta da casa vermelha petulante da Naquiva, gritada de tanta atração e vicejo no rubro colorido exibido, airoso na alegria para a prostituição acintosa e propalada, propositada nas vistorias para chamar a atenção e ser indicada de longe aos que perguntavam pelas moças, assistia uma imagem de Madalena Santa, muito gratificada e benfazeja de sucedimentos prestimosos, ornando com a sineta a ser tilintada por quem achegava arrastando sobeja, tesão, espora ou olhados transversos. Mas carecendo todos os visitantes atenções carinhosas e adjacências afetivas, razão de não recusarem ou adentrando as hospitalidades para serem bem recebidos. Anoitando, as prosas e os ventos, Madalena ordenava Naquiva acender sobre ela lâmpada em pequeninas miudezas, embora vermelha chamativa, mas de abnegada euforia para surrupiar as imaginações, chamar a atenção e ensinar as trilhas. Entremeando a rua com mais um nada se atiçava quase fronteira à casa da Naquiva a afamada Bica-das-Putas e confrontado de perto se distinguia o Jurucuí arrogante, exatamente nos traçados de onde a balsa cruzava trazendo outras fantasias e gentes carentes de todos os cardeais pontos.

    Do lado da estrada que escapava da mesma rua da casa da Naquiva, mas ainda com ares de arruado, e muito perto da bica milagreira, limitada nas divisas da polícia definida como área de zona de mulher da vida, para meretrizes profissionais, subúrbio a bem dizer, embicando por caminho longo, direção das Capoeiras das Boituvas, beirando ainda o Açu para o norte, sentido Pontão do Despenhadeiro das Cantilenas, corredor do Riachão da Pedra das Cantadeiras, seguiam umas poucas taperas de pau a pique e ademais acoito de outro ponto de alegrias serviçais do prazer. Não por ser saída da região maldita de lobisomens e lazarentos, afamada de desprovérbios e coriscos em noite de lua cheia, mas se assentara no caminho também, a mais se fazendo, a casa de merecido assobradado airoso, de tijolos à vista bem aparelhados até, da Jupita Ganzoe, mulata de chamegos famosos distribuídos até se gastarem na capital, quando moça, mas por destino se atribuiu vir cumprir restante do mandato da sina nos arruados de Oitão. Acolhedor já o alpendre mimoso da morada das moçoilas, os chegados assumiam o colorido afetivo da primavera sempre florida, roseadas, claras, vistosas e contundentes para se confundirem com os crepúsculos grenás de Oitão, que era destacado por quem vinha estradando de longe. Ganzoe acatava mulheres-moças mais simplórias, envelhecidas nos encargos, feiosas nos desgastes dos dentes ou pele, e às vezes nos descuidos carregadas das sífilis, cancros ou gonorreias. Coisas dos atinos e das atividades. Sem menosprezos, obras dos destinos e das ofertas e manejos das demandas dos mercados, para não se decomporem carências faltadas de prazeres a todos os abnegados de deus e atender, a morada, amiúde e nos contentos, boiadeiros de rotinas corriqueiras e peões desprovidos de cabedais mais estruturados e financeiros portes menores consabidos.

Tudo corria assegurado, providências corretas, nos afazeres para garantir austeridades e vigilâncias, sem ofensas ou receios, religiões e trabalhos de um lado da vila e prostituição e atenções separadas. Tanto assim que o vereador Bariacó Sopato, representante de Oitão dos Brocados na comarca de Axumaraicá de Cima, não desfazia desavença, nem tanto calava também em serviço das presunções, sequer deixava por menos seus titubeios ao prosear alardeado que ninguém saía da vila sem algumas das mesuras conhecidas em léguas, dependendo de quanto ajuntara nas guaiacas. Por reminiscências vertiam seguidas aleluias dos milagres atribuídos às águas da Bica-das-Putas enfeitiçadas sem ônus ou desfeitas o ano inteiro. Obobolaum movia majestoso suas bênçãos e proteções. A vida se consumava nas tradições e propósitos obedecidos, sem mandados superiores, pois tudo seguia em bom juízo, provimentos intercalados e necessários. Em Oitão jamais se desafinava em pieguices sobradas na semana, por falta de sentidos, tempos curtos dos afazeres muitos e nem se amaciavam as parábolas antes das horas e das rezas de domingo professadas pela benzedeira Jacinara Comato, velha nos comandos dos conselhos, dos partos, dos premonitórios.

Arriado jacá, nos conflitos e confluências da boca do posto de gasolina e da venda do Abigão, olhando de enviesado as casas das meninas das forras e desforras, de costas para a capela de Santa Eulázia, de onde se viam os andejos das sepulturas pobres do Cemitério da Saudade, assistia Camiló assumir o primeiro gole do dia para desembuchar preguiça e emular tramoias com bebida ruim. Trançar couro ou tramar taquaras era dádivas dos deuses, onde os dedos cegos, mas abençoados, viajavam brincando de segredos, mimos e demências. A cabeça se soltava, petulante, lambuzando os bailados das securas dos sóis queimando e outras impertinências se ofereciam para impregnar as peças com as magias das ordens dos espíritos encarnados nos artelhos miraculosos. Videntes, passadores, estradeiros, andarilhos, peões de terras batidas, muladeiros de sinas bravas, putas de rasgos tempos, padres de poucas crenças, pastores de dízimos calhordas, gigolôs de prontas cismas, benzedores de manhas e bernes comungavam as prosas: *Oitão, firmamento de fim de mundo, onde as adjacências se confrontavam com os imprevistos e as surpresas não se acanhavam, era terra que teria de ser visitada antes de escolher morrer.* Por se dar no estirão de passadio inacabado ao acatado de destino certo, era rota atendendo tráfego sistemático de carro, caminhão, boi-boiado, tropa muita, mula, cavalo, potro, cigano sarapintado de buliçoso e barganhas, charretes, carroças, bagageiras, carros de bois, arvoredos cismados sempre de pó miudinho cobrindo suas teimosias. E o diabo tornava o pó manhoso e pigarrento, para o arruado aberto, para a vastidão dos sem fins chamarem as pragas e doenças. Entristecida na solidão e para amante se fazer em afagos, a poeira agadanhava, acalentada de pegajosa Camiló, beijava-o excitada, pela garganta e peito, acompanhando cativa de impertinente seus lambuzares de dedos com as salivas abençoadas para enobrecerem os couros gratificados. Era ali nos rasantes das confluências das desditas, entre o posto de gasolina, o armazém do Abigão, as casas das moças sem cismas da Naquiva e da Jupita Ganzoe, que o trançador assentava seus trejeitos de atentar suas artes, rastrear histórias, desenhar cismados e aveludar nas outras pertinências. No rompante da cachaça já desenvolvida em goles solenes, fartados, sistemáticos, tresandando em canto moroso, boiado, de tristuras e emboladas, contava casos inventados ou ouvidos, enfeitados de fantasias e delongas para as crianças, arrodeando seus sorrisos e versos afetuosos, se gratificarem. Amenizavam os meninos e meninas curiosos, cativos, ao redor dos couros assanhados de soberbos embalados nos cantos e tramados ramados. Camiló era muito mais senhor de si e deus que atentasse curioso para aprender e comprazer, mormente satisfeito nos amaciados nas fibras antes de se emparelharem perfeitas nos tecidos crescendo nas mãos habilidosas do artista. E enquanto os trançados surgiam meticulosos, cantarolava para os couros se encantarem nas aprendizagens dos infinitos e a criançada arrodeada gratificava sorrindo o dia inteiro, pois sempre havia algum embevecido junto.

O tempo ordenava melindrar alongado, faceiroso, sem acabrunhados e desfeitas, mais aquele dia de sol do senhor para intuir que não gostaria de morrer. Enredados trançados por Camiló recebiam em cada gesto, cada laçada, cada carinho, um melaço sincopado de canto e candura colhidos nas estórias ouvidas, recontadas nos proseados, nos trucos, nas cachaças, mandingas, desforras. Aleluias aos dedos mediúnicos alquebrando os tentos obsequiosos das correias agradecidas para assumirem destinos seus, senhas, sanhas, manhas, formas, artimanhas eram seguidas pelo coleirinha, que se empoleirava companheiro no jequitibá vizinho. E tudo se adornava amolecido nas cantarolas improvisadas, repentes das trovas e rimas, sonhos, astúcias, afetos. Correias, delírios, couros, trançados, magias, poeiras, cachaças, se ouriçavam delicados para invejarem os passantes e Camiló soberbo nas habilidades atiçava nos falsetes dos cantos e encontros, conversando com suas aptidões mimosas. Quem por fé se desse a observar atento à onipotência vivida da exuberância de Camiló nos seus delírios trançados não saberia distinguir onde começavam ou terminariam os braços, onde se alongariam as mãos, qual a vereda das veias corretas saboreando o perfume dos tentos, como poderia tão bem navegar aqueles sonhos pelos sangues, enfeitiçarem os nervos, gratificarem-se nos músculos, se descomporem em dedos virando couro, os couros arremedando trançados, como se fossem um infinito só. E os lavrados seguindo corridos se transformavam em tiras e as tiras se apaixonavam entrelaçadas entre si para endeusarem as perfeições dos trabalhos. E pela magia do amor tudo voltava parelho, saindo dos couros prontos, abençoando as mãos, tresmudando em braços e os braços articulando os encontros, estes amaciando as veias, os nervos, os músculos, sangues e tudo acabava nas delícias dos cantos, sorrisos que arrepiavam as crianças e entusiasmavam o esplendor do artista. Era um infinito de prosas macias entre sonhos, couros, almas, dedos enfeitiçados e melodias em fás sustenidos maiores. Único bailado, canto solo, arquitetado de proezas, poesias, poemas, poentes, prosas puras, prendas prendadas, por serem desmembradas libertas de assombramentos e cismas em movimentos consagrados de corpo, vida e paixão.

O tempo se pôs em versos, abelhudo nas premonições a virem, e por assim se deu que além dos percalços das taquaras e dos couros apaziguados e entravados entre si, sob as preces das cantatas e das prosas dolentes, Camiló passou a se atrever por ocasional socorro a um repentino imprevisto a outras artimanhas. Soberbo de curioso nas coisas endiabradas insolúveis e descabidas, começou o trançador a usar nos tateados de rezador de cantochões murmurados, os mesmos dedos ágeis, definidos e embriagados de energias tantas, porosos de ternuras, calejados nas carências, afrontando com macios e afetuosos sedosos, nas horas justas, os artelhos destros nas imbricações para massagear os corpos mal-arranjados em quebradiças e destroncadas desfeitas. No embalo dos ossos sofridos e das carnes carentes aprendeu Camiló, brioso dos intimismos, a destrançar tristuras desamparadas, alimentar almas desatendidas, acarinhar. Por suaves manobras e por derradeiras intenções, tentar encolher as cismas e dores carecidas. Muito promissor nas salvaguardas dos espíritos desencarrilhados dos sisos e das prudências, se fez atendente de quebrantos, maus-olhados, desvios de arrego, faltados de amor por aptidões usadas nas carências.

Tudo ocorreu primeiramente, como ficou registrado nos cicios dos ventos que gostavam de atravessar Oitão junto com as boiadas, poeiras, potrancadas xucras. O acaso veio muito inconsequente, mas oportuno, em queda de moça de roça afastada, montada para a vila, por desordem dos destinos chegando de Amuriaé das Monções. Pois foi como se desarranjaram os búzios e as falsidades se atazanando naquela tarde sem prever as mazelas e a besta alazã cadenciada de exuberante, que trazia a moçoila, portes chamativos bonitos e passarinheiros de ambas, refugou o animal sem sobreaviso, com buzina de caminhão na boca da noite, mor do evitamento de pedestre bêbado cruzando a ruela. A menina não sustentou refugo do animal assustado, caiu frouxa na poeira seca com o ombro torcido visto. Estiraram desmaiada a menina da mula alazã sobre o balcão sujo do Abigão e o povo desavisado, sem saber providências, pasmou na ignorância. Camiló, encostado na ponta oposta do balcão da venda, dando conta do gole seu derramado, desmereceu do baralho das mãos, em que era procedente de habilidoso no truco tramado, foi amoldando aconchego de curioso e palpite, enviesando encosto no carecido, viu com olhos matreiros a desfeita mal amparada do ombro deslocado. Atinado, tinhoso, apalpou os vazios nos cuidados carecidos, como se entrelaçasse seus couros, apeteceu ajeitado e manhoso retornar os desvios da moça aos moldados regulares e nos procedimentos exatos. Muito amainado nas leituras das carnes descarnadas dos animais, acatou uma correia exata, amolecida nas águas corretas, ajustou aos provimentos deslocados, transviou o músculo e a omoplata saltados para as adequadas posturas enquanto a desmaiada moça no abandono do balcão se desfazia de sentir, falar e dar de si notícia. Afastados os arrepios, Camiló enxaguou as desfeitas com cachaça, limão-cravo, barba timão e bênção, enquanto nas artimanhas deixava a mão abençoada aquecer os extravios, nos moldes de diminuir as dores. Muito aprimorada nos intuitos, a menina acordou manhosa, molenga, sorriso assustado. Desdisse do imprevisto, remendou das vergonhas sobre o balcão, retornou dos aléns, ressabiou nos olhos dos em-tornados carecendo choro e carinho, embora sem dor. Camiló assumiu os amparos, amesmou-se nas corretivas e descobriu que era muito competente de comandar seus dedos jeitosos nos extravios de outras manhas, além dos baralhos e couros.

A doente reverteu dos imprevistos, assumiu com a mula volta para casa e destacou como sendo a primeira providência amena, terapêutica, justa, de Camiló passando a somar nas suas virtudes de trançador as prerrogativas de adestrador das almas, dos corpos, cismas, desventuras, além dos couros e trucos. Perguntada do ombro que a moça mexeu soluçando brandura de dor suportável, nunca mais se deu por ser e sarou de todo como as coisas passaram a correr em Oitão sob as atenções de Camiló. O artista brioso de cerimônias e ciências, articulado no baralho, foi empertigando nome ajustado e conhecido por cerrados e sertões distantes de massagista, feitor de curas de sinas, almas, quebrados e quebrantos. Nos complementos das sanhas curandeiras definiu, Camiló, muito seguro dos argumentos à moça, o uso de lenço verde esperança amarrado ao pescoço e deixá-lo cair brioso pelos seios mimosos por um quarto de destino, pendurar nele o ombro magoado, emparelhando por semana e assegurar certezas de cura. A menina até pousou exibida em elegâncias sabidas na beleza da tipoia benzida em balcões de vendas e alardeadas como sustento de medidas correta proposta pelo trançador de couro, de gentes e almas. O povo pregou em rezas e sintonias:

— MulaemoçamasiadasdeAmuraiedasMonções.
— Voltaramsoberbaspelosanoitecerem.

O tempo andou rompante como cascavel no cio e chegou maturado de conversas sobre benzeduras e outras estrofes. Azucrinou sina, tanto que entre o sol se pôr e as estrelas acarinharem as tarefas das noites, caíam nas mãos do trançador-benzilhão, curador das ânsias, as desditas não resolvidas. Quando nas casas das moças livres se altercavam refregas de desamparos de mulher querendo atear fogo no álcool embebido no próprio corpo, desforra de cafetão embriagado por corno tido, coronel salpicando concubina de rabo-de-tatu nas desfeitas de namoro pega, a solução no arruado era Camiló, independendo das horas, desfazer dos couros, desenrolar do truco ou suspender da cachaça, que castigava frouxa de bem-querer e socorrer o destino. Por grito de ajuda ou providência com as sinas em andadas e acontecidas, parava as cantatas para os couros, sempre perto meninos tendo nas atenções carinhosas, gemendo alegrias e prometia atento nos socorros. Procedentes, pertinentes dedos azulados e morosos procuravam os poros dos tecidos carentes, as peles satisfeitas amoleciam as almas, as almas conversavam com os desejos, os desejos lambuzavam as alegrias, as alegrias beijavam os sonhos, os sonhos se convertiam em fantasias, as fantasias viajavam aos inesperados, partes boas se alvoroçavam em gemidos, os gemidos careciam imprudências, as imprudências se aconchegavam aos descuidos e, quando não se controlavam, os tecidos voltavam às almas e os corpos saboreavam os afrescos dos orgasmos.

    E assim a vida correu tanto que, por ser domingo e dos acasos, o sino da capela bateu clamado de reza e postura. Jacinara Comato, rezadeira, antecedeu as rotinas dos achegados fiéis convidando a população ao assento e compromissos das intenções. Seis da tarde carecia provimentos de semana finda iguais sempre, crenças para quem louvasse gostar de conversar com deus e outras alternativas em diferentes permissões para quem demandava variadas prerrogativas. Na ponta adversa da capela da corruptela, Acalina Doquerá, menina de quinze em se fazer, começou soluço de desamigar de Capistrano Cizuá Copelho, alongado donatário em terras muitas no Estirão da Onça. Propriedades ali assumidas dele, de crias de gado e gente cismada de sofrida e mal paga, de onde trouxera a menina para acomodar de amasiada na casa de Naquiva, em privilégio de solteirar no quarto particular e outras gratas benevolências. Veio ela no rastro de um vestido de organdi de gente rica, novo, oferecido no compromisso de ser formatada em quadro de parede, fotografada em estúdio e poses de capa de revista de adulações igualadas às das moças da capital. Esperanças fantasiadas de morar na vila e não arrastar mais tarefa de puxar enxada o dia todo. Desassossegou e desmereceu desinteresse e outros desacorçoados mais retidos nas promessas de fins fizeram pensar fantasiadas imaginações e dotes descarecidos, levaram aos procederes para acabar com tudo e ir embora. O tempo que passa passou e cismou de desfazer acordos dos encontros amasiados, a menina. A família da virgem pôs na mão de deus a barganha da miséria inteira e maior, com umas galinhas de cria carijós, juntadas a um roçado de milho adicional para carpir no consumo próprio e telhado novo de sapé no casebre caindo.

    Muitas conveniências inconvenientes e deslizes se afinaram nas justezas e coisas ameiadas nas prosas andaram de desfeitas formas outras para encurvadas retas. Entraram nas medidas um forno de barro caprichado de cupim e as contas antigas das dívidas fecharam barganhadas nas angústias e mais outras providências caíram nos esquecimentos. Arvorado de arrogante o Coronel Capistrano, como gostava de se fazer crer, vestiu sobeja para desfilar de amante nova, agraciado, e acomodou a provida nos arruados agradecendo as falas dos invejosos e estimulando as cobiças dos desafetos. Carregou a prenda no banco fronteiro do jipe enfeitado, novo, para atender poses e melindres. O tempo se fez, mas quinze anos fantasiava saudade, intemperança, conversa boba, probabilidade de casamento com grinalda, buquê, padre e arroz jogado, mascar sossego sozinha ou com as vizinhas da mesma idade, irmandade. Acalina atiçou começos de mordiscar tristuras, ouvir o nada, deprimir. Alma de quinze, menina-moça, se atormentou ligeira dos passageiros encantos das oferendas recebidas, da roupa vistosa, fotografia inútil, desfeita do arruado sem graça, da enxada abandonada até coube de volta um pouco de saudade. Carecia mais regaço de mãe, canto do curió ouvido na madrugada do jirau pobre, mas seu, borbulho da água correndo livre da bica de lavar roupas e sovar ali as mentiras e os farrapos na tábua, contar sonhos. Ver irmãos. Encanto do vento bolinando as imensidões das serras, trazendo os trejeitos para os sapés vazados das cumeeiras para brincar de estrelas salpicando o chão de barro. Não diziam onde as imaginações escondiam as tristezas, pois não careceria se voltasse ao Estirão da Onça. As horas rodaram em choros acalentados no colo gordo de Naquiva, sem dar conta de palmear as bordas da alma de criança não querendo se fazer mulher.

Nos convencionais, repetidos sinos se deram chamados da capela, aviso outro de início certo e reza acatada em provimento, derradeiro no atentado, cerimonioso, divinal e postado para quem de direito e fé se punha. Quem atendeu foi, quem não atendeu ouviu. Invertidas sinas, na outra ponta de Oitão, Camiló atiçava truco no balcão do Abigão numa rixa de zape na mão, mais Bacurinho do Rovácio aparceirado, com manilha escondida, nas tramadas entranhas da piscada cega, sinal abusivo de mão ganha, contra dois desforrados achegados de longe do arruado por conta de boiada ajustada no pouso na várzea da Macoté Crioula. Assuntou cisma beiçuda quem acompanhou Naquiva entrando entravada, viu correto pela atenção posta, portada matrona, lacrimosa, a desenrolar sussurro ciciado nos ouvidos de Camiló arregaçando o baralho com os olhos endiabrados no versado trambique com o companheiro, pois sabia das contradições e dos contratempos chegando carrancudos pelos olhos da senhora. O manejo definiu o rompante avoado do curiango chorando piados premonitórios de coisas conturbadas e os acabamentos chocando maleitosos nos solavancos das desgraças. O sertão se calou no provisório miúdo, até o vento avisar que as coisas careciam ser revisitadas pelos inesperados. A poeira obedeceu para escutar e não estorvar ainda mais, sossegou um pouco. Nem então se acreditou que as tramoias ajuizariam mais mansas. O pó parou de revoar um tanto menos de si acanhado por ser domingo e na viela o tráfego atendeu de respeitar a hora da ave-maria, pois estreitou mais vadio e preguiçoso.

Desacomodada, enxabida, entravada de proveitos, Naquiva adentrou enrustida, varreu com as costas raspando paredes empoeiradas do Abigão armazém, olhos nos tormentos indefinidos, angústia nas mãos torcidas, misericordiosa de atentos, pediu clemência dos préstimos a Camiló nas desditas. Muito vagarosa de soluços despachou verbos, a cafetina, que a menina Acalina em sua casa se esgotava em desatinos, estirara retesada, dura, no chão frio ladrilhado, tremendo assombrada, pedindo mãe, não ouvindo as cores, não enxergando as falas, desanimada nos provimentos e desejos. Atendida não fosse o demônio levava, o desalento comia. Deus acuda, Camiló, pelo amor de deus, e assim falou Naquiva muita senhora de desespero, pressas, atendimentos, por favores. No compasso dos couros enleados, adentrado nas compenetrações das desfeitas e tramoias do truco, ouviu os recados sobre a menina, por Naquiva postados ao trançador.

Desentranhou vagarosa das sanhas e dos maus-olhados, desafetos, circunspectas desfeitas dos seus destinos, pediu Naquiva serenidades carecidas e complacências igualadas às farturas de desgraças das poeiras de Oitão, como entendia que se dariam as maldades, para serem atendidas nos socorros, ao curandeiro melindroso se não acudisse. Camiló travou a derradeira pinga, confabulou com o infinito, assuntou as linhas das cores das estrelas, que nunca falharam nas suas carências para os premonitórios, escutou seus versados, como sempre se punha de sobreaviso antes de desencantar as tristezas dos outros, mas teria de desfazer do baralho primeiro e se deu a sorte lançada no truco e pariu o repique, *"seis ladrão dos meus tentos"* – mandou seguro o parceiro puxar as apostas. Por ciência, a manha chamou o benzedor às suas obrigações prestimosas. Os boiadeiros desafinaram das desforras e enveredaram para outras artimanhas de tomarem águas na Bica-das-Putas e arrefecerem bons achegos com damas outras, enquanto, no vazio das petulâncias, Bacurinho do Rovário lambeu a sorte do baralho, pediu mais uma dose e se escondeu no escuro.

CAPÍTULO V

DOS ACHEGOS, DAS FANTASIAS, DAS DESALMAS, DO MARACUJÁ

Destino do profeta das almas assumiu prontidão e serventia. Mandingas careciam lambuzadas de dedos do trançador nas funduras das revoltas e confusas consciências suas, recobertas pelos cabelos sujos, emaranhados, para merecer desanuviar a alma do truco e enfeitiçá-la nos fetiches. Camiló procedeu nos intuitos. Os espíritos das artimanhas das jogatinas e das magias barganharam-se, ajustaram-se, acomodaram-se nas exatidões. Cada qual das manias e manhas, jogatina e bênçãos apaziguadas sem desavenças, assentaram suas praças nas manobras das venturas diferentes que deus mandou. Carreado de sina outra, os dedos, as esperanças e as premências, da porta da venda saindo, quarenta braças de medida em quartejo, a passos de embriagado, pediu folga de justa mora, fôlego de bêbado lotado, postura de balanceio e Camiló estancou para urinar folgado no pé de maracujá. Amuado, atencioso carente de infinitos, ali na vistura, frontado ele à Bica-das-Putas, se pautou o trançador a conversar amolengado sobre destinos com a flor roxa, sabida flor cismada de poderes, maracujá flor, prepotente nos desafios, enfeitiçada e meritória versada nas soluções briosas, providências prementes dos assuntos dos aléns. Ao trilhado tortuoso da casa de Naquiva, Camiló foi refazendo consigo mesmo, como careciam as incorporações dos aléns, arremedos de acertos com as glórias e com os céus. Enroscou o benzedor pelos tempos, olhados de devaneios para aquecer posturas, imaginar desenlaces, escutar o vazio. Era um abnegado das aptidões.

Nada se fazia de improviso nos alentos das magias, das massagens, das bênçãos, pois sertão não deixa vaza para principiantes. E por assim mandados, sempre atuantes prementes de solvências, os espíritos das pazes e das desgraças, das harmonias e dos desafetos, no vazio espaço entre as iras e as complacências foram aconchegando nas tramas de aliviarem as desforras, justamente para os contraditórios se complementarem nas costuras das conversas de Camiló chamando transe. Um ranço nostálgico, mofado, cheiro salobro e fétido desdobrou escuro e pegajoso da janela do quarto de Acalina pedindo ajuda e paz. O benzeiro aspirou à desforra enxofrada do ranço encardido. Atravessou o mofo destinado os amargos dos macilentos sapés enviesados sobre adobes baixos, taperas barradas sustentando empobrecidas moradas, antecipando visada do sobrado e rumo da casa da Naquiva. Lambuzava-se na poeira ardida da viela estreita o ranço nostálgico, e antes de estopar à frente da soleira do alpendre, engrossado de mais desespero, o ardido da cisma de Acalina castigado, alvoroçado e impertinente, afrontava atrevido pelas ideias chamuscadas de cachaça e de proventos de Camiló chegando para defrontar os castigos. Se mediram nas teimas das trovas e das travas. Era para queimarem as desforras nos chamuscados das desarmonias. Seria, como o curador sabia, um desentrave para exorcizar as malignidades. E se dando em entrar na casa da bordeleira aflita, Camiló se amolenga nas pernas capengas de bebida, ouve o silêncio, amacia o vento que a Serra da Forquilha guardava junto com as almas e os cantos das aves para ele atenuar as sanhas e conversar com os desdouros. Sentiu o acre das desfeitas encavalando os ares.

Os espíritos das más andanças, pragas amortalhadas, torpezas sanguessugas enroladas como cobras em devaneios sobre o corpo hirto da menina posta, desacomodavam envolvendo os cabelos desgrenhados, pernas retorcidas, narinas resfolegando, escorchando as mãos alçando desespero e sanha. A desforra acariciava os sofrimentos, desconjurava destinos. Se deram porvires maus-dignos, esquisitos, Camiló sentiu os enxofrados azedados do bafo da torpeza, as desgraças sem soluções se acomodarem atrevidas, se permitindo enfeitiçar, andejando no quarto para infernizar a moça. Menina eriçada em gritos, cadenciando mãe acuda, não, me largue, vou embora, filho da puta, amém, me salve, vou morrer, me deixe. No ordenamento das competências e fantasias, beatificadas luxúrias adornadas, a parede vermelha do quarto assumia isolamento triste do crucifixo calado, atentado de solidão sem explicação de causa, assistindo às despeitas, pedindo tempo, amém, solidário nas curas, descrente das preces. Camiló se sustentou no respeito aos desatinos da depressão, da angústia, menina solidão, menina prostrada, menina miséria, menina terra, menina sem deus, menina do demônio, menina lixiviada do cerrado, menina aluvião da seca, menina da erosão, menina parida da fome, menina analfabeta, menina-menina, menina sem perdão, sem promessa, sem esperança. Criança gente sem povo à cata dos nadas dos azares, das falcatruas. E no vazio das ausências os escarcéus se uniram, esvoaçaram doidos pelos olhos da puberdade desamparada, ouriçando as desgraças arrodilhando para infernizar pelos pés da cama, pelas janelas, caibros, intenções.

 E as desfeitas principiaram a prosperar evasivas, o benzedor conversando com os anuviados dos desesperos das sanhas encarnadas da menina acautelada, amedrontada, muxoxos, gemidos moucos, molenga, dessabidas e como tal se dera não seria só sofrimento, se diferente fosse. Torvelinho manso adernando prosa longa de encantar solidão nos ouvidos fugidos de Acalina tensa, suada sobre o chão molhado. O rastro do destino apegou na espera para propositar os dedos corretos, fetiches, de Camiló sobre as carnes, os tendões, as estranhas carentes, procurando adentrados suaves aos meandros dos desesperos. A lua invadiu pelas goteiras do telhado para brincar de nostalgia. Carecia. Camiló respirou fundo, foi buscar seus infinitos, resfolegou, entorpeceu por não ser possível outras mesuras nas gestões do trilhado a apalpar de pronto e imediato. O tempo e o verso careciam maturar, como só ele, tempo, sabia maturar para arrastar o verso e aprender a sorrir. Coisas dos aléns e das leituras de Camiló, que às almas comuns não atreviam. No ouvido da menina ciciou o nada, apontou o invisível, cantarolou o chiado do repique do vento enrodilhado na boca da mata, insinuou a ventura da seriema pedindo alvorada de chuva farta, do cavalo solto galopando mole contra a brisa. Levou a alma para o além para esquecer o presente. Recordou memória das manhãs do sol caindo junto ao irmão lambendo caroço de manga, encarapitado sem destino, cada hora num poente diferente, sorrindo magro, miúdo, xoxo, mas despretensioso e calado na árvore carregada no pé da serra. Apartou na conversa da tristeza com a menina, o benzedor, massageando as entranhas do corpo e da sina, repetidos versos das escutas nas madrugadas acordadas iguais, pés no chão empoeirado, o carinho pedido com sono — *"bênção"* e retruco meigo — *"te-abençoo, filha"* da mãe cismando sobre o fogão, fritando um pedaço de nada para dividirem a fome, mas sorrindo. A conversa desfez um rasgo longo de escuro, procurando desmanchar tristeza caindo das telhas sujas, ensimesmando empoeiradas às mágoas de Acalina. Acompanhou Camiló os olhos seus absortos sobre o morcego cegado volteando o vazio para desatazanar a solicitude. Camiló se entendeu senhor poderoso de chamar a si o sofrimento marcado sobre as sequelas da menina, que não atinava por que existiria tanto nada em volta do que faltava para sofrer ainda. Medo.

Para zona de Oitão, Acalina trazida meio no arrasto e mais na chincha fora, um tanto no mote, outro pedaço mais graúdo na barganha das chantagens, por Capistrano, coronel de terras e altivo de petulantes soberbas. A moça perdeu de si querenças quem por ser era, desafeiçoou ajustes e, sem destino de razão, chegaram outras desavenças como assombração perversas a lhe desanimar da vida. Não se via eco de rima versada por Acalina, nem proseava métrica, chamava quem não atendia, faltados ausentes, mãe, pai, irmandade, avó morta, cachorro velho, roça, saudade. Não benzia fé em porventura ou talvez, sussurrava desmedida de mote viver e outros choros amargurados, a menina. Camiló veio de surdina, tinhoso de bem prevenido, sem atropelo de sofreguidão, mas desmedado, conhecedor de desfeitas, amolecendo destino, se pondo mestrado de prontidão, apalpava cada rijo ponto de corpo estirado, secundava os dedos nos caminhos estreitos das vértebras marcadas, desalongava as dores, desfazia os nervos, começando na nuca tesa sem sumir até nas plantas dos pés mimosos. Sabia que o demônio esparramara por cada canto do corpo, cada tendão de alma, um pedaço de sofrimento para desesperar a menina e dificultar as magias. Desvaneceu os dedos habilidosos, calejados, de trançador de desacatos e desfortunas, da cabeça veio descendo arrastado o tempo, primeiro, carecido do amaciado no pescoço, secundado para saudar a vontade, massageou o regaço aberto para desatinar as tristuras amoitadas.

Palmilhava verbo por verbo, dedo por dedo, para não assustar os melindres à flor da pele da menina perdida de si mesma. Procedeu no pendor de acordar o afeto amortecido, nas carências das atenções que a puberdade esqueceu e o sertão renegara, no desábito do amor, e nos contrários da maldade desacorçoada imposta pelo bicho xucro, que a deflorara como quem rasgasse uma jumenta empacada sem cabresto. Os desaguadouros dos sofrimentos ajustavam-se na confluência desconhecida entre o espírito e a matéria, área do demônio e deus definirem suas querelas aonde chegava o destino e quando acabava o sofrimento. Ali Camiló era posseiro de muita sabedoria e pertinência, assumia rebeldia e trançava seus baralhos da vida nas desfeitas parcerias das tramas combinadas, jogadas caladas nos silêncios dos olhos, nas manias das apostas. Ajustava as travas, Camiló, como se fazia saber em potro redomão e deixava as advertências parirem os provérbios cabresteando braveza na ponta do laço como fosse tal solidão alongada. O bem-te-vi conhecia as manobras e não se fazia de rogado, para não desandar a receita, mas àquela hora dormia e não podia ajudar o trançador amigo. Nada se atinava simplório, mas o curador era senhor dos etéreos e das tramoias, mandante dos insolúveis. Capengavam distraídos os artelhos hábeis e incisivos do mediúnico, soltos e folgados como sabem os ventos livres das catingas desdobradas, procurando os aléns das cabeceiras dos espigões para brincarem de azuis.

E se deram no desenroscar das primeiras agonias à flor da pele rasgando, de Camiló, como se dava ser, mastigar para si, deglutir no necessário, da menina, as ideias transtornadas de receber os sofridos pelos tempos de aliviá-la e nele encarnar desconjuras. Aberto, das roupas poucas, armário, se vendo amaldiçoado vestido amassado, de onde o demônio sorveu canhestro um zarolho de desdém ao crucifixo se contorcendo em cismados e provocou aposta para desapego da alma para o lado da desgraça. Na fuligem das telhas se acomodaram as mariposas esperando suas temporadas de castigarem revoos entre a lâmpada fraca do quarto e a boca do fogão de lenha. Coruja mansa assumia vistas cegas primeiro, pousando em seguida, calada, no beiral do alpendre, depois acantonava de olhos graúdos e atentados na prateleira vazia. Seguia senhora das ganâncias e fomes, aquietada ao passadiço da janela aberta para arriscar mastigar o morcego sem sossego, fugindo da sanha a coruja amuada. Chamado firme atentado de Naquiva fechou porta do quarto da criança surtada, levou nos ordenados mandos à moçada puta, lacrimosas de sustos e abnegações, tentando acarinharem a menina com os olhados, para desfazerem das nuances e começarem jornada de atender candangos chegando. Maneiroso, esticando a alma desatrelada, menina dura de corpo triste, pedindo carinho, atento de proveitos, foi rebuscando as mãos onde a fantasia pedia. Rastejava a angústia, escondendo cravada de rancor do lado do coração, amordaçando a respiração em cima do peito sofrido para sufocar as desvontades. Nos provérbios era mais tarimbado o tranceiro das almas, compensava a falta do atento da menina com as magias das mãos refazendo as negaças, amaciando os sofrimentos, amarguras encolhidas, gasturas afastadas. As peles e as ideias desconversavam suas angústias, carecia repor os trejeitos e neste terreno Camiló era suspensivo no apropriado.

    Sino e capela anunciavam horas e rezas fartas em andamentos necessários, cantorias nobres, fés senhoriais, alegretes momentos dos que pautavam desfazer pecados da semana sida, cumprirem promessas para a próxima, articularem as desculpas para as mentiras ou ajudas de milagres terem. Não desmerecido de impertinências tanto, em caminho da rua principal mesma e enviesado com o cemitério um pastor de protestantes conveniências, dízimos e igreja própria nova, entronizava o verbo em altas vozes de suas intimidades com o senhor para cobranças das indulgências em seu santo nome e promessas de retornos materiais à vista, pois tinha muitas ordenanças nas exorcizações do demônio petulante das regalias. Apesar das entranhas religiosas outras, na casa de Naquiva as febres das dúvidas e medos demandavam premissas. Camiló ajustou um pedaço escorregadio e traiçoeiro de destino muito fugidio, estorvado, curtido nos melindres fundos da menina lavrada de ansiedade, como se corriqueiro de propósitos tal tanto assim igualado à trama de couro seco fosse, muito confuso de facetadas formas, apalpou as réstias para desentravá-las da alma desanimada. Sentiu a ternura aconchegar um talvez miúdo, animou seus massageados e outras manhas melhores nas vertentes transviadas, escolhidas nas partes do corpo sofrido acatou pôr sentido, o benzilhão, para reduzir os permeados piores da moça, encurtar as cismas, puxar os desacatos para si. Arriscou benquistar as partes do sofrimento em sete chamados, como se de luas se dessem em dias alternados de céus desanuviados, outros encantos, ousou amainar o sofrimento da moça e ir assumindo propósitos de desentranhar seus lamentos e assumi-los. Emprenhado de solvências, cantarolava mantra de dentes cerrados, fungado grave, garganta seca, como belzebu prouvesse de bem ajudar nas evasivas das sinas piores, como era de ser prudente, corretamente.

A moça esticada se fazia ainda desmerecida, mas no aguardo de providências e dedos escorregadios no corpo adoidado, macias carnes, desejos de desmanchos de nós atados e tensões e se bem se dessem melhoras permitidas. Noite andou como só o destino sabia proceder. Reza finda, capela fechada, pastor contabilizando seus arregos com o senhor e o diabo nas parcerias, do bem e do mal, e ele mordendo o saldo. Apaziguada poeira, rua desertando, carros menos, rodando poucas gentes, sumidas maioria. Em casas de bordéis, amenidades carentes, vizinhanças dos botecos, por ordens de delegado autoritário e censura imposta, sossego se definiu para findar nos exigidos preceitos nas horas determinadas. Portas foram se fechando junto com as falas. Freguês acordou pouso e preço com puta preferida, gigolô amoitou poderes de desmandos. Mas nas complacências e sem feitiços desestorvando, quem não acasalou também chamego teve de curar ressaca em bordas de outros sertões ou cerrados. Moça Acalina, menina amainando choros, vagar vagueou mais ponderada e lacrimou tempo suficiente acalentando a alma, ciciado de fala, baixinho, pouco, pedinte. Conversou Camiló, pé do ouvido apalpando os sofrimentos, mesurados dedos sóbrios vacilavam em torno dos gemidos, dos órgãos, dos desejos. Peles macias agradeceram, amainaram, mãos jeitosas sem petulâncias indevidas nas adjacências se prepararam, abrandaram atentas, acalantaram. A capela repetiu o sino, tanto que o curiango procurou sossego no chamado das ordens. Na dúvida, o desespero ameigou, atinou, alargou, amanhou.

Mais carecia a rapariga ouvir o silêncio do que dizer o que não sabia, calou, esperou. Foi melindrando ternura de ter mais perto carinho, a menina aninhando as faltas, esperando o verbo. Calada, continuou escutando a solidão. Moça pediu beiço beijado mole e úmido de tempo de gente ajustada e Camiló tranceiro, trançador das mentes e das faltas, atendeu mimo de curar tristuras, desentalar saudades. Se viu a sanar propósitos, escutar os ciciados azuis das luas, ouvir as estrelas imitando os pirilampos brincando nas várzeas enfeitadas, esparramar a neblina escondendo as melancolias. Enfatizou os apegos e não esmoreceu.

Sem salvas ou bordejos, adiantado das horas feitas, simultâneo e ameno, o silêncio, que só sabe viver depois que os mistérios se escondem, pediu pausa para se acomodar na vastidão do escuro e na indefinição do nada. Oitão deu por conta da carência e preparou-se moroso para esquecer Acalina e Camiló. Só os dedos correram em versos lentos, rimas toscas, as mágoas foram fugindo de seus destinos, tensões amoleceram nas cabeceiras das fantasias e dos lençóis, roupas poucas retiradas por descarecidas, libertou menina pedindo, calada, carnes frias, suadas. Camiló atento ouviu o imponderável e consultou os astros mais afeitos, manhas, entranhas, incertezas suas. Conversou consigo, mordiscou os tentos das ideias e das fantasias como fazia exato nas perfeições com as correias sensatas, sensuais, dos couros molhados, dos baralhos ligeiros. Trançou as aparas sobradas das faltas de tudo que restava da menina sem saber naquela hora se quereria ser fêmea, mulher, sonho, filha, poesia, amante, desejo, desgraça. Amainou a cabeça, cabelos longos cobrindo devaneios, jovem sofrida procurando o vazio nos escaninhos delicados da mulher confusa, da menina carente, fêmea excitada, angústia marcada sobre os ombros do jogador de ilusões, sonhos e cartas. A janela ventou brisa afetiva no corpo infantil, nu, e assanhou o provérbio. Coruja, olhos longos, olhados atentos, e nas providências mourejou apago da luz fraca, enquanto desmedia descensurar os dedos cegos de Camiló, pois não careciam visadas. Chamego pediu carinho, afeto arriscou o corpo, a presença alongou a memória, verbos calaram, bocas colaram. A brisa se confundiu com o afago, entrou macia pelas pernas abandonadas da moça cedendo ao espaço, pedindo paciência, aspirando silêncio. O telhado se encolheu nas cumeeiras, definiu ternura, cismou acanho, assentou no regaço do afeto das mãos sabidas, do corpo carente. E o corpo juvenil chamou azul no intento de alegrar mimoso. Era madrugando para o tempo se dar, a tristeza esconder nas entranhas das ripas por onde e as lagartixas se lambuzavam nas indecisões atrás das mariposas. O desvario da sensualidade se desacomodava, duvidoso, arrenegado, medroso no pegajoso da censura da menina amasiada sem querer pecar e do trançador milagreiro intuído de destravar a alma, mas carecendo pecar de corpo.

O vento assobiou maneiroso na portinhola de ripa carunchada. Do mormaço saiu um verbo preguiçoso de desejo, caloroso, embriagado de ressaca e sofrimento, desgrenhou os seios miúdos para saudarem nas pontas dos dedos umedecendo os mamilos rijos, excitados, premidos. Por ser oportuno, momento cortejado de certo e arrimo, a alma de Acalina se deixou correr até encontrar uma imensidão morosa de ausências escutando as cantigas embaladas pelos suspiros do encanto do mantra cadenciado de Camiló. Beijos souberam bem pelas línguas ligeiras sem cismas de medos ou tropelias. Poeiras assentaram nos remansos das estrelas, procurando desejos, as mãos se espalmaram, os gestos encostaram. Acamaram nas carnes suas complacências. As pernas cruzaram, descruzaram, abriram, fecharam, gemeram, morderam, arrastaram peles sobre peles, sonharam, amaram. O suor agradecia a liberdade, insinuava. Deliraram as entranhas brandas, lindas, jovens, carentes, desimpedidas, gentes se tornaram em dois, eles em dupla única esvaindo ternuras sendo. Amenizadas as euforias, duas luas se preparavam para se desmancharem por trás dos desejos antes de se esconderem entre os espigões da Serra da Forquilha para visitarem os demais astros. Camiló se deu em proveitos calmos de desfibrar os sonhos seus com os anseios, em delicados tentos inacabados, como assim em versos e sorrisos tramando couros estivesse a apertar os pontos por onde os dedos afetuosos procurariam carentes as delícias dos inusitados e os lábios mordiscariam as ânsias dos espíritos. As malvadezas das rebeldias impostas aos tendões foram desencaroçando das mágoas e os afetos ocuparam os vazios. As tramas desurdidas uniram os corpos em tempos mútuos, afinaram as sinfonias em pausas curtas, amaciaram os desejos em modos exatos. Enquanto o silêncio morno da madrugada assistia às estrelas fugirem aos seus recantos, a moça e Camiló nem se deram em pormenores então de escutarem tropelias das horas arrastadas pelo curiango para deixar o amanhecer bocejar na aguada da Bica-das-Putas, como era de praxe do sertão querer em Oitão dos Brocados. Fugidio da coruja cega o morcego ventou as costas mansas de Camiló. O crucifixo atentou a vastidão das brisas pela janela aberta e abençoou a vida. Um cavalo troteou cioso a caminho do devaneio enquanto o peão assumiu estrada sem acamar com parceira prostituta alguma, por falta de acordos, e o resto foi o que a noite escondeu sem contar para ninguém. No embalo do repique do potro, o sono trouxe silêncio e monotonia, sem melindres a criança se fez um pouco mais mulher e acomodou nos ombros exaustos de Camiló para descobrir que não queria mais morrer e preferiu sonhar.

Amanhecido dia. Pendeu o trançador moroso, gestos macios para desfazer da cama, moça ficou apaziguada no murmúrio do silêncio. Atendeu Camiló da soleira da porta as vistas longas no sabor da brisa do noroeste antes de ganhar arruado, pois contrariando as formas costumeiras tomou sentido oposto o vento para os lados do rio Jurucuí Açu, avisando transtornos de secas chegando. Aspirou longe, distraído na sanha de morder o horizonte com as vistas sonolentas e abriu mandriados braços largos, longos, categóricos, o trançador cansado. Assim do alpendre, o benzedor das sinas fungou fundo o bocejo da manhã briosa, achegando para acalantar esperanças e acoitou os olhos risonhos nas fugas satisfeitas das luas sumindo nas amadrinhadas trilhas preferidas escondidas na Forquilha. E se deram por assim seguir destinos das luas mais atrasadas que sobraram para deixarem o sol nascer na sua hora de serventia. Anoitado de muitas evidências ajuizou teimosia, Camiló, fatigado de proezas tidas, de urinar, madrugando, atado, junto da Bica-das-Putas e travar sossego de confidências sussurradas com as flores arroxeadas, brejeiras e bem mandadas do maracujá mimoso. Nu de valências e dádivas, livre, arvorado de dever cumprido, muito atendido nas tramas, nas tranças, nos manejos das providências da menina posta, pelas santas bênçãos, pelas rezas certas e pragas mortas, desfeito de preconceitos, preceitos e roupas inúteis, se amparou na imensidão infinita do nada caminhando vagaroso.

Tanto que abençoado por si mesmo atabalhoou Camiló, muito cioso de seus direitos por cumpridos mandados, para a bica dos bons augúrios. Despido se pôs ao tempo desfeito de panos, remorsos e sisos. No passeado seguro de quem ajustara contas com os aléns, o tramador deixou a varanda de Naquiva e assumiu mundo. Madalena Santa pediu para apagar a lamparina vermelha, acarinhou o trançador e se desfez calada com sua solidão. Do maracujá, beira da bica, dando as boas vindas, minava o ventinho convidativo, noroeste fininho de bem comportado, no intento de exibir as flores para acordar os destinos. Por correto, no marulho da água ali jorrando riacho abaixo, o vento carpindo silêncio, a passarada agitando seus propósitos, Camiló se deu, com muito atino e compostura de certezas suas, a riscar no chão molhado, com seus dedos santos, a areia fina caprichosa, rascunhando as linhas dos castigos e promessas dos tempos, contratempos, que se dariam nas vidas entrelaçadas de várias facetas a virem cada dia depois do outro como as coisas gostavam de acontecer nos sertões.

E por fado e teimosia se deu certo de encontrar Camiló, muito abismado e atento na leitura dos rabiscos sinuosos de confrontar, na terra pasmada das coisas certas por onde corriam a águas videntes acarinhando o futuro, sem dúvidas e revisões, viu muito claro as desfortunas dos filhos desalongando de Oitão. Muito corretas às visões nas areias aguadas mostrando os infinitos e as sanhas. Cada um deles por destino próprio, sofrido, por conta das coisas tidas, por mando de seca brava, caminhos sem voltas. Sítio seu, que já não era nada de tão tiquira, abandonado sem solvência. Mulher fartada de sofrer e alongar separada da família. Oitão se desfazendo em poeira e descaminhos. Águas findadas, gente sumida, povo crespado, deus chorando, diabo rindo, fome grassando, urubu e carcará assumindo. Muito claro de vista e risco no barro lido, barro fino de petulante e sabido das vindouras desforras, proseados com o marulhado do córrego escapando acanhado da Bica-das-Putas, Camiló foi retrocedendo nas contradições e histórias. As nuvens ventadas, manhã quente, já sumiam desesperanças de se fazerem chuvas e Camiló acocorado na beirada d'água deixava os desenhos entrecortarem as desfeitas a se darem. Vinham às vistas previsões de agonias nunca contadas, arrasos de plantações, mortandade de animalada de qualidades todas, ressecando roças, pastos quebrados, crestados. Aleijando gente que não obedecia de mão e logo ordem de morrer de fome, sede em outras freguesias.

Pôs-se a enxergar, o benzedor, vidente tramador de couros, carnes, alegrias, os desmandos de deus desesperado de gastar milagres para prover socorros aonde ajudas só chegavam atrasadas, desperdiçadas. E deu Camiló de bisbilhotar se o salvador desolhava de esguelha, virando cara para não sofrer injúrias nem escutar lamentos de povo desgraçado estradando sem rumo à cata de desfomear em outras desgraças. E se punha escrito ali nos rabiscos, seus mesmos nas areias molhadas, as premonições já ocorrendo, riscadas de Camiló trançador de couros e destrançador de sofridos, enquanto lia no chão aguado, na argila fina, saborosa na ciência para os antevistos das tristezas e dos indefinidos, perscrutando nas caligrafias o infindo das próprias profecias, sentir o calor dos braços macios de Altina segurarem suas mãos, encostando ao pescoço caído os seios pequenos, descobertos, carinhosos, para tentar fazer as unhas forçarem as águas limpas a mudarem novas partituras para serem lidas outras profecias e traçarem diferentes manias. O que era de ser para se dar a ser, diferentemente, mesmo com outras grafias, dos dedos inconformados da menina refeita, segurando a mão de Cadinho para mudar as falas, não se desfez. As águas nas areias alternavam nas formas, mas atazanavam nos mesmos conteúdos. Camiló sabia ler as tendências de trás para a frente sem acreditar em sonhos.

Tanto que se puseram as sábias águas a desvendar o futuro e foram acompanhando sem titubeios, pois ouviram o casco longo do cavalo marchador ajustando passo picado para adentrar poeiras e ruelas de Oitão. Isto tudo foi se desenhando só nos entrecortados na argila e lia Camiló os encontros das distâncias, dos espaços separados, dos tempos diversos, aguardando os desatinos do futuro para encontrar os confrontos do presente e desgraças se darem como só deus sabia, pois sempre estava em todas as dimensões e tempos. No sossego da solidão, Acalina se apegava ao presente, amainava nua sobre os ombros finos de Camiló e ele perdido em devaneios olhados nas sofreguidões de um futuro marchando acavalado atazanado e rebelde, rápido como alma de lobisomem. Os diferenciais entre futuro e presente se encolhiam nas vistas do trançador. A menina não adernava preocupações de ciências nos casos de Camiló se transmudou ali como seu amado, conselheiro, massagista, benzedor, amante, adivinho, pai, irmão, amigo, afeto, sossego, paz. Os sorvidos, os devorados dos inusitados se confundiam. A brisa não respondeu aos seus porquês, pois nem não se perguntou ou disse o que não se sabia. O tempo amainado aconselhava não interrogar nem prover se não tivesse vaza de premonições. O que pautava na ponta do inexplicável, na borda oposta, como arremedo do futuro, do cavalo marchando brioso achegando e se dava caminhar parado o presente esperando ali na Bica-das-Putas, mesmo estando na boca do alpendre da casa da Naquiva e Santa Madalena se pôs aflita vendo Camiló remelando nas areias a tragédia. Amealhados cativos e apegados aos momentos e aos abraços de Acalina enrolados ao benzeiro, juntados juntos e colados como crença e fé nas venturas enormes dos corpos nus, se liam os encontros das sinas chegando de um lado acavalada e na outra à espera da calmaria de Camiló e moça. Vento amansando as querenças, trançados dos dois em um só, nas delícias dos inusitados, na imensidão da irresponsabilidade, apegados mulher e homem, e na outra trava o animal troteando para achegar ao agora.

Se deu nos contados, no tempestivo dos momentos iguais aos corridos das águas escrevendo nas areias brandas, potro castanho insuspeito de formosura, crina clara, marchador de levante da mão alta para eriçar poeira e arrematar inveja, pois aprontou desaviso de seguir o animal rua acima antes de virar na embocadura que derramava para o lado da casa de Naquiva e da bica d'água onde a enfeitiçada menina depois dos acertos e Camiló sorviam pausados presentes e memorados passados. Muito desabnegados de receios escutavam o trote do cavalo visto na areia aguada que o tempo mostrava e o casal abraçado aos cheiros claros das flores arroxeadas do maracujá conversando com a brisa e deixando a solidão perfumar os rastros do sol querendo começar a subir pelas paredes, serras, pelas esperanças. Camiló leu nas tessituras sábias da terra os passados das cachaças trucadas nas beiradas do balcão do Abigão Morfahá, onde o tempo se desfazia em sinais trocados para indicarem as cartas e os desejos das jogadas roubadas e divertidas. Dos cantos improvisados nas estórias inventadas para encantar, além das crianças atentas, os couros tramados que se apertavam nas artes para desmedirem perfeições. Muito cioso das lutas para subir a serra para retornar à casa pobre, embarrada, colando às costas o jacá das prendas trabalhadas ou ainda em junção, onde versava as tristezas nas desforras dos filhos e da mulher Inhazinha, atravancada de penúrias e insolvências. Passava os dedos espertos sobre os gestos das sombras dos perdões pedidos por ele, para o trançador dos tentos, lembrar dos baralhos, massagens, putas, pingas, das vidas intricadas. Atender suas prosas à mesma Inhazinha sisuda e acabrunhada, socando roupa na água pouca, sobre a tábua grossa, reviu Camiló. Lembrava, ali na Bica-das-Putas, do jacá descendo carregado de atributos, volteado da passarinhada brincando na Forquilha, cantando para encantar o azul, para desfazer as tristezas e voltava carregado de desaforos, segurando os tropicões, ouvindo o curiango, ciscando as poeiras. E as artimanhas das águas mostraram como os destinos de Camiló se trançaram com os de Acalina que fora arrastada para a zona nos acertos da família com as barganhas e desfeitas do Coronel Capistrano nos acordos de aumentar a área de roçado, conserto do telhado de sapé, forno novo de cupim construído, por cisma de ser o melhor, para assar pão, pasto liberado para duas cabritas e uma vaca, quitação de dívida velha e mais o vestido de organdi e as outras inutilidades. E a moça veio no jipe para provocar inveja e petulâncias exatamente como as sobejas do fazendeiro queriam ao arruar o povoado. Pois a aguinha parca da bica, que sabia tudo, e um pouco mais, foi contando para o tempo rodar no tropel do potro castanho achegando como corisco de assombração trazendo o futuro para enfrentar o presente. Foi assim, na imensidão das sanhas e se deram as sinas. Camiló postado, quieto, mandriando cismado, atento nas caligrafias dos previstos, amainado, Acalina achegada em corpo ajustado, satisfeitos sorrisos e almas nos aléns, viu que os confins do pretérito e o do futuro se encontrariam nas mesmas cismas irmanadas.

Deu-se. Opôs-se vindo notado naquela manhã certa, pela entrada da ruela por sequência do animal aprumar contra o sol amanhecendo lerdo, balançando entre o telhado de Naquiva e o jacarandá das maritacas. Do lombo do potro resfolegando passarinheiro e refugando,

Capistrano ajuizou vistas soberbas e espantadas nas nudezas dos corpos desatentos de Camiló e da amante saboreando os infinitos. As águas e os enfeitados dos maracujás encerraram suas leituras corretas. Santa Madalena desacorçoou de avisar o que previra. Se persignou na esperança, se desfez na lástima. Presente e passado se trombaram de frente, as alegrias se arrepiaram nos ciúmes, a poeira correu atrás de uma tropa de burros xucros cruzando em frente do posto de gasolina e nem as manias tiveram como se esconder. Oitão amanhecera com os destinos e as incertezas. O vento noroeste chamuscou continuar tristezas carregadas de destinos para embarcarem na balsa chegando à margem do Jurucuí. Eram os motivos que a sina traçara para ver Capistrano descer do cavalo, imbuído como trilha de lua nova, despojou o rabo-de-tatu no chão pedregoso, esqueceu a ponta do cabresto na cabeça do cotiâno apelegado e desapegou do animal como o vento largava a capoeira para crespar o gordura da várzea. Assuntou no peito rasgado o tamanho aberto do buraco no ódio deixado pelo corno que sentiu magoar. Compareceu com os desvios dos chifres sentidos a extravagância dos desrespeitos às suas riquezas nobres. Levantou as pernas para atravessar o riscado de água correndo à procura das suas soluções e calou Capistrano no mormaço das desavenças escondidas de suas prepotências. Camiló se desfez, calado, parado, isolado de Acalina correndo para a casa de Naquiva enrolada na delicadeza do corpo despido da criança moça abraçada ao pavor.

Foi no tropico da angústia e do fim, olhado sobre a garrucha de Capistrano, sacada com postura de serventia, matança e desfeita, que Camiló acalentou sua última previsão: cena amarga da própria morte caída sobre os arroxeados das flores do maracujá. Assim, pois foi na ternura ciciando mesmices, conferindo futuros, ajustando esperanças, onde Camiló floreava as vistas sobre a flor, enquanto saudava igual sempre urinar macio e grato no pé do maracujá, que se deu adivinhar que receberia o tiro certeiro conferido. Previu futuro claro do rumo chorado à cova rasa de terra pouca em tempo encurtado, com os carinhos de gentes, os desaforos das tristezas a serem colhidas em Oitão. Tiro golpeado no peito magro, o trançador das bênçãos, rezador dos couros, encantador dos improvisos, massagista das mentes-corações, trucador das desforras, foi deixando a alma se livrar das dúvidas, do medo, se imiscuiu pasmado, torto, enrolado mudo ao florido do maracujá assustado; se atreveu corretas atitudes de achar caminho para beijar a morte. O corpo abobalhado de suspiros finados foi procurando o recanto do nada, do fim, para esquecer seus caminhos. Desmereceu sobre o riacho da Bica-das-Putas enroscado às flores tristes. O estrondo da garrucha refugou o cavalo pelos arruados. Um pouco de gente acordando já nas desfeitas dos inexplicáveis e, para conferir, o bando de periquitos encimados no ipê da beira do Jurucuí, onde a balsa prosseguia sua sina cruzadora, assumiram assustados rumo da Forquilha depois do estampido. Capistrano estimulou o sorriso debochado, satisfeito, compensado do provido da ofensa sentida, atentou passadas comedidas, botas de couro curtido, chapéu quebrado nas petulâncias, retesado na boca torta, mascando ódio, viu sem melindres o corpo abandonado de Camiló se desfazendo em morte, dor. Cuspiu do lado da hipocrisia e da soberba, sucedeu Capistrano para outra sina. Empertigou como fazendeiro de sumárias e longitudes descabidas latifundiárias terras desmensuradas que eram no rastro de Acalina. Seguiu casa adentro o amante coronel para desferir igualado o segundo tiro da garrucha e amolecê-la morta sobre a cama pobre, como menina que não poderia ter traído tanta exuberância. O morcego nem esperou a coruja para voar pelos cantos à procura do desespero. Capistrano atenuou ouriçados andados pausados pelas poeiras, depois dos odiados atendidos e resolvidos na vingança em Camiló. Madalena Santa clamou por Naquiva os atentos, que já chorava amedrontada do lado da taipa do fogão, gritando para nenhuma moça sair do quarto. Desvencilhado de remorsos ou arrependimentos, andejou Capistrano à cata do cavalo disparado pelos falhados casebres das ruelas tristes, pois madrugadoras gentes naqueles momentos incertos consideravam cedo ainda para avizinhados outros dormindo se terem em sustos e sobreavisos, todos. O matador sacudiu pompa, esporeou as virilhas do potro que peidou mascado, deu de bunda, atiçou sertão e se escondeu na injustiça. Camiló depositou a alma nas formosuras da flor de maracujá e se desanimou de viver naquela sua encarnação de trançador de almas, couros, baralhos e premonitórias manias.

CAPÍTULO VI

DOS AVISOS, DO VELÓRIO, DA SAUDADE, DA SOLIDÃO

Apeteceu consagrar-se, embora acabrunhada, à flor mimosa do maracujá receber o último beijo, boca sangrando, Camiló esvaindo, arrepio de começo, desatino de fim. Subia da Várzea da Macoté Crioula uma tristeza salobra resfolegada na brisa por ordens da seriema a ludibriar o silêncio marulhando condolências. Na sofreguidão das dúvidas, a brisa enlaçou a flor beijada em lágrimas, sangue caído morno, ainda descabido sobre o roxo se esbranquiçando nas pontas das pétalas, e demandaram caminhos das obrigações carecidas. A alma de Camiló se apegou muito desesperada à flor de maracujá e à brisa para pedir que dessem acabamentos das notícias das sinas. Neste, então, abriram vazas elas pela ruela empoeirada, escapando do beco dos bordéis, em frente da Bica-das-Putas, até os demais casebres adobados da corruptela, a flor amealhada à brisa para portarem as devidas condolências. Entravando rumos, as crianças das estórias ouvidas de Camiló, demandando escola e tropelias, nem escutaram da flor a última prosa que ele mesmo não mais conseguiria contar em cantadas gostosas. Subiram pelo balcão do Abigão, flor lacrimada nos anseios e sentidos, mais encimada na brisa, nos exatos das portas várias fronteiriças ao arruado entreabrindo as fainas do dia aportar. Amealhou chorando a flor, torturada na angústia do sangue pingado, compartilhando destino com a brisa acabrunhada, mansa, para visitarem no posto de gasolina o jacá das tramas e dos couros postados. E se impregnavam os trançados esperando as mãos ágeis do trançador colhê-las para os noturnos retornos acarinhados à casa e tropicando pelas subidas da estrada da serra. Se pôs um pouco mais forte a poeira, por aumentar na sofreguidão dos passantes carros, agitados, boiadas, barulhos.

Tramando cortar caminho pela porta da capela, a flor se persignou nos ensejos dos respeitos, insinuando trilha por dentro do cemitério, trajeto mais moroso, mas prevenido para evitar andanças pelo pó carregado da rua principal. Isolava nos intuitos, assim, prevenindo olhados esquisitos também de quem não benzia suspeita de flor campear sozinha destino e provento, suportada por ventinho mole de tramar pigarro e levar notícias fúnebres. Amoitou brisa enflorada em empatias, risquinho de tempo miúdo de nada na venda do Mutalé Maneta, fronteira ao velório, onde Camiló saudava passando diário, cadenciado de nobreza, à cata de mais uma pinga, as simplicidades dos seus cantos improvisados e enquanto mostrava os últimos couros trançados nas alegrias das perfeições. Saída do boteco, a flor farejou a tristeza do curiango assentando carência, no moirão dos hábitos, do parceiro trançador nas subidas palmilhadas, embriagadas equivalências, penadas, jacá aos costados, canto embolado miúdo de atrevido, cachaça farta. E por cismar a flor, repetindo rastros de Camiló à Forquilha e ao rancho, não esmoreceu na subida. Derivou a graça nos atinos calados dos cantos pausados dos pintassilgos voejando as quiçaças acompanhando as tristuras da flor subindo serra longa para notícia ruim achegar destino. Maritacas pressentiram desnecessários palpites de silenciados e calaram para assistirem ao aviso, mais a subida arrastada da flor na brisa, e preferiram quietudes até ouvirem o futuro. Os provérbios desmediram por uns restados enquanto a flor cismava suas atitudes. O tempo se deu nos espaços corridos e bateram na tranqueira do sítio, brisa e flor. Se dando, entumecia na angústia envolvida no vento manso, mudo, a flor rodamoinhou a moita de aroeira praguejadeira de arrebitar urticárias, que as sementeiras empertigadas dos galhos sabiam desabençoar nas peles distraídas, espiou Inhazinha enxaguando as roupas, ninando as tristezas, proseando, só sozinha suas lamúrias levadas córrego abaixo. Por precaução e cisma se fez de silêncio aquietada até achegar a coragem de parir notícia o maracujá em flor. Entrou pelo sítio na ponta do caule, assomou a meninada dormicando uns tentos restados de noite no casebre, fungou a chapa do fogão com o prato sem mexer, deixado de véspera para Camiló sorver, a pinga tapada e se persignou em angústia ao ver tanto por fazer. Era o que desfazia a flor esperando o quanto pôde para desdizer o que não queria falar.

O sol se assanhou de espiar mais do alto além de se exagerar de rei. Firmou olhado longo, a flor, até onde o azul se fazia em detalhes para a paisagem da morte ser levada ao aviso. Na solidão e sem palpite, esperou com a brisa por trás de uma touceira de cambará e agonia, escondidas elas pelas solidões e deram contas de esticarem vistas tristes aos restos de capim ralo, secando no pasto pouco, sustentando três cabritas e um bode moroso. E ali viram o cavalo Proeiro desvitalizado de emagrecimento, na carência de grama mais faltada, o cocho vazio de serventia nenhuma, um joão-de-barro piando solidão no pé do ipê florido, sem saber por quê, mas sabendo amainar os cantos dos canarinhos antes de partirem para suas euforias. Não afoitou a flor de achegar Inhazinha amargando prosa sozinha com as roupas, cantarolando ladainha de muxoxo de ribeirão, cismando previsões de desajustes sem a chegada, na véspera, de Camiló e trançados. Aguardou, aquietada de melindres, lacrimosa, amuada em silêncio, ajuizando cisma, a flor, encimando o pé da aroeira madrugando seu olhado sobre os vazios. Implorou às sanhas aos crocitares agudos das maritacas não desacomodarem de seus voejos barulhentos e Inhazinha não desconfiar das desfeitas e melindrar como agouro. Sabedorias dos maracujás ao sofrerem suas sinas de informantes de penúrias. Atinou paciência esperando acomodada a viúva terminar conversas consigo, seus desalentos entravados, deuses ouvindo, desacorçoada de obobolaum. Água correndo nos baixios do riacho, a tábua larga, velha, de óleo apanhando as batidas das roupas em seu costado, sem retrucar as prosas e as sovas.

E no espaço a desfortuna empurrou, na falta de outras sondagens, uma nuvem solteira para o lado da sombra por onde o cambará apoitava um couro cru, estirado por Camiló no capricho de bem se ter boas tramas, secando na coivara. Sisudo couro ouvindo algazarrados tizius desafiando ventos, desventuras, prevendo o que seria um dia seu caminho para trançado tornar e exibido ser por Camiló, senhor das ciências e das artes expostas. Empacou no rastejo da agonia por ser flor acabrunhada, sem querer dar notícias ruins de desgraças, enxugou o choro, assuntou o destino, espreitou desaviso para ganhar tempo de portar mazela de falecimento. Bambeou os intentos de proceder outras continuadas aguadas, o maracujá, e desabonado sem promessas melhores, pela picada miúda, arrodeando as taboas, desflorou arroxeado de dessabores no pé da tábua de óleo molhada das roupas sovadas. Olhou a flor os fundos dos olhos da mulher de Camiló. Inhazinha nem destinou, emudeceu, desestorvou a angústia para saber que já sabia o recado correto maldito portado. Mastigou a mãe, mulher, o ermo atristado da flor, que nem falou, mas só gemeu a cor como era de sua sincera competência. Desarvorando refez ela casa adentro no choro de aviso das carências a se tomarem, seguida pela florebrisa. Se fez acordar filho Cadinho amofinado de esfregar os olhos sonolentos na espera do Camiló pai não chegado uma noite toda desavisada. As meninas acordaram já no choro, enfeitiçadas pela flor calada no umbral da janela esperando, acomodada, a brisa junto, e assim escutarem as angústias enrolando pela tapera. Saudosaram as agonias e não esperaram, todos, mulher, filhos, para se terem com o marido e pai atirado e seguiram aos caminhos dos Oitões e assumiram sofrimentos avisados atrás do maracujá e ventinho.

No rodopio da brisa seguiram em passos de amaldiçoadas infelicidades em fila de índios na sequência das agonias, na primeira amargura, atrás da flor, Inhazinha, compenetrados depois outros calados, palmilhava primeiro filho Cadinho, carregando nas algibeiras do coração e da mágoa a falta grande daquilo que ficou sem falar com o pai, as filhas mulheres, por ordem de desespero, Imati segurando a mão de Nema, mais carecendo de não terem tido desinibidas as vontades mansas do beijo que nunca foi dado ao pai. Enfileirava por derradeiro o cachorro velho, cego, Pecó, apaziguado de desinformações, mas cismando que as coisas não se davam bem, sem saber por quê, gania também. Muito intimados nos acompanhamentos dos aconchegos, foram entrelaçando os acompanhamentos dos uivos fundos das lamúrias de Pecó os dos demais cãozarradas inteiras dos avizinhados sítios e ruelas de Oitão, amortalhando cantochões ganidos das caninas condolências até onde os grotões se desencontravam para ouvirem seus lamentos. Sisudo e simultâneo de conversa em silêncio veio Cadinho, portando uma desgraça carregada de futuros sem solução, como se pusera atrás da mãe e andejando lacrimadas as irmãs nos passos de tristezas cadenciadas. Desacatou da Forquilha para a Várzea da Mascoté Crioula, um bando movido de algazarras dos papagaios para revoar reverente sobre o corpo de Camiló estirado na Bica-das-Putas e mostrar que levavam suas condolências. As meninas se apoderaram das próprias dependências e incapacidades e foram se choramingando pelas poeiras para desencontrarem os demais desatinos. E todos seguiram a flor, convicta de suas prerrogativas de testemunha de sofrimento à frente, encimada sobre a brisa e os demais outros destinados a encontrarem o trançador ainda abeirando atirado da garrucha na frente da casa da Naquiva. E como as coisas eram nas mortes fatais e repentinas, gente muita acoitando o corpo desprovido de vida, aguardando as soluções, encontrou a família quando abeirou a cena.

Misturou na fartura de todos conhecidos amigos e sinceros respeitosos por Camiló, chorando povos se puseram para sofrer ausência por morte atendida no recanto da zona, frontada sendo da famosa bica e do maracujá. Amizades debulhadas nos atentos de cada afeto sempre acatado e sendo o ajutório das atenções vistas atendidos ali no momento por boiadeiro comprador de trançados, puta carente de carinhos, massagens e premonitórios, jogador de truco, aparceirados nas refregas das jogatinas requentadas, bêbado casual ou de rotina, criançada mole de sorriso farto embalada alegre nos cantos macios, nas estórias silvadas, nas delongas fantasiadas, que Camiló portava prestativo, carinhoso. A roda se abriu e a família acercou na precisão da carência. Fim. Ali estirado se desfazia o passado olhado pela cegueira do nunca mais. Inhazinha sentiu a saudade que havia esquecido, choramingou mansa, recordou com carinho os desaforos das noites embriagadas, as comidas requentadas eternidades sobre a chapa de ferro da taipa, os meninos arrastando Camiló para a cama de sempre. Memorou as desculpas ouvidas nos balanços das águas corridas, roupas lavando, couros estirados, roças sem aguadas nas farturas das secas, colhidas de nadas. Esticado no chão desapiedado ficara, à carência da comida, o marido, o resto do pai indo sem despedida, um restolho da vida a que ninguém sabia dar conta, a desconversa da faina que os destinos puseram fim sem perguntar quando voltaria. Flor desacomodou chorando na beirada do sangue escorrido do peito. O povo desabotoou a roda fechada, o sol castigou os olhados sobre a família achegando para sofrer de perto. A poeira se desenvolveu soberba na tarefa de avisar todo o povoado para quem pudesse que convinha sacramentar as sinas da morte do Camiló no armazém do Abigão de portas abertas, tirar as teimas de fartura de cachaça, capilé, rapadura, groselha e biscoito de polvilho. Em rede carregaram o corpo mole de Camiló, já vestido como desapeteceram corretas venturas feitas. Muito compenetrado de obrigações e tristezas, o filho Cadinho, ajudado pelas afinidades de Oitão, até a porta do Abigão se fizeram em procissão e lágrimas do corpo largado levado em rede, como mandavam as sinas. Atinaram. No balcão do armazém do Abigão, deitado, ficou Camiló melindrando sem vida no mesmo lugar em que manejava as bravatas alegres do truco capenga e Pecó assumiu os baixios das prateleiras.

Caberiam urgências. Portadores prestimosos de servidões e desejosos recados mundos aforados de todas as tristezas e serventias se puseram a atribular avisos em cadeias sucessivas para ninguém desmerecer de atender o velório. Portanto, também veio obsequioso Demário Ronco com a família condoída nos últimos termos, respeitosamente avisados e confirmados, saindo do Canhambé dos Mulatos, sem falha de nenhum restado para trás, ajustados numa carreta atrelada ao trator quebrando curvas e gestando fumaças pelas serras. Chegaram nos respeitos muito devidos que tinham pelo velado, pois o filho fora salvo por Camiló de ficar com a lombeira entravada de paralítico sendo para o resto da vida e sempre. Tal se contava solto e bem medido em bodegas das corruptelas, se deram as curas depois do tombo de um burro redomão, animal de pouco siso e imprevidente, que atorou o moço Bolatinho, caçula dos Roncos, por riba do cercado no curral de bezerros, onde atazanou suas costas na ponta do moirão de aroeira brava. Desfez o coitado do tombo, capengando nas agruras, sem movimentos das pernas de andar, muito sem curas em médicos sabidos, até da capital, por mais de uma quaresma inteirada, depois do carnaval. Estirado sem provimentos numa cama de desespero atinaram as providências de achegarem por indicações a Oitão, residência correta dos dedos atentados e das bênçãos justas do curandeiro. Camiló espichou os recados e os ouvidos nos atentos das mazelas, para os problemas dos desacertos do moço peão de muito orgulho e carência, choroso de desespero na sua frente. Só aí já sentiu o faro desencontrado dos tendões, esmiuçou nas colunas os caminhos dos sofrimentos, intuiu as manobras das vértebras desmanteladas, chamou o infinito e os astros, se persignou nos devidos, amuou nas soluções. Sete sermões cruzados de temporadas exatas, de dias falhados nos ímpares, para os manejos se darem nos pares e com rezas de boas-venturas, os dedos mágicos nas desgraças e destravando os exatos, foram os procedimentos corretivos para aliviar os estorvos. As atenções se moveram substantivas, pois seguidas das indispensáveis bebericagens de pinga fermentada em semente de imburana do mato de cima da Serra dos Leprosos, mais aditado Capilé Ficato Santa Mezinha e melaço de rapadura de sobreaviso inteirada. Muito siso no sobreaviso para a cana da pinga ser provida só de corte ralo na minguante lua para a garapa fermentada. Não desesqueceu Camiló de mandar esquentar a cama do estropiado para dormir em cima, depois do padre-nosso e da relevância a obobolaum, com um pelego de cabrita preta e duas cabaças grandes cheias de rumem de vaca malhada embrulhada em placenta de égua parida lavada em noite de minguante nas águas do Jurucuí Açu, ali e só ali, do lado do remanso depois da caída da Cachoeirinha da Capivara. No tocante de tudo, seriam as corretivas para despertar os nervos espreguiçados para arribar de pé o peão. Muito bem servido, majestoso pelos préstimos do trançador se deram de bem composto e pondo de pronto Bolatinho, filho do Demário, alvoroçado de petulante e recomposto já no outro rodeio de burro xucro, um tico de logo depois, antes de São João. Oitão divulgou os feitos e mais gente caminhava nas estradas para aconselhar, benzer, ouvir, assistir ao trançador beato desfazer agruras e penitências. E foram por estas igualdades de semelhanças que vieram mais gentes várias, sempre de muitas nobrezas, descendo para Oitão, para, nas barras das bonanças de Camiló, o trançador de benesses, rezarem aos pés do falecido a última despedida.

O sol debruçou curioso sobre as pertinências na sofreguidão de acompanhar nas andadas cerimônias muitos povos investidos de alpargatas pobres, outros enobrecidos calçados de couros curtidos, enfeitiçadas botas enfeitadas de boiadeiros pomposos tresandando. Não faltaram chitas bordadas de mulheres-moças-adamadas domingando exibidas roupas de reza, mesmo sendo semana começando na segunda, por motivos de féretro merecido. Senhoras de afazendadas posses e gados que se socorreram das artimanhas de Camiló para desfazer torcicolos, pendengas, carências de orgasmos ou crianças enviesadas sem quererem despedir dos úteros. Mulheres-moças, estas desentravadas de sofrimentos que amealharam seus organdis e musselines para desfilarem seus agradecimentos e saudades. Criançada solta se via à cata de reinações, doces, mas principalmente nas saudades das estórias alvoroçadas. No velório em prosseguimento, chorosas, as moças das bordeleiras, Naquiva Tiúca e Jupita Ganzoe, não travavam envergonhadas de beijarem de espaçados amiúdes e sistemáticas os dedos milagreiros do trançador manhoso. Nas tardes de desventuras, nas noites de mormaços ou madrugadas de negaças de sonos ruins, não se recusou nunca Camiló de atender com as nuances de seus artelhos enfeitiçados um mero sofrimento solto na cama das moças bordando desânimos. Os dedos desanuviavam os maus-olhados, as paixões não correspondidas por proxenetas tresandados ou carências de orgasmos destrambelhados. E Camiló sorvia uns restados de suspiro ou pedaços de infinitos enquanto curtia as carnes suaves das moças sofridas ou os couros duros dos gados matados. Era um profissional das almas, atarantado nas artes dos couros e nos desejos a tecer solvências de desandados e desânimos.

 E tudo corria campeiro como veado estirando catinga, tal debulhado confuso de insensatez do vento noroeste salpicando serra abaixo, como atribulava de pensar consigo Camiló nos intervalos do truco, das mandingas, trançados, moças, cantos dos pássaros, pingas, da mulher, dos filhos, solidão. Senhor dos pendores, dedos das santas crenças das minúcias, atinados nas curas e nas artes, se aparelhavam iguais nos baralhos para cismar ligeiros as malícias dos tramados e assegurar as cartas corretas. E assim chorava sobre o corpo desalmado, também muito, o parceiro de noitadas longas, bebericando a última dose, Minhoco Desfolado em homenagem ao fim. Parceiro, mas antes de qualquer sobeja ou desaviso, arruaceiro conhecido em léguas, briga fácil e topete de valentão que se animou em pedir à viúva licença para desfazer das mãos do Camiló os dedos para salgá-los como carne de sol fosse e deixá-los, respeitosamente, exibidos sobre o balcão do Abigão como anteparo sagrado de ex-votos. Ficariam enlevadas várias meritórias eternidades tais exuberâncias, símbolo da destreza e da habilidade, os dedos mágicos do único jogador de baralho jamais confrontado por qualquer outro que tenha tido a petulância de cruzar os arruados e as poeiras da famosa catedral do truco, Oitão dos Brocados. A viúva, Cadinho e as meninas não desfizeram nem amuaram, mas Abigão desmediu as fortuitas improcedências, empacado na desavença, impediu confrarias exotéricas em seus domínios comerciais. O comparte não desprocedeu, mas acabrunhou aquietado de perder o amigo achegado às meritórias artes das jogatinas e não infringir aos dedos o lugar merecido. Minhoco Desfolado, atolado em força emparelhada de três jumentos pegas sacudidos, alcunhara por desvios de condutas em desforras com seis guardas de polícia que o arrastaram puxado por dois burros de cargueiro pelos pedregulhos dos arruados de Oitão, esfolando a cara abrasada em carne viva para demarcar cicatriz eterna, que nunca desfiou da mágoa e da vingança do apelido colado e tanto como esquerdou esquisito do lugar correto o olho que envesgou na rixa. Procedeu no castigo depois de sovar dois dos policiais no dia anterior nos desentendimentos da zona e obrigá-los a engatinharem no cascalho seco do chão, enquanto ele urinava nas cabeças dos desafetos. Coisas dos Oitões sertanejados para que ninguém deixasse de ficar precavido. As desforras de Abigão e Desfolado sobre méritos e destinos dos dedos sagrados de Camiló não prosperaram nos supostos respeitos merecidos, rapidamente desassumidos, pois entrelaçaram rezas das carpideiras, acalantadas por Sinhá Jacinara Comato, rezadeira procedente, improvisando as ordenanças dos que chegavam atrasados às reverências. Em respeito aos tardios dos de longe vindo para o velório, foram prolongados os propósitos do sepultamento, para dia outro, enquanto se atiçavam as cachaças aos adultos, rapaduras, bolachas e groselhas às crianças. Noite correndo, rezas sussurradas, anedotas sem gracejos, mentiras ciscando, casos alvoroçando as poeiras dormitando. Pastejo das tropas na Várzea da Macoté Crioula. Carro, trator, caminhão de passageiro no fundo do curral do Abigão. Família sofrendo no silêncio e cisma.

Cadinho amoitou calado no banco. Ciciava muito de por acaso e vez, enquanto ao lado da mãe e das irmãs, segurando sisudo a mão de Aiutinha à espera das incertezas. Chegavam mansos os curados, as atendidas, as crianças das estórias e cantatas, os compradores dos couros encomendados nos trançados caprichosos, parceiros dos baralhos, amigos, a vila espalhada em muita sintonia das despedidas. As moças putas das casas suas muito desfiguradas de tristezas, chegaram mais atrasadas, pois só depois de cumprirem tarefas e liberadas pelas cafetinas das obrigações com as freguesias satisfeitas de fingimentos, seguiram para os lamentos. A noite toda se cumpriam pêsames sem nem saberem bem o que aquilo dizia para quê. Por ser rotina, o sol bocejou por trás da Forquilha e atendeu ao piado triste do sabiá chamando a companheira na hora de prestar contas ao amanhecer. A madrugada veio encontrando estrada entre a poeira amansada jogada nas beiradas da rua onde um resto de lua disfarçava a preguiça querendo pouso depois da noite longa e antes de o sol se dizer por que veio. A balsa do Jurucuí já despejava gente circulando nas esperanças de outros sertões, rumos diversificados, enquanto, entusiasmadas, as marrecas atendiam atazanadas às esperas dos irerês para voejarem à cata de suas manias e pescados. A passarinhada das ribeirinhas águas desfaziam suas cismas vendo as aguadas sumindo nas funduras dos empossados isolados e nas dobras, as pedras esganiçadas brotando dos fundos, querendo empertigar suas feiuras para agatanharem os céus. Tristezas. A seca vinha espionando e todos sabiam sem querer saber. Cadinho deu conta das desventuras amadrinhando os ventos secos que sopravam certos com as demais desgraças: Jupá, o destino carregara sem notícias, o pai partiu na desforra de um tiro sem vingança, sem pena, sem justiça. A seca vinha avizinhando como cascavel desencontrada da presa. Pecó, o cachorro, acatou o destino, enrolado na sua cegueira, e continuou esperando Camiló levantar para rumarem para casa. Embaixo do balcão onde deitaram o dono, o cão não atinava a razão de tanta desordem de gente àquela hora da madrugada. Sonhava Pecó o borralho sossegado do fogão de lenha na casa e não a algazarra das vicissitudes sem explicação.

Inhazinha se acomodara cochilando muito por compassos, desmunhecando o pescoço, segurando firme a flor de maracujá, fazendo força para não desfalecer antes das cerimônias. O sol pediu licença e nasceu dando autoridade para as despedidas últimas do enterro. Cadinho chutou o cachorro embaixo do balcão para abrir os procedimentos e pediu a Dona Vicabelinha Moreva, benzedeira, substituta de Sinhá Jacinara Comato, que escapara para as necessidades em sua casa, que puxasse o terço final na ordem dos costumes. O silêncio se deu em cerimônias cabisbaixadas, cantochonas e Dona Vicabelinha, muito respeitosa, avisou ao senhor que muito contra a vontade se desligava de Oitão, seu filho de poucos anos, afeiçoado de todos, tarimbado nas alegrias, respeitado nas curas, cantador de repentes e fantasias para as crianças, apalpador das mazelas para as moças, acertador de destroncados, torcidos e incuráveis. Conselheiro das desgraças e artista dos trançados. Jamais se dera aos desvios ou às desavenças e se pautou arraigado sempre muito correto nas desditas por achar solução de manejo em tudo que lhe caía em mãos. Pediu muito compungida de tristezas que o senhor o abençoasse como sempre o fez, o recebesse nos afetos e eternamente em sua vida e ao seu lado. E deixou muito seguro que a despedida, pela forma covarde como se dera, fora um desaforo muito protestado por todos da vila. *"Acoberte-o senhor na sua casa, pois carece da mesma atenção que sempre deu a todos que o procuraram."* Vicabelinha Dona persignou-se muito convencida de que todos a acompanhavam nas entrâncias das boas despedidas de Camiló.

Inhazinha permitiu levar-se em silêncio, abatida no corpo calado, antes de acompanhar ser posto na rede o marido para acatar destino do cemitério, e depositou a flor já compenetrada de suas obrigações funerárias entre os seus dedos. Por respeito, Minhoco Desfolado já acabrunhado de não poder preservar no infinito dos seus desejos os dedos do parceiro, pediu à família para Camiló poder portar consigo o baralho amarrotado das cartas viciadas com o qual só ele tinha um diálogo insuspeito e mágico. Poderia nas trapaças da morte ter de se haver em trucadas adversidades e adjacências com deus ou o demônio nos aléns e era bom estar aparelhado. Ao apertar as mãos de Camiló, entregou-lhe circunspecto e choroso o baralho das parcerias. Apeteceu a Minhoco o sorriso que o amigo lhe devolveu nas despedidas últimas. As crianças subiram no balcão para darem mais um beijo no rosto risonho e assustado do contador de memórias, fatos trazidos dos sertões e das catingas. Não deixou de ouvir Camiló, já saindo nas costas do Cadinho e outros, o canto triste do fogo-apagou da Matinha da Jurema, em frente do armazém do Abigão, sabendo que seria a última vez que se desconversavam. O fogo-apagou deu recado aos filhotes, que Camiló também entonava suas tristezas em fá maior para encantar as crianças e as euforias. O cortejo fechou a rua principal, seguiu o instinto da flor de maracujá, caminhava lento para não acordar a poeira e assumiu o caminho fronteiro da Capela de Santa Eulábia, engatada ao Cemitério da Saudade.

A igrejinha deu providências de atender o corpo de Camiló sem cobranças de passados nem promessas de futuros. Saíram todos, gente por gente, tristeza por tristeza, enfileirados, muito entretidos nas ordens das melancolias respeitosas, para enterrarem o corpo, abonarem a alma e guardarem a saudade. Lágrimas passivas ouvindo a passarada entretida em seus atrevimentos. Na porta da venda do Mutalé Maneta, como ali pendia de visada direta ao cemitério e trilha de rotina e hábito, Camiló se agitou na rede deixando a flor cair na porta como mereciam as insinuações, para serem apaziguados os passos com a derradeira cachaça. Minhoco deu muita razão ao defunto em respeito às mesuras da flor pendida que mereciam ajustados sentimentos ao passarem gentes tantas em reverências funerárias por ali e cabia mais do que merecido aquele trago de despedida na venda que assistira o trucador por inesquecíveis. Conversas trançadas, tramoias ditas, afetos foram colhidos nas lágrimas do Mutalé antes dos definitivos.

O povo assumiu resguardo, instigou Camiló a saudar as dependências do Mutalé em memória ao passado, abono à partida, e o vendeiro chorou o que sabia ao despedir do companheiro. Chegou correta hora o cortejo ao portão do cemitério. Povo machucado de tristeza adentrando ruelas de corredores estreitos, sinuosos, confusos entre os gentios dos túmulos velhos saudando vizinho novo. Uma vala, sem muitas querenças de vaidades, aberta esperando a chegada do corpo para ser enterrado e finar os detalhes simples e pobres, em seguida, com os adobes escondendo as tristezas e as saudades. Por merecimentos, relevâncias conhecidas, se ajustara cruz postada na cabeceira e foi assentada sem exuberâncias. Cadinho plantou a cruz de cedro virada para o pôr do sol na sofreguidão da despedida da vida, intuito de Camiló poder acompanhar o passeio do astro durante o dia todo, como sempre fizera nas beiradas das ruelas, cantochando mesmices enquanto tramava couros, adivinhava sortes e enaltecia com os mesmos dedos as tristezas alegres de sempre nas assistências aos sofridos, às moças das vidas, aos peões das fraturas, às crianças dos sonhos, aos parceiros dos baralhos. Era a imensidão de Camiló e seus conflitos que baixavam ao infinito para se haver com as outras sinas. A árvore poderia brotar, como é dos temperamentos dos cedros, e contar muitos anos depois as proezas dos dedos do Camiló Prouco, o homem mais habilidoso de Oitão e outros sertões por onde as suas venturas desacomodavam nas invejas, nas carências das tramas, prosas, prendas e solidões das infelicidades sofridas e outros destinos para sanar agruras. Cada um se deu por jogar um restolho de mão cheia de mágoa, saudade e tristeza para se converter em terra, adeusar nos améns, recolher o fim. O povo se deixou sumir pelas estradas e ruelas de seus compromissos particulares, descarecidos de saudações já deixadas, obrigações de vagarosos gestos e sobre a cruz achegou acabrunhado, mas este para ficar só, o mesmo coleirinha que assentava perto do jequitibá na catinga em frente do armazém e do posto de gasolina, e encantava tanto Camiló enquanto tramava suas lendas, couros, sonhos, tristezas.

CAPÍTULO VII

DA SECA, DA SAGA, DA PARTIDA, DA MÁGOA

Cadinho aceitou as saudades, castigou seus proseados dos antigos de advertências para continuar memorando e deu por bem notado o sino batendo horas certas como cabia para a catedral definir. Atribuído nas melancolias, molhou os ombros do cigano Simião, atentou o cachorro Liau lambendo-lhe a mão para justificar a fome, bisbilhotou as pombas, ciscando miúdos arrolhos cerimoniosos ao redor dos encarvoados que os protegiam dos infindos. Ali, nas fronteiras das suas posses tisnadas nos pés dos carrilhões, comandava Cadinho as cismas e trouxe lembranças de mãe Inhazinha a manejar, soberba de bonita, ladainhas de procissões em festas de quermesse antes de achegarem os devotos nos derradeiros da porta da capela de adobes pobres em Oitão dos bons tempos. Saudosa Capela de Santa Eulábia. O retirante atentou choramingados sobre o quadro amarelecido da mãe sumida na boleia do caminhão de retirante e lembrou lamentoso que o destino, naquele curto tempo, levara Jupá para o desconhecido, o pai fora assassinado e a tragédia deixou, sem perguntas ou retrucados, Inhazinha mãe e irmãs com a ordem de se arrimar ele de homem, sendo da família, para dar conta de cuidar com zelo, tomar responsabilidades e destinos de quem não sabia nem de si.

* * *

O sino repetiu a tristeza igualada, memória da volta do velório findo, subindo estradas arrueladas de Oitão, mãe viúva, irmãs órfãs e

Cadinho. Seguiam juntos desacorçoados pelas beiradas das cercas que sumiam até as divisas da Serra da Forquilha. Autinha seguiu parelha até se despedir muda na entrada do seu sítio. Pecó era comportado devido igual como cachorro que não achava mais o dono Camiló enterrado, pois carregava sua quase cegueira pelos tropeços farejando o nada e não gania para não despertar a fome e a angústia. O cão não sabia ouvir a morte, mas farejava a dor. Pairava o cachorro nos alecrins e assa-peixes que o vento bulia manso com as folhas e já escutavam os avisos surdos da seca chegando para trazer carência e ali urinava para descumprir a cisma da falta do faro do defunto sumido. Com isto, no cerrado um bigodinho cantou lamento para saberem que também penava a morte de Camiló. Cadinho não acordou coragem de entrar na tapera sem nem o restolho do pai assassinado, mãe e irmãs já mamando nos olhados os desatinos rondando a virem. Assumiu de quebradiço olhado envesgado em um pedaço graúdo de futuro, mundaréu de prováveis gestando desditas malcheirosas, repelentes. Descendo da Serra da Forquilha, se via caírem uns desaforos entre as artimanhas e as tragédias a se desentenderem no que viria. A moita de gravatá apiedou-se do moço Cadinho e suas mágoas. O filho órfão vazou a tranqueira do pasto carcomido de quase nada de capim secando. Lugar das cabritas minguando, olhos vistos, prováveis de as secas levarem também. O cavalo Proeiro disfarçava a fome, emagrecido de desábitos, nas beiradas dos moirões onde se escondiam uns quase nadas de capim do outro lado da cerca.

 Abeirou Cadinho do cercado dividindo mutirão de candeias, já na serra, arrebentando entre os pedregulhos para se entortarem na luta de sobreviverem. Sobreviver nas catingas demandava autoridade de desejos raçados, desaforos, desforras. Cada árvore desenroscava de seus traçados, e para sobreviver conversava com as manhas e as sinas. Foi chamando Cadinho a si mesmo e a bem dizer suas manias, para versar consigo seus particulares, seus silêncios. Aprendera que a pedra grande sabia ouvir as tristezas. Desaprendera menino de chorar, por ensinarem que homem não chorava, mas as lágrimas afogavam por dentro, miúdas como desova de barbeiro, enroscadas, amaldiçoadas como doença de Chagas matando em surdina depois que picavam nos escuros, nas ganâncias dos sangues. E seguiam à doença as amaldiçoadas formas de dores sobradas antes de carregarem à morte por causa das mazelas pelos barbeiros deixadas. Foi subindo capoeira acima escutando seus silêncios, o filho de Camiló e Inhazinha. Ali mesmo no cerrado ganhando a capoeira fechada, serra por onde deus se perderia na boca da noite se não seguisse as pegadas, ouvindo o mesmo curió dos afetos em que antes encantava no remanso da alegria, melodiava algazarras, mais as fantasias, chamando o sol para brincar de sustenidos entre as folhagens e as desventuras se desfizeram nas alçadas dos sonhos de Cadinho sozinho naqueles ermos meditando as sinas. Não apetecia mais. Mesmo igual o cúrio de antes, outras sanhas, mesmo cambará escondendo o canto bonito, sol afagado de semelhanças idênticas despontadas para cumprirem jornada, mas faltava Jupá, faltava o embalo, a rima, a poesia, desmedia ausência do pai, desapetecia a desaprender viver sem motivos, os motivos estavam morrendo. Uma parte já se fora e intuía que o resto iria. Por que não se dava mais correto naquela outra prosa de solidão, solidão de Cadinho só, como sempre se punha e não despencava os gozos iguais de saborosos como enquanto o irmão levava ditoso, sabido, a gaiola da chama, para esconder entre o galho grande e o anseio da preocupação única, esperta, para provocar o passarinho solto, matreiro? Por que não cismava mais a delícia da espera do imprevisto, torcida do alçapão desarmado, cor do silêncio, o burburinho do azul, atinar com as artimanhas do curió? O guaratã não falou de lágrimas para não instigar penúria, mas deixou despencar uma folha seca, que bailou ao vento, na fartura das ausências, avisando que acalentava a alma de Cadinho. Sem tropelias, procurando soltar ao léu as fantasias, emprenhar os desejos de chegar o anoitecer e encontrar a vista da tapera de Aiutinha com o candeeiro piscando pela janela para fantasiar que seriam recados, Cadinho amoitou na sua solidão até onde prosperou, pois não sabia como merecer outras artes.

 A paca solteira, arisca de prevenida, caminho d'água, acabrunhou de ver os desmandos de Cadinho, desviando do guatambu embolado, sem se desfazer da amargura. Os olhados da paca cismada e Cadinho descaído se encontraram nas vibradas desconfianças. O animalzinho sentiu o ranço acinzentado das desgraças e lambeu penas da cisma angustiada do parceiro, pois nem se contradisseram com as mudanças das solidões, dos mundos, das catingas. Cadinho desamorteceu o suspiro fundo de ver a paquinha sumir nas quiçaças sem se empolgar como merecido teria sido. Assim não se portariam as carências de Jupá se fosse por ali tido. O receoso calado de esquecer-se no meio da serra sem destino ou querença era chegar à casa, medo acercado do passado, que não voltaria nunca mais. Remoía Cadinho, com a penca de penúria, suas angústias. Não adiantava campear suas amarguras no jacarandá velho, que sabia contar os anos nos musgos que o disfarçavam das tristezas, sequer nos cipós subindo pelo ingá para amarrar as ausências de destinos. Não acomodava pedir abrigo aos ninhos dos coleirinhas disfarçados dos gaviões safados ou dos tucanos espertos. Menos ainda escapava esconder as ânsias puxando as folhagens sobre os titubeios para não deixar o sol contar as verdades e enxergar as carências. Cadinho começou a travar destinos, encostado na pedra grande de onde as coisas não fugiam. A pedra sabia ouvir, mas naquela hora não queria responder, pois sabia que a alma de Cadinho teria de amargar a sanha sozinho. Ouviu o cheiro da comida preparada por Inhazinha tentando provocar as teimas e fomes. A cota dos mantimentos despretensiava muitas quantidades e não atinava os fins. Jupá se fora e era uma boca boa a menos de envergadura rebelde. O pai naquela noite já descarecia de providências. Com todos os mandamentos e aleluias, Camiló deixara em Cadinho um imenso vazio nas refregas, cantorias proseadas, tentativas de ensinar as artes dos baralhos, magias outras, aderências às putas afetuosas, tristes, e pertinentes trançados que encantavam a vida até onde as desforras permitiam. O pai lembrava desgraçada seca antiga, matadora de tanto tudo, que desajeitou levando vida, alma. Oitão sobreviveu na teimosia, desespero. Ele, Camiló pai, era menino e não sabia como não morrera alongado com as cabras, o cavalo e o riacho Perobinha que voltou depois, para desmentir o fim.

    Cadinho se desentendia na solidão ouvindo o ciciado dos seus silêncios ali na serra. Amargava ausência do pai e nas premências começou a atinar o presente no vazio da pedra grande, Serra da Forquilha, abrigo das tristezas, reflexões. Deu conta, como vinha assuntando há dias, que as rapinas alvoroçadas em carniças começaram a fartar aladas nas desgraças avizinhando dos animais definhando. Olhos cismados, volteios em largas espionagens plainando dos altos as desgraças, mesuras caladas sabidas de petulantes para voadores de destinados intuídos das mortandades. Futuros antecipados, catástrofes consagradas. Vestiam os pássaros negros grasnados estranhos, saltitantes curtos, bicos desaforados, em suas serras altas, preferidas, pousados nos despenhadeiros mais ouriçados, de onde estagiavam as intenções para aguardarem as sagas, colherem seus refugos ou especularem apoitados dos acercados das cacimbas, já carentes de aguadas. Dos confins, os olhos das aves prenunciavam os fados, antecipando com muito mais pertinências do que as cegueiras das gentes que só fugiam dos povoados depois de paridas as desgraças. Desditas misérias e ajuntamentos das coisas piores nos costados dos ventos secos, águas rareando, gado morrendo se apresentavam carcomidos. Cadinho destramava dissabores seus lendo as paisagens dos urubus enxameando dia a dia mais ativos, preponderantes, premonitórios. Sequenciados nas poeiras dos cerrados secos, os carcarás se lambuzavam pelas ousadias, começando pelos umbigos das crias nascidas para subirem pelas entranhas dos cabritos, dos bezerros, dos potrancos e mastigavam suas almas antes de aprenderem a mamar. A água só atendia o cocho das cabras, das vacas, dos cavalos, nas sitiocas todas, depois que a madrugada arrefecia um nada o calor e deixava suspirar pouca coisa sem os barros quentes dos barrancos sugarem antes.

    Noite se desbotou, engoliu as derradeiras visagens sumindo das desatenções de Cadinho, desajuntando suas tristezas, retornando ao rancho. Puxou a tramela da porta da casa cadenciando respeitoso o silêncio à mãe e às irmãs sossegadas nas suas solidões. Desarrolhou triste a cachaça ainda sobrada do pai sobre a prateleira destrancada do guarda-comida, apanhou o prato deixado sobre a taipa do fogão, assumiu as posturas de mandante e arrimo das cismas, sofrimentos e desditas, como se fosse um Prouco criado pronto para desmedir estaturas devidas e responsabilidades. O receio pediu abrigo no espírito de Cadinho e sentou com suas manias na chapa do borralho da cinza fumegando sinas. Se pôs nas serventias de assumir desafios, Cadinho, olhando o braseiro do fogão apagando, a coruja arrepiando, piscando os olhos miúdos, torcendo o pescoço para o lado do morcego se amassando escondido nas fuligens dos sapés à espera da brisa ressecada uivar nos caibros das taquaras velhas. O papagaio achegou para o cafuné e teve de esperar para ser atendido. Pecó ressonava ronco de cachorro, cão velho, na bica de desalmar, metódico de preguiça e desfazeres. Sonhava amenidades de cachorro enquanto desconversava para enganar a morte. A janela aberta deixava ver o lampião da casa de Aiutinha queimando uma penca graúda de solidão e dúvida para o filho do falecido Camiló se postar de danado sem rumo e serventias. Cadinho se empenhou de suspiros, assumiu outros dois tragos, começou o picote, sem saber bem como, de um punhado de fumo, mais no desperdício, pois pela falta de trejeito caiu pelos chãos de terra batida tanto que nos sobrados na palma da mão minguou pouco-pouco. Esparramou um restado, do que não perdeu na poeira, na palha fina e tudo se movimentava com estranhos gestados. Arremedos de começos para se tornar homem de responsabilidades arrimadas de quem carecia aprender desenvolturas sóbrias de saber beber, fumar e temperanças adicionais. Os desacertos confabulavam na imaginação e Cadinho deslanchou os olhados para debutá-los em desejos chamando o candeeiro de querosene da Aiutinha, avizinhada lá do outro lado da agonia e dos terrenos para testemunha. A lamparina da outra vista tremulou suas condolências avisando que Aiutinha também enrolava no jirau perdida de solvências sem sonos ou indefinidos de esquecer as agruras. Se desfalaram nas enormes distâncias das fantasias silenciadas dos seus nadas, iguais nas ausências de razões, esperaram cada um desfiando suas esperas, para desacorçoarem nas premonições e desacertos das agonias que chegariam com certeza.

No meio-tempo, Inhazinha amenizou esgueirar-se pela cozinha sem desamainar ou bulir com o silêncio do filho Cadinho conversando com o nada, sentado à mesa, ocupando o banco velho de cipó trançado do pai Camiló faltado, ensimesmado de descarecer prosa e não arribar lugar nenhum. O moço órfão não quis demandar ouvido e acalou no silêncio mudo. E por tal se dando, a mãe vazou pela cozinha, calma nas suas cismas angustiadas, sozinha consigo só na solidão funda da alma, vendo o menino-moço juntado na melancolia, desacolhido. Enroscada pelas paredes, continuou ela para não desmerecer os pensamentos dele nem sacudir a tristeza que espiava da cumeeira do sapé, parelha com a coruja quase acegada. Também não pretendia dispender ditos seus, nuances particulares, por ser mãe sem ciências das curvaturas retas ou pendores outros. Nas travas das tristezas mesmas, com certeza, naqueles despontados de agruras assemelhadas, tudo a par, rendilhando as duas gentes, eles só de dois, por ali nas desforras da noite andejando, não saberiam o que dizer, tanto que não palpitaram o que não desejavam prosear. Indefiniu Inhazinha, proposital, a não chamar atenção, ausente de interjeições ou conversas, salivou as pontas dos dedos para escolher a palha de milho mais briosa, mulher triste, viúva, mãe, sisuda, morosa deslagrimada, sem nem apaziguar seus entretantos, o que diria do filho. O cigarro era carecido de dar espírito. Preparou o fumo para espicaçar o alento, fumar, e a tristeza então se preparou para queimar na ponta da brasa. As coisas poucas são de serventia, às vezes são, pensou Inhazinha igualzinho assim, mas preferiu não desdizer. Como não desdisse, desmereceu mãe Inhazinha muito insatisfeita de palpites indiferentes. Na beirada da taipa do fogão mesmo, acabou de picar fumo, olhou a coruja de novo, enroscou nos premonitórios seus, mais carenciadas tristezas achegando, esfacelou o picotado sobre a escolha fina da palha certa, a melhor de palpite por ser de milho de dentro da espiga de restolho. As desfeitas das carências de alegrias se resumiram miúdas para virarem desfiguradas, pois a tragada espraiada no ar seco saiu do amargo da alma, do fundo da ânsia para desenhar no ar a certeza de como igualados, igualzinho a fumaça, a vida viria desfazer tanto como em mais incertezas e desavisos. Sentiu que o sertão desmerecia desaforo, noite calada de respeito ao sofrimento. Emudeceu sozinha no seu silêncio. Depois do saboreio ao acender o cigarro na brasa sumindo, assoprou aquela primeira bafaroda para o lado das esperanças, mas pigarreou ardido, pois só viu o morcego escutando a lagartixa sumir nas entranhas do sapé, sinal de que teria insônia, pois se sabia como era Inhazinha, viúva mulher, mãe, sertaneja, sofrimento atracando, analfabeta, estas certezas entraram porta adentro, pois a noite era de minguante lua e outras desforras.

Cadinho entreolhou o atiço da mãe ao segurar ponta do pau encarvoado, escolhido no fogão apagando, abrir a tramela da porta da cozinha para respirar fundo o resto de noite. Intuiu; não tardaria nem mais uns restos de ousadias e a madrugada achegava por trás da Forquilha. Alinhou a mãe os olhados até onde a solidão alcançou, pensou nas almas, nas estrelas, nas indefinições, consultou as dúvidas, seus melindres e se pôs a tentar atenuar para procurar ficar serena até esperar quase nada para traçar as manias e as crenças nas ordenanças das tradições e fés que sabia muito bem que nem deus mesmo ouvia. Mas era assim e se fez a fazer sisuda de inapetência e destino para não falhar as teimas a obobolaum. Como era de seus provérbios e obrigações prosperou no nada. Encarvoara ela vida inteira, eternidades, as portas das suas casas desde solteira, para afastar as desgraças, as maledicências, as penúrias. Lembrou com carinho da avó dividindo o mundo entre seus desejos e as maldades. A avó sacramentava muito convicta que o infinito nascera das trevas, entre as diferenças da inundação dos nadas e das mortes com as exuberâncias das luzes e das vidas. Se criou o começo para nascer a terra que careceu ser rasgada como vagina dos universos para verter as águas, o mar, os rios, amadureceram as árvores, peixes acostumaram suas intrigas para riscarem as lagoas. No embalo, os animais vieram brincar de belezas e as gentes justas, como os da sua família, aprenderam a sacramentar as coisas boas e as outras, que não eram da família, as coisas más. E os povos assim, para não acabarem em melancolias, se dividiram entre os bons e os outros. Os bons se afamilharam e amigaram corretamente em torno do fogo, da fé, do amor. E os outros se erraram, eternamente, em voltas das maldades e desventuras como até então faziam. Era por isto que o carvão assumia a suprema tarefa de, nos principiados das noites, dividir os desencontros, separar e proteger as venturas dos bons e afastar das desfeitas e os desafetos dos demais. E tudo se daria muito proveitoso de continuações, enquanto as cerimônias se perpetuassem. Os diferentes se atazanaram à cata dos roubos, das mortes, das maldades como fizeram com Camiló atirado.

Olhando as imensidões, os improváveis, Inhazinha duvidou, pôs na tocaia de prontidão e medo, nas cismas até, as assertivas da avó. Mas pensar não desfazia segredos amedrontados, destinos, portanto assim os verbos das ideias confusas careciam superar os confrontos, pois a vida teria de se fazer como viesse, debruçada nas catingas tal qual o vento que corria solto, sem justar destino ou razão, assim desproveu de desmedir e procedeu a mãe. Os riscos nos chãos, sorvedouro dos sestros que aprendera a tramar, apregoando as mesmas preces dos cantos dos aléns, vinham desmanchando as desforras, desfazendo as incredulidades, desmontando desrespeitos e por isto se preparou para atender às tradições. Persignou-se na memória da avó, do marido, dos antepassados, dos filhos e mensurou preparos e rogados. Altaneira das abnegações desfez das intransigências, olhou o cruzeiro do sul nos intentos de os carinhos dos ventos acalentarem suas obrigações e começou a entoar a obobolaum os respeitos devidos, rumorando cabisbaixada as compenetrações dos tisnados. Os habituais se disseram mais prudentes do que as ideias voejando como içás formigas em vésperas de juninos meses secos, mesmo assim apeteceu pensar, rezar e sofrer: vida, amém, chorou e na agonia cravou o carvão no infinito da alma usando o chão que se oferecia seco como sempre, sem molestar o filho.

No provérbio dos tempos, ameou entre a tristeza, a viúva, um suspiro e um raivado, aninhou uma saudade de Camiló quando se depararam de empreitas e prontidão nas vistas, sem rumos distorcidos dos carinhos, como depois os desandados se prestaram, na casa do pai de Inhazinha, quando ele foi oferecer serviços de trançar habilidades em troca das peles das cabritas estiradas nos bambus nas pontas dos ipês brincando de primavera no meio dos ventos e poeiras a caminho das serras. Dos achegos e das vergonhas os olhos se desmediram parelhos, enfeitiçaram, lambuzaram de melindres, casaram, amaram, destemperaram as agruras, engravidaram, morreu ele, viveu ela. Vida confusa nas sanhas amorosas dos desafetos, nos achegos das separações. Tranquila nos desacertos e ameigadas nos conflitos, contrafeitas nas meiguices. Das parições em sete sendo, salvaram quatro, pois nos desagravos dos sertões sem ajutórios, um morreu no parto de saída, dois vingaram até o tifo levar o primeiro, homem que era, e a difteria desfez da menina com cinco. O cerrado esqueceu os que foram e mandou arribar, como se desse por dar os sobrados quatro. Assim, na ausência da morte, se separaram naquele dia. Dia primeiro em que Camiló não urinaria nos tisnados. Deles a vida fora um desentrosado de entrosamentos e outras perversidades alegres emparelhadas das tristezas agradáveis. Coisas com que souberam se desentender nos aconchegos. Na boca da noite acabando, madrugada se fazendo, perguntou ao além, Inhazinha, se viveram ou suportaram, e o silêncio muito desmerecido de opiniões iluminou mudo, calado, sua resposta. Tudo se deu desacanhado, corriqueiro, com um enfastiado puta-que-pariu e despencou uma estrela cadente para acender o cigarro de deus extenuado das tagarelices dos homens, como Camiló, e das mulheres, como Inhazinha, que não se conformavam em aprender a sofrer as miudezas dos prazeres como o destino desenhava.

Foi ciscando chão duro, intolerante, com o carvão colhido, ensimesmando as desavenças e despropósitos, pedaço de tição marcando, que Inhazinha lembrou que se esquecera de saber chorar. As secas da alma não deixaram nem uma volta faltando no restado de nada. E para fazer rima, o carvão sabendo das penas estirava encruado, manchava pouco, quase apagado o cascalho danoso de não querer formatar as desventuras que arremedavam a vida. A mãe não arrefeceu nos propósitos e continuou muda destravando as providências. Não querendo falar de si ela, pois a noite se fez pequena, malévola, desacomodada e não conseguiu dormir. Igualado Cadinho, confabulando consigo mesmo até de madrugada, proseando com suas teimosias e ansiedades esqueceu como dormia. Fora ficaram as cabritas, estrelas, os tisnados da mãe prevenindo os destinos. Nos seus pousos engalhados atenderam suas naturezas, lampejos de gritar para a lua suas despedidas pela madrugada, os periquitos, enquanto ela se derrubava por trás da Forquilha, e acharam que poderiam começar a voejar suas alegrias para autorizarem o sol a começar a marchar. As coisas se acomodaram para intuírem desacomodar e o dia se fazer. Cadinho esmiuçou o silêncio, pois a mãe deixara cravado, como vira ela atiçar na porta da frente com o carvão tinhoso usado na noite findando do fogão preguiçoso de brasa, tanto assim que não deixou ela de riscar as sinas e as crenças. Obobolaum reverteu agradecido. Por herança arcou embaixo dos sofrimentos e desentranhou da banqueta o filho órfão para assumir os entraves de arrimo e começar urinando sobre as santas proteções pela primeira vez depois que Camiló se fora. Na tradição de resguardar com as rezas e os encarvoados acalcados nos pedregulhos, terras duras onde a mãe separara, com suas sagas e bênçãos as desditas dos bons, diferentes das maldades dos outros, desaguou Cadinho uma eternidade e com isto assumiu as obrigações dos seus arrimos e os sofrimentos a virem.

    Inhazinha assumiu alma sua sentindo culpa e carente da fome e desgraça dos filhos prometendo atiçar e se propôs vendeira dos sobrados e das tranças do marido morto e emborcou o jacá de Camiló às costas para descer serra amasiada com a solidão, mais os couros de trançados, incluindo a desesperança. Mesmo olhava ela contrafeita, mas necessitada, para o arruado, amedrontada das providências, embora intimada nas propositivas. Se deu de pronta a matutar consigo e procedeu correto, tanto que decidiu enfrentar. Foi gestando os pés descalços, a mãe, na poeira seca, ardida, pensando nos intentos de fazer proveitos com os trançados sobrados do falecido e se permitiu pedir licença com Abigão de assentar amostras dos restados trabalhos na porta da venda para apurar trocados. A estrada, cruzando a vila de Oitão e porta do comerciante, com as águas findando e que desgraçava tudo, começou muito a se desfazer de caminhão, boiada, muladeiros, gente. Prosperava um jeito sisudo amarrado ao pó da desgraça crescendo, miséria afortunando. Atinava, quem assuntasse sobre as cismas, atenciosa, que se deram para cruzar amiúde de constantes, e vários, os muitos paus-de-arara carregados de misérias e retirantes apenando sem rumos, desatinados para fugirem sem salvados proveitos, tanto como sem clemências ou ajudas. Dessalvados dos infortúnios, dos governos, deles próprios, retirantes. Homens calados, desgraças, mulheres lacrimadas, tristezas, crianças esfomeadas, penúrias. Gentios sem promessas, dinheiro para comer, quem diria para comprar couro trançado sem serventia, desencanto. Inhazinha, nos respeitos devidos, pediu a Abigão para estender seus trazidos, as sobras de Camiló Trançador, e tentar vender alguma coisa a quem cruzasse o posto e a venda. Abigão pôs de aviso, permissão dava nos respeitos da família de Camiló do Oitão, com muita simpatia, mas que mais dia, sem data certa, aprumava seus rumos também e fechava o negócio na beira da estrada arruada, tramelava o posto de gasolina, mais tudo que tinha nas frentes do porto da balsa e da rua e esticava com seus nadas à cata de desfortunas outras.

Cadinho acompanhara a mãe descer caminho entristecendo pela poeira pegajosa no pé descalço, o jacá pendendo nas costas magras e desfazendo sobre as ancas ainda bonitas, mas bem afinadas. Era mulher de ser atentada de aparências desejosas e atrevidas, não fosse mãe. Perguntou o filho no olho manso, por que o mundo dos desaforos era assim e não de outras formas? Mas se calou no sovaco do medo e da ignorância de analfabeto. E se puseram cada um por seu lado particular, casmurrando pensamentos misturados de insolvências e fantasias a seguir em seus destinos ameiados de poucas conversas. O filho do tranceiro se fez homem por injunções e demandas, inteirou vontade de procurar serviço em alguma fazenda das redondezas por conta de empreita, tarefa, ou o que dessem para sustento de tentativas e outras prosas. A cabeça não desviava muito correta de afinidades, pois os urubus amuavam os olhos encarniçados para os lados de quem passava, com esperanças de verem, depois dos tropeços, a morte. Estavam ali as rapinas, unhas atiladas, grudadas nos moirões, nas galhadas secas, nos barros esturricados do chão gretando, sobre cochos e cupins. Espiavam roucos com seus chiados as passagens de quem cortava os atalhos esmerilhando os dentes, sôfregas, esmiuçando os infinitos para colherem os restos das carniças dos desavisados e que preferissem morrer nos atinos dos olhos fundos das aves caladas, sisudas. Cadinho portentou sem soberba no cavalo magro, Proeiro, para o lado do Curral dos Pousos onde poderia haver alguma boiada descendo à cata de pastagens melhores nas diferentes gerais. Cruzou o povoado, atentou Inhazinha assumindo postura de vendeira na porta do Abigão, aprumou no cotiâno velho mal-ajambrado e se deu destino de arrimo e responsável, depois de tomar uma pinga fiada na venda do Abigão. Fez posturas de bebedor para imitar o pai, antes de desarvorar destinos.

O cavalo assumiu toada viageira de tempo seco, calor bravo e pragas, sem tropicar nas passadas, mas preguiçoso de intentos e, por prosa com o além, Cadinho deu por cordato, desmediu. Por rotina, o sol castigava a cacunda derrubando para o oeste. Cavaleiro e a montaria foram atentando as vistas pelas beiradas das pastagens das cabeças poucas sobradas de gado não tendo mais onde emagrecer. As cacimbas prontas para sumirem de vez, desenfeitadas nos buracos quase vazios, tristes, enxugando. O caminhado emparelhava as mesmas sinas das cataduras do Açu secando. Tanto era que a paisagem assemelhava propositada parelha de desgraça com cada vaca, bezerro ou novilho sendo acompanhado por um urubu sustentando do lado um mau-olhado de desgraça e praga. Igualados os carcarás se enfeitiçavam mais nos bezerros mamando ouriçados nos umbigos ainda sangrando. Era precedido e certo nos atendimentos, que cada ave marcara sua presa e cuidava com procedimento na espera de fartar assim que tropeçasse na morte. Cadinho aprumou montado até o Curral dos Pousos e se desfez das esperanças, pois dentro do cercado se alvoroçavam de todos os lados, uma fartura de desgraça revoando negra na intenção de assumir para sempre os tempos e as terras. Os urubus revoavam baixo disputando as carniças de duas vacas mortas de pouco. Nos cantos das tábuas, as ossadas espalhadas, agressivas, secas, se entrelaçavam enterradas fundas nas poeiras. O cavalo passarinhou medo de cruzar a desgraça, refugou mesmo alonjado da porteira, e Cadinho se persignou sem saber por quê, antes de vomitar de cima da sela instruído de nojo, ranço, catinga. Aquelas pontas do mundo de Oitão viraram uma carniça sem fim apodrecidas na imensidão do cerrado. As aves olharam os dois destinados acavalados e se animaram nos grasnados de mais fomento provido.

Aforou tristeza, lacrimejou Cadinho sisudos conflitos nas beiradas do Curral dos Pousos carregado de sobreavisos, ele, premonitório de sinas, pragas. Memorou verde de olhos no indefinido do tempo antigo molhando as saudades de ver andanças de muita gente no passado rolando pelo curral famoso de Oitão, dos tempos que foram acabados, barganhando ali muita esperança de bons negócios, comprados, vendidos, leiloados, boiada, alegria de fartura ciscando pelo chão, dinheiro de peão enfeitando as mulas bonitas, potradas de envergaduras, xucrados cavalos, trovejando carreiras nas pontas dos cascos, amassando lama gorda de águas sobrando e deus gargalhando descontraídas divinais soberbas. E as pancadas d'água enriqueciam as vistas e os propósitos. Tudo nas arrogâncias das boiadas e tropas acatando, o pouso foi até se estendendo prometido arruadinho pequeno ali, muito estimulado de futuro e petulante de esperança. Se pôs incluído venda de carecidos mais prementes, pinga, biscoito, carne de sol, fumo, manjuba, açúcar, sal que não desfaziam de faltar nas demandas. Vezes algumas, atendia salpicada uma mulher de programa e desmerecidas feiuras, que a sede das viagens longas não desapeteciam as carências dos boiadeiros conformados com o que viesse e arriscasse. Nas farturas das chuvas gratas se acomodavam boiadas vindas dos sertões fartados de procrias para serem negociadas e leiloadas para tomarem rumos alternados, donos outros, razões melhores. *"Como podia deus desfazer tanta segurança e tanta certeza desolhando as águas para os descaminhos errados?"* Ensimesmou muito convicto Cadinho e seus amuos. Nestas euforias, Camiló, pai, conhecedor dos pendores e das vaidades dos peões, viageiros de léguas longas, achegava maneiro, tal corujinha olhuda, pacientado na experiência das arrogâncias, atencioso nos provérbios, várias manhãs, encostava e exibia, esmiuçando, provocativo, suas tranças nas tábuas do curral para atrair as ganâncias vaidosas da peãozada altiva. Ali se exibiam decoradas as rédeas de crinas, os rebenques, os laços de doze braças, os rabos-de-tatu, os cabrestos ornados. Curral dos Pousos, por soberbas das animaladas achegadas, raçados, e as farturamas das falas e mentiras sobre as qualidades dos peões e cavalos, se tornou o ponto das maiores disputas de carreiras nas redondezas dos alongados sertões do Jurucuí. Jogatina nas patas dos animais animava as apostas, os desaforos, brigas de facas, ciscadas nos chãos, alegrias, mortes eventuais, sobejas venturas. Muita alternância nas calmarias das risadas raivosas, diversões e casos para serem contados, lembrados. Tudo se estirava primoroso de desejado e os relhos e rabos-de-tatu de Camiló eram enfezados nas ambições.

    Cadinho desmediu entravado de procedimentos os olhos sobre o Açu, beirando o Curral dos Pousos, desfez dos sonhos lembrando da fartura d'águas nas margens do rio que corriam desde Oitão, caminho todo. Rio acima, águas abaixo, ajustavam-se os veleiros, gentes, brisas, barcos, aves, canoas, esperanças, remadores, vidas, canoeiros, sorrisos, namoros, passageiros, barcaças à cata de outras soluções e destinos.

Tudo usando as correntezas, ventos, espertezas, aportados, remansos e entraves fartados de prestativos. Cadinho assuntou onde foram despejadas tantas abundâncias de aguadas? Estariam onde as capivaras graúdas, tanto encanto, peixe, horizonte, tanto martim-pescador, alegria, tanta garça, tanta saudade, saracura? Do Curral dos Pousos, a Oitão dos Brocados era um capricho dessalgado de pouca monta para os peões estradados de longas vindas, depois que Camiló desdobrava falas e artimanhas, que além das qualidades das suas artes eles se poderiam atarefar nas alegrias à cata dos tragos no Abigão, no Mutalé Maneta, no Macoté do Rótulo. Por bem pouco mais de uns tostões se encantariam os boiadeiros com as moças alegres da Naquiva Tiúca ou da Jupita Ganzoe, casas de encantos onde uma cerveja e um capilé douravam o sorriso, o coito, a vida. Ainda não desfazendo das machezas e dos tesões, arrepiavam as veias as qualidades rejuvenescedoras das águas santas da Bica-das-Putas. Cadinho, enquanto memorava as muladas, as tropas, viu os peões escorregando de seus passados, disfarçando os presentes e foi ele entrecortando entre os urubus como se destramasse as prosas doces do pai enfeitando Oitão para aguar as esperanças dos achegados dos sertões outros, que nunca acabavam. Pois Camiló se desfazia ainda de astuto e desmerecia as próprias aptidões dos seus cismados nos indefinidos do truco para achar desforra para a noite em seguida de quem se habilitasse a estender caminho até Oitão. Cadinho atinou que as águas se foram, o pai morreu e ali sozinho no curral só restava conversar com a desgraça ou com as rapinas antes de ajustar prumos novos. Empertigou na montaria, fungou suspirado fundo, triste, amargado enveredou rédeas do animal para o lado do pé da serra, intuito definido, meio prumo de quem andejava atrás de desgraça sabendo, mas fugia de si mesmo, pois era rumo de quem não destinava exato saber caminho e propósito atrás de seus brios, mas carecia.

Se fez acomodado na sela, assoou as lágrimas, intuiu cortar o Varjão dos Morais e ditar sentido das terras do Seu Vazinho - Vanézio Reberaes Nouvales. Seu Vazinho era homem de muitas promessas, rebeldias de terras infinitas, sabedorias experientes sertanejas, reservadas falas, pastarias sobrantes, lavradas roças exuberantes, gados estendidos, cabritas raçadas, animalada de montaria de visturas invejadas e satisfeitas. *"Quem dera ser tanto em fantasias para fazer cobiçar em léguas e cercanias de conversas aos pés-das-orelhas e ser Cadinho muito disposto a acasalar com Aiutinha, estabelecer filhos em todos os verões e se amoldar de patrão e rendeiro com os rompantes de um homem como Seu Vazinho?"* Coisas de nem pôr em pensamento para não estorvar os propósitos. *"Fantasias sem proveitos"* – ajustou gingando no cotiâno para ver se a barrigueira do arreio não melindrava e o remorso do moço mandou seguir. Não podia Cadinho sonhar, comparar coisas relevantes e medir diferenças de nascenças, pois dono senhor Seu Vazinho era herdeiro de indefinidas sesmarias cadenciadas e perdidas de viagens a troteados acatados, em cavalo bom, soberbo, descansado de serviço, para se dar conta de correr divisas um dia e meio inteiro e nem se prestaria suficiente para atravessar as vistas em tudo o que possuía. Quem fizera desforra de medir, dizia carência ser de três dias de fôlego e passo ligeiro de animal obstinado e petulante e não deu conta. Ninguém desmentia. Por proveito suspendeu as imaginações Cadinho e atinou meditoso voltar para as linhas corretas, em afrontar a poeira no animal enfraquecido e atorar jornada até o limitar do almoço. Seu Vazinho se aprumava certeiro de muito caprichoso nos seus possuídos e só se atrelava nos arreamentos de couro do pai Camiló nas montarias, carroças, charretes, bagageiras, carros de boi. Adquirira o herdeiro, na capital, trator de arado, terra farta pedindo serviço, e mandara construir em frente à casa cobertura ornada de caibro serrado e telha de barro para proteger a máquina e mostrar aos visitantes de longas curiosidades e invejas seus progressos e modernidades de fazendeiro.

Cadinho recortou caminhos atalhados de vazar encontro com Seu Vazinho e seus latifúndios. Enfeitiçou em cismas, aprumou tristezas, seguiu seguindo. Se encontrou pondo cruza por outros desvios, conhecidos paradeiros, terras secas, sítios de pequenas montas, corruptelas despovoadas pelos retirantes fugidios, misérias acotoveladas nos moirões das cercas. Desolhou a roça seca, vazia de gente que fora lugar de bastante exuberância da Nhá Nega Chicaia, mãe da piazada gorda, onde ao pai apetecia café, pito e prosa de tagarelas vaidades corriqueiras. Mais cruzando outras aves vistas rapinando, acompanhou sobre poeiras ventadas cercando, ausência de fé e mote, águas faltando, sem restado para atender de frente se dando uma desfeita de solidão que intuísse desistência de suspender lamento a ser chorado na porventura, neste rompante seguia o moço. Desacreditava ainda de dessaber o que fizeram com as águas do Jurucuí, pois continuava lembrando-se daquelas margens arrodeadas de gentes, movimentos, barcos, lavadeiras, passaradas, criançadas nadando nas farturas das alegrias e amores. Bateu o sertanejo, filho do trançador, acanhado de desconfiança na cacimba desviada, mas que por descuido sabia ainda ter o restado de aguada, meio enlameada, mas sobrada de sumiço todo, se dando, embora por onde se pôs o cavalo arfar gemendo para sorver com os beiços rijos os goles poucos para não esticar mais sede. As pragas voejando em derredor agouravam andejas, continuadas provocações, chiando enviesadas, estirando as asas, voos curtos agarrados aos barros dos pós-secos, olhos vincados, mortiços. Cissuras fundas nos chãos quebradiços, desditas das sumidas umidades. Nos rumos escolhidos cortaram, acavalados, Cadinho mais animal, as taboas ressecadas no Brejinho do Tipoco Mutum, margem da Lagoa do Beiço Grande, atiçada quase no seco. Saudade veio rasteira como cascavel no cio. Abeirada do rio graúdo, o Açu, também, memória boa das aguadas antigas, fartas, mimosas, de traíras e lambaris, tempos de alegres passaredos intermediando cantadas, coisas de simples nadas, enfeitados ventos carregados das borboleteadas asas esvoaçando poesias coloridas como gracejava preferir a naturezas delas para estimular quem cruzava agradecido ouvir o silêncio e enxergar a singeleza dos cantos das aves. A lagoa e o brejinho estavam desmerecendo os nomes de tão secados. Amenidades lembradas antigas, cavalos trotando rumos e ventos, peões alegres, árvores enfeitando o azul eram, foram. Era, foi-se. Sumiram na seca, no pó, na maldade, passaradas, águas, traíras, gentes, taboas, brejos, vidas. E o brejinho, muito memorável de pescadores, frangos-d'água e saracuras, agora esturricava nos repastos de carcarás e urubus assumidos de desaventuranças, ciscando fundas terras secas, olhados xucros de descavar alguma carniça de peixe, esquecida, podre, pelo sol e abandonada das desgraças. O que desfizeram com o Açu? Assuntava Cadinho acavalado no Proeiro cansado, sem querer mais conversa de tão desmerecido. A catinga amarga entravava os olhos e cegava as narinas.

    Neste destempero o capeta se encarnava e conversava com o senhor de igual para igual para arreliar quem desgraçara mais sertões afora. Cadinho mesmou sumidas vistas desfeitas de indefinições perdidas nos pensamentos sem raciocínios e solvências, projetos mortos. Se deu só no mundo, pior, no sertão que conhecia de tanto e sem povo de gente algum sobrado, carreando seus infinitos sem alembrados, ausências de gentalhadas, nada de sinais de sobras de famílias, fugidias das desgraças, secas, crê-deus-padres filhos das putas de solidões desandadas nos sofrimentos, desajudando de sumirem para não assistirem aos fins. Como ensinara Camiló pai, que sabia ler as naturezas das desavenças, os cupins, senhores dos conhecimentos antigos, sabiam que as águas não voltariam e se refestelavam para erguerem seus ornados, aproveitando as argilas finas, miudinhas de levianas, especialidades para os proveitos deixados pelas lagoas e remansos secados para construírem as casas suas, tudo nas baixadas e margens do rio, pois não haveria chuvas por muitos verões. Cruzando a tapera dos Olegácios Trantoias, antiga sitioca de amigos de Camiló, gente de antigas vivências no arrabalde, pouco para frente do Curral dos Pousos, muitos anos de posseiros reconhecidos nas terras, desencontrou os povos, pois fugidos das agruras chegando à porta da palhoça dois carcarás mastigavam os restos do bezerro assistido pela mãe prestes a tropeçar ao lado e chifrar a morte. Mãe velha vaca nas impotências e na garra de sumir dos garranchos das rapinas outras. E os carcarás iriam entrar pelo cu do animal mesmo antes de morrer, como gostavam de preferir. O cavalo troteava quase parando advertido de cadenciar outras cismas pelas frestas dos chãos, léguas, distâncias dessabidas de atender horas de chegadas. Sabedoras de destinos, bando de maritacas atentava romper até os espigões da serra sem gritarem muito para não abusarem perdidos fôlegos e carecerem de atender às sedes nas faltas d'águas.

    Prosperou amuado Cadinho a cavaleiro nos dilemas seus, entortando para o lado da Serra dos Leprosos. Terras de poucas amenidades até para cavalo descansado, que diria para animal desnutrido, troteado lerdo, sentindo os doloridos nas pegadas duras nos pedregulhos, grosando os cascos. Terrenos evasivos, ribanceiras feias, esburacados, desde os pés de serra saída até as quebradas dos espigões, trilhos dificultosos para cortar destino e achegar ao Seu Vazinho por atalho encurtado. Passarinhados do indolente cavalo, preguiçado, pois ainda se assombrava, desdiziam os antigos, já desvividos, de terem por ali sumido da Serra dos Leprosos, em noite de muita teima e fartura de maldades, gentes praguejadas, lazarentos assassinados por ordens das inclemências. Preventivo, Cadinho se fez firmado na sela para evitar refugo do animal na sanha de confrontar, por acaso, alguma alma penada assustando e lembrou que na travessia cruzada se deram, há muitos, fugas de doentes, praguejados de moléstias arruinadas e desesperados de viverem entrouxados presos no leprosário do pé da serra. Amuaram de parar de padecer os coitados enjeitados, quase sem comidas, tratos nenhum, amaldiçoados de deus, padres, destinos, parentes. Desassistidos emprenharam, na madrugada de São João, quando os tomadores das contas dos alojados se embriagaram nos folguedos e nos catiras, de fugirem os desvalidos, morro acima, para se encontrarem com seus desatinos, desesperos, suas desgraças, mas se defrontaram perdidos nos socavões das catingas e das grotas desconhecidas sem saídas, sem paradeiros, rotas de belzebu. Foram recolhendo cascalhos nos tropicões, largando pedaços de carnes desfeitas das feridas da doença pelos barrancos, ensanguentando as águas das nascentes, choramingando de bocas longas com seus gritos tristes, pedindo morte a deus ou ao diabo. Neste proceder, destravaram as almas dos corpos macilentos depois de se arrebentarem pelas grotas. Veio o monsenhor em nome do criador, a peste em atendimento à desforra, a polícia no cumprimento das ordens, a canalha para se abastecer de precauções e medos nos alertas das águas contaminando e atearam fogos nas quiçaças, voçoroca acima. Assim se deu que do sopé do espigão se amadrinharam nas defensivas todas as autoridades confabulando suas assistências de crenças e pragas, de longe, de soslaio, de vingança e nas observâncias das fumaceiras cheirando a carnes queimadas extraviando no meio do grito. Se atentaram nas trilhas de fuga, espreita e gatilho no dedo para não deixarem nenhum doente sair vivo da serra. Cachorrada brava no rastro de alguma alma que escapasse com corpo.

Gente fugida, chaguenta, desalmando, sendo seguida em perversos modos, olhados cínicos, formas recomendadas pelos sãos de curarem os pecados dos sofridos, de enfrentarem os desditos. Sobraram em Oitão falas da fama de quem cruzasse a Serra dos Leprosos teria de ir se benzendo com a destra para não perder a rédea do animal, na canhota, pois se alongaria nas trilhas tortas e se perderia no vazio, se tal fosse de trilho errado. Coisas de ouvido desprevenido, que Cadinho não espreitou sem atino, pois o cavalo já se desassentava no cansaço e aguando sem proveitos diferentes. Chamaram das embaúbas, resistindo um verde se desbotando, por causa das raízes fundas, uns tuins barulhentos sem definirem seus aprumos, mas alegrados, pois não sabiam de fantasmas. Ajustaram calmos por não terem outros provimentos diferentes. O animal de Cadinho refugou o esqueleto do boi chifrudo alombando ainda um restado de couro na carcaça no meio da ossada e no embalo o moço se persignou desconfiado, sisudo, por cautela e mesmice, sem credo forte, mas articulado, espiou pelo canto do entretanto se corria perto alma de outro além, de leproso ou advertência de mal querente do desafio, não desabusou, seguiu. Assumiram destino continuado cavalo, cavaleiro, sol marejando e a solidão. Se pôs Cadinho em providências, ajustou o tempo, a espora, a melancolia e rumou vagueando continuadas terras secas para chegar aos campos do Seu Vazinho. Sem provérbio de mais merecimento, titubeou consigo se ali ainda poderia ajustar um resto de esperança, mas se fez duvidoso e cuspiu para a canhota o amargo da poeira roçando acre a garganta seca. No vazio e solidão picotou um cigarro enquanto conjurava umas ideias sem minúcias corretivas, pontuou se as desgraças seriam as vistas suas ou as teimas, se o demônio assumiria a vaga de deus que preguiçara. Apreciou a presteza da binga para acender o cigarro, pois não melindrava com o vento. Assentou se caberia ele endireitar os pensamentos, assentar no arreio e acatar as vontades das coisas desexplicadas como vinham ou não perverter os desânimos. Desintuiu calado e fincou na mania — se atearam fogo nos leprosos, todos mancomunados com os infinitos, por que não destramar, ele, Cadinho, de aceitar as temperanças como as coisas vinham? As rapinas não ouviram os desassossegos do viajante, gralharam nos hábitos das asas desengonçadas, flutuantes, voos curtos de fugidias formas, espreguiçando os bicos tortos, saltitando nos cascalhos, abrindo caminho na carência da sofreguidão do animal apetitando aguar. Dobrada a serra, desfazendo já nas descidas via uma imensidão de isolamento onde antes era uma alegria verde de arvoredo, passarada e esperança até chegar ao Açu.

CAPÍTULO VIII

DO ACHEGO, DAS AUSÊNCIAS, DOS MORRIDOS, DAS ARISTOCRACIAS

Pés dos Leprosos, lado outro depois de cruzados, sabia Cadinho alongavam dos infindos vindos dos dali para frente terras já de Seu Vazinho. Era na passagem uma moita de gabiroba seca irritada de tristeza e falta de serventia, mas assistiu o caboclo ao despregar dos pés do animal o voo da codorna miúda assustada com o casco moroso. As querências de Seu Vazinho quebravam desde o Jurucuí ali, partindo do rio até emendar com uns estirados de serras quebradas onde o diabo se desdizia de senhor, pois se davam devolutas áreas, divisas de impossíveis por tanto despenhadeiro. Como fizera o destino em outros logradouros, furtara a maioria das águas do Açu ali também. Antigamente, mimosas farturas gordas, provedoras de remansos e alagadas entrâncias, brincando nas algazarras e nas refregas dos rodamoinhos traiçoeiros, peixaria sobrando de pular nas corredeiras. Piracemas nas desovas de subidas, enfeitando as pedras lisas das quebradas com os lombos brilhantes dos peixes. Passarinhada de cores todas abeirando as margens à cata de seus direitos e desejos. E na nobreza das naturezas caíam das pedras as pirapitingas e os piaus tentando atinar suas paragens de desovas subindo os cascateados nas piracemas formosas. Emprestavam suas alegrias misturando com os verdes das catingas, com os borbulhares das águas azuis dos desvãos infindáveis, coloridos dos socós, patos-do-mato, jaçanãs, guarás. E estas manias subiam até Oitões e continuavam enroscando ainda mais pelas corredeiras, abastanças, para encontrarem as nascentes do Jurucuí nas alturas dos

Grotões dos Cariampós, nas divisas da Axumaraicá, comarca da região onde se dizia nascerem as aguadas. E também brincavam nestas correntezas para acharem seus destinos, os dourados emparelhados às abundâncias dos tucunarés. Enfeitavam as vistas os curimbatás e as muitas pirararas assumindo suas manias paralelos ao lombo da jurupoca e dos cascudos. Por certezas e bênçãos, se extravasavam as lavadeiras cantadeiras em lamentos fundos, batendo as roupas, cismando as prosas, inventando estórias, desfiando os casos iguais de repetidos, mas saborosos nos ouvidos.

Mesmavam as dificuldades e as carências nas tábuas sovadas, mudas, circunspectas. Abastança de vida, mulheres agentando sorrisos, animalada colorindo as margens e as esperanças. Crianças desassossegando atrás de suas rebeldias e satisfações, mergulhando, pescando, reinando, rindo, enfeitando. O Jurucuí recortava de longe as catingas, cruzava enfeitiçado Oitão, acarinhava Axumaraicá, nascia nos Grotões dos Cariampós trazendo aguadas de muitas ribeiras para se fazerem graúdas e agigantarem nos encontros de outros muitos córregos e riachos. Engordava nos remansos das posses da fazenda de Seu Vazinho, São Alepro do Jurucuí Açu. E, por serem assumidos e petulantes, as águas e os ventos ali passados se empertigavam abrindo recortadas margens e despencavam pelas serras, cortavam vales e se aninhavam com outras bacias, até se encantarem nos mares, as travessuras do rio a partir da sesmaria de seu Vazinho. E aquelas farturas eram opções de caminhos e rotas cortadas tanto por rio como estradas para levarem boiadas-bois, tropas, caminhões, gentes, barcos para acomodarem os destinos de quem carecia ganhar sertões, desejos, lugarejos, ambições, corruptelas, aprumadas serras.

Era como se dizia em sovados e rompantes risadas, nas margens do Jurucuí, se assistia antigamente a gente de vida assumida, nascida ou trazida para as terras de Seu Vazinho, que contratava habilidades de longe, competentes, alçados de enfrentarem teimas, abnegados nos traquejos, labutas, nas carências. Peão de boiada xucra, desforrada, boiadeiro, amansador de cavalada brava, burro redomão. Tropeiros de léguas perdidas, vindos de mundos diferentes, mudando para as terras de São Alepro do Jurucuí, latifúndio do fazendeiro, para conjuntamente afamilharem nas freguesias, impertinências dos seus sumidos retiros, currais, roças, tarefas. Carroceiros consagrados e carreiros dos carros de bois afamados eram petulantes e conhecidos. Homens amoldados nas posturas de carpirem eitos inteiros, dias ensolarados, compridas horas, calejadas mãos. Capinando algodoais, lutas, canaviais, serviços, milhos, sóis, arrozais, suores, amendoins, tarefas, feijões, teimosias, fumos, assumindo carentes verduras para as prosperidades. Mulheres apovoadas preparadas para enfrentarem enxadas igualadas aos homens quando as fainas apertavam e o dono, muito atilado de ordenações, Seu Vazinho, chamava de véspera e os entendimentos se davam nos acordos e conveniências. E quem sabia entrosava, sabedor das competências, atrás do arado de oito juntas de bois e a terra gorda, rica, desbeiçava linda como vagina de virgem para receber a semente e desmantelar fartura. Era um gentaréu de povo sem contas a disputarem seus pedaços, suas assistências, seus recantos.

Quando não havia de pronto levantavam as próprias taperas de pau a pique, formavam nos derredores seus roçados miúdos de milho, mandioca, desfaziam as beiradas das capoeiras, com espaços para as galinhas soltas ciscarem entremeadas às beldroegas, aos mandacarus, às guanxumas. E tudo se dava nos acordos com Seu Vazinho, de empreita, ameia, de quarta, arrendamento, ajustes, acertos. A colônia escorregava pelos vargedos, bocas dos cerrados, pelos cantos das matas, nos cismados de onde as coisas florescessem, maturassem, crescessem. Nos entornos roncavam em lambanças os porcos fuçando os barrancos do Jurucuí ou seus ribeirões afluentes, atrás das desforras, raízes ou minhocas e a vida se fazia farta, sem deus estorvar, mas também sem pôr empenho. Cada um cuidasse de si. A animalada de cada morador se alongava pelos cerrados, abeirando as nascentes, encostando às margens das aguadas, desfazendo fartura do capim nativo ou da gordura e até do colonião. Beiçando as pontas das árvores mais caídas, roçando pedras, campeando capins nos sovacos dos buracos, as cabritas se enfeitiçavam nos aléns, a meninada seguia no rastro para encostar as mais maneiras nos barrancos e desatrelar, satisfeita, substituindo as punhetas. Desencantavam as magias e as vidas se prometiam. Seu Vazinho, para ele, senhor de muitos mandos e posses escolher ou encomendar as tranças dos couros crus para as serventias da fazenda, Camiló voltava amiúde àquelas terras. Foi neste transviado sem reticências, recordação e tristeza, que o filho de Camiló encurtou o verbo, abeirou o curral de cambará ainda sistemático de petulante, mesmo na idade de tão velho, sendo atrevido de não acabar depois de mais de cem anos, deixou o rancho das carroças para trás e cruzou a porteira para chegar à casa do Seu Vazinho.

Empertigou-se na prudência e no receio, Cadinho, olhos vazados nas paredes da casa enorme da sede, centenárias memórias, confinando horizontes, perdendo nas perspectivas, lembranças a sumirem nas taipas cobertas, soberbas. Só atendia os achegados um cachorro magro sem rebeldia, esfomeado na gentileza do rabo abanando, enrolando-se nos receios próprios, por ser cachorro afinado à solidão. A mansão atendia sensação de não findar, nem descomeçar. Apeou meditoso o moço campeando o silêncio escondido na poeira e entre as paredes enormes atentou de não assustar a melancolia. Se postou Cadinho na desventura antes do chamado de gente. Ninguém. Nada. Sol. Vento fraco, marcado, espiralando um rodamoinho no pé do cocho abeirando a bica d'água minguando, um nada de fiapo correndo sobre o barril cortado, sombras escondidas, meio-dia, triste sanha. Desalmadas vistas sem eco ou porventuras de gentes respondendo os chamados. Assobradada de sobeja tradição e vicejos, vestindo umas soberbas antigas e petulantes nas mesuras, a morada dava vista nas janelas várias, que não se contavam de tantas, de estar abandonada por desservida de povo. O cachorro seguiu o destino esfregando a carência dos afetos entre as pernas de Cadinho, enquanto o cavalo mamava no que podia, pois se deu gratificado à água do barril entrecortado ao meio embaixo da bica para aparar o que caía. O guarantã grande assombreou o cavalo com a barrigueira desapertada pelo moço para desmelindrar da jornada. Assim, por mania, o corguinho desajustava continuado filete miúdo de sumiço, um nadica de pequeno, pois minava no fundo do sobrado, preservada a água, ainda o que desse a vir, pela capoeira que subia fechada até o espigão. A nascente vinha caindo pelas pedras e o restado chegando ali pela bênção de ainda não ter acabado, se via, mas carecia fé para não ter fim logo.

Mesmo desprevenido, bateu aroma morno, tormentoso, forte, de intolerância e receio nas prerrogativas de Cadinho se achegar nas escadas e subir de pronto. Sensação engrandecida de vazio solitário, desconfiado, remoendo o medo se atilou igual como as vistas dos urubus e dos carcarás presumindo desgraças rodando o curral velho. Dava-se, danou-se e foi ele enroscando pelos degraus acima vagarento no intento de espalmar batidas palmas repetidas para as desconfianças caladas desresponderem. Assuntou fundo, cismado, corroído, que, se até as naturezas das farturas dos poderios de Seu Vazinho definharam, o mundo acabaria em Oitão e nas terras adjacentes que o Jurucuí banhava rio abaixo, rio acima, fins acabados, em tudo sobrando só os vazios dos sumidos. O diabo viria cuspir na poeira, banhar-se na miséria restada amaldiçoada, definir finados e desabençoar desgraças. O vento soprou mais encarnado, desmediu para o lado da Serra dos Leprosos, avisando de mais seca e rumou pelas vargens para trombar com outras bandas para levar suas estripulias. A folha da quiçaça enrugava esbranquiçada, na catadura da proteção do calor evaporar menos. Sapiências das naturezas das vegetais petulâncias das vidas procederem continuadas, mas dificultosas de prosperarem de tanta intransigência que as faltas d'águas arregaçavam naquelas horas.

 O casarão da sede, ornado em dois pavimentos imponentes, gesturas atrevidas de grandiosidades, reformado e aumentado há mais de duzentos anos, taipa socada de paredes altas, em pontos outros adobados tijolos em alguns, exibidas larguras de meias braças tendo, coisas de desaforar infinitos e gerações, se fazia isolado, imponente, no sopé da subida da capoeira fechada. Capoeira do Beição da Velha, como pertencia às falas de Seu Vazinho dono. Amoitavam as paredes e os cômodos a história das sagas dos antepassados donatários da fazenda em gerações sucedidas. A mansão atendia a nobreza em cima e embaixo as serventias de tulhas, carpintaria, ferraria, arreamentos, paiol. Além destas tarefas de guardados, era domicílio adequado de serviçais solteiros também, morando nos propósitos das urgências: cocheiros, motoristas, cozinheiras, lavadeiras, babás, copeiras, ajudantes. Era no passado um viveiro agentado, provido, ruidoso, tristezas, alegrias, discussões e préstimos circulando nas desforras. No alto se instalavam as acomodações do Seu Vazinho, dos filhos e filhas, que, maturados nas alegrias, se casavam nas carências de empertigarem netos e até bisnetos. E, portanto, casados alguns acomodaram ainda de deixar nascerem os netos. Gente de muitas desfeitas nas abastanças, mas cada um nos cumprimentos das suas tarefas, incumbências, sentidos, seguindo seus deveres destinados pelo patriarca. Seu Vazinho muito reconhecido ilustre seguidor da religião e pertinências à família mantinha separadas das cercanias, pois distante de entrevistas próximas, suas carências amasiadas em Oitão. Instalava de amiúde, sempre, nas farturas dos tempos antigos, nas casas da Jupita Ganzoe e da Naquiva Tiúca, meninotas nas puberdades, suas apaniguadas e protegidas de sigilos e fantasias, enfeitando os trejeitos para se correr de coronel corneado e outras cerimônias confidenciais, confidentes, cínicas, convenientes. A vida se fazia e deus ajuizava manso sem atritos, pois as divisas entre as hierarquias familiares e das carnes sensuais eram distanciadas e protegidas nas elegâncias dos mandamentos sociais e religiosas. Nascido rebento desprevenido, como vários se atreveram, Seu Vazinho apadrinhava todos, todas, na pia da capela de Oitão dos Bordados, Santa Eulália, estanciava, muito respeitoso de suas obrigações e incumbências, mãe e o filho ou filha na vila de Corredeira dos Angicos, beirada oposta do rio, fronteira da fazenda e com o tempo a moça amasiava com um peão emigrado, recém-chegado, e as justezas se abençoavam, os tempos crismavam nas confirmações em bens solvidos e as porventuras se sanavam. Memorava Cadinho e andejou já abeirando respeitoso como devem ser as invasivas, lembrando-se dos passados e coisas que a seca estava desfazendo sem repostas ou reposições. Encaminhou cismado, seguiu, lacrimou, mas se deu conta: se não fora assim, os idos não curavam por chorar sobre os desagravos acabados, tanto que o sol calando fundo nem escutou o propósito. Bateu palmas repetidas para ouvir o nada, o visitante. Matutou, mas perfizeram-se repetidas ausências.

Acatou sisudo o vacilo, mourejou escada devagar acima, Cadinho, intentado achegar presumindo desditas para se entender com quem surgisse ou, faltado, predispor outros arrazoados. O cachorro acompanhava em olhado muito mudo de caninas sinceridades, de baixo dos degraus, de soslaio, os desassossegos do visitante hesitado e farejou o silêncio, enquanto o moço ganhava o terraço, pois não havia o que propor, nem diferentemente. Cão era assim, como aprendera, na dúvida acomodava rodopiando seus quadris à cata de uma sombra moderada, fartava as vistas nas moscas varejeiras azulando nos volteios para embernar, no futuro, o seu pelo e deixava ao calor os atropelos em sustenidos para ouvir as indiferenças, deitou. Ficou desembaraçado, pois não cabiam mais propósitos por ser cachorro de poucas preocupações e raciocínios e só viu o visitante pender do terraço da cobertura, rebater palmas e mais chamar, sem ser atendido nos intentos esperados, pois só os desaparecidos se encontravam. Achegado Cadinho, condescendeu intuído, *"Gentes sumidas, nem na paz das intenções desfizeram de aparecer às vistas, desfeitas, inexistentes",* e desimpedido de solução melhor ocorrida no fraquejo do pensamento, aquietou um pouco mais calado recostado ao batente da janela entremeada à porta larga de grandes magnitudes. Escutou o ruído do vazio esperando mesmado na entrada entreaberta, larga, majestosa, era: *"povos foram, desmereceram de aparecer".* Cismou ali, tempo correu suficiente sem outra qualquer porventura e não atenderam. Empurrou o trinco, receado, receoso, duvidando, duvidoso, ouvidos largos, olhos fitados no silêncio do escuro da sala, desmerecendo petulância de tão alta e grande nas larguras. Móveis desocupados de ocupantes ocultos, sistemáticos espaços. Atentou prevenido, intrigado das desventuras de invadir sem ordenanças e convites, mas apesar dos ensejos assumiu entradas para desvendar suspeitas. Continuou batendo palmas, chamando, cortando salas e quartos desocupados, vagarou vagaroso nas calmas suspeitosas sem pressas, urdiduras morosas desaparecidas, ideias desencontradas dos propósitos, sem razões, assumidas ausências de todas as gentes. Deu conta do fim das farturas das euforias do Seu Vazinho e família. Definharam as abastanças do proprietário de muitas larguezas, terras de sesmarias, alqueires inacabados, sertões, comandos, amadas, amantes, filhos fartos, legítimos, bastardos, reconhecidos alguns, desprotegidos outros. Pairaram as dúvidas de Cadinho sobre os destinos das deságuas das coisas daquelas nobrezas faltadas, levadas, sumidas. Entrado, chegou o filho de Inhazinha, atento, ouvinte da imensidão do nada que entravava.

Abeirou depois de vários cômodos uma sala grande, desmedida. Cadinho aportou, assuntado, repicado lugar forrado de estantes, entravando do chão ao teto, todas as quatro paredes nas alegorias dos seus ermos, livros cobrindo, centenas deles, fechados livros paginados, livros, inacabadas escritas inúteis para analfabetos como Cadinho, trancafiadas ao seu inconcluso de solução de letras. Ali se plasmava o que foi lavrado de tudo, se enfeitiçaram sobre as desfeitas, as guerras, doenças, curas, as pragas, rezas, religiões, bênçãos, milagres, mentiras, anedotas, anuários, as fobias. Desciam as informações dos forros com seus percevejos, traças e cupins, até os assoalhos empoeirados. Cupins e outros não traduziam as escritas, mas também não se contradiziam. Coisas das naturezas como prefeririam confrontar para quem não saberia ler ou definir, pensou Cadinho, muito amoitado das suas insignificâncias iletradas. Ensinavam por definições das estantes acatadas em ordens alfabéticas a matar, perdoar, a orar, mentir, amar, enganar, suprimir, repor. Gravaram em letras insinuantes sobre as histórias dos homens bons e dos sádicos, escreveram sobre as intolerâncias dos cínicos, os que chamaram de inimigos e as apoteoses dos apaniguados, que foram idolatrados como heróis e em paz com os afetivos. Chamaram de fundamentalistas os outros e de bravos os preferidos. Emprenharam os diletantes e os masoquistas às mesmas sanhas e lutas, nas mesmas prateleiras, para as explicações se tornarem mais intrincadas, inúteis e ilegíveis. Postavam com certeza naquelas letras infindáveis, para o analfabetismo ignorante de Cadinho, tudo o que os ricos e os nobres careciam saber para se ornarem cada vez mais donos das fortunas e dos mandos das vidas dos outros. Mas Cadinho, mesmo porque não sabia entender nenhuma letra de tão analfabeto que sempre se desajustara na vida, atentou que com certeza não estavam expostos nos livros das ciências ali nas prateleiras os avisos das secas e das misérias. Não se lembraram de escrever como se acabariam as gentes, terras, águas, as vidas do sertão, de Oitão, da Fazenda São Alepro do Jurucuí Açu, do avizinhados e das imensidões da fortuna de Seu Vazinho. As escrituras das fomes e das desgraças foram ali esquecidas de serem colocadas nas estantes ou, se estavam, Seu Vazinho e os seus, muito abnegados de outras feitorias e intemperanças, por descendentes raízes de continuadas indiferenças e heranças, com certeza não atentaram de ler, pois acreditaram que deus daria contas de solver as insignificâncias menores e passageiras para ele resolver e amenizar nas horas vagueadas de outros milagres.

O pó tomara conta das estantes deixando os espaços reservados para as teias de aranhas e os bolores. Os livros tentavam se esgrouvinhar fugidios das traças satisfeitas das farturas. As literaturas, guerras, novelas, as histórias se desacomodavam nas páginas e os percevejos foram os que mais se enfeitiçavam dos temas saborosos, acadêmicos, intrigantes. Comiam gordos, independentes das ordens, das matérias, dos assuntos; tudo lhes gratificava apetitoso, saborento. Cadinho ensimesmou, sem solvências, se nos livros acharia alguma avença para melhorar suas penúrias ou era melhor continuar acomodado, analfabeto de leituras e compreensões, para não atinar e justificar posturas sem explicações. Desprezou nas dúvidas o entorno e as ideias de leituras. Correto, amainado ficou consigo, sem cismas diferentes das trazidas na garupa do cavalo, em outras meditações, e seguiu as paredes da ala de trânsito entre os cômodos. Caminhou entre as duas paredes oprimidas, próximas, escurecidas do corredor. Escutou muito do fundo, longe, uma tosse pigarreada disfarçada na concha da mão. Gente! Apeteceu, misturou o receio com a esperança. Mais estimado de seus destinos entusiasmou outras repetidas palmeadas, mãos suas nas batidas mais altas e se deu de ouvir o calado sem resposta, insucesso, desenxergaram seus ouvidos retornos ou vozerios outros, novos, embora tenha ciscado que recendia no além, ali mesmo, gente esperando em algum desencontrado, pois povo estava e existia no silêncio, na tristeza, no inexplicável, em algum aproximado, mas na certeza ainda estava escondido. Assim, no imediato nada, só ecoou o aquietado de antes, sequenciou passos moderados, pés descalços, o escuro do corredor para perturbar Cadinho amofinado. Foi rompendo pelos vazios e pelas ideias suas só, pois não via outros contraditórios melhores.

Andejando vagado andou molenga, atentou ele na sala adiante ao cômodo dos livros, sem janelas, lugar mais apequenado na proporção dos demais, o altar das santíssimas adorações no sobrado. Era a opulência da capela centenária das relíquias, dos paramentos, das crenças da família. Ornavam enobrecidas imagens, cálices, portes vários, todas as estatuetas e esculturas entremeadas entre as rendas brancas encardidas, puídas, apodrecendo as crendices, azinhavrando os objetos, as cismas. Desmereciam-se vistosas ali esquecidas então um dia, salpicadas depois de poeiras e sujeiras entre os tecidos esburacados. Tudo de fé que as gerações da nobreza da família acumulara para pedir perdão, rezar, casar, mentir, batizar ou enterrar ali estava. Os cupins e as traças devastavam alegres desinibidos, sem orações ou condolências, as prateleiras, adereços, os tecidos sobrados. Por abnegação e talento, os percevejos mastigavam os desejos tanto como as roupas das imagens amedrontadas e se acotovelavam nas entranhas dos tecidos, nas peças do altar ou nos assoalhos. Muito desapiedados dos abandonos, tropeçavam pelo chão, se agarravam às prateleiras, mordiscavam as pinturas, desbotando as centenas de regalias dos ex-votos, expostos atabalhoadamente, abnegando os milagres obtidos nos partos sucedidos com louvor, talas usadas nos braços quebrados, pernas dilaceradas, colunas torcidas, dos salvados dos tombos dos cavalos ariscos. Ainda sobravam restos dos véus empenhados aos santos protetores, pois foram graças a eles desfraldados em alguns casamentos conseguidos em pedidos fervorosos e rezas candentes. As velas apagadas, mudas, desvividas há muito, assistiam indiferentes aos banquetes e ao butins das pragas, percevejos e cupins sobre as crenças. A saleta da capela era um louvor ao infinito, ao insondável, à mística. Pelos degraus de cada altar se infernizavam as imagens, escalando desordenadas, agadanhadas às paredes, atentando arrombar os tetos, achegarem a deus e lá encontrarem as imensidões das próprias desavenças, contradições desfeitas. Retrato do nada confrontando as fantasias. Os vazios e os livros de orações, as bíblias de vários tamanhos e ornamentos sobravam pelas prateleiras. As tiaras sabiam cair elegantes, coloridas e insinuantes sobre as batinas de rezas, empinavam descontraídas e atabalhoadas rumo aos aléns e pediam aos santos para serem carreadas juntas, com suas promessas, seus desatinos, seus ofertórios e que não fossem esquecidas às traças.

Assim, confrontos e conflitos se despediam das confusões, das crendices alopradas. Cada habitante do sobrado, nos anos das grandes movimentações no local, esmiuçando duzentos anos de rebeldias, invadira o coletivo e instalara sua imagem preferida, exibida em proporções ao pecado perdoado, à mentira outorgada ou ao milagre obtido. Portes vários, padroeiros, protetores, santos assentados, soberbos, mórbidos; coisas das fés, das demências, dos tempos de cada conveniência. Não faltavam de santa ou santa, tamanhos todos, cores, gestos, posturas, subindo pelos altares, amordaçando os delírios, disputando seus aconchegos, empurrando os vizinhos, puxando seus carneiros, acomodando os jumentos, vacas, pombas, tropelias, magnificências, ilusórios sonhos para ser o primeiro a encontrar seus desatinos a caminho dos céus. O padroeiro das dádivas obtidas realçava sua exuberância no altar dependendo da força na família de quem o introduzira na hierarquia. Santos estilhaçados pelas flechas, estirando suas túnicas rasgadas, exibindo seus bebês as santas, suas tristezas, lágrimas, feridas, pústulas. Adorados um dia, se plasmavam sujos, empoeirados, arrastados sobre as rendas esgarçadas, puídas, corroídas pelas mazelas. E sobrepujando a hierarquia, destacava a imagem de São Alepro, padroeiro da fazenda, abençoando as águas do Jurucuí e as farturas, que desapareceram com a seca. Enfileirados seguiam três bancos majestosos e afrontando o altar expondo ao lado o confessionário para perdão dos pecados na contrapartida do óbolo. Se assustava Cadinho, desmedido, com tanto abandono, falta de sentido depois que as fantasias fugiram e, ali só ele, ignorante de rezas, imbecil das letras, sofrido da orfandade, cadenciado da seca e nada mais a fazer, olhava parvo o fim.

    Furavam pelo telhado algumas frestas de luz das goteiras, deixando insinuados filetes de melancolias dedilharem as imagens, adornando suas solidões, intrigas, temores. A procissão das penúrias alternadas das figuras, santos, santas, animais, ex-votos, era assistida por Cadinho representando o êxodo de todos os que desapareceram do sobrado, largaram seus sonhos, suas manias, suas loucuras. Cada um esqueceu, por não atinar cadência de como carregar, seu quinhão de alma esgarçada naquelas sombras desarvoradas, irreais, símbolos dos imaginários bailando inúteis entre o pesadelo e a catástrofe. Os adoradores dos próprios santos, crentes dos milagres, bajuladores de deus, atiçados da seca, rastejaram inexplicáveis dos sertões, da fazenda, do sobrado e, principalmente, do oratório sumiram. Restou no cômodo carunchado, apodrecendo, ruindo, o nada grosso, fétido, a sanha encardida, desdita arraigada. Ali estava a pintura concreta do surreal confrontada com a demência subindo pelas paredes emboloradas. Cadinho nem se apercebeu que percebia, instintivo, absorto, sorveu fundo a desgraça esgarçando naquele cemitério de fantasias e crendices abandonado de alucinações e melancolias. Sentiu pela primeira vez na vida que era do sertão, caboclo, não pedira a vida e se não pedira, ninguém lhe dera anuência para explicar as desforras que não entendia. Emudeceu calado sem falar, ler ou rezar. As coisas se alongavam acabando, não existia santo, festa, deus, Seu Vazinho, que pusesse cura ou conserto. Fronteiro ao altar e seus cupins atrevidos, aos ex-votos sujos, aos santos capengas, as rendas puídas, Cadinho nem explicou, não se fez de beato, só atentou e mordeu às unhas para destravar os pretéritos daquelas sobejas dos afortunados, santuários enriquecidos, mas atentou muito sem solução que as águas faltaram iguais para os ricos, as maleitas vieram para todos, sumiram tanto nas desforras quem possuía como quem despossuía e nada desatrelou da tristeza. Cuspiu de lado, coçou o pé e amarrotou o chapéu na ausência de proposta.

Atentou. Um ruído atribulado do tempo surdo entrelaçado no além se fez e viu ele barulho esquisito atropelado entre alguns silêncios. Ouvira Cadinho falas do pai, que zanzava entre os corredores estreitos do sobrado tradicional, salas grandes, quartos sujos, uma original figura, gorda, baixa. Morrera, solteira, há muito, Tia Biazinha, Beazia Uzeia Acalaia. Trazida viera no afeto e por gentileza por ser irmã da bisavó de Seu Vazinho, ficou muito agregada e querida para sempre aos parentes que foram se sucedendo. Chegou ao sobrado pelo vento, amor, pela solidão e abandono. Nascera muito limítrofe e lerda de exuberâncias e raciocínios tanto como assim viveu até morrer também, como quando deus se pôs a chamá-la ao seu lado. Sorria à melancolia e ao carinho, circulando o dia inteiro pelo casarão, sussurrando suas fantasias, conversando com as almas dos falecidos que encontrava nos andejares. Cortava sistematicamente os inúmeros quartos, biblioteca, capela, adega e salas. Providências, segredos, vida, arrematava pelos cantos, caminhando e assim ter assunto para a sua imaginação e anseios miúdos, despretensiosos. Arrastava com suas seis arrobas e meia, roliças no corpo baixo, amarrada a uma embira de dois metros, seu urinol de ágata, decorado com rostos bonitos de crianças sorrindo, nele pintado em tons azulados sobre o branco, que ganhara na infância e do qual nunca se separava. Exigiu, antes de estremunhar com quase cem anos, levar seu penico de agarramentos e afetos, do qual não prescindiria jamais. Usava o utensílio de ágata onde lhe aprouvesse para não voltar sistematicamente ao único banheiro da casa enorme, sempre afastado, longe de seus passeios e carências naturais. Não a abandonava jamais, miando ao seu redor, um gato grande, pardo todo, só exibindo uma pinta delicada, bonita, no olho direito. Conversavam nas suas melancolias, ela, o gato e o urinol, das coisas simples, meigas, dos milagres acontecidos, do choco da maritaca, sobre a reza de São Felício, o casamento da irmã de Biazinha, Eulázia Acalaia, com o filho do Barão de Axumaraicá de Cima, antigo bisavô e então dono da fazenda São Alepro, herdada por Seu Vazinho. Comentavam os latidos do cachorro que o gato detestava.

Eram suas conversas os dias todos ouvidas em ciciados miúdos pelas paredes e quartos da casa, junto com o urinol, o sorriso, mais o gato, a demência alegre e gratificante. Carregava, Tia Biazinha, rosário de graúdas contas de madrepérolas, enrolado em seu corpo de cintura enorme, até o pescoço grosso. Trajava embaixo do rosário só sua única camisola de estimação, que nem por resignação trocava e, incerto dia, há muito, fora branca. As manchas, nódoas das sobras das urinas e poeiras, indefiniram a cor. Como aprendera os números só até doze, dizia que se perderia se não contasse os cômodos que atravessasse e quando chegava à dúzia recomeçava eufórica. Recusara-se enfaticamente a cruzar o treze, na aprendizagem, pois lhe disseram que teria maus agouros se ultrapassasse a quantia cabalística. Efetivamente, a única vez que ousou extrapolar o número fatídico arrependeu-se amargamente, pois viu morrer seu sapo de estimação que acarinhava no terreiro da casa colocando afetiva, em sua boca enorme, os mosquitos que capturava. Neste dia, descuidou-se e, ao oferecer ao sapo o décimo terceiro mosquito, lamentou-se pelo infortúnio da morte do coitado nas unhas do caracará que desceu dos céus, enviado pelos demônios, com a rapidez do raio e da agonia e o levou para o além. Acompanhava sistematicamente Tia Biazinha um cortejo de morcegos atraídos pelo acre agressivo da urina, para os quais ela ensinava os locais corretos em que deveriam pousar, esperando-a para prosseguirem as jornadas diárias eternas. O gato só escutava, lambia suas tristezas, não conferia as contas e tentava agarrar os morcegos rápidos. Usava Biazinha as madrepérolas para além de localizar-se na casa, na recontagem dos cômodos, também para marcar quantas dúzias de vezes utilizava o urinol. Trabalhava com as grosas nas contagens maiores e se gratificava muito com o crocitar da maritaca que sempre tentava ensinar a falar. Só à noite prestava as homenagens religiosas devidas, antes de dormir, agarrada ao rosário, rezando um deus credo, que sabia pelas metades alternadas, mas sempre começava pelos meandros, pois tinha medo de dormir sem chegar até o amém, que lhe era fundamental, afetivo e sonoro, pois o repetia afetuosa e entusiasmada em altos e alegres brados, como vira uma vez na igreja todos acentuarem em conjunto a mensagem e achou tão lindo que sempre batia palmas quando findava.

Em adjacências, enquanto santos, santas, ex-votos, velas e altares velhos gemiam, gesticulavam, observavam as incertezas, Cadinho escutou batidas de Tia Biazinha desenroscando o urinol da porta da biblioteca, que se fechara com o vento quente especulando pelos corredores. Mesmo sem hábitos destas extravagâncias, fez sinal da cruz, enquanto o gato miava baixo. Nem atinava bem Cadinho o que significaria o gesto instintivo de persignar-se, para quem não lia ou rezava por serventias e métodos convencionais, mas assim procedeu na dúvida. Transpassou o susto, ajustou o silêncio, fungou um meditado de melancolia, antes de cuspir nas mãos para abrir a porta do próximo cômodo com trinco sofisticado de metal pesado, meio quebrando, e continuou procurando suas ansiedades e gentes. Muito desacanhado das constatações, se assegurou, como sertanejo, que as crendices e as beatificações, que emulavam da capela que ele vistoriara, foram arrancadas nas mesmas fugas das pessoas. Largaram os santos de barro e de madeiras talhadas, as oferendas, rendas esgarçadas, as imagens, ex--votos, saíram carregados de seus medos, descrenças, desesperanças, mentiras, frustrações, deus de cada um nas bruacas a tiracolo das suas fantasias. Assim, gentes, a seca brava escondeu no vazio do silêncio, naquela hora, naquela solidão. Eram os mesmos desaparecidos, que ao filho de Camiló apeteceria encontrar, que deixaram de apaniguar seus protetores abandonados na capela do sobrado, esquecidos. Sumiram todos os que rezavam, ficaram as cinzas das euforias dos delírios, pragas, solidões e Tia Biazinha por não carecer de ninguém para suas vicissitudes, pois sussurrava muito confidencial com a alça do urinol afetivo, inseparável, explicando os detalhes das suas carências intestinais. A maritaca chocando no forro crocitava enternecida para os filhotes, pois não sabia rezar, ler e nem carecia aprender a falar, como Biazinha afetuosa tentava ensiná-la.

Cadinho atentou, mesmo ainda, a tosse fraca no fim da casa sem continuados ruídos outros, prosas caladas, o além não achegava claro, ritmava distanciado, pois longínquos vazios desprocediam de atender. Escutou o silêncio vaguejando mudo, só. Rebateu palmas e deu um "Ô de casa" sem abusos ou desaforos. Ensimesmou na quietação, pois sentia presenças indefinidas oscilando avizinhadas. Foi cortando salas mobiliadas, empoeiradas nas tristezas vistas, cruzando quartos abertos para o corredor infinito ou para a melancolia. Pó, pena, poeira, passado. Ao correr e cruzar cômodos enterrou-se numa sala enorme, janelas soberbas, forro muito alto, as paredes pintadas, desbotando, com motivos vários, flores, paisagens, horizontes indefinidos, cavalos, cavaleiros, solidões. Artísticas formas acarinhadas, requintes, soberbas tradições. Entre as janelas enormes, se acomodavam cristaleiras fechadas, imperiais atitudes, formosuras, destaques. Nas vistas, quantos muitos incontáveis copos, taças, talheres, pratos, xícaras, travessas pintadas debruçavam sobre as prateleiras dos móveis, armários guarda-comidas, aparadores, bufês. Uma mesa, trinta convidados estendidos de lugares, nobrezas expostas, mantinha ainda todas as cadeiras nos lugares certos, com a toalha engomada suportando copos de água e vinho, pratos, guardanapos, flores ressequidas. Tudo suportando a opulência, os vasos de porcelanas sofisticados, contando que o tempo chegou de supetão, destituiu os motivos, desejos, escondeu pessoas, emudeceu as razões, se desfez na tristeza. Sobre as paredes, quadros de todos os tamanhos mostravam mulheres elegantes, impondo empertigados pescoços para exibirem joias caras, roupas bordadas, luxo, ostentações. Homens soberbos, cavanhaques penteados, golas altas, rostos sérios estirados, olhares horizontais, vistas falseadas, falsetes. Retratados carinhosamente por hábeis pintores, se emparedavam os antepassados de Seu Vazinho, família nobre dos Rebeirais Nouvales, vindos embalados de esperanças e posses nos mesmos ventos sadios e fortes das caravelas. Protegidos pelas realezas chegaram para as regências concedidas de sesmarias de vistas perdidas, matas fechadas, conquistas a se darem, índios a se trucidarem. Os olhos das nobrezas enquadradas seguiam os passos arredios de Cadinho, que apavorava com a sisudezes das arrogâncias e das melancolias enfeitiçadas.

E tudo sob as bênçãos da santa madre divina, do reinado e da fortuna. Gente muito abnegada de desejos, procriados nas farturas, enfeitiçados nas hierarquias. Insinuadas às pinturas, tudo e todos vendo e vistos, aprumava uma enorme santa ceia, alto-relevo, cujos profetas, Jesus, o vinho, pão, cena, véspera, se preparavam para descerem de suas imobilidades e invadirem as tábuas largas dos assoalhos do casarão, a se debruçarem sobre os peitoris das janelas, se servirem das garrafas no armário da adega, lambiscarem as frutas ressequidas sobre o bufê, refestelarem-se nas cadeiras confortáveis. Euforias. Cadinho pasmou nas suas insuficiências, estirou as vistas, coçou a sola do pé, catarrou duas maledicências na tábua larga, chão imundo, recostou à parede, desacreditou de si, intermitentes dúvidas, hesitou. Não sabia se imaginava ou se via a movimentação do que desaparecera. Desmediu sentido próprio se sua alma cabocla recriara os absurdos ou os absurdos recriaram suas fantasias. A maritaca, dolente, miúda de existência, assustou nos passeados do estranho e alvoroçou rumando pela porta entreaberta, luz chamando seus infinitos, escondeu-se nos medos que a levaram. Cadinho voltou a seus destinos, premuniu calado, ficou. Não sabia como ser de outra forma com tanta desinformação informada. Só rascunhou um verbo pequeno, matutando o que será que despensa os pensamentos das ideias de maritaca no choco, enrolada em tanta decadência das tradições mortas em seu redor? Se perguntou Cadinho, pensativo em seus vagos, seguindo o avoado sumir no canto, olhando aquietada, calada, por ser maritaca e nada mais, enquanto os olhares impenetráveis, agressivos, dos quadros espionavam as angústias do órfão de Camiló muito exaurido de carências. Com certeza acarinhava seus filhotes, a maritaca, na vastidão da tranquilidade das aves, que não têm com quem prosear, atentou Cadinho e se assemelhou com seus perdidos sem achar ainda alguém na casa, salvo os fantasmas dos enquadrados. Sete morcegos se indefiniram procurando algumas sinas soltas e sem sentidos.

Retornou vistas aos descompassos das mobílias, quadros e demais, implantou melancolias suas sobre as ausências presentes à mesa, Cadinho, e conseguiu aflorar, mesmo com a ideia pouca que deus lhe destinara para desmedir a vida, as opulências, os tempos e as riquezas mortas ali revistas. Enxergou pelos olhos entranhados da santa ceia o vinho servido farto, Seu Vazinho sentado à cabeceira, nobiliárquicos procederes, poderoso de suas prerrogativas de homem de muitas terras e soberanias, tendo ao lado direito, como anfitrião que era, o convidado destacado. Outros cadenciados nas farturas possuídas, cada um se punha, muitos, sempre como devidos assentados por ordem de grandezas e regalias, nas tramoias dos sociais hábitos, dos negócios andantes, nas mesuras de Seu Vazinho. Tudo muito equilibrado de motivos corretos, razões. Assim, acabando os de fora, vinha a família mesmo, nas respectivas relevâncias das hierarquias e gêneros, filhos homens, primeiro, filhas moças, meninas, depois, nas idades decrescentes. Alegorias patriarcais definidas para que as fidalguias se perpetuassem. Muito ajuizados e mudos todos, como aprenderam a não falar, família sendo, pois careciam emudecer das conversas até, enquanto, Seu Vazinho, salvo, perguntasse. E, na outra cabeceira, Dona Lícia Afália Rebeiraes Nouvales, muito imponente em mesuras e tradições, se pondo a servir cada um, como era de sua alegria e destino. E as providências das formalidades entrouxadas se desmediam para começarem a comer cada um, só depois de todos atendidos e Dona Lícia cadenciar com sorriso primoroso e gesto suave de cabeça, condizentes mesuras, as condescendências para iniciarem. Cadinho intuiu corretas as serventias das nobrezas das gerações ali sentadas por dois séculos, sempre muito iguais, como não poderiam mudar, pois na Fazenda São Alepro do Jurucuí Açu, as riquezas das heranças, poderes, se fizeram das prepotências das autoridades, fantasias, engodos, mentiras, rezas, tradições, subornos, ambições, que aquela mesa enorme, os candelabros rebuscados, as cortinas esvoaçantes ouviram abismados, desprecavidos, sem preconceitos jamais. Muito antes de Seu Vazinho nascer, as artimanhas já se endiabravam nas querenças da fazenda.

Atentou enviesado Cadinho de empertigar os imaginários desdobrados pelas ranhuras das paredes, nos esvoaçados do ar, nas sínteses das inconfidências. A mesa, a santa ceia, cristaleiras, pratarias assistiram, abismadas, convenientes trapaças, robustos cinismos, que corriam nas veias das aristocracias e dos poderosos do São Alepro e das outras desavenças avizinhadas, enormes. Dedilhou o moço achegado nas trinchas sujando as paredes, muito seguro das visões, que as cortinas, talheres, quadros envelhecidos, rotos, no passado cadenciaram várias confabulações de manutenção da monarquia, sustento da escravidão, muito elogiadas manobras de Routério Rebeiraes Nouvales, bisavô de Seu Vazinho, filho também de Barão, casado com Bisa Eulázia Acalaia Nouvales, ao qual apeteceu manter o mesmo título real adquirido, agraciado nos desinvestimentos abnegados em cavalos e mulas fornecidos ao exército para as façanhas dos combates e defesas da realeza. Tudo isto corria pelas artimanhas emparedadas do sobrado e se acomodava corriqueiro na enorme sala de jantar por onde o sangue azul se descontraía alegre nas veias dos convivas. O pai de Seu Vazinho, Coronel Mérvio Rebeiraes Nouvales, da guarda nacional, não quis ser senador na velha república para não abandonar a fazenda, conforme afirmavam as janelas e forros da sala de jantar e não mentiram para Cadinho. No entanto, muito exigente de suas farturas e latifúndios, o pai Mérvio, na sua autoridade de grande mantenedor do Partido Liberal, ordenou ao Presidente do Estado, Cantário Delpérgio Vicas, acavalar até a fazenda, onde dormiu por três noitadas e ceou sobre a mesa posta, antes de enveredar a Oitão, apoiá-lo em praça pública, depois na reunião da maçonaria e por derradeiro no sermão, na reza principal, para ser o vereador mais votado na comarca de Axumaraicá de Cima. Tudo nos conformes assistidos pelas cortinas e pelas paredes da sala de jantar. No traquejo das dinastias, exuberâncias e tradições do casarão, se encareciam tramar posses e quedas de prefeitos, nomeações de delegados, indicações de coletores, substituições de juízes, apadrinhamentos de professores e diretores de grupos escolares e escolas normais, total regalia das discussões e servidos com fartura à mesa com leitão assado, carne de vaca, galinha ao molho pardo, tucunaré ensopado, tutu de feijão, torresmo, arroz de cabidela, couve refogada, outras mesuras. E, apesar dos constrangimentos, quando carecido desaparecer com um defunto, sem corpo encontrado, nem mesmo nas águas sigilosas e carinhosas do Açu.

E Sinhá Elbelícia Madaraceia, bisneta de escrava transportada em caravela, negra de angolanas veias, nascida e criada no sobrado majestoso da Fazenda São Alepro, desde criança educada nas apadrinhações das nobrezas para serventias das coisas sofisticadas, atendia corretamente oferecer o vinho depois de degustado por Seu Vazinho, na taça certa, temperatura perfeita, na dose exata, ao paladar exigente. Tudo como era aprendido e praticado por várias gerações. Muita cerimônia e excelência desfraldadas. Amiúde os assoalhos e as janelas discretas enxergaram os ruídos disfarçados e confidentes dos arranjos e combinações para as corretivas sovas se darem, carecidas, em adversários políticos petulantes, representando interesses das autoridades contrárias aos valores dos Rebeiraes Nouvales, intentando cobrar taxas sobre as compras, vendas, negócios do mercado. E cabiam bem as limitações e avisos físicos impostos aos adversários políticos, que não sabiam escolher corretamente seus partidos, suas ocasiões e seus limites. Coisas acertadas para os destinos se fazerem com os traquejos heráldicos herdados já sobre as soberanias de Seu Vazinho, Senhor Vazélio Rebeiraes Nouvales, sucessor e responsável para estender as obrigações aristocráticas recebidas de seus antepassados, até onde a disciplina ajuizava e ordenava. As exuberâncias assistiam tudo, pois os forros e os candelabros se entreolhavam calados, enquanto as muambas de lado a lado se entrelaçavam, as governanças achacando os negociadores, os fazendeiros e os cidadãos e estes procurando se defender das desfaçatezas das autoridades. Vidas ricas, euforias, sadias habilidades para cada um solver as carências de tentar fazer mudar de mãos, rapidamente, as riquezas negociadas, as gambiarras dos acoitados impostos reduzidos às formalidades mínimas cobradas, para serem escamoteados sorrateiramente sobre fumo, cachaça, algodão, amendoim, feijão, arroz, boi, cavalo.

Mas também ouviram as cadeiras e as toalhas outros revezes como as ameaças veladas a Seu Vazinho, enfeitiçadas pelo empertigado General Periácio Loucada Cunharé, sulista das fronteiras de Amoraiá das Antas, de altas polainas, mascando suas prerrogativas, viseira sobre o olho cego da autoridade e patriotismo, imbuído de decreto presidencial do Partido Republicano, a demandar intransigente oferta imediata, sem pagas, para amealhar na insolvência aos seus batalhões tropa inteira de cavalos tratados, mansos, de raça boa. Muito confortável de suas relevâncias, o general se prontificou a se hospedar por semana de sete dias na fazenda até as concordâncias espontâneas de Seu Vazinho vazarem nas conversas ciciadas. Acatadas as finezas dos animais cedidos, se colocou o general, polainas altas, medalhas no peito agressivo, quepe tombado sobre a viseira para disfarçar a saga caolha, farda verde cintilante, cores do Partido Republicano, botões dourados, piteira de madrepérola, fuzil a tiracolo, simultâneas coincidências a manobrar instigando o comando das desforras, e determinou a soldadesca lombar nos burros de cargueiros, das produções da fazenda, arrobas muitas de carne de sol excelente, fumo, rapadura, farinha, cachaça, prometendo que o pagamento estava a caminho pelo Banco Oficial da República. Isto se deu conforme atestaram o consolo com os pratos coloridos sobrepujando suas delicadezas e o guarda-comida pelos sussurrados na brisa para Cadinho ouvir e não duvidar, muito bem argumentado pelo altivo general. Repetira as razões patrióticas tecidas pelo garboso oficial enfardado, altas polainas, viseira, quando desceu do norte e passando oportunamente pelo Jurucuí, portanto pela Fazenda São Alepro, berço do mais alto patriotismo nacional e republicano, e aproveitara para pedir suportes ao governo em sua exuberante autoridade, incumbido de rumar ao oeste e combater indígenas ferozes nas fronteiras do estado. Os bugres descivilizados invadiram terras do sopé das Serras dos Canhatés, sertões, matas, restingas, aguadas e teriam de ser expulsos incontinente, pois não se faziam decentes desobediências civis em áreas do estado e terras devolutas. Índios sem eira nem beira, querendo impedir o progresso dos colonizadores trabalhadores e bem intentados. Seu Vazinho, que àquela altura, por consultas preventivas à vidente de seus acatos, Sinhá Deléia Sonagra, passara a ser Republicano, para alavancar as adjacências com o governo federal e o Banco Oficial da República, contrariado de princípios, mas, no entanto, baseado no apetite e argumento patriótico do General Penário Loucada Cunharé de restabelecer as ordens nas fronteiras do estado, atropelar os índios e repor exigências políticas que as manobras generalescas impunham e se fez convencer como fazendeiro que não haveria outra alternativa, a não ser atender as ofensivas militares compulsórias. Se deram as tramas, as janelas caladas, os armários surdos ouviram o general, de altas polainas, agradecer e louvar os princípios republicanos encontrados em Seu Vazinho, muito categórico de afeitos, salientou o traquejo dos animais arrestados, deitou loas à qualidade e às farturas dos alimentos atropados e em nome de deus, do governo republicano, da ordem, assumiu destino em sua farda nobre, quepe quebrado no olho cego, polainas altas, soldadesca motivada seguindo no entoado dos tambores e do hino do exército. E o povo simples saindo para o trabalho assistiu à tropa sumir por trás da capoeira do Beição da Velha. Saindo da São Alepro seguiram as ordenanças dos fuzis e baionetas caladas, bandeira tremulando sobre os horizontes ordenando aos ventos que viessem saudar destinos, aos cavalos que passarinhassem ligeiros, arrogantes, bem tratados, patrióticos para resguardarem a ordem superior.

O tempo mastigou ligeiro, desencanto de posturas, e nem deu prazo dos mandruvás se borboletearem, pois a mesa grande já aliciava novamente Seu Vazinho, como era de suas contradições, sob os sorrisos dos candelabros de cristais e da fechadura de bronze à porta da entrada nobre da sala de jantar, para testemunhar, muito amuado de destinos, contrafeito, a família estendida e sentada nas ordens das fidalguias iguais às tradições exigidas, corridos dois anos e doze dias depois que as brisas levaram a cavalada, a bandeira e os soldados pelas poeiras que escaparam da São Alepro em novas conversas generalistas pasmando conflitos repetidos. Muito compenetrado de seus desmandos, sentado ao lado direito da cabeceira, se empertigava o General Periácio Loucada Cunharé, polainas altas, sulista de Amoraiá das Antas, exuberante em nova farda, então azul-turquesa, cores do Partido Democrata, quepe tombado sobre as petulâncias e o olho cego vedado, expor com contundência que retornara a Oitão dos Brocados, a São Alepro do Jurucuí especificamente, terra das maiores tradições patrióticas, em nome do governo democrático, no enlaço dos melhores patriotas convictos, para contribuírem com recursos para o combate sistemático aos invasores, grileiros e posseiros, que pretendiam desalojar as sofridas tribos indígenas nativas, que ocupavam há inúmeras gerações as terras devolutas do governo localizadas nos sopés das Serras dos Canhatés, oeste longínquo dos sertões de Oitão, região suas de caças, tempos imemoriais, vivendo ali do pouco que faziam naquelas pobres divisas dos estados, matas, restingas, aguadas. Subira o general com carismáticos princípios de volta dos reveses e lutas, com ordem expressa do governo restaurador eleito, do brioso Partido Democrata, que derrotara a caterva canalha de ladrões do Partido Republicano, que pretendera desalojar os pobres selvícolas de suas áreas, onde preservavam suas tradições, costumes e modo de vida. Seu Vazinho escutava o silêncio, amenizava na cadeira, implorou um olhado longo para Dona Lícia, sua mulher, que se fez de solidão solidária, complacente, inútil.

 O general, de altas polainas e viseira petulante, carecia tropa de potros novos, amansados, coisa boa, como só encontrada no São Alepro do Jurucuí, estradeiros animais para aguentarem suplício, guerra dura, patriotismo, arrogância, desfeitas a serem impostas aos pretensos invasores. No embalo, compensaria as manobras levando nas mulas que trouxera rapadura, fumo, farinha, carne de sol, cachaça para serem pagos os mantimentos pelo governo do Partido Democrata, que não era como a corja do Partido Republicano, que jamais cumprira seus compromissos de dívidas. Seu Vazinho não teve como desfazer, pois ainda não tivera tempo de se filiar ao Partido Democrata, como, muito assumidamente de certezas Sinhá Deléia, vidente nas indefinições existenciais e outras altivezes, políticas e carnais, recomendara ao fazendeiro para urgir nas manhas carecidas das mudanças partidárias, assim que saíram os resultados das urnas. A mesa grande não consultou àquele dia os humores da santa ceia e nem das cristaleiras, pois a intransigência de Seu Vazinho determinou apagar os candelabros tão logo o general deixou a sala para ir dormir no quarto cedido gentilmente pelos anfitriões. No dia seguinte, o povo simples, trabalhador, honesto, da fazenda, saindo para as labutas, acompanhou, cada vez mais longe, distante, sumindo, poeira se desfazendo, o rufar dos tambores, a cavalada passarinhando agitada, soldadesca imbuída de vingança e patriotismo, a bandeira desfraldada ao vento subindo serra acima, entoando o hino do exército, arrodeando a catinga do Beição da Velha, onde a juriti piava baixo, miúdo, para não se imiscuir na hipocrisia. E o general, de altas polainas e viseira altaneira de caolho, com sua tropa seguiu para resguardar os princípios democráticos e os direitos alienáveis dos povos indígenas.

E, para não dizer que não viu, Cadinho intuiu que também sobre a mesa posta se acordaram casamentos das riquezas do sertão de Oitão com as farturas dos litorais, das capitais, dos desconhecidos. Conveniados arremates casadoiros dos Rebeiraes Nouvales nas consanguinidades outras apuradas de mercadores, agiotas, militares, nobres, fazendeiros, senhores de engenhos, banqueiros, comerciantes. E vieram os abreviados entendimentos cartoriais e religiosos das barganhas casadoiras do império, depois república de outros sertões, outros nortes, nordestes, sudestes. Para não refrearem por ali os limites impostos aos encantos nacionais, cadenciava amiúde um baronete ou condensa da Europa, de Portugal, da Itália ou aléns, onde careciam e cabiam condizentes permutas de dinheiro por interesses ou nobrezas por poderios. A mesa grande suportava as euforias com a graça que o tempo e a madeira emprestavam às suas dignidades e ambições. Sempre ganância acasalando com riqueza, terras por segurança, política com falcatruas, abastança versus manobras. Autoridades, que o dinheiro emprestava, com conveniências interessantes. Cadinho, antes de prosperar nas capturas dos vivos, assentou de meditar provérbios dos mortos e desfazer juízos das coisas que se foram, desfizeram-se, acabaram-se. Viriam outras, mas aquelas emudeceram.

Mesmou que era sertanejo, analfabeto, filho de Camiló e Inhazinha, e não entendia das cismas. Mensurou de andar à busca de mais desinformação dentro daquelas paredes de destinos e desatinos. Contradiziam as graças das cadeiras, camas, mesas com a sujeira e o pó permeando nas coberturas de tudo como viu, atentou, calou. Das janelas fechadas sobravam, em algumas, cortinas inteiras, outras metades, derramando, corridas pelos chãos de cada cômodo, as sujeiras físicas, religiosas e políticas, procurando se agadanharem com as baratas e os ratos assanhados. O luxo se contaminara, acomodando ali, com a soberba melancolia das coisas que nunca mais seriam a ser. Mesmo Cadinho, que só tinha do local um imaginário das histórias, entristeceu sem saber quais contas daria, amofinou na querença de intuir o que fora, no que dera, palpitou sem solvência. Andou mais. Chamou outra vez e quase assustou no retruco da voz pausada mandando chegar.

"Entre, moço, estamos aqui no fundo."

CAPÍTULO IX

DO SEU VAZINHO, DAS PINGAS, DAS RIQUEZAS, DAS POBREZAS

O sino cadenciou mais uma agonia. Eram as meias horas entre várias solidões. A Praça da Matriz acolhia um resto de puta fumando, remoendo penúrias, bebendo esperanças e angústias. Dois cafetões, Cabedeu da Quinha e Ritílio Bocadura, o mais atrevido capoeirista, o outro municiado de navalha, que administravam sintonias das proteções às moças, discutiam dosagens de maconha com o traficante Giradinho Doponto. As malícias se desacomodavam entre o preço da erva e os coitos barganhados. Os carrilhões chamaram as atenções respectivas para as vozes baixarem e os santos dormitarem. As pombas ainda brincavam de espírito santo e anunciações para verificarem qual adivinharia a próxima desgraça, cuspe caído ou pedaço de pão esquecido. Liau lambia a própria perna no destravo de enganar a fome. Escutava o cão Cadinho desfazer suas memórias e acompanhava Simião Cigano deslumbrar as atenções do retirante desafazendo as agonias de Seu Vazinho, da São Alepro, Jurucuí, Oitão. Tudo nos arrepios das paredes enormes do casarão, seca, vida. Continuou olhando a noite desfazer o sereno molhando as folhas das árvores, o cão, por não ter outras pertinências. Lembrou-se o sertanejo do pai, irmãs, irmão, mãe, da sua impotência, saudades de Oitão, do sítio, Aiutinha, lacrimou.

* * *

Murmurou ao cigano que adentrando mais o sobrado, invadindo a solidão de onde havia sido chamado, Cadinho encontrou uma cozinha de justas braças, enorme nos respeitos enriquecidos, antigos procederes de larguezas com amortalhados fumeiros vazios, fogão de lenha desmensurado ameado no fundo das paredes e sua brasa quase definhando com o café sobre a taipa. Janelas escancaradas, só ali, por onde o vento quente ordenava notícias das estiagens mascando suas profundezas a virem. Imbricavam as janelas vistas para as serras distantes dos Leprosos, às catingas, solidões, aos urubus circundando os azuis infinitos e às desgraças. Bem tudo se vendo até onde o horizonte se confundia com as incertezas. Ali, dois calados homens, emparelhadas cadeiras, mascando cada qual a própria melancolia, aquietados, imóveis, achegados em suas indiferenças, perdidos muito fundo nos ensimesmados das individualidades, carências das almas, nem se moveram. Coisas dos pretéritos e das desgraças sobradas, apercebeu Cadinho, movidos por muitas desesperanças. Campeavam eles na cozinha grande, no chão, de onde não arredavam as atenções, com as vistas de muitos velhos nas agonias que mascavam, sem remorsos, não se alterando, dessabendo por que não tinham morrido, catando o ruído no silêncio no rastro da misericórdia e da indiferença, como se elas estivessem cruzando pelo chão atijolado. Só se preocupavam com o nada enquanto vasculhavam o vazio. Sentiram o cheiro medroso de Cadinho se confundindo com mais um desnecessário achegando sem novidades ou outras serventias. Invasivos descomedimentos. Nem se atropelaram de desfeitas ou prevenções de saudações e boas-vindas. Amiudaram sentados mesmo, por necessidades descarecidas de formalidades pelos anos que arrastavam e tristezas que apaziguavam. Diferenças das saudades alegres, de hábitos e costumes dos antigamente, dos usos ficados nos tempos das farturas, bonanças, mortas agora e descabidas. Estavam eles na cozinha esperando o fim como quem respirava o vento da manhã quando a seriema encantava a chuva na campina, não praguejavam nem amofinavam. Era um só desexplicado. E na porventura, sem indiferenças, as águas também não atendiam mais aos cantos da seriema, pois desaprenderam de molhar, tanto como eles arrependeram de viver. Cadinho desmediu a trama dos dois, da cozinha, casa, santos, da maritaca, da Tia Biazinha, tudo entrosava nos pormenores dos finados. Encostou, arrepiou mudo, cismou vistas no fogão quase apagado, sem vida, sem comida, desvalido de funções, tico desabrasando, indestinado. Seu Vazinho, de costas para a janela, não queria ver o horizonte desbotar na secura, preferia envistar o chão atijolado ao urubu petulante. Mastigava ele a ponta de uma palha de milho do cigarro por fazer, nunca feito, ajuizou, disse, sussurrou, de contraface, sem olhados nas vistas, pois sabia dos seus corretos intuitos de tristezas e só:

* * *

– Não recordo seu nome, moço, sem desrespeito, atente, caduquice um tanto, sabe, mas reconheço você, filho de Camiló Tranceiro, do Oitão, correto, não? Saudoso, seu querido pai, homem das artes dos couros, das almas e veio à cata de esperanças com certeza, trabalho por uns tempos aqui na fazenda até as águas voltarem. Se atente, que as esperanças aqui têm deschegado de tanta falta, pois se arrependeram de procurar destino e sumiram pelas quiçaças e catingas do caminho seco, revoltadas como viu elas quebrando pelas poeiras caminhando que cortou ou pelas securas do Jurucuí. Caboclo, seu pai, de muitas atenções e prestezas, coisas que os tempos e as secas levaram para os nunca mais. Gentes de boas raças, ele, prestimosas ciências, só dele, e mortas agora, aplicadas nos couros, nas carnes das moças boas e dos peões atropelados nos tombos. Seu pai consertava almas e destinos, aprumava, semeava sorriso, colhia afeto, vida, sábias e prósperas providências. Mas as covardias das balas, desforras de quem não pagou e nem fugiu, acabaram com as serventias de Camiló. Eram suas habilidades e destrezas iguais aos movimentos fartos, ricos, das águas das corredeiras, das abastanças, dos ventos molhadeiros, das nuvens carregadas. As artimanhas da vida são parelhas, quando uma coisa corre bem a outra engata, traveja, no contrário, entrava. Camiló assentava nas bonanças das farturas e refazia a alegria. As águas corriam juntas em todas as serras, riachos, córregos, casas, bonanças. Sem águas morreu tudo. Se via nos olhos e nas nuances, coisa de gente de bem. Camiló era o provérbio, as justezas premonitórias,

enxergava nas folhas das urtigas sabidas, encolhendo para guardar as águas que iriam faltar, nas formigas assentando nas baixadas que a seca viria, me confidenciou e nem pediu reserva. Enxergava, cismado, futurava, visionário, nos voos contrários das marrecas, dos irerês, que as pioras das aguadas viriam atrás dos bandos mais arredios das lagoas.

Até no trote do potro passarinheiro espiava as caligrafias com que deus escrevia os desastres, pois a poeira caía desajeitada, preguiçosa, demorosa, rodopiando no vácuo, coisas do demônio gingando dentro, sinal de mofina e falta das umidades da vida, que solitário Camiló lia naqueles tempos, naqueles desalinhos, só ele. Depois já vieram as desgraças e todos viram e acreditaram, mas já era coisa dada sem solvência, praga. Foi tarde. Os enxames das abelhas descuidando das proteções dos galhos altos para se atracarem sem medos nas pedras e igualadas aos cupins todos campeando as várzeas, juntinho do chão marcado, onde as enchentes prosperavam sempre, nas farturas, mas passaram a carenciar abrindo espaços para outras sinas. Camiló leu certo que começavam os enviesados a se darem. Mas elas, abelhas, perderam o medo, pois sabiam que não iria chover por muitos invernos e Camiló aprendeu com quem enviesava correto saber medir e conversar, que as securas viriam para durar e proteger as manias novas das suas moradas e não careciam outros sisos. Camiló assuntava no tatu cavando fundo seu destino, encurvando seu buraco para o lado da tristeza e para riba, pois não queria sentir a poeira seca entupindo seus aconchegos. O oco labirintava por extravios sumidos na algazarra do tatu fugir do vento carregando pó grosso, seco, mascado. Sabia acompanhar as desandanças voadas em contrárias trilhas das maritacas, papagaios, tizius mudando suas rotinas e rotas para acompanharem as mudanças das águas que iriam acabar.

Ele atentava para os avisos, visionava para as autoridades atenderem, povos acreditarem, os padres e rezadores espalharem nos sermões, pois sendo tempos das desgraças chegando acavaladas nas ramelas do capeta e nas desfaçatezes do criador, careciam ciências. Estes trejeitos claros dos avisos das naturezas só decifravam os que sabiam ler as malícias dos cerrados, sinfonias dos ruídos silenciosos, dos animais voadores, andarilhos de asas, como Camiló colhera com as gerações dos seus antigos que o ensinaram. Aperceba, moço, não volta mais povo como seu pai nas previsões, nas curas, nas artimanhas dos sertões. Gente, que por descuido e alegria, gostava de gente. Nos tempos em que deus procedia como pastor das ordens coordenadas muito prudente nos comandos das virtudes suas, as venturas, adivinhações e previsões de Camiló assentavam, prosperavam, coisas de carências, e ninguém valorizava. Não desdenhava o senhor, muito preocupado com as capoeiras, com as catingas, então, com os sofridos, de morar nos espigados, nas serras das temperanças dos cerrados, nas vizinhanças dos prazeres. Acomodando perto das carências das gentes, se punha ele amiúde, deus do bom senso, bem-dotado e provedor, aspirar correto os ventos molhados, os rios cheios, as lagoas sobrando até vazarem. E poderoso rondava carinhoso, quieto e prestativo, pelas matas, sucumbia fácil a chorar pertinho para acudir de pronto com as lágrimas fartas, suas, só dele, as impertinências das aguadas quando ameaçavam falhar.

Por insignificâncias desrespeitosas, ninguém agradecia, não fazia conta, pois achava que era obrigação do destino ser como sempre foi. — Estranha o que digo? Moço achegado, filho de Camiló Trançador, mas veja os corretos e que não minto ou fraquejo, apesar de estar ajustando o fim com a morte, que vem carregada de destreza, sintonizada como curupira para me embalar no sovaco e dar sossego aos que ficam. Atente, reponha sentido, a desforra do homem rastejou como cascavel no cio e deus alongou desfeito de ajutórios na raiva para outras atenções e mostrar, enfezado, quem manda e destina. Levou o verde, encurtou as águas, desfez dos gados, emagreceu as crias para irem morrendo descarnadas. Enxotou gentes como se fossem pragas. Barganhou, destrocou aves das sanhas boas, como as seriemas, andorinhas, as maritacas, corruíras, curiós, os papa-capins, bem-te-vis, com os maus atentados carcarás e urubus. Estes multiplicaram como iças nas desovas. E os campos, matos, ventos, enfeitiçou ele de tal maneira, com as desgraças emprestadas do demônio, para ninguém desfrutar ou servir. E sem os pastejados, sem os gorduras fartando, colonião rebrotando desacabrunhado, não se cuidava de tantos restados. Menino, chamo assim pelos seus apoucados anos, achegou moroso de carência e precisão de arrumar serviço aqui nas terras da Fazenda do São Alepro, mas veio lerdo de carreira, pois as coisas viraram desmudadas.

* * *

Enquanto Seu Vazinho apaziguava silêncio, a maritaca acomodou, volteou aninhando de novo manhosa, furtiva de petulâncias cismosas. Maritaca escutou a quietação para proverbiar, mas acalmou só depois de perambular uns avoos curtos, suspeita dos humanos procedimentos, vazou o forro à cata dos próprios destinos, atentou os olhos astutos, protetores dos filhotes. Seu Vazinho nem despregou dos chãos a vista e apontou Jupitão dos Mouras, aparceirado ao seu lado e deu sinal de fala definitiva, pois era ele mesmo, Seu Vazinho, desafeito de persistências, confidenciais desânimos e contou manso:

* * *

Jupitão, ao meu lado, mais eu desistimos de ir pestear a cabeça, desajustar ideias diversas e morrer em outras ladainhas, vidas foras desconhecidas e novas coisas de sofrimentos maiores. Não sabemos outras manias, salvo sertanejar nestas quebradas. Coisas de sangue e raça, sem deméritos para ninguém ou outros pendores e terras. Filhos, filhas, mulher, neto, até recém-parido bisneto, formosura de lindo, alongaram estradas, montaram e remontaram carros, caminhões, pertencentes todos, apegos mais fortes que cabiam nos bagageiros, balaústres, carrocerias, despediram, insistiram para irmos, Jupitão e eu, mas, sem concordâncias acatadas das nossas teimosias de ficarmos, se foram nos adeuses com suas condolências e desânimos; que achem seus préstimos. Abençoei sem choro ou promessa, pois seguiram para suas querenças na capital, outras bandas, alguns para países diferentes, vidas mais atazanadas de enfeites, soberbas, diversões para quem se engraçava. A mulher vai achar uma paróquia de reza convergente e alegria adequada próxima às suas artroses, que andam engravidadas, em qualquer freguesia mesmo. Um padre bonito, pastoso de conversa mole, de salvas nas almas, que saberá destrocar perdão por contribuições e penhoras, esmolas para as quermesses, barganhar mentira por sacramentos e ela se atribulará nos terços e choros. Há muito a família vinha se repartindo por outros pontos. Ninguém queria mais fazendas, lavouras, roça, sertão, muito menos.

Amicato, meu mais velho, achou, faz muitos anos, que suas cismas seriam Capital da República, formar para advogado. Graduado com destaque, era letrado, inteligente, bonito, namoradeiro, escrevia poesia e trova nas madrugadas, acalmado de preocupações, bebendo sereno e coisas caras nos bares grã-finos. Coisas da capital, riquezas, o sertão sustentava. Se atiçava nos políticos eleitos para fazer relações públicas, dizia. Há muitos anos só lembrava do pai, da fazenda, da mãe até, para pedir mais um empréstimo, mandava anotar nas contas, pois ajuizava que trocara de escritório de advogado, o qual era associado, e as coisas iriam prosperar muito. Era bom de poesia, o Amicato, me disse uma moça de saia curta, perna apetitosa, ele trouxe de visita certa ocasião, exuberância de moçoila, valia um mangalarga sem castrar, a menina, até o meu baio pensei, seios forjados, melindrosa de ensaboada a rapariga, só para escovar os cabelos e esfregar batons gastava uma bezerra de perfume, sabonete e uma tarde inteira. O sertão era farto. Eu gostava do cavalo baio, mas, quem sabe, nem pensava em pôr espora, pois a coisa ficava feia, no baio, não nela, mas a moça era bonita mesmo e ele, Amicato meu filho, sabia rimar as trovas, segundo ela. Nunca entendi bem quais eram as rimas em que se ajustavam os dois, pois eram, e ela agraciava. Coisas daquelas petulâncias da capital e das mudanças.

Macotinho, outro filho, sumiu para a Europa, depois para as Ásias, enfeitiçou por último e permanente num tal Tibete. Desamigado de fêmea e trabalho, para enfrentar em tais e quais vidas sabáticas por uns períodos que nunca terminaram. Mandava notícias o filho lá de longe fotografado ao lado de uns monges pigarrudos, cabelos raspados das fronteiras das orelhas até os frontais. Eu cismei, a mãe me repreendeu, que até as fotografias dos monges não tomavam banho e cheiravam mal. Gente de tiques desmerecidos de brevidades e composturas, badalando umas sinetas de cabrita com fome, petulâncias divinais, como se fossem os próprios redentores, ares de transviados, mas aceitamentos de verbas alheias em dinheiros vivos. Nos olhados, umas remelas de falta de água, uns parvos carnudos de mal-agradecidos e catingudos nos sovacos, deus me perdoe, mas repito, até a fotografia tinha aroma azedo da ardência de porca no cio. As caras e as gesturas sabiam formigas com esfomeadas fomes, macilentos de provérbios e arrepios. Muito desaforado de contrafeito, o

Macotinho dizia à mãe que encontrara a luz, pedia ajuda para pagar; acho que seriam as iluminuras do firmamento de tão cara, a luz deles no Tibete. Coisas das meditações, das almas puras. E para tudo, também pedia Macotinho, bom menino, disfarçado de anjo levitando, postura de gafanhoto purificado de pecados, mandava recados pedindo ajuda para manter a riqueza espiritual da pobreza, sem vontade de trabalhar, tibetana, mas esfomeada de dinheiro dos outros. Eu cismei que dera febre de aftosa no monge gafanhoto, mas a Licia me subjugou. E o sertão, que era rico, próspero e pecador, naqueles janeiros de farturas, desaguava nos constantes e a vida se dividia entre os prós e o que faltava.

Eu tinha um cavalo baio, já lhe falei, mangalarga, coisa de debulhar as invejas. Caraça nomeei o animal em desforra dos padres do colégio em que estudei e ao irmão da ordem que tentou me injuriar. Depois arrependi, pois o cavalo desmerecia de tão bom, mas o apelido já grudara. Era privativo de atencioso o animal, por demais dotado nas ideias e nas conversas sérias, proseava alongado, marchador, concordativo em minúcias e respeitos, coisas de amestramentos sérios. Jupitão era peão desabusado nestas querências nossas, ninguém acertava melhor boca de animal como ele e como fez igualado com o Caraça. Veja, compadre Jupitão nem sorri, nem boceja de tão triste quando o relevo. Lembro a ele destas coisas aquietadas para não chorar, mas não são de seus pertences estas vaidades. O tempo passa, menino. O cavalo baio punha em alerta minha cabeça, mas era parcimonioso nos seus entretantos e refugos e atendia meus reclamos, conversas de velho como eu, ajustado nas respostas o animal. Saudoseio ainda o potro baio, coisas sumidas. Lembro que a namorada do Amicato fazia figura, mas a seca e a idade mamaram o coitado do cavalo ainda na formosura dos cascos, morreu ali me olhando na despedida, embaixo do ingazeiro. Eu lacrimei mais do que quando os meus se foram abeirando a estrada rio abaixo, Jurucuí Açu, que me conhecia de criança. Lhe conto. Preferiria ter morrido e ido embora montado no baio, mas inverteram os ranços e ele se entregou primeiro. Você, moço, filho de Camiló, sabe por reservas corretas como é preferível conversar com cavalo bem dotado, do que com cura, político ou gerente de banco. Banco, filho da puta, sei que você e Camiló nunca atenderam, não perderam nada, juro. Prosa desgarrada de boa é com *potro ligeiro, amigo como Jupitão, cafetina, bebendo cerveja, Camiló seu pai, que adivinhava o que a gente carecia escutar, até fantasias, menina virgem de apoucados anos querendo começar a dar e Sinha Deléia competente nas adivinhações e sabores carnais. Mas morreu tudo, estes quereres aqui na beira do fogão, como falo, apagaram como a brasa fria, que está indo e eu a lhe aborrecer.*

Você deve lembrar pouco da Rizira, uma das filhas do meio, moça de formosura, gestosa, figurativa, exibida, até eu pai atentava das suas graças, respeitosamente, um pouco gorda, mas dadivosa de aparências e feitiços. Descabeçou para os lados das cidadanias e praias. Ventos nos chiados dos coqueirais, coisas de poesias e sonhos, musicais euforias nas madrugadas, serestas acasaladas, enluaradas boemias e bebidas caras. Enamorava-se amiúde, sempre, de uns capristanos de fuças moles, prosas finas, dinheiro pouco, trabalho nenhum. Habituou no faz de conta, dormia durante o dia, entretinha proseados sofisticados nas boates, noitadas interligadas, conversas salvantes do mundo das desgraças imperialistas, igualdades das desigualdades, contrafeições esquisitas. Eu nem sabia bem, desatinava, o que eram aqueles imperialistas, mas ela sempre carecia dinheiro amiúde para ajudar alguém de quem se apaixonara que estudava soluções finais, teses memoráveis perfeitas. Cada vez era um rompante novo, namorado diferente. E tudo se resolvia com bebidas, noites, teorias, libertações das almas e dos oprimidos. O sertão era uma fonte interminável dos sustentos nos anos bons, mas nas prosas destas alternâncias o baio resfolegava um pouco quando apertava a conversa e no passo da marcha passarinhava mais, era assim, pode perguntar para o Jupitão ao meu lado. Tudo o que lhe conto agora amiudava para o baio. Não tínhamos segredos nem divisórias. A mãe entendia, o cavalo baio cismava, Sinhá Deléia postergava, Jupitão entretinha, seu pai trançava, eu procedia. Naquele verão choveu de dar alegria e pagamos as contas todas, sobraram umas farturas apaziguadas no suficiente moderados para esquecermos as durezas e enloucar cada um com um tanto a mais. Neste, portanto, gravitávamos nos sorrisos quando as avenças progrediam. E eu abusava dos mandados das sobras, amealhei os meninos e meninas meus aforados do casamento, que sempre respeitei muito, que nasceram das protegidas engravidadas nos descuidos, acobertadas nas casas da Jupita e da Naquiva, e lambuzei os seus confortos igualadamente com os merecidos e carentes recursos. Justiças. Se exibiram nas escolas de roupas aderentes e invejas os meninos, meninas, filhos dos acertos. A vida era assim, uns sobejavam nos Tibetes, nas boates, nas capitais, nas universidades esnobadas, nos delírios próprios e apetentes de cada alma e os outros envaideciam nos arruados e vilas de nossas prosas simples. Os filhos que sumiram consideravam o sertão assunto para gente atrasada, deprimida, mal informada. Nós éramos uns egoístas que só pensávamos em dinheiro, destruir a natureza, judiar dos animais, explorar os pobres.

Eu gemia minhas cismas com o cavalo estes abnegados proseados, passo bom o Caraça, passarinheiro, petulante. Sincero, gostava das manhas. As conversas com o animal faziam sentido, remoçavam, passo ligeiro o potro. Não sei se você, filho de Camiló, viu algum dia? Seu pai trançou um cabresto ornando com um baldrame que eu trouxe do Serrote Velho. Lá, no Serrote, assentavam nas artimanhas umas moças de primeira, que eu visitava nas entres safras das carências, coisa de invejar freira castrada e virgem, perdoe senhor, mas já falei. Os namorados da Risira tinham cara de adjuntos em feira de livro usado e comedor de vegetarianos alimentos somente. Palpitavam sobre aquecimentos, fomes, nas justiças das onças comerem os bezerros nas beiradas das capoeiras. Coisas de aloprados. Ninguém gastava tempo e assunto para brigar contra o governo, impostos, mandados dos preços baixos, juros dos bandidos dos bancos. Desacorçoei e só o cavalo entendia destas sanhas. Você, nem seu pai teria lhe mandado aqui para ouvir estes remendos, mas já que veio, saiba. Atropelei no dinheiro, fiz tentado, prosa de velho, ameaça de surdo, estive no ponto de suspender tudo dos filhos, mas a mãe remansava nas penas e até agora Macotinho, Amicato, Rizira e outros se alongaram nos desconhecidos e nos propósitos. No final se deu e a seca aqui acabando com o gado, o pasto sumindo, eu encolhendo o corpo e a alma, a vida finando. Olha o passeio daquela urubuzada remanchando no horizonte e Macotinho lá no Tibete, nem se preocupa ou assiste. O mundo ficou pequeno e grande ao mesmo tempo.

Demandei proposta, meses atrás poucos, quando as coisas se deram, para Jupitão seguir destino igual, mas ele descompôs estas atitudes.

Viu a mulher, filhos, netos também desemparelharem pelas abeiradas margens do Jurucuí, rio de nossas vidas, caminhos que levariam até as águas mais gordas onde foram sumir. Gente minha vive nestas terras por mais de duzentos anos. Os povos de Jupitão também acomodaram, que sabemos pelas memórias desde meu bisavô criador de burro e cavalo para atender outros sertões. Nós dois, Jupitão mais eu, estamos esquecidos de nós mesmos aqui por falta de serventias diferentes, mas só para aprender a morrer. Eles se foram, devem estar dando conta de melhores proveitos, almejo. Coisas assim são dos destinos de cada e não adianta versar em outra afinação na viola. A diferença de quem foi é como a sua perseverança, moço, que não empaca para viver o que é, mas acredita sempre que ali na frente vai ser mais azul. Eu desisti desta mania por ter ficado cego de futuro. Desmaliciei de acreditar nas esperanças. Não ponho fé, não estão erradas, não, as desforras dos outros, só que eu desmudei destas sequências. Você está à cata de um futuro, um amanhã, uma novidade. Mesmo que preocupado, medroso, cismado, mas campeia. Os meus e os do Jupitão também alongaram na mesma toada de acharem proventos alternados, rodeando probabilidades. Me desfiz, despropositei de querenças, pois foi assim e se deu por ser, sem eu dar para ser. Mesmei empacado. Estão certos os que desceram à cata das outras variancias, até nas desgraças carece não estar onde está, merece pensar o que vai fazer, o que vai mudar, o que vai inventar, mesmo que não mude. Confusos pensares de sofrimento, mas são. Eu desacanhei de viver no depois. Só entravo com o agorinha, sofro meus desjeitos, remorso os passados. Jupitão está desabnegado de futuros, estes tantos iguais como eu.

Lembro-me dos meus antigos, coisas das outras margens das ideias. Nunca estava o pensamento onde eu estava. Corriam as cismas na frente preocupado com o gado que precisava curar, vender, enxertar, o filho na cidade, estudando, se atiçando com amigadas e desforras, os namorados das filhas. Meu casamento enrolado na saia da Cametinha Beicó, doce moça que apaziguei na casa da Jupita, por carências e orgulhos de coronel, dono de fazenda e sobejas. Também reconheço, era moço desatinado, mas se dava e foi. Engravidou de mim ou de outro comparsa, hoje desatolo das vergonhas, mas na época atinei bravo e destemi. Tudo o cavalo baio escutava apaziguado de atenções, não respondia na hora para pensar melhor e eu gostava de ver o verde das roças, o gado gordo, o bezerro nascido, a água fartando no remanso, seriema piando na várzea, chuva desaforava bonita, criadeira. A mulherada proseando longas línguas faladeiras, mentirices, lavanças das roupas, o curió cantando na beirada da capoeira. Atrevia, via, vivacidades minhas, bom, era, foi, morreu. Coisas da idade que o tempo sossegou, traquejou e memoro só o que não vem mais. Desgraça apaziguada, acomodei de vontades para não sofrer ainda mais, quem saberia, sim, assim. Conto muito imbuído de saudades estes despropósitos, pois, destes pensados desarticulados, que remontavam meus programas, eu vivo, esperando para não viver. Entende, moço. Filho de Camiló que eu respeitava? Não, não entende, nem pode entender.

Mas agora se findou, encalacrei com Jupitão nesta cozinha de fim de casa, lugar derradeiro de trajeto de vida. Escutamos o silêncio o dia todo e não discordamos nem no provérbio. Mordemos uns pedaços de carne de sol. Por bem, moço, carece cerimônia, não, apetece sua fome que sei que vem carregando e ajusta um naco da carne que não está de fazer desaforo. Voltando, mordiscamos com café requentado o charque, bom, veja, sirva à vontade, menino, você carece, viajou muito, comemos para desafiar as esperas da morte ali sentada. Você não enxerga porque é moçado, mas está nos olhando rabuda, corneada de capeta, chifruda, olho chispado, fedida. Ponha tento nos olhos dela, arremede, nos convidando para ajustar as contas. Vai esperando ela calada e nós olhando o chão, pensando, melindrando, não há no que nos desentendermos, só esperar. Nas vagas de não fazer nada, lambemos uma quirela de rapadura, pinga, gole miúdo antes do cigarro, ajustamos os amuados de não prosear, não ouvir, não querer pensar. Mas mesmo sem falar, Jupitão escuta tudo o que eu penso e ele responde no mesmo silêncio que eu ouço, completamente. Insisto, moço, coma mais, sem vergonha de medo, pois tem sobrando. Pegue mais cachaça, café. Lhe conto como foi a vida inteira. Jupitão, eu, não carecíamos falar nada, uma encarnação toda para conversar sobre tudo e prosear sem dizer. Foi assim e acordávamos sem combinar, sem desditos, sem recibos, gestos maduros, duvidosos sem dúvidas. Maniávamos nos olhados e beiços só para os suficientes, coisas das almas, entranhados procedimentos de afinidades que os sertões calejaram, necessidades para quem apetecia ouvir a quietude, enxergar o escuro, respirar o vácuo, apalpar os pensamentos. Cada um atiçava suas obrigações indefinidas e rumávamos nossos procedimentos. Dias todos, ano por ano, infinitos agoras desmanchados nas imensidões dos nadas, foi assim. Sabíamos dos desaforos ou dos nossos desprocederes, das queixas intervaladas nas dúvidas, desajustes, pelas bocas das nossas mulheres que se falavam mais do que deviam, queriam enfeitiçar as avenças ou desavenças de Jupitão e eu, atropelos fêmeos, mas se davam temporões abismados desconsiderados e desouvidos por nós como carecia. Era e seguíamos destravados, pois não atinava haver dessaber, mas o cavalo baio refazia, aconselhava, marchava gostoso o bicho, crispava as mãos altas nos requintes marchadores, sonorizava no cascalho, saudade. Falava estradando o animal, suas perfeições. Reprimia ele muito certo, desouvir prosas moles das senhoras, sobre os desassossegos de Jupitão e eu. Não saíamos dos ares das nossas mentalidades de cavalo e cavaleiro, assim as providências se aninhavam melhor nos procedentes e sem intrigas.

    Jupitão preferia uma besta ruana, passeira, gestura de coisa linda, quando verbava dizia entre os dentes, moderadamente, como era do seu feitio, pois enxugava a voz nos molares que era uma derivativa de petulância e beleza por embocar inhata dos queixos. Tinha, como você sabe, os dentes de baixo para a frente dos de cima, mas muito procedente e ponderada nas afirmações. Se eu fosse o baio, teria sutilezas aprimoradas de beijar a inhata mula. Atendia por Malécia, homenagem à filha do Jupitão, que morreu de difteria. A mula roubaram, intuímos sem confirmamentos, mas não poderia ser alternado, sendo certeza, dois ciganos de cirandar estradas sem rumos e destinos, que nunca apontaram por aqui antes. Gente abusada de melindres, dentes d'ouros, viageiros vagabundos, olhos nos defeitos das coisas dos outros, mastigavam umas ameaças de benzer animal para defuntarem, prosa de quem acreditava improcedências para arreliar os outros, depreciar na barganha. Jupitão desarvorou de estender papo com os pestes sobre o animal que eles besuntavam de soslaios, nas invejas, pragas. Se deu e nunca mais vimos besta roubada, noite, madrugada, ciganos, rastro. Seguimos serras, beiras de rios, vargedos igualados todos do Jurucuí, os cantos e remansos, corruptelas, estradas, serra, nada de pegadas deixadas, pistas desaparecidas. Caprichosos, canalhas, nas desfeitas das marcas de onde pisoteavam, ladrões, mula, cavalos, sumidos, fugidos, desgraças. Nós nos percalços, das cismas andejamos atentados, nem mais nem menos, nunca mais. Os homens ciganos desarribaram nas magias como espíritos de vento assoprando poeiras, sumiram nos impossíveis, facas nas cintas, sumiceiros. Campeamos por rigorosos persistentes dias, nunca mais notícia da ruana vimos, dos cabras não se falava, das vistas desalinharam.

Se nos caíssem nas mãos, daríamos represália de descarnar os matutos como fizemos com o Derempé Maicato, filho da puta que veio da Moncada dos Alepros, três léguas rio acima, lugar de mulher bonita, água farta, gente de má catadura, jagunço, gatuno, cafundó de desacorçoados dos arrepios e dos pontos. Pediu emprego e mesmo desconfiados acatamos. Carecia gente naquela colheita. Era bom peão, o Derempé, quem diria tal do peste, mas ladrão de monta, primeiramente como preferia. Airoso, digo até competente para amansar potro, mas gato de surripiar a mãe, mentiroso. Trabalhou com o carro de boi, prestativo, jeitoso, conversava macio com o tirante boi de guia como se falasse na solidão da orelha da namorada em noite de lua. Puxando algodão na colheita do eito para a máquina de beneficiar entusiasmou nossas conveniências. Atendeu certinhas as demandas, se fez de necessário e prestativo, enganativo era. Carroceiro de primeira. Palavreava e assobiava em sustenido com a tropa da carroça que entendia todas as manhas que ele procedia. Sacudido para levantar sacaria. Prestimoso. Categórico no lombo de bicho xucro. No começo, não distraímos nas retrancas das cismas por ele ser de Moncada, terra de lambanças roubalheiras, desconfiávamos dos olhos mortiços do caboclo, mas com as prestezas das suas atribuições corretas desarrependemos dos receios vigiados por demais sempre. Por caridade de confiar entravado, nós finalmente amolecemos as vistas e ai, praga, ele se deu a roubar o cavalo zanho, queimado. Manhoso, o Derempé, ligeiro, arrematou junto uma égua alazã enxertada de um meu garanhão. Garanhão tordilho, desenho de animal, campeão mangalarga na exposição de Sobrais do Bom Senhor. Dois animais de deus por olho engordado de inveja; o ladrão sabia escolher bem, sabia, safado. Madrugada riscando de espora o queimado, judiação descarecida, o peão subiu a Serra dos Leprosos, achando que o cascalho esconderia as pegadas, virou miúdo de esperto para o lado do Mato Feio, região de pouca gente, falta de notícias, por verdade nenhuma. Manhãzinha catingou até desânimo, sol abrindo, já se assanhava o rato longe alongado no vazio, intuí de boca calada, não desmembrei, não pari prosa muda nem com os companheiros, pois estava nos meus receios perder a viagem. Se deu dia fazendo, nós no reboque e relho nas cavaladas, mas já estava o gatuno abeirando nas divisas do estado quase onde nasce o Jurucuí nos Espigões dos Cariampós, atente. Nem assim entorpeceu o Derempó nas manhas de desfalecer na fuga, acredite. Trocou as montarias, arreou a égua mesmo amojando, quase para dar cria, poderia ter abortado, ralou sumindo como se vento fosse mais um dia inteiro sem pousada. Coisa de malvadeza e malandro, atribular a égua naquele estado de quase abortar, ora. Mas aconteceu, deus era grande, Jupitão, Tesourinha da Cota, Anacézio Poriaé, por batismo, tinha a alcunha pelas pernas embodocadas, tortas, razão de ração pouca na infância, diziam, creio talvez, e mais eu, atrelamos nos arribados detalhes dos poucos rastros deixados: bosta dos animais, rabo tiquira enroscado na macega, risquinho na pedra, casco de nada marcado no pedregulho, tudo de nada carecia atenção. Tesourinha, repito, despregado de raiva, pois era afeiçoado na égua e eu junto, mais Jupitão, conforme as coisas vinham procedíamos nossos temperamentos sem desgrudarmos, não deitamos na preguiça. Três dias, duas trocas de montarias puxadas para cada um, duas noites tresandando barganhadas selas, tropa boa era. Três estiradas sem pausa, não mais do que para obrar no mato as necessidades, mastigar paçoca de carne de sol em cima dos arreios mesmo, tudo no entalho de não perder os trilhos, não deixar esfriar o rastro das perversidades do Derempé.

Se deram as sintonias pelo senhor, antecedemos nos preparos e vimos o saracura de longe amoitando num fundo de capoeira rala, picoto de quebrada brava em ponta de serra desajustada de caminho para os perdidos, pedreira, despenhadeiro de urubu ter medo de cair. Ali era o Sofrenço do Sino Velho, ponto ruim até de carcará amoitar solidão. Do lugar, se escapasse para outra ladeira de macegas, cortados feios, barrocas e pedras soltas complicavam o capricho de encontrar o gato. Se caísse nos pedaços das trilhas várias oferecidas por lá desamparava nas malícias, pois seriam fugas por muitos becos e que ele conhecia de cor nas palmas das mãos, pois era rota de ladrão de cavalo para ganhar o outro estado e onde a polícia fazia vista grossa nas parcerias das esparrelas com pouco dinheiro. Acercamos, demos os ocorridos necessários, rodeamos os escapes invertidos, ele não sabia onde estava lenhando conosco, marmota. Nossas raivas pesavam nas decisões, premunimos. Tesourinha era ardiloso na garrucha, instigado de preparado na arte, sem premonitórios ou calúnia de perdão atirou na altura das virilhas quando ele desmontou para fugir por uma pedra lisa, chapada, entre dois jacarandás bojudos. O tiro era intentado justo para castrar o desmamado, roto, lazarento ladrão. Proposital, intendencioso, maligno, atirou e acertou Tesourinha como queria, científico nas miras. Saudoso Tesourinha, homem bom e religioso, pai de família prestativo, morreu num desastre de carro em estrada ruim deste governo filho da puta. Desfeitas as capturas corretamente, em tempo exato, Jupitão tinha um canivete corneta, coisa fina que meu pai dera para o tio e padrinho dele, herdou quando o tio morreu, ferramenta desprovida de receios para descarnar um animal de couro. Ajustamos os fôlegos, devagar, intentados nos judiosos pormenores intencionais para sorver ladrão nos castigos condizentes, confesso. Lembro agora sem saudade, mas sem remorso tanto. Naquela data foi por raiva, agora amainou na velhice, desapego também. É a vida que muda com os anos. Mas também, roubar o cavalo zanho e a égua alazã, prenha do campeão, valha-me-deus. Lhe conto, no andado depois que cercamos o cachaço desmerecemos de nos preocupar com as carnes dele sangrando, fomos assim acalmados nas urgências pacíficas. Nos conseguintes, com o canivete corneta do Jupitão, nos demos animados despregando, vagarentos, as peles do safado encostado num pau-d'alho, desmerecidos de afobar. Acalentamos das pressas, esmorecemos nas despreocupações e passamos a olhar os derredores, já que o peão estava na unha. Eu era afeiçoado com os ventos mansos, horizontais, e ali eles traziam uma natureza aconchegante, bonitosa, que ficava até apaziguada naquelas calmarias dos fundões perto do pau--d'alho, davam saudades suas mesuras. O vento subia moroso, transverso, por aquele carreiro para brincar perto, do afeto, rodamoinhando jocoso, e escutar a solidão. Mesmo a árvore soberba do pau d'alho, onde *grudamos o Derempé, remanchada, frondosa, embicava entre a estrada do Peregó da Velha, junto da porteira do pasto de cima do Ravandino Catão, e o remanso do Jurucuí. Sendo onde encostava o rio e tombava antes das secas cismarem, por finas margens ele corria para o noroeste quando aprendia a crescer mais bojudo nas macegas que se abririam para desaguar apertado, espumoso, depois na Cachoeira do Frontão das Mortes. Coisa de deus entusiasmar na vistura. Onde estávamos jorrava uma fonte d'água de encher os olhos, cristalina, corria da bica, fartura, acabou, seca veio, levou. O sertão é moroso, sabido, embelezado, achegado, acredite, se não fossem as secas, os ladrões, o governo, eu nem desistiria de viver.*

O Frontão da Morte cabia bem na petulância do nome, lhe digo como era, pois boiadeiros desprevenidos, desavisados, apeteciam errado que ali o vau era de tranquila segurança sempre, entravam quando as cheias entornavam, deus descuidava, e na desforra levavam criação, juízo, animal, sina, cavaleiro e tristeza pelas aguadas abaixo. O diabo não provinha, mas arreliava soberbo nas risadas fartas. Onde estávamos com o rapaz desajuizado era uma terra meio sem ninguém, desmerecida de proventos e gentes, afirmo, caminhos sem destinos, deus desabençoara corretas lá as manias certas para serventias apropriadas de desativar ladrão, justiça seja feita. Lugar de fôlegos acalmados, ventos quietos e ausentes ruídos de olhados indesejáveis, sem controversos de opiniões. Tudo se instalava ajustado para estas competências permitidas, sangrar o moço ladrão. O pau d'alho era apropriado de bonito nestas opulências. Derempé sucumbiu por ser gatuno, desmaiou na primeira queimada do canivete sobre a pele mole. O Tesourinha desistiu de mais penúrias, pois a gatuno não atendeu de ficar observando ser descarnado acordado. Descontraiu das raivas maiores com pesar do coitado, pois assim o Tesourinha atirou na nuca para não dessofrer mais o ladrão e se persignou corretamente respeitoso como era dos seus melindres de crente. Amortalhou o moço ladrão para o infinito. O Tesourinha não era de guardar muitos rancores, religioso, muito abnegado, apegado a deus, ficava com pena das maldades desnecessárias. Não contrafeitei nem desmedi, aprovei as mesuras do Tesourinha com o Derempé para não penar desnecessidades, pois os cavalos retornados se viram sem mais sofreguidões. Muito correto o finado Tesourinha, para que judiar? Nos entendemos nisto, paramos de descarnar para atender uns urubus que já estavam entusiasmados por trás da Pedra Grande da Padroeira. Nome bonito, Pedra Grande da Padroeira, minha mulher era muito reverenciada às rezas e promessas, queria visitar a vista da Pedra Grande, a bica, a Cachoeira do Frontão das Mortes. Não dei nunca adjacências de levá-la, pois propus ser desprestimoso o lugar, arruinado das honestidades, coito de ladrão de cavalo, atração de prostituta em dia de folga. Nem sei se menti, mas falei.

Voltando ao Derempé, meia semana correu pelas metades dos dias e boatos chegaram. O delegado, Doutor Caimpontaré Rontário, aquele que a federal mandou na ditadura, por ordem do Estado Novo, especulou notícias do Derempé sumido de sua casa, tendo vindo rumo de Oitão, descendo de Moncada dos Alepros. Demos informes corretos, prestimosos, aceitados, depois confirmados: corpo acomodado, que andarilho que passou pela fazenda e sumiu viu de longe no pé do pau-d'alho, do porte e gesto amiúde, parecido com o do mencionado e entristecido de urubus maldizendo as prerrogativas do que sobrara. O delegado deu ciência às autoridades de Moncada. Vieram nos resgates das sobras e dos devidos uns sisudos com caras de mais ladrões, irmanados do Derempé, mas nós não titubeamos nos solfejos das perguntas respondidas e nem nos sacramentos de tê-lo visto antes de morto. O processo corre até hoje na comarca, coisas da lei, governo, do destino, quem sabe?

CAPÍTULO X

DAS PROSAS, DOS ROÇADOS, DOS GADOS, DAS BONANÇAS

Atentado de volta onde estávamos falando dos cavalos, coisa boa Jupitão, homem bem-humorado quando calado conversando com ele mesmo. Se conformou da ruana, desestimulou acomodado de achar os ciganos, afeiçoou nas indiferenças, já que não calava solução mais. Depois que os gatunos desapareceram com a besta, apegou-se com um potro pampa de envergadura, atendia por Voaceiro, o cavalo prometido de porte, mas ruim de conversa, embora marchador soberbo. Desaforado de rompedor nas estradas era ele, figurado nas posturas, porém de pequenas intimidades de palavrórios, desabituais hábitos em cavalos pampa. No entanto, era mesmo tal como Jupitão; conversavam calados. Por isto as avenças nos silêncios deles nas prosas mudas, salvo estes somenos, por anos. Os dois silenciavam nas suas opiniões vaquejando nestas terras. Eram bonitos de serem olhados no picoto do sol se pondo para o lado dos grenás rubros dos horizontes, nas Cabeceiras das Candeias, onde se acalentava o gado no fim de tarde no pouso dele preferido, pois o vento batia macio carinhoso levando a fresca, trazendo o repique dos pintassilgos e a boiada acomodava merecida na satisfação ouvindo o eco do silêncio. O crepúsculo avermelhava singelo para abençoar as parcerias do gado, dos pintassilgos e do Jupitão acavalado nas suas melancolias. Era uma poesia inacabada, eu mesmo xucro de sentimentos emocionava nestas gracezas. Quem acreditava que estas coisas não conversavam entre si nas naturezas animaladas dos voadores e dos cascos nos chãos nunca ouviu e não conhecia o sertão. Por ali desciam das serras, emudecidos,

Jupitão e o Voaceiro casmurrando cismas, cada um a sua, e se punham chegando depois de dia inteiro de tropelias e atentados. Creia você, moço, cavalo é como tristeza, que fala baixo e magoa, mas tem de conversar, pergunto, se permite, quem não conversa com a própria tristeza? Tristezas não são todas iguais, nem todas aderentes às prosas absolutas, aos compreensíveis; cada tristeza tem seu sustenido, sua vocação, sua plenitude. Pode não entender, até não concordar com o que falo por ser muito menino, mas o tempo vai lhe ensinar. Imagina que estou inventando tresloucado, desajuizando em caduquices, esta arenga de prosa com cavalo, com tristeza sustenida, espere, vai ver. Não rascunho ou ranço dos seus intentos, pode pensar que penso errado, loucura, mas vou dispondo dos pormenores, não sucumbo.

* * *

Cadinho desceu da taipa do fogão enfeitiçado nas ordens determinadas, convidativas, de Seu Vazinho. Ajustou um pedaço significativo de carne de sol pingando apetitosa do fumeiro, lambeu um naco de rapadura enquanto picotava o fumo perfumado para debulhar no cigarro sobre a palha. Destapou a cachaça cheirosa, produção envelhecida nas vaidades próprias, antigas, farturas da fazenda mesmo, quando produzia tudo, como resmungou Seu Vazinho, sem mais soberbas do que as que tinha antes dos seus desanimados. Talagou Cadinho um sovado graúdo para si, menor ao santo, cuspiu miúdo da janela sobre a poeira do terreiro quente, sol timbrava longe, mastigando desgraça. O cachorro ouviu a cuspida, mas não intercedeu por achar que não procedia àquela hora de desaforo do sol. Olhou Cadinho a porta da cozinha, enorme, cismada, abrindo para a sala grande por onde entrara. Não distinguiu, como queriam suas curiosidades, ver nas sombras as chinelas puxando o urinol, mas aromou ciência correta que Tia Biazinha olhava mansa dali para os três conversando as inutilidades que os vivos carecem para se distraírem enquanto não desalmam. O gato enrolava-se nas pernas de Biazinha pedindo continuarem seus andejos aos extremos perdidos, ronronou mimoso, apontando em direção às ausências a seguir; era gato, sabia engatinhar e nada mais além de miar.

Tia Biazinha escondeu-se no silêncio, o gato não protestou, coçou-se como merecia arrastando as costas nas paredes, estreitou os olhos brilhantes sobre as desesperanças e se satisfez. Os morcegos obedeceram as indicações do penico e palmearam antecipados pousos à frente nos forros caindo dos caibros. Seu Vazinho enfrentava o destino calado, embicadas vistas em seus pés, nas alpargatas velhas, moles, indiferentes, respeitosas, surdas. Elas, por serem alpargatas, escutavam os acabrunhados do sesmeiro e não discordavam nunca, pois eram sandálias modestas, despretensiosas. Reconhecido das gentilezas das alpargatas, as afagava de vez em quando Seu Vazinho com as pontas dos dedos dos pés ossudos. Ciências sertanejas para saber se estava vivo ou se iria ter insônia quando as luas escondessem o sono. Cadinho não melindrou os olhados dele para o chão, velho ali envelhecendo como se portava, visadas soltas, amolecidas de desejos, atento no nada, lamurioso, premonitório de desesperança dos seus fôlegos assandaliados. Jupitão desviou sua indiferença para a janela aberta. Iria passar as pernas cruzadas para o outro lado da solidão, mas desanimou. Limpou a garganta, ameaçou continuar não fazendo nada, mas para o lado oposto, desistiu por falta de apegos, pois viu o urubu continuar voejando os volteios na mesma direção que escolhera desde manhã. Cismou em não melindrar a sorte. Apaziguou assim, por demérito, na mesma postura e não se mexeu. Seu Vazinho concordou que era melhor se intentarem como estavam, como foram semelhantes à vida inteira, pois descarecia afobar tão cedo e falou igual como sabia:

* * *

Todos se foram, cada qual de si caçando os próprios carmas. Os meus desatinaram mais antes até quando tudo era outra história. Na fazenda sempre viveu muita gente. Chegavam, assentavam uns mais tempos, outros mais corridos. Poucos até fugidos chegaram, procurados pelas capturas, mortes matadas em freguesias distantes, diferentes, mas se atendiam os procedimentos corretos, nossos, mereciam coitos. Agradecidos se refaziam, afamilhavam nos motivos, proposituras, amigavam nas vizinhanças e conveniências. Dos nascidos e achegados provieram, nas alegrias, filhos, filhas, depois até netos, afeiçoavam. Entre si, as famílias se desdiziam, brigavam, ficavam, sumiam. Era vida o tempo todo aqui. Como se fosse uma farturama de cidade pequena, de coisas sendo, acontecendo, ajustando. Casavam na capela mesmo de São Alepro do Jurucuí Açu, quando chamávamos o Monsenhor Libágio Bocato, da nossa comarca, Axumaraicá de Cima. Monsenhor era aquele italiano bom, bonachão, gostava de caçar codorna e perdiz, no Brejão da Anta. Voltou sisudo, contrariado, para Roma com a mulher do suplente de vereador, o Penazinho do Portiguá. Ela, Merélia Lentia, quando moça bem afeiçoada nas vistas e ancas, mansa de janela e flertes, chamegosa, seios cativados, crinuda nos decotes, abastecida nas carnes carentes de achegos, mulher fêmea desejosa. Alternâncias místicas e crenças atendeu ela o monsenhor enlevada nas confissões privadas, comunhões diárias, abstinências do marido e pazes na sacristia. Apetecida das camas, mesas, enquanto ele por aqui celebrou as preces em Axumaraicá. Respeitoso, agradecido, o religioso levou-a para os mesmos destinos que a fé o elegeu de volta à Santa Sé. Não teve o que fazer nem discutiu quando a igreja maior do Papa o convocou, era temente a deus e aos preceitos mandados pelos superiores. Gente boa o monsenhor, culto, instruído, crente, piedoso. Diziam que conhecia religião profundamente, sem soberba, preparado nas teologias. Por isto o Senhor Papa convocou-o, mesmo amadurecido nas idades para as reverências dos códigos dos canônicos direitos em andamentos carecidos. Cabresteou estirado como potro novo no tronco para continuar até morrer em Axumaraicá de Cima, como enfatizava preferir, mas no fim cedeu ao chamado superior. Obedientemente. Foi-se, mas carecia da assistência às suas meditações e estudos. Assim, sem outra via de ficar, como preferiria, pediu ao Perozinho do Portiguá, respeitosamente, para sua abnegada mulher, a Merélia, ir cuidar dos seus sofrimentos na Roma triste. Levou-a muito cambaleado de desaponto e cisma no navio transatlântico. A fé é bonita para quem se aprofunda, eu sou meio desabrido, não mereço dividendos, mas respeito e invejo quem é. Gente boa, o monsenhor, saudoso, deixou reminiscências cerimoniosas.

  Mas era assim, o povo da fazenda se conhecia nas roças, trabalhando, colhendo, rindo, chorando; nos bailes das tulhas, jogo de futebol, desavença certa, festas de rezas, leilões de prendas para a capela. Desculpas motivadas para se fazerem as vidas. A beira do rio acariciava conversa, futrica, briga, amor. Dias todos contados, águas abaixo, as mentiras espumando alegres nas maledicências, paixões sussurradas, diferenças reveladas. Menina menor engravidava até de sarampo ou cruzando perto de garrotilho de jumento, desavisada, coisa fácil, noite de lua cheia, mas não dava trabalho de achar o tisnado petulante e o delegado acertava os papéis, casório, prendas, lágrimas, sorrisos, festa. E o Monsenhor Libágio não respaldava fora das conveniências e euforias, fazia todos os casamentos na nossa capela mesmo. Alegria e a vida prosperavam. As batidas das roupas lavadas sobre as tábuas caladas cadenciavam caprichos dos corações, tristezas, ciúmes, rixas, afetos. Criançada chapiscando nas corredeiras. Pesca de gente amuada conversando com os silêncios para adornarem mais cativantes as comidas com um dourado graúdo, um pintado mentiroso de grande, um surubim carnudo. Fartura. Me desdiga. Ninguém nunca dava conta, mas era assim que se construíam as passagens. Porém, as vidas nos sertões eram feitas destas manobras simplórias, fáceis, dativas. O rio descarecia de novidades. Subiam e desciam pelas margens barcos de todas as naturezas e prontidões, veleiros, canoas, chatas levando passageiros, alegrias, novidades. A passarada fartava nos peixes e sobrava pesca e caça para as desforras. Patos-do-mato, irerês, garças enfeitavam as vistas e se confundiam com as novidades. Que se cuidassem pirapitingas, curimbatás, tubaranas, escorregando pelas locas das beiradas para não revoarem nos bicos das aves arteiras. Cada um do povo morador teria de construir seus sonhos e destrinchar seus desesperos, pois não havia fugida como nas novelas onde as tragédias eram dos outros, longe, mentirosa, desfigurada. Esconder das invenções dos cinemas aqui não se dava por comum, raramente. Ninguém sabia também ler para distrair com as desforras dos jornais, das revistas, dos livros. Por ser sertão, tudo junto, as apetências sociais de amizade, entrega, cuidado, cisma, ciúmes, desejos eram muito mais próximas e por isto mais complicadas do que nas cidades. Atine.

    As manias e as fantasias eram feitas por cada um mesmo, no seu papel de amante, namorado, trabalhador, corno, desprezado, filho, ciumento, desafeto, pecador, religioso, mentiroso. Acontecia na vida e hora de ser carecida a sanha no quintal próprio, na roça, na beira do rio, na pisadura do cavalo, no pelego novo. Coisas simples de nada atiçando a imaginação. E se por olhar muito de soslaio instigava imaginar, às vezes perguntar até o que o vizinho carcomia enviesado, pensando dele, ou ele atiçado no vizinho, ou na mulher do compadre, impunha se desolharem maniados, desmedirem, enfeitiçarem, tomarem satisfações, puxar faca, riscar no chão, sangrar se carente, amolecer se covarde e as vidas se atribulavam. Era. Por fim, as proposições: desfaziam as rusgas, descambiavam as querelas, engoliam as tossidas nas costas, brigas findas, graças, troças. Nos raros dos escassos se anunciavam as mortes. Razões justas para as acoitadas nas encruzilhadas, mulheres roubadas, trocas de machos por molezas nas prerrogativas, carências nos rins quentes chamegados. Coisas sisudas, travessas, raras, sossegos. Mas se seguiam por muito tempo as falas, mudavam nos finais por outras desforras mais novas, saborosas, pertinentes. Tudo nas clarezas, nas alvoradas, nas regras. O Jurucuí corria seu destino para lavar as agruras e os céus abençoavam. Girava o mundo no palco estreito onde todos se conheciam, enorme de fingimentos abertos, realidades, fantasias defloradas, onde éramos nós mesmos, repetindo, igual no tempo, era o espectador, o ator, o diretor. Cada um dirigindo ou desempenhando próprio papel. Igual, representando ou assistindo, escrevendo ou lendo. Cada ato, instante, pausa era ocupado, revisitado, simultaneamente por todos em um só momento, um só enredo. Não adiantava fugir, pois o papel iria atrás. Conversei muito com o baio estas desavenças e opiniões. Concordávamos igualados nas propostas — "o sossego do caboclo era mulher feia, roça queimada e cavalo capão". Se foram, foi-se, pois era muito assim. Concordava muito com as ponderações do baio.

Lhe conto e escute. Coisas sabidas, comparadas. O cavalo foi fundamental nos conselhos, nas definitivas, prudente. Houve épocas de arroubos, intransigências difíceis, familiares naturezas insatisfeitas. Achava de justiça e providências que estas terras, que não findam, caíssem em minhas mãos, não fossem vendidas, divididas, separadas. Natureza de nascença minha no sangue. Vim ao mundo neste sobrado, quarto ao lado da capela, onde Tia Biazinha mais socorria suas teimas e saídas para os andejos. Foi domingo de outras preguiças de descansos e a parteira atendeu minha mãe entravada. Mas se deu certo e vim. Os desafetos e as manias de outras curiosidades de aprender a ler e das contas das aritméticas vieram por minha mãe mesmo e uma tia solteira, irmã dela, Tia Anereusa, tia Reuzinha, apelido, e elas debulharam devagar os mantras das primeiras letras, de aprender a soletrar e das somas divididas entravadas com as multiplicações diminuídas. Tia Reuzinha também era entusiasmada nos livros de histórias e poesias como gostava de ensinar. Até um pouco de música. Dedilhava o piano que você viu em uma sala grande onde passou, com certeza. Por ela caprichei um pouco nestes entusiasmos, mas depois a faina desfez. Fui tentar atender às outras aprendizagens mais carregadas num colégio de padres na Serra do Canelote, internato, o Caraça. Lugar feio, despovoado, só despenhadeiro, morraria e grota em volta para não dar seguimento de espaço e fuga para os internos. Coisas de antigamente, deus me livre, desabençoado de ruim aquele fim de mundo. Mas fui avisado de ficar. Não existiria, propositado, pai, mãe, padrinho, atentos por perto. Cartas poucas, notícias raras. Saudades fartas, mas era. O mundo diferenciava outras cismas ali. Desabnegadas tristezas. Endiabrou que os irmãos estudantes para padre naqueles desamparos eram rasteiros de viciados em comer os moleques moles de preceitos e atitudes. Numa noite em que fui ao banheiro do colégio, ajustou de chegar falando sussurrado um irmão com uma batina fedida, Irmão Probado Coutes. Fungando adensados sorrisos vesgos, olhos mal-encarados, perguntou, no escuro, noite calada, pelos meus pecados, ofereceu umas bolachas de maisena meio moles, embolorada. Extraviou os olhos primeiro para meu pijama entreaberto, depois estendeu, disfarçando, mostrar uma andorinha cismando no forro espiando do ninho minhas ressalvas e ressabiados. Se dava luz fraca ali no corredor, candeia de óleo e intentou o filho da puta as mãos nos meus vazios. Eu levara da fazenda um canivete pequeno de descascar laranjas, concertar vara de anzol, castrar grilo, fazer palito de dentes, muito prestativo e acomodado de segurança e enfiei-lhe a lâmina afiada pela barriga mole e depois tentei alongar pela cara do canalha para furar os olhos. Errei, filho da puta. Foi proverbial estar com o canivete. O cônego superior, caduco, mais velho, mentiroso também, esmerilhava fingido passar as mãos nos mais bocós da escola, perguntou a nós dois dos ocorridos. Não acreditou no que contei, lambeu prosa do irmão, que me encontrara batendo punheta no banheiro. Muito pouco de regozijo e com receios fiquei no começo com os desvios.

Depois de uns dias de sobressaltos e medos dos castigos, fui expulso. Meu pai deu mais fé de meus corretos, ele havia estudado interno lá também e conhecia as manhas. Assentei destino, nunca mais me meti com aprendizados, padres, coroinhas, irmãos de fé filhos da puta. Atentei nos andejos da vida correndo as conversas com deus diretas, depois nem estas. Sem rebeldias, passei para outras conveniências, rezas poucas, afinava de soslaio, mandriado, sem ajutórios, duvidosas intenções de resultados, só para os ornamentos de figurações nas missas. Fingimentos para os outros abobarem achando que me enlevava. Desmerecia sem ninguém perceber, mas a vida era muito só hipocrisias. Hoje despejo sem remorso, antes acoitava. Raro, mas instigava até umas comunhões fingidas, imperava sisudo, respeito, fidalguias para as invejas sem crenças, ninguém conferia, coisas em falecimentos de conhecidos ou outras imitações. Minha mulher acarinhava as desaltivezes cabisbaixadas, sem aflorar meus internos. Ajustava papel de crente para emocionar os órfãos, a viúva, mas sem atropelos emocionais. Isto quando escorriam continuadas conveniências com os herdeiros, divisas de terras, contas para pagar ou receber. Se enviuvava moça, coisa vistosa, quem sabe atentar achegos amenizados, reconfortos, noturnas visitas, pertinências disfarçadas, tudo prosperava na cabeça, nas intenções.

Hoje, velho, desacanho destas nuances. Nada passa deste chão atijolado de onde os olhos só saem melados para beber cachaça, acender cigarro, rasgar um pedaço de carne, coisas miúdas de preguiça, desânimo. Foi-se a vida, veio a seca, morreram os instintos, não tem mais, findou, findei. Voltando ao colégio, meus pais acreditaram um pouco em mim, desfizeram as cismas de eu continuar a estudar internado. Muito que aprendi depois na vida que veio foi graças aos jornais, mesmo atrasados, chegando à caixa postal de Oitão, lia todos. Mas o que ensinava mesmo não eram leituras, mas sim as andanças nestas capoeiras e terras, pastoreando os gados, curando as bicheiras, os bernes, acudindo os ervados. Apartando as novilhas amojando, castrando os potros, carreando boiada, laçando, era cismado num laço. O que mais atiçava aprender foi sempre ouvir prosas sérias, corretas, dos homens como Jupitão, meu irmão de alma, avisos dos profetas dos dedos, malícias das naturezas, melindres das carnes, dos temperos dos couros, como seu pai Camiló. Bisbilhotar as ciências de Sinhá Deléia, benzedeira, conselheira de meandros, embora eu tivesse meus salgados no assunto de benzer e não acreditava muito, mas astuta para ler as sanhas e os erros dos espíritos que me desassossegavam nos negócios e nisto era ela procedente, nunca errava. Nos paralelos das desfeitas, eu arredondava um tramado cadente, apetitoso, com Sinhá Deléia, que depois das prerrogativas das visões oferecia um caldo grosso nas texturas das suas carnes abugradas, morenas, ardentosas. Desapropriávamos merecidamente nossos achegos de afetos. Você vai enrascar que gente das minhas posseidades e terras deveria ter estudado, que fez falta. Desdiga.

Quem comandava carecia sustento e providências baseadas firmes em quem conhecia. Atinar nos corretos, nos bons sensos dos especialistas e jogar com as variações, os destinos, as probabilidades. Tudo era muito traquejado. Quanto mais se lavrava, pelejava, mais apareciam defeitos e carecia reaprender. Eu recebi aqui, fazenda de bonanças, desafios, roçados, lavoura, aguadas de ribeiras fartas correndo pastos, serras, catingas, cerrados, de fazer invejas. Negócios com muitos fornecedores e vendas para tudo, até comércios e tratos com estrangeiros. Eu mal falava nossa língua, mas o dinheiro traduzia tudo. Herdei de meu pai, junto com irmandade grande, há muitos, esta propriedade. Cada um escutou seus proveitos diferentes dos meus. Queriam vender, dividir e ativar seus destinos e negócios próprios, separados. Eu assentei na cisma de ficar com a fazenda inteira, manter as terras que nos chegaram. Era só o São Alepro que me intuía, cativava, nada mais. Veio justiça, briga, desencontro, desaforo. Amoitei na teimosia, ranzinza, instigado. Fui cavando uns mal-entendidos, necessários, comprando pedaços de áreas dos mais afoitos, grilando uns tantos dos distraídos. Barganhando por conveniências, apertava as chinchas nos valores que eu podia desfazer. Desmedi de meus remorsos para não arrepender, não arrependi, pois, correto. Abençoei uma irmã solteira, quis ser freira, morreu. Morreu no convento rezando como queria. Os padres abençoaram as desfeitas, mas desconfiaram que satanás lambia minhas ganâncias tanto como as deles. Queriam, temporões nas ansiedades de recursos, fechar as tramoias, como eram de petulâncias deles, ficar com muito dinheiro. O herdeiro era eu, não eles, e deus quando andou pela terra, sofrendo, descalço, enfezando com vendilhões, não mitigou mesquinho atrás de sesmaria de terra, mas de desfazer pecados. Padrecada calhorda. Tive de acertar nas intrigas umas reformas de mosteiros, pinturas tresandadas e umas esmolas convencidas para festas de quermesse. Padre não pode ouvir tilintar dinheiro, adora festa, amolece na sofreguidão como barbatana de tubarana na isca.

À noite eu retrucava nas insônias das morais ansiedades, azucrinando os pensamentos, mas enfezava e não desprocedia, encalacrava nas desavenças e intrigas para saber se caminhava como deus queria. Nunca falou nada ele dos certos ou errados, fui desfazendo como apetecia. Como o senhor não respondia, passei a confabular as preocupações com Sinhá Deléia, mais afagada nos meus remorsos e intenções naquelas alturas. Moça morena, olhos chispados, a Deléia, depois nos fins mais quebradiça de rugas, dentes mais desiguais, faltados, fumava desbragada, mas era azucrinada como égua no cio numa cama. Sem misturar as empreitas e os motivos, atendia séria nos conselhos que eu necessitava ouvir. Fomos encurtando nossos precederes, ela, eu, deus. Findou sempre ela nas previsões certas e nas desproposituras de jamais desfazer da fazenda que custara sangue, raiva, malícias, brigas de várias gerações. Gente de palpites certos, meus antigos. Ela, Sinhá Deléia, moça consciente das orientações necessárias, bonita de morrer, destravada, mulata prestimosa, vidente correta. Eu não afinava nas bênçãos dela para cura de berne ou até gente, pormenores, mas os acertos nas orientações e nas previsões das heranças, fidalguias até, tradições das terras, roças, crias, povos, não poderiam deixar de ser seguidos e louvados. Recomendou-me, promitente, eu estirar nas retrancas, cadenciar firme nas justiças, não amolecer nas travas. Escutava porque era o que eu tinha de ouvir, pois era eu responsável por aquele patrimônio todo, pingava ela certinho o ponteio onde eu atirava o laço. Nos esgrouvinhávamos nas coerências dos acalantos, dos palpites e nos orgasmos depois das premonições corretas. Coisa cativa, a Sinhá Deléia no achego do coito. Por que atender, afrouxado, gente sem amor ao que herdou, terra farta de desmedida para trabalhar, desfazer patrimônio de família, coisa centenária, riscada de suor a sesmaria, abandonar sem luta? Perguntei, respondi correto, pois Deléia prenunciava meus anseios sem titubear, nos afinávamos de ouvido, olhado e apego. Sem confundir os proventos, era quente nas virilhas, achegada nos chamegos, nos enfeitiçávamos, ora. Espraiei nas recomendações de Sinhá, mulher apetitosa, cabocla sertaneja, encalacrada nos vazios, de anca larga, afogueada na cama, tanto que endureci na desforra com a irmandade toda, com sobrinhos herdeiros, pobres de ideias. Divina conselheira a Deléia.

Por parte de irmã Nevisa, falecida, Telezinha, apelido, sobraram menores de idade e, na justiça, chamados de incapazes, por muito pouca idade. No solvente amadrinhei prerrogativas corretas, entremeei o juiz de comarca com um potro de raça, atinado e gracejoso e outros garrotes de cria avaliados em significativos contos de réis no leilão de Curral dos Pousos. Ele, apesar de autoridade, comprara umas terras para formar fazenda do lado do Paranoá do Bento e enfeitiçou no mangalarga e no gado raçado. Foi assim, e por isto, destemido, correto e imparcial nas sentenças, avaliações justas, destravou óbices nas propostas que fiz a meu cunhado e os filhos. Ele, cunhado, quando viu a sentença correta do juiz, calou na desavença. Quis primeiro recorrer, mas o juiz conversou com o advogado dele e se entenderam nos definitivos. O promotor do estado que falava pelos menores também tinha umas terras e gostava de tirar leite. Mandei entregar lá na sua fazenda umas novilhas giradas e ele foi muito ponderado quando ouviu a opinião do juiz. Gente muito boa as autoridades de Axumaraicá naqueles tempos. Prosperamos em depósito de valores em contas de bancos para os meninos. Homem inteligente o juiz, de bem, quando moço atendeu na comarca nossa, Axumaraicá, aposentou como desembargador, nome soberbo, Desembargador Mouricato Demélio Ravantes, família nobre virou de menções em jornais, promoveu-se, habilidoso, méritos, competente no tribunal da capital. O cunhado meu, canalha, Atavério Tezio Troncoso, gente da Serra dos Desesperos, aqui para cima do Jurucuí, família de bastante terra, esquisitos para prosas e negócios. Diziam que o avô, Tebório Troncoso, roubava cavalo para vender para o oeste, não se apurou. Nunca dei medida e cisma, mas também não desfiz. Meu pai desmereceu o casamento da

Telezinha com o Atavério, não desminto até se calado não desabençoou na igreja. Enviuvado de mês da minha irmã, coitada, já amancebando seguidinho o tranca do meu cunhado.

Comigo quis levantar pormenores inadequados sobre a herança que era da minha família. Aconteceu progredir devagar, juízos meus, desafobações, prudências. Acertamos as contas com uma garrotada boa, estendendo mais uma égua castanha, isto para ele, fora os dos filhos. Entreguei uma roça de amendoim por colher, que ele descuidou e a lagarta comeu. Muito relaxado ele, eu não assumi culpa, nem merecia. Demos nas medidas convenientes, de sobreaviso, por último, uma atalaia de intransigência avisada, visita do Tesourinha na porta da casa da menina-moça que ele amigou lá na Serra dos Desesperos. Se porventura as desavenças dos acordos ajuizados não procedessem, conversou ele pausado, picando fumo, o Tesourinha, fumo de corda, ele era muito maneiroso nos tratos com as moças, delicado nas palavras calmas, usando um punhal manhoso de madrepérola no cabo no picote do fumo, bonito punhal e soslaiando o cachorro ao lado, não entrou em pormenores para não assustar, cuspiu na envergadura do chão pisoteado em seguida perto do cão, caprichoso, ofereceu o pito a ela, falou cadenciado que estava ali só por passagem atrás de cinco garrotes meus, mas para ela trocar uma ideia com o Atavério sobre as conveniências de não haver improcedências afamilhadas. Mas calo de novo agora para não pôr vento velho em rodamoinho já desfeito no tempo, poeira nova não merece. Só conversa, quem me dera, eu era lá destas coisas de ameaças e vinganças. O Tesourinha era muito religioso. Jupitão me conhece. Já vinham eles de amigação, o cunhado que enviuvou e a amigada, antes mesmo de a Telezinha falecer, lá nas partes de terras da herança dele nos Desesperos, onde se encontravam. Sustente, tem cabimento? Coitada, minha irmã morreu menina, deus a tenha, se veja. Apaziguamos, finalmente, o cunhado, os sobrinhos, eu, acomodamos corretamente tudo na lei, na ordem. O juiz Mouricato, do potro mangalarga, foi muito criterioso nas sentenças, pois gostou do garanhão que lhe dei, os garrotes raçados eram finos. O promotor comedido. Família não deve desmerecer sem razões e juízos. Embasbacou o cunhado na desavença no começo, mas chegou no toco, definitivas aceitações, teve bom senso. Condolenciamos depois todos a morte da Telezinha nas mesmas prerrogativas fúnebres e das heranças.

Houve vários acordos. Lembro um por um. Com o Boinha, Bolicégio Rebeiraes Nouvales, um irmão do meio, solteiro, farrista, eu acertei de pagar por mês quantia fixa. Juros mais parte do capital. Taxa até desaforada. Mas a inflação estava despregada, o dinheiro foi desvalorizando, eu lia no jornal. O Boinha, coitado, no final não fazia para as pingas. Eu não pude fazer nada. Ele era descabeçado, sempre bebeu demais, putaria, jogo. Se amofinei meio abelhudo no começo na compra da herança do Boinha, desfiz as desventuras no final do egoísmo. Tanto que internei meu irmão no sanatório para ele parar de beber e se cuidar. Levei para Sacramento do Padroeiro onde havia tratamento muito caprichado, rezas e sermões bons nas cabeceiras das reuniões agrupadas para os doentes. Eram espíritas, os médicos e atendentes. Procurei as serventias melhores. Nunca mais saiu o Boinha de lá. Enterramos meu irmão em Oitão, no túmulo da família e eu fui ao sanatório buscar. Trouxemos o caixão, com mais Jupitão e Tesourinha, levamos ao cemitério. Outras conversas foram com dois irmãos que meu pai teve fora do casamento e ele reconheceu. Os que não reconheceu não seriam dos meus deméritos. O mais velho era filho da Canteia Ruca, uma negra muito bonita e acalorada que morava na fazenda. Enviuvou ela moça, tinha já mais três filhos do casamento e engraçou meu pai por uns tempos na colônia, depois na vila ao lado. Não eram amancebados de todo, mas ensimesmados entre os dois nos sarapatéis das atrações das venturas. Isto foi antes na fazenda, mas depois ela foi morar em Oitão e trabalhar por dia na roça. Meu pai dava sustento pequeno para aquele filho dele. Nesta época da herança tinha chovido bem, pastaria sobrando, eu reservara uma boiada gorda, boa, para ser despachada no começo do inverno e apareceu um comprador de gado com umas terras no oeste do Rio das Guatingas, zona nova, pioneira, mataria fechada, muito longe de Oitão e do nosso estado. Quase fronteira com a Bolívia. Propus ao meu meio-irmão Periáto, filho da Canteia, ele sonhava ser dono de terras, atendeu. Nunca mais ouvi falar do irmão, da sua mãe, da boiada. A vida some por baixo dos desaforos e a gente não dá importância quando não desimporta. A outra irmã fora do casamento, talvez até mais fáceis foram os acertos. Mais barato se deu, com a Anuíce Alcar. Era filha de uma puta que meu pai se engracejou com ela na cidade, Axumaraicá de Cima, lugar feio, apesar de pretensões de exuberância de comarca, quando atendeu ele vereança por lá em um mandato e precisava pousar depois das sessões da câmara na própria cidade.

Desentediava na casa das moças liberadas para desfazer o tempo sozinho, desforrar, desanuviar assuntos de macheza, porventura. Enroscou nos hábitos de repetir a mesma moça, a mãe da Anuíce, nome de Tevisa Alcar então meninota gracejosa de olhos castanhos, meio abugrada, carnuda em formas serviçais, dolente, mestiça, sorriso farto, maliciosa, encanto, cabelos crespos, caprichava nas mechas boas de alisarem nas madrugadas, o pai sozinho, sem horas e pertinências. Se deram as desforras, ele enganchou nos chamegos dela em tais e quais virulentas virtudes. Instalou-a, por decisão dele só, mais tarde, afetivos afetos, segundo seus acomodados, no arruado de Chapecó dos Brejos, ali no sopé dos Leprosos. Lugar de gente brava, matadora, ladrão de cavalos, coito de jagunço, pois assim, inteligente meu pai, disfarçava melhor as conveniências, ninguém dava por desfeitas nas horas dos achegos. Não era também longe da fazenda. Ele saía para campear gado, sistemático e pontual, no sol se pondo, e voltava só na madrugada. O assunto estranhou com minha mãe. Justiça, mulher naquele tempo era mais emperrada de palpites, prudente de desarmonias, calada se portava sem rebeldias. Gostava de rezar, minha mãe, se apaziguou em solvências diversas, costurava e bordava até altas horas, conversava com as comadres delongas de crias e receitas de cozinha, confessava com Padre Retílio Coronte, italiano surdo, que não ouvia as histórias, as lamúrias e as confissões direito, perdoava fácil, mandava penitências simétricas, dois nossos e uma maria. Quando a mãe pedia, eu comungava com ele, pois era surdo. A vida era mais fácil. O que levava, trazia, o vento remanchou de novo, sossegou o pai dos anseios da amigada de Axumaraicá, desapeteceu da mãe da minha irmã e o tempo resolveu por descontinuar em boa parte a teima. As coisas mudaram. Ele desmamou vagaroso e ela se engraçou com um peão de cavalos e burro xucro, moço de boas envergaduras, meio metido com brigas de facas, apanhou da polícia por ordem do meu pai, mas não se remendou. Era, o peão, gente típica de

Chapecó dos Brejos; arruaceiros e maldispostos. Meu pai acertou de aforar os dois da vila, dava um quase nada para a menina sua filha, minha irmã, durante uns tempos, mas ela era herdeira e me cabiam conversas apaziguadas, sérias, serenas no caso da herança. Anuíce casou com um motorista de táxi da capital. Seguiu viagem, justas e acertadas medidas, até digo, saindo de Oitão, quando ele trabalhava com caminhão e cruzou o arruado. Ela menina, bonita, trabalhava numa pousada vagabunda na entrada de Oitão, na saída para os Currais dos Pousos e Leprosos. Ali se conheceram, amasiaram, depois casaram. Gente boa, o moço motorista. Chegaram a me escrever de vez em quando. Tiveram filhos. Não tinham ideia, esta meia-irmã e o marido, do preço de terras no sertão, em Oitão.

    Ela desgostava daqui, sofreu muito menina, mãe pobre, que foi puta, o peão, padrasto virou, mas sumiu ou foi matado, ninguém solveu nunca ou acharam o corpo. Atinaram que fora mando de meu pai, no correto não era seu feitio, recuso. Mas, sim ou não, ele, meu pai, nunca visitou minha irmã, errado até achava, com respeito, palpitei, só reconheceu como filha, nada mais. A vida no sertão se era amarga para quem vivia com uns sobrados, anote, desgraçada para quem era muito pobre e de vida incerta. A mãe de Anuíce voltou para a zona, por mais velha nas manhas e nas carnes as ofertas não prosperavam nas barganhas. Profissão difícil, mulher da vida e depois com idade, deus me livre. Em Oitão, nem me diga. Sem nuances ou achegos de destinos esperançosos, jogou álcool no corpo e ateou fogo. Piorou, pois ficou toda aleijada, vivia com a filha, minha irmã pela metade, meio de caridade, e por último foram morar as duas com a avó numa sitioca para as bandas ruins das quebradas do Caramandel dos Atados, fundões das Serras dos Leprosos, piçarras pobres, as terras, pirambeira; tiravam um leitinho para vender queijo, criavam com o soro uns porcos. Desgraçadas de alegrias faltadas, sem palpites, solvência nenhuma, viveram anos entocados, a família sobrada, a avó meio cega, a mãe queimada, um tio preguiçoso, meio bobo, não aloprado, e minha irmã, coitados. Mais miséria do que vida. Deus me perdoe. O pai ajudou um pouco, mas mal dava para comerem. Sofreu, esta moça, hoje velha, até que melhorou com os acertos do motorista, ainda bem. Não atino até se ainda vive, acho que não, era mais velha que eu. Mas era minha irmã de papel e meio-sangue, pois assim cabia, e na hora da herança eu ofereci um carro novo, táxi, eles apaziguaram em satisfatórios sorrisos, nas arrumações. Sabia que estava levando vantagem, mas o dinheiro estava curto, a safra minguou naquele ano e deus era justo, eu cuidava bravo da fazenda. Pensei até de um dia refazer as contas, mas o tempo passou e desgastou os desejos. Acredite, às vezes a gente não faz as coisas porque quer, mas porque é obrigado. Não presumiam tanta fartura quando dei o carro. Assim fui fechando as pontas.

Mais importante de tudo, a fazenda não rachou divisas. Fechou fronteiras das pontas beirando desde o Jurucuí Açu todo até os impossíveis das Grotas da Jurema, lá no Estirão dos Rompeiros. Para baixo caminha pelos trechos quebrados dos despenhadeiros na Serra dos Leprosos, quase divisando com os altos dos arruados de Chapicó dos Brejos, que lhe falei. Moncada dos Alepros fica nas extremas finadas das nossas terras. Ao norte confronta com o Doutor Casílio Demálio, que foi senador do estado na capital até morrer. Vinha toda eleição na fazenda, o senador, prometer uma ponte nova sobre o Açu. Garantia a estrada de ferro esticar até Oitão e ainda arrumar verba para instalar uma Santa Casa na corruptela. Nunca pus fé, mas sempre mandei todos votarem nele, pois o outro candidato era o Nibaldo Candiá Portico, tresandou de gracejo, topetudo, com a Deléia, sem vergonha, e era do partido da família do meu cunhado Atavécio, viúvo da Nevisa, lá da Serra dos Desesperos. Tinha ou não tinha razão de apoiar Doutor Casílio e mandar o povo votar certo? A maioria era analfabeta e não votava, quem votava rascunhava o nome só, não entendia de política e eu lhes dava a cédula fechada no envelope para eles não errarem. Por isto lhe digo, nunca careceu estudar mais do que pude e foi. Estes acertos não se aprendiam nos livros caruncheando da biblioteca aqui de casa, ou nas escolas dos padres comedores dos ingênuos nos internatos, mas nas serventias conselheiras das sinhás, como Deléia, soberba de preventiva, dos Camilós, seu pai, enquanto trançava não só os couros, mas as premonições, carnes e as ideias das moças, dos Jupitões, que me contava, quando falava, embora agora calado de tudo, o que apaziguava nas prosas com a mula ruana. Gentes de bons ventos, precisas vidências, sinceras opiniões, indispensáveis assertivas.

E para aprender a viver, matutar fundo, nem se desdiga dos ventos das madrugadas para as consultas, ciciando nos caibros das cumeeiras.

Telhados velhos, é só espiar para cima, veja você mesmo, moço, onde os meus bisavós cismavam suas almas para desassombrar, desabando telhas, abrindo goteiras, mas que acariciavam minhas insônias aperreadas. Noites compridas inteiras, conversas espichadas comigo mesmo para sanar venturas, amargando desfeitas. Eu que carecia aprender, repensar, durezas. E mesmo maldormido imbricava com o cavalo baio, Caraça valente, madrugadinha, estradas soltas, inteligente animal, bom de andar, macio, prestativo de prudente nos conselhos. Enlevados conselhos sabidos dele, para eu não mentir nunca para mim mesmo. Mentir para a gente própria é perigo maior; achar que é mais capacitado do que assume é orgulho, renego e desmereço, atente. Desatina se enganar nas pretensões, soberbas vaidades, só prejuízo e erro. Tempere, assunte, cuidado, tem de escutar o norte da atenção dos outros, amolecer, mimetizar, balancear ideias. Ajustar, desapressar da pressa, figurativas formas nas carências de não desmerecer. Aprendi a cadenciar nestes propósitos, mas só depois de mais alquebrado.

Quando moço, envaidecia de euforias e errei muito. Mas o tempo ensina, amansa, arrola. Voltando aos herdeiros, senão me perco, velho descamba a falar e não volta na trilha que começou. É como catinga de jaratataca esparramada para desacorçoar cachorro do rastro. Uns irmãos queriam ir embora, outras terras, vidas novas. Outros, alguns, preferenciais vistas, anseios, para as cidades grandes, Europas, Américas, inclusive. Desmediram de viver de aplicações financeiras, juros, agiotas. Transviaram nas informações erradas dos banqueiros, governo, poupanças, malandragens. O dinheiro foi minguando, iludindo, bocós. Fui acariciando caso a caso. Surtiu. Quando duvidava se as manias estavam certas visitava Sinhá Deléia. Era um desassossego nas venturas, mais, ainda, estribava nos futuros das querenças carecidas. Comprava, pelos conselhos colhidos, de partes picadas, miúdas, repartidas. Emprestava dinheiro até no banco oficial, meio ajudado pelo governo safado. Às vezes devia para o herdeiro mesmo, irmão, irmã, sobrinho. Enrolava nos pagamentos, prorrogava, desmedia fingido nas ofertas dos juros para agradar. O dinheiro desvalorizava a terra valorizava. Vai dizer que eu sabia, desfaça suas ideias, sorte e manejo da Deléia, Jupitão outros. Mas também tive irmãos espertos, atinados, ventilados nos riscos, enxergaram longe, atiraram-se às fronteiras novas onde um alqueirão de chão custava dez vezes menos que aqui em Oitão. Prosperaram, compraram muita área, terra boa, mata fechada, trabalho duro, feio, índio, grileiro, tiro, invasão, valorizou muito, valeu, assentaram, enricaram. Não invejei, queria aqui o São Alepro, nosso, primeiro, antes, depois meu, herança, só. No fim amenizou. Nunca mais tive notícias dos outros irmãos.

Fui bordando as estorvas, roçando as falhas, apaziguando os corretos. Lhe conto, escute. Naquele tempo as secas deram sossego uns anos. Estendemos as lavouras nos propósitos. Acertamos um fornecedor de inseticida e adubo que comprava a nossa safra de algodão já no plantio, o preço acertava na entrega. Não havia lugar melhor para algodão no mundo do que Oitão, diziam os compradores — terra, clima, sol. Duvidava duvidoso sem pôr dúvida. Vaidade. Apareceu um japonês de cara arredondada, olhos puxados, mas matreiro, feio como jararaca no cio, miúdo, malandro, falava fino, enricou. Diziam que não gostava de pagar ninguém de quem comprava as coisas que vendia. Enrolava para acertar e como o dinheiro desvalorizava, ele sucedia, prosperava. Conosco cumpria meio cabreiro, mas chegava. Se não pagasse não teria outra safra. Além disto, nós também devíamos os adubos, as sementes, os venenos. Sabia que as coisas não eram para depois e acho que tinha um pouco de generosidade no cabresteado quando eu levava Tesourinha e Jupitão para assistirem às manobras dos acordos, dos finalmentes para as contas findarem. Levava, só levava, os dois, nunca apresentei motivos. Nem perguntava, por prevenção, respeito, e ele também não desfazia de vê-los ali na porta da loja, braços cruzados, olhos nos insolúveis, cuspindo no chão, atalaias, facas cruzadas nas costas, adjacências caladas.

Mas ele acertava, fechados os números, e nós saíamos para tomar, juntos, cerveja, os quatro, na zona. Ele pagava a cerveja, mas com certeza as moças não carecia, cada ajustava com a sua, as morais definiam as atitudes certas, justiça e não subserviências. Respeitos e risadas com as meninas, o japonês não ria, mas não era bobo. Guiava para todo lado um jipe enjoado, diferente, novo, o japonês Kateo Moroshi, Moroshi Sam, como atendia. Era a condução onde carregava tudo que ia deixando nas fazendas aos poucos, venenos, peças, bicos de pulverizadores, mangueiras, uma ou outra coisa menor, de última hora. A maioria entregava de caminhão ou nós íamos buscar. Montou máquina de beneficiar algodão em Perecó das Atalaias, margem oposta do Jurucuí, pertinho de Oitão, aonde o trem chegou por politicagens nossas. Não atravessou o trem o rio porque empacou na falta de ponte, até hoje. Promessa do senador nunca maturou. Recebia as coisas que vendia, adubos, venenos, ferramentas, arados, semeadeiras, esparramador de calcários, até tratores no final. Tudo na estação de Perecó do Atalaia. O que chegava cruzava de balsa para Oitão e o caminhão trazia o resto. Abrira uma zona boa lá em Perecó. Mulherada de trato, finas incandescências, preparadas. A Luzelha Vitira, dona da casa, trazia da capital no trem. O japonês despachava os algodões beneficiados, em pluma, até o porto para as multinacionais, que, estas sim, ganhavam dinheiro. Já fechavam as grandes firmas negócios com os mercados internacionais, cartéis, monopólios, eu lia nos jornais. Bem depois mataram o japonês nos noroestes do estado, fronteira nova, para roubar ou porque ele ficou devendo, mas muito depois. Nunca mais ouvimos notícias do Moroshi Sam. Carregar aqueles venenos no jipe já devia estar matando ele. Cigarro de papel é bravo, venenoso. Fumava o tempo todo. Tossia muito, sempre fungando, era feio, o japonês, mas as mulheres gostavam dele, pois gastava muito na zona com os fregueses. Soubemos pouco da morte, também não desatinamos com detalhes, pois já estávamos negociando direto com as multinacionais, comprando os inseticidas e adubos dos produtores e importadores sem ser da revenda do Sam. Os tempos mudaram, nós também.

Eu acertava o plantio de meia, terça, para os colonos tocarem. Gente que vinha de cantos todos. Passavam apertado até para comer, o que eu adiantava tinha de ser no rastilho, pouco, senão esbanjavam e depois as safras não pagavam a conta ou iriam embora. Precisava eu pensar correto, para não ser enganado. Os meeiros, colonos, empregados, trabalhavam o dia inteiro, ano todo, homem, mulher, filho pequeno. Carência, falta, levavam bebê para a roça, punham embaixo das árvores, mosquitos picavam, sol ardia, cachorro lambia, urinava em cima, risco de cobra, mas eles acreditavam que iriam ficar ricos. Uns melhoraram, até ficaram por aqui mesmo, outros saíram de bem, mas havia uns poucos que fugiam. Tinha de tudo. Era difícil tocar roça, fazenda. Colocava polícia, mas as tramas eram de difíceis acabamentos. Também se davam as compensações, às vezes não recebia de alguém que sumia, acertava do outro lado, com os que sobravam, ficavam, cobrando uns pouquinhos das diferenças a mais de cada, sem perceberem. Ajustava-se tudo no final da safra, do ano, na colheita, sem desaforos amargos no geral, salvo uns improcedentes pequenos. Vinham em seguida os pormenores, a vida, os sábados, todos se embriagavam, bailes, brigas, alegrias, ensimesmavam nas outras venturas, esqueciam. Tocar as lavouras era duro, perigoso, carecia conhecer e vontade. Alguns morriam, o veneno era muito forte, era. Vida dura. Jupitão lembra, não fala, mas lembra. A terra eu arava, entregava a semente, adubo, inseticida ao meeiro e ele carpia, adubava, punha inseticida. Na colheita carecia acertar com os vizinhos para ajudarem e depois pagava ajudando com os mesmo dias de serviço os que socorreram na hora do aperto. Muito corretas, as conveniências, funcionavam os acertos. Na colheita fazíamos estes mutirões combinados, cada dia se colhia a lavoura toda de um só. Prosperava, era difícil. Plantei muito algodão. Sucesso. Diziam que era a melhor fibra, mais longa da região, a melhor e preferida para exportar. Acho que falavam o mesmo para outros, cada um e vaidosos como eu acreditavam. Os galanteios não minoravam as dívidas, mas enfeitiçavam os orgulhos. A gente homem emboba por pouca coisa. Minúcias, mesmices, meiguices, mentiras. Atente, você é moço. Filho de Camiló.

CAPÍTULO XI

DAS COLHEITAS, DAS FARTURAS, DOS CAVALOS, DAS MANHAS

O cachorro latiu mesmo embaixo da escada do alpendre. Atendeu hora de o preá caçar água na bica da barrica cortada, como era correta sua hora de beber água na barrica cortada e gostava o preá, onde a barrica atendia. Hora exata, o sol não descuidou. Bravo, carregado sol, sem vento, sequer nuvem, sem vida, pastaria ressecada até o pé da serra antes de a catinga se pôr a dar conta de subir, arranhando os socavãos das grotas, desmedir espigão, entreolhar só os vazios de onde se pendiam as vistas do ponto melhor para deus escolher desolhar as tristezas. Um urubu voejou curto, meditativo, deixou a preguiça sobre o moirão da porteira da entrada do curral onde conversava com suas indiferenças antes de sair à procura do nada, ocupar o vazio deixado pelo carcará medroso da ameaça do peste e neste improviso desgarrou do cocho quebrado onde assentara primeiro e procurou contrafeito ponto outro, como seu temperamento preferiu, para sossegar nas suas conveniências. Sem explicações pousaram cada um, mais outra vez, em seus diferentes aléns, como deveriam ser as querenças das suas petulâncias até onde o azul bordava as desarmonias. Tempos das secas e das sobrevivências desfeitas de explicações estimulavam estas tramas desencontradas. As coisas foram, as explicações, desdiziam. Os homens eram estranhos, careciam entender, explicar tudo. Assim assumiu Cadinho, calado, como melhor se acomodava, mas não pontuou, pois não entendia de meditações. As intrigas suas eram outras, se pusera na fazenda de Seu Vazinho à cata de minguar as ânsias atropeladas pela seca chegando, seu pai assassinado, suas irmãs sem destinos, a mãe viúva remendando os nadas, ele amando, sem solvência, a prima Aiutinha, desfazendo as ideias, desachando ponteios e rimas. O calor pertencia, riscado, poeira vadiava os chãos disfarçando as ranhuras. Cadinho repetiu as cismas enquanto inventava outras teimas nas ideias. O cachorro latiu embaixo mesmo da escada do alpendre. Acudia hora de o preá caçar água na bica da barrica cortada, como era correta sua hora de beber água na barrica cortada, como gostava o preá, àquela hora, de beber água na barrica cortada.

Se fazia urgência, Jupitão testemunhou, atendeu recado, era prestimoso das horas, aprumou, pasmou esgrouvinhado ao levantar, estirou as pernas frias, doloridas, sem embalos desde a manhã, carcomidas nas melancolias na mesma cadeira. Se desfez em pé para as providências, Jupitão. Saldou para si, pois os mais não interessavam, salvo Seu Vazinho, repetiu, repetente – *O cachorro latiu embaixo mesmo da escada do alpendre. Atendeu hora de o preá caçar água na bica da barrica cortada, como é correta sua hora de beber água na barrica cortada, como gosta o preá, onde o barrica fica. Assim, o senhor, Seu Vazinho, carece tomar café e pitar. Vou servir o senhor, Seu Vazinho. Moço, não se acanhe, tome café, coma carne de sol, beba mais uma cachaça, atente, tem fumo, tem tudo à vontade, desacanhe.* Estendeu Jupitão a caneca de café meio frio ao Seu Vazinho, que condescendeu sem euforias, acendeu o cigarro de palha, pigarreou mesmices, articulou o verbo, pensou, disse, sem falar, esperando os apaziguados se darem. Era a essência de Seu Vazinho desmilinguido em si mesmo à espera do nada e Jupitão calou para o resto dos palavreados até ir dormir sem outras prosas. Não estava assim para entretantos, o homem, pois cansou das ideias, não disse mais, tanto que enviesara por ser Jupitão do São Alepro do Jurucuí Açu, peão carregado de competências, amansador de cavalo, o melhor homem para acertar boca de animal, foi, não era mais, mas desmediu de querer viver, suspendeu a vontade de sorrir, assentou no silêncio, ficou. E tudo se deu, pois o cachorro latiu embaixo mesmo da escada do alpendre, quando viu a hora de o preá beber água, quieto, sem desmentir medo do latido, o urubu se acomodou no cocho, lugar do carcará, que assentou mais longe no moirão da porteira, sem saber por que o vento não carregava mais as chuvas novas como as coisas deveriam ser. O sertão que tinha estas sobrevalências se alongou nas premissas e nada mudou, pois o sol ainda iria enjambrar devagar pelos seus rumos mais um estirão sem fim antes de acabar o dia. Seu Vazinho desmudou de novo, balbuciou miúdo a si mesmo para Cadinho escutar. Carecia.

* * *

O algodão corria bem um ano, depois, às vezes, o preço caía, pois se plantava muito quando a renda melhorava. Assim era e se fazia. Outros tempos, as pragas vinham maçudas, malditas, os venenos não funcionavam, quando-quando as doenças ficavam resistentes. Acho que as malditas acostumavam com as doses dos venenos, precisava ir aumentando para matar e era tão caro que não compensava. Os donos dos venenos também, certeza, enfraqueciam as dosagens, punham mais água ou mais talco nos pós, eu achava, não sei, assuntava, propunha, perguntava, não respondiam, ninguém sabia, adiantava não reclamar. Para quem? Mas lavoura carecia fazer conta, pois a gente já estava no meio da guerra, parar como? As doenças e as pragas deveriam ter suas inteligências, suas malignidades artimanhadas. Deus, nas horas dos seus entremeios e das justiças, que ele tramava, ensinava elas, as mazelas, praguejarem mais bem-sucedidas, coisas de as naturezas adoecerem cada vez diferentes, mais fortes, carcomidas. Aprenderem a sobreviver muito mais agressivas, pois se não fosse assim, não precisava rezar, pedir ajuda e usar remédio novo. Eram astúcias das multinacionais com deus, mais os vendedores de venenos, combinados com as pragas, o governo, o banco. Tudo ladrão mancomunado. Sinhá Deléia sabia, me prevenia, mulher bonita, a Deléia, achegada num desmanche carinhoso, carnes carentes, aquecidas, sabia benzer, nisto eu não punha fé completa, nem me apetecia, mas ela benzia bem, diziam. Eu em bênção punha meus desconfiados e precavidos, no entanto, aconselhar ela aconselhava correto para os meus palpites sobre as outras desforras importantes e nós nos atiçávamos nos apaziguados dos afetos depois dos entreveros. Pele marcada de bonita, abugrada na cor escura, cobrindo carne farta, pegajosa na maciez do cheiro gostoso e liso.

Acontecia, em anos pulados, nem sempre, mas vinha e não havia como prever, a falta de chuva bater na lavoura na hora de arar, plantar ou na florada, justo nas formações dos bulbos e alongar das fibras. Desgraçava, caía a produção, piorava a qualidade, aumentava a dívida. Desamparava, deus sumia nas coivaras na horinha certa de ajudar, não adiantava resmungar, rezar ou prometer. Danava. Vinham as correrias, carreiras, acertar com fornecedor, o banco, prorrogar os prazos, choro, juros, a sina, a saga, encrencas. Sobrava a esperança do próximo, outra safra, outra luta, nova espera, ano de agonia. Também dava no mesmo se chovia na hora errada, ponto de colher, melava, não granava, não abria. Lavoura era um sorteio. Você conhece. Assim era a luta com o algodão, lavoura cara, muito veneno, mão de obra, um ano trazia a fartura, no outro carregava, desviava e tramava os rumos, luta continuada.

E as outras manhas da fazenda, cada roça tinha suas novidades, querenças, cismas, particularidades. Precisava conhecer, contar com a sorte, com o preço, com os demais não plantarem muito e assim se davam as angústias. Milho plantava só para o gasto. Tratar de porco, galinha, cavalo, tropa, boi de carro, vaca de leite, misturado na ração. Cada meeiro, colono ou empregado pedia e tinha um pedaço de chão para fazer sua roça. Plantava milho na maioria, um pouco de arroz, mandioca, feijão. O milho, deles, atendia também as galinhas de cada morador, tudo criada solta, até bonito, misturadas, poucas de cada, as coisas difíceis, dinheiro raso, mas se vivia. Um tanto sobrava de milho para engordar o capado, tratar do cavalo quando usado. Às vezes, para melindrar invejas, aparências, a família visitava Oitão à cata de uma missa em dia de festa, um médico, compra, emparelhar enterro, só desejo de exibir, visitar, festar. As pessoas eram assim, nunca entendi, mas permitia, alertava. Nas estradas, por ordem das importâncias e autoridades, o homem montava o cavalo na frente, a mulher entravava a poeira do chão seco, com os pés descalços, só punha a alpargata entrando na vila. Seguia ela calada, miúda, vestindo chita, esperando achegarem os arruelados para deparar com outras misérias e amigas conhecidas. Mas ela levava por feminismo e enfeite sempre uma sombrinha para vistar desfeitas e esconder o sol. Alembro agora, lhe conto filho de Camiló Trançador, você viu muito a mesma coisa, mas lhe falo, só tinha mais medo a mulher quando moça, bonita, de apanhar quando o marido bebia, ciumento, sem dinheiro, vida dura, para os dois, eles, sem futuros, desmotivados. O baio insinuava também que as aperreações difíceis para o caboclo segurar na vida eram: "água de morro abaixo, fogo de morro acima e mulher dos rins quentes". Não desmerecia as preponderâncias do cavalo muito acentuadas. Estas rotinas das brigas, desabafos, tropelias, só nos sábados, nas cachaças. Depois também quando a mulher envelhecia, encarquilhava, acabavam as bravuras dos homens. Eles morriam cedo ou as coisas de sova e brigas atenuavam nas beiradas das pescarias, caçadas, contar mentiras, palitar os dentes caindo, sem pensar em outras esperanças. Ciumava mais não, mas não arrependiam, a vida era curta, descarecia juízos. A fazenda, eu, engraçava estas derivas dos acertos nos sábados, para as coisas não se desordenarem durante a semana, quando todos cumpriam suas tarefas.

Embriagar, brigas de facas, jogos, truco, só no fim de semana. Respeito, impunha, obedeciam, gente boa, de paz. Mas voltando ao cavalo montado, verdade, a criança de colo, nos andados, mulher não carregava, marido levava calado, portentoso, no animal amolecendo na preguiça, estradando para a corruptela longe. Ela destravada fêmea olhando os pés no chão por causa dos buracos, caminhando muda, atrás, abnegados rumos, respeitosa, pensativa de deméritos sem queixas. Afamilhados, desejos e destinos, se constituíam um casal formatado visto por quem via como se atribuíam em pares, com filho no colo, enfrentando estrada sem fim, na esperança de encontrarem suas decepções nas beiradas achegadas do vilarejo próximo. Quando criança já criada, os demais filhos também vinham, cada um deles ajustando seus rastros no compasso da mãe, seguindo do graúdo para o miúdo, por ordem das idades e dos sexos. Até bonito de cismar os olhos. Os mais velhos nas frentes, filas, as meninas por último, umas moçando, enfileiradas, silêncios, ensimesmadas mulheres seriam mães um dia crescidas, velhas, nos mesmos caminhos, iguais os pés nas poeiras, passos a passos, seguiriam atrás do cavalo, como do pai igual nada mudando para o marido, repetiriam da mãe as mesmas sanhas se desfazendo, mas fazendo igualdades. O criador sorria, desmerecia preocupações, indiferente cuspia de lado, não se metia nas desporventuras, sertões, gentes, tarefas menores, entendimentos dos homens nas suas liberdades. Eu, Vazinho, que era melancólico destas manobras, não desatinava nem contradizia, coisas dos povos sem discussões, ignorantes, analfabetos, pois sobreviviam de pais para filhos sem pormenores ou inconvenientes, repetindo igualdades sem desaforos, sem querelas semelhanças em anos que não se acabavam em muitas gerações vindas, sem findos. Mas escutavam garantirem cismas dos casais e dos livres-arbítrios serem corretas, segundo o monsenhor no sermão. Quem dera tais sandices, desmedia sem preocupar-me para não pôr minha cabeça nestas importâncias menores vindo e eu atabalhoado nos fôlegos difíceis, que nem algumas coisas complicadas, como até o baio defrontava insolvências nos ciciados de tão espinhosas. Os caminhos, nos sábados, forravam iguais, mesmas desconfianças, acenando bons dias cada, com as cabeças sisudas, respeitosos gestos, todos se conhecendo. Gentes pobres e simplicidades, maioria, sem saúde alguma. Velhas pessoas poucas, conformadas todas, barganhando até com a morte, por uns trocados mais de anos de vida e, enquanto não ganhavam, andavam à cata de Oitão ou outros povoados por uns devaneios.

* * *

Prosperou a melancolia, Seu Vazinho, acendendo o cigarro, de novo, enquanto Cadinho atendeu mais uma pinga do garrafão sobre a taipa. Ofereceu para Jupitão e a Seu Vazinho, que desmereceram de cabeça calada, sem palavras. Seu Vazinho retornou suas prosas.

* * *

— *Além do algodão, a fazenda produzia muita mandioca e cana. Fartanças. A mandioca era a base da comida em forma de farinha que fazíamos aqui mesmo na São Alepro. Vendíamos para os meeiros, colonos, empregados, nós comíamos muita. Sobrava e se vendia para negociantes que vinham buscar de carro, a pé, cavalo, charrete, bagageiro, caminhão, carro de boi. Movimentavam muito a vida, estas andanças. Viravam um arraial durante o dia, estes comércios. A roça de mandioca era tocada de tarefa por jornada, tudo era da fazenda. Os meeiros de algodão ou outras roças despendiam uns dias de trabalho para trabalharem para a fazenda. Recebiam por turno. Dependiam as sortes das farturas ou faltas dos tempos, chuvas, secas, do inverno, verão, cada hora era cada hora, se plantava agora, na outra carpia, nas premências se colhia. Os momentos se faziam nas necessidades. Era. Coisas das vidas, das faltas, das sobras. Carecia enganar os apertos, amarrar os preceitos, desamoitar das preguiças, desenfezar as raivas. Paladinho, Palécio Rebeiraes Nouvales, meu filho, depois que amadureceu, tocava estes comércios. Anotava tudo nos seus cadernos, caprichoso era ele. Junto da farinheira ficava um moinho de pedra de fazer fubá de milho tocado a água corrida. O Paladinho trocava um litro de fubá por um litro de milho medido. Bom negócio. No volume, o litro de milho dava bem mais do que o peso da farinha. Medidas espertas diferenciavam as artimanhas. Pois fubá, milho moído, afofado despesa. O fubá desvirava angu, índio saudou, africano enfeitou, italiano aprimorou na polenta. O angu salgado, engordurado, enobreceu, desaforava saboroso com uma galinha gorda, guisada na panela de ferro, achegada na lenha. Sertão, memoro, cismo. O demônio vinha no cheiro, lambia a desforra, mamava na unha. Milho, a grandeza maior era para os animais. Plantava todo mundo milho, colono, meeiro, empregado, a fazenda. Cada qual dentro dos seus ajustes, posses, necessidades. Meio lavoura relaxada nos atentos, mas por demais carente nas ordenações. Descobrimos o milho híbrido muito mais produtivo. O japonês, feio, putanheiro, ruim de pagar conta, mas trouxe a semente, assim alastrou, medrou nas preferências, granjeou fama. A gente estudava as manias das coisas desaforadas melhores nas prevalências.*

Nestes arengados das autonomias, prosperou muito o alambique de cachaça. Assentado lá no Monjolinho do Apeicó, na várzea do fundo, beirando quase as invernadas do Nandico da Cália, junto do Riacho do Achu, no cortado da divisa da capoeira do Matelé Pium. Descaía aí encachoeirado o ribeirão da Serra dos Leprosos e alagava na Várzea Grande, assentou a procedência do alambique. Há muito, meu avô, homem de entremeados aditivos nos futuros, plantou mudas sadias da cana-caiana, que encomendou do litoral, ali na terra de primeira, massapé puro. Atendia a cana à pinga, rapadura, ao melado. Muitas das exuberâncias da fazenda vieram do avô Garipígio Rebeiraes Nouvales. Afamou a cachaça, era pouca, mas procurada. Quem levava a pinga precisava comprar a rapadura. Tiquinho. Se queria podia ser melado na garrafa, mas negociava pouco melado. Rapadura vira melado fácil, com água fervida, e o povo não era bobo. Paladinho sabia negociar. Acariciava nas manobras das propagandas das nossas coisas. Sofisticava as aparências. Atente como se comprava muito pouca coisa de fora na fazenda. Éramos orgulhosos, eu e os meninos, destas desforras, falávamos sempre, invejávamos visitantes das nossas suficiências.

Voltando às prosas das roças, no arroz, a situação também era mais arrogada. Tínhamos comprador que vinha de longe buscar a safra. Era de sequeiro e como tudo, dependia das águas para as colheitas. Ano de fartura, depois desfazia nos faltados. Quando granava bem era padrão de desaforo. Mas lavoura era jogo, sabíamos, contávamos, acertávamos uns, errávamos outros. Loteria. No mais se dava igual, sabiam os tempos que nós iríamos colher, os compradores de cereais, pragas, qualquer cereal. Sumiam nas safadezas, se desfaziam nas tramoias, difíceis, achavam o produto ruim, punham defeito. Ninguém queria pagar. Eu também facetava do meu lado propositadamente, mimava os bocós quando dava, fingia, disfarçava. Encalhava premeditado a colheita na tulha, vendia pouquinho para pagar os apertos maiores, urgentes, guardava em casca o arroz, esperava a safra acabar, todo mundo queria plantar, colher e vender ao mesmo tempo. Plantador era tudo meio desinformado, bobo, capiau. Se desse, eu deixava faltar, acabar as loucuras para vender, mandava recado para todos os interessados na compra ao mesmo tempo. Vinham atrás como gaviões nas desovas de grilos nos pastos altos, pensavam que só eu era bobo. Mas isto dependia do aperto de dinheiro. Roças eram sempre os entraves, contas, as dívidas. Pois a gente que dependia das lavouras não sabia ajustar com muita inteligência. Não era só, não mandávamos no tempo, no preço, na colheita, na sorte. Eu mandava nos homens, nos animais, nos filhos, na mulher, e não adiantava nada, porque ninguém obedecia muito. Eram mais fingimentos. Se faça. Estou resmungando, fiquei velho, só os ruins memoro. A maioria prosperava, senão a fazenda não existia.

Gostar, mesmo, eu gostava do gado. Quando herdei e fui acertando com a irmandade as tramoias, rastejava nas catingas gado tiquira, raça ruim, encruada, bezerrada gabiru, sobra e cria ainda dos tempos dos meus velhos avôs e bisavôs. Para vender um garrote mais erado levava tempo, anos. Tudo gado bravo, solto nos cerrados, difícil de lidar. Jupitão sofreu comigo, lembra, mas não reclama, emudeceu para não desajuizar. Não se tratava gado na fazenda, não curava, meio abandonado em serras e pastos, alongados nas bravezas. Via peão, gado, azedava nas capoeiras. Fazia dó tanta morte. Urubuzada festava na carniça. Cobra, erva, buraco não deixavam rastro ou notícia do gado, que nós nem dávamos atento de contar o que perdia, sem notícia. Pensei nas razões para arrazoar. Eu era curioso das coisas novas, noviças. Lia jornais, suplementos agrícolas, revistas. Papeava muito com os vendedores das coisas. Quem vendia sal, remédio, vacina, viajava para todo lado, colhia informação, fartava notícia, mentia também, mas aclarava, sabia. Lhe falei, repito, não estirei na escola, mas gostava das novidades. Fui atrás de benfazejas diferenças melhores. Rodei atrás de garrotada nelore lá das Cantabeiras de São Pacélio, boiadas dos sudestes. Afamadas, encarecidas, mas dadivosas. Trazida de trem e depois chão, foi cruzando a garrotada raçada, cabeceira, com gado nativo, ajustando formosura, mais peso, melhorando. Vinham curiosos fazendeiros avizinhados, uns de distâncias maiores até, bisbilhotar, cobiçar. Comecei a vender novilhos melhorados meus, graúdos, ancas largas, invejados, peitos abertos, carnudos, barbelas dengosas, viraram afamados. Gado branqueou, nelore enfeitava, cupins enfeitiçados, bonitos bichos medidos nas conveniências, desejadas cismas, preço arrebitava na garupa. Deu certo, lucrei, até que começaram outros criadores a buscar as crias nas cabeceiras das fontes. Aprenderam, virou tudo indiano zebu em Oitão, Axumaraicá, redondezas, os gados foram aproando nas definições igualadas. Aqui na fazenda trabalhamos melhor os rebanhos, trazíamos nos cochos, não faltava sal. A vacada agradecia, enxertava nova, desmamava graúda a bezerrada. Semana por semana olhava, curava, laçava, trazia no curral. Foi amansando. O colonião se deu bem nas pastagens, terra boa, exigente, ali fartava capim sem desaforos, mesmo nos pisoteados encarnados e pesados o pasto suportava. Bonito, tremulava nas brisas, descarecia milagres, carecia chuva e elas vieram por bons anos. O gado esbranquiçava lustroso no meio do verde, bonito, saúde, tratado, foi assumindo visturas. Nascia mais, crescia logo, vendia melhor.

Os ingleses, que são ratos de prevenidos, científicos nas manobras de futuros e sacanagens, horizontaram infinitas léguas nas possibilidades e farturas vindas. Cheiraram os trilhos querendo esfumaçar com os comboios chegando a lenha, depois diesel, em Perecó do Atalaia, não cruzou para Oitão por falta da ponte cara. Frigorífico de soberbas especulações britânicas, matança grande, terreno doado pela prefeitura, sem impostos por muitos janeiros, água farta do Jurucuí, de graça. Beiradinha das margens se puseram faceiros os gringos para enricar. Corretos procedimentos, inglesas inteligências, conveniências cambiadas. Afinamos nas regalias. Nos começos, gentilezas acomodadas, enviesados olhos para outras desfeitas, pois o governo desmerecia preocupação e as carcaças jogadas nas correntezas graúdas do Açu engordaram substantivas farturas de peixes satisfeitos. Econômicas alegrias, prerrogativas, novas prosperidades, petulâncias desenxergadas como convinha. Depois descobriram outras prestezas para as ossadas, pelancas, buchadas, sobras e, por finadas cismas, inventaram as indecências das poluições reclamadas, dos meios ambientes, das organizações dos verdes, intelectuais proibindo as artimanhas. Mas com isto veio a vingança grande, então, por derradeiro, a seca arrematou, deus espatifou e levou tudo embora. A fazenda distava um dia de chão do frigorífico. A boiada gorda perdia peso, viagem, mas deixava dois dias só no pasto perto, Varjão do Carmelázio Rovaio, vistava bonito nos pesos e nos olhos de novo. Fartava.

Para ver como as coisas corriam naqueles tempos, conto. Chegou aqui, também, homem miúdo, há muito, pé no chão, punhal cruzado desviado nas costas, mas sem ousadias, arrastava mulher magrela, desdentada nas gengivas banguelas, desprovida de exuberâncias carnais em pelancas, um sagui de tristeza, ressabiada de olhar nas vistas, três filhos, um nos braços minguados da esposa desfeita em calados nas conversas que não falava, magros todos, de apenar, judiação. A mula tropicando, velha, russa na cara pelo tempo de anos de vida. Carregava o animal de todo que despossuíam só uma cangalha com os trens nos jacás, bocadinhos nadas, panelas, roupinhas rasgadas, vara de pescar, cabaça d'água, gamela vazando, meio quebrada, para tratar do cachorro magrento, fraco de fome. Estrupícios de molambentos desapadrinhados nas esperanças e vistas. Principiou muito reverenciado respeitoso de licenças pedidas para expor razões por que achegara a fazenda. Depois de rodar as tramas, propôs atentar ele, como fumeiro consabido, Seu Solavaio Quermasso, plantio de lavoura de terça com fumo para corda. Era infernado de bem esperançoso, até teimoso, naquela roça, promitentes crendices tinha ele no trabalho com fumo, articulados desejos e esperanças nas colheitas. Falou pausado, vazado de suspiros, amealhado de bons acordos; modelou transviado e inseguro, amedrontado, que trazia em um dos jacás do cargueiro as mudas de fumo já no ponto. Alongara de Cariapó dos Pecados, na dobrada do Morro da Formiga, fundão das catingas da Serra dos Leprosos, fugido, pois o fazendeiro com quem acertara a terça da roça de fumo não cumpriu acordo. Queria cobrar demais nas despesas das comidas adiantadas. Os desaforos se deram. Chamuscaram nas carrancas, desapeteceram nas intransigências e desavenças. Ele mitigou recursos, tentou prudência, pediu siso, ponderação ao patrão velho, tinha filhos carentes, mulher descarnada, magra, fome para desfazer, carecia dos acertos dos dinheiros e dos afinados nos acordos. Não atinaram nas composições das contas corretas. Desassentaram dos bons sensos e ele não teve como não grampear, meritoriamente, o punhal no fígado do inveterado. Sangrou no exato na sobrevalência do órgão onde conhecia as justiças das fatalidades para matar, assumiu cisma, desmandou destino. Acomodou as mudas no jacá, mais a matula das misérias despossuídas de nada, acangalhadas por ribas, arregaçou a família, mula, cão, suas misérias poucas despossuídas juntadas, partiu. Obcecou tresnoite alongada, destinadamente na raça, demo no cangote e nas espreitas para cruzarem todos juntos a Serra dos Leprosos. Coisa de deus me livre de tristezas perigosas, quem sabia das trilhas feias lá, ribanceiras, suçuarana com filhotes abnegada nas crias cruzando as trilhas, assombração, noite fechada, cobra, medo, cateto. Vieram tocados em prontidão de marcha forçada, criança de colo, mulher cabisbaixada tropicando buraco, mula velha, cachorro sarnento.

Homem respeitoso de prosas sinceras, consciente nas confraternizações corretas pelo fungado pausado ao respirar fundo, como quem estava oferecendo a alma limpa sobre as barganhas das composturas. Estas coisas eu entravava de ouvido na sintonia correta. Apiedei, pensei, assumi. Quem sabia desfazer, desaforasse, não eu. Evoluímos nas proposituras exatas e instiguei de assumir eles, acoitar perto do alambique no Monjolinho do Apeicó, terras desalongadas de adjacentes, afastada de perto das maledicências, dos fuxicos, para não despertar suspeitas. Ficaram avizinhados do alambique e das farinheiras de mandioca e milho. Se deram promitentes nossas alternações convenientes. Isto lhe conto agora para saber, pois já faz muito as transas resolvidas e comprova que até fumo nos abastecíamos às ansiedades da fazenda produzir e vender nos arremates das rendas. A família do Solavaio, homem superior de agradecido e competente, ficou aqui por muitos anos, filhos criaram. Mulher, comadre, engordou, comia demasiado depois que fartou umas quirelas de sobra das roças colhendo bem. Como se assentaram perto do alambique, rapadura atraindo, melado jorrando, pinga macia, farinha desperdiçando, desforrou o tempo que passou fome, lambuzou de exageros, deu diabete, doença praga. Cortamos em Axumaraicá, na Santa Casa, uma perna dela, uma só, mas careceu. Ela era empreitada, mesmo despernada, de viver lonjuras de intermináveis tempos e sobreviveu a Solavaio, para beijar os netos. O marido morreu meio desvalido de impertinências, antes dela, depois que as roças de fumo desmereceram. Nós o enterramos em Oitão, junto com a perna da mulher. Família boa, pacífica, acomodada, a do fumeiro de terça, meu compadre Solavaio. Nos enfeitiçamos nas ternuras, convivemos nas pazes, sertões cadenciavam estas temperanças. Ajuizei corretas as pertinências dos acordos com ele, mesmo sabendo dos destravados com o antigo patrão e terceiro. A vida era, pois assim umas eu acertava, as outras eu corrigia. Fui padrinho, com minha mulher, de batismo dos filhos, alguns, e netos, outros, da gente do Solavaio. Apetecemos muitos anos nossas querenças.

    Saudoseio até hoje muitos dos que se foram daqui para outras desforras, novas vidas, esperanças, não só os da minha família. Agora, por fim, a seca melindrou o resto, minguou neste sertão inteiro do Jurucuí do Oitão, das corruptelas todas, arruados bons, gentados, e subiu até onde eu não dou conta de saber mais. Desabou emperrado como voçoroca nos afrontados dos infinitos quando a água corre morro abaixo, leva a terra gorda e enfeia como cicatriz de gangrena na erosão as carnes da natureza. Nós trocamos os intentos de mudar destinos por intentos de ficar, Jupitão mais eu, falta de vontade de largar o desassossego do Açu, da São

Alepo, de morrer em outras desmedidas. Contei corretamente, veja o que restou, pois só tenho ciência assim. Permaneceu por aqui, repito, Jupitão, calado de conversa e sonhos, o cachorro lá embaixo para avisar quem rodeia, até o preá, e eu desmerecendo alegrias, motivos. Tem o preá que pontuei, mas que não é de confiabilidade e foge muito ensimesmado nos medos, como são dos seus temperamentos, quando alguém alberga vistas nas suas desconfianças. Ainda mais cafungam em nossas tragédias o sol queimando, a poeira, as porteiras quebradas, que não arredam das suas nostalgias abraçadas aos moirões, os barulhos dos morcegos, da maritaca que eu nunca sei se são eles ou os fantasmas. Dizem que existem aqui, mas acho que com as secas desfizeram também até as almas dos outros mundos. Ah! A maritaca, que você assustou, choca duas vezes no ano para apaziguar nossas solidões e fora isto nem o vento ficou satisfeito para amainar as lágrimas de quem não sabe chorar. Atente as tristezas, espione os urubus olhando sisudos, pensativos, nos intentos cativos de nos mastigar um dia, os carcarás sondando as desgraças, enfeiando o ar estas aves praguejadas, com quem nós não temos relações e eu pensando o que lhe falar enquanto não aprendo a morrer.

CAPÍTULO XII

DOS ACHEGOS, DOS DESÂNIMOS, DAS LUTAS, DOS RETIRANTES

No que o vento tremulou a janela da sala para esvoaçar a cortina puída e os devaneios, Tia Biazinha resmungou com o gato, enviesando seus sanguíneos desafetos para invadir a cozinha, onde se espreguiçavam em proseadas sinas Seu Vazinho, Jupitão e Cadinho, felinamente atrás de uma barata descompassada. Se deu, e foi, do murmúrio da solidão do resto da casa continuar calada enquanto o forro furado mostrava um sorriso da noite sem saber gemer completa ainda, como carecia, antes de o sol se pôr por todo atrás da Serra dos Leprosos desenhando com seus picos exuberâncias sobre o azul se apagando. Por ser prudente, o curiango cadenciou iniciativa de assentar no mesmo moirão da porteira para desmerecer o urubu, que dali saíra para enxotar o carcará do cocho. Atentou as horas suas a coruja, esperando os vagalumes aprenderem a anoitecer, para tentar pegá-los. Depois vieram, devagar, as avenças para se darem, mas ninguém programou seus afazeres diferentes. Nem Seu Vazinho, sequer Jupitão e muito menos Cadinho premuniram de mudar suas melancolias. Os silêncios foram ocupando os vazios e eram ouvidos longe, sem ruídos, mourejando preguiça, calor, fome. Conflitaram nas angústias as desavenças das ideias de Cadinho, ensimesmado, pois desassossegado de destino e mania não apetecia ir embora nem atinava ficar. Carecia despedir, mas sem querer abandonar a visita. Premuniu dúvida, acomodou duvidoso o moço filho de Camiló na cisma de ouvir mais Seu Vazinho divagando o nada, o passado, a tristeza. Atentou. O homem, velho fazendeiro, um dia que fora antes da secura, ponteou assemelhadas falas, era seu feitio nas prosas mansas, enxugadoras de tempos, penteando carinhoso amolengado os ouvidos de quem atilava dispositivo para desemparelhar as solidões:

* * *

Assim correram os anos, as terras, a família, Oitão, as roças, o gado. Muito ouriçado de comandos eu entesava que o mundo não transitava sem minhas hegemonias. A plantação crescia porque eu comandava os destinos. Entrosava correto, eu, em tempos ajuizados, as premonições das chuvas chegando nas horas certas, fartas, para arar as roças. Se eu não previsse as águas, nos dias contados, elas não iriam obedecer e cair corretas como as suas naturezas mandam. Não discutia com deus porque não acudia coisas de pequenas desvalenças, pois carecia atender outras estripulias mais afainadas. Muito apaziguado das ciências, programava sem falhas, vagueava perfeitas adquirências de compras, serventias, entregas, palavreados, créditos, viagens, descarregados urgentes dos adubos, sementes, dos venenos. Afinava as corretas colheitas nas datas justas. Não eximia abstinências, proibia falhas, impunha as certezas, comandava proposituras. E contradissesse para ater, pergunte se desbragava ordenação, disciplina, prevalência? Atinava eu sobre o animal passarinheiro, baio inteligente sendo proseador cavalo desinibido, me tratava de igualdades iguais, estradando eu, nós, competentes obrigações, assumindo nossos desmandos, dia todo.

Vistoso eu, Seu Vazinho, sobre o baio soberano, envaidecido dos apetrechos adequados, o cabresto, rabo-de-tatu, cabeçada, loro, rédea de crina, laço, a chincha, láteo, baldrame, o peitoral, pelego. E mais todos os ademais infinitos apetrechos, amancebados de corretos, argolados proeminentes, trançados, caprichos, dengos, formas, desenhos tramados, arremates justos enfeitiçados pelo seu pai, Camiló, amigo, artista, sertanejo. Homem de bem que mataram atirado, erro, pecado, canalha quem cometeu. Acabados arreamentos, caprichados em dedos nobres, eram nos detalhes mínimos, últimos, perfeitos. Agraciava. Exibia eu empolgaduras altivas dos meus comandos, obediências dos serviçais ajustados, caminhos abertos sobre a montaria e os arrematados arreios.

Tempos de formosuras. E as intrigas invejadas se abasteciam gordas nas vaidades exigidas para reinarem sobre as petulâncias minhas, pois até eu promovia mais assanhar ciúmes de quem cismava. Remontado na ostentação, embriagado de atrevimentos, nada escapava das fantasias que eu trotava a cavalo pelas terras que eram minhas, rio correndo nos meus domínios, roças crescendo fartas por ordenanças que dei, passarinhada pousando cantadeiras nas árvores que eu poupei, voando nos céus das minhas divisas, suportadas nas fronteiras que eu estiquei até as vistas se perderem. Horizontais vistas e fronteiriças alongadas sob as minhas petulâncias, águas navegadas pelos barcos nas minhas divisas, onde os peixes atulhavam nos meus remansos. Ajuíze, estime, se ponha. O gado engordava nas tarefas dos destinos das pastarias e das aguadas medidas nos usos pelas vontades que eu apontava, perfeitas regras, adjacentes às correções. Jupitão lembra exato das decisórias discutidas, cala agora ele porque calou ao parar de falar, mas nós dois a par, sol atiçado, vento ventejando, seriema no fundo da capoeira pedindo chuva como eu ordenara pedir. E nós, os dois emparelhados, nos lombos dos animais, arreamentos enfezados de belezas, ele muito afeitado, peão que era na mula ruana montado e empolgado de certezas suas.

 Naquele sertão, depois de tramelada a porteira, só caberiam as ordens e os mandos de quem decidia e imperava, Seu Vazinho, eu. Delegado autoridade, governo, prefeito, deputado podia entrar até achar os meus rastros para pedir licenças de permissões para o que demandavam. Desafogue. Gente achegava mansa dos noroestes, sudestes, esquerdas, direitas, cardeais pontos adjacentes desconhecidos, infinitos, precisão de arrumar emprego, trabalhar, tratar serviço de colono, aparceirar de meeiro, terça. Vinha solteiro, casado, amigado. Com filho, gestando, mulher prenha ou por emprenhar. Tudo se assentava de servir, pois Seu Vazinho, eu, entendia das almas e dos corpos para escolher o que era justo, correto, mais carente para cada um e para todos. Quando errava, não errava, eu, Seu Vazinho, pois consertava antes de errar o erro, mesmo se ele tivesse acontecido. Coisas das euforias de saber explicar para os outros terem de entender como deveriam compreender as causas do erro corrigido. O erro era de quem não desvendou prematuro que não iria dar certo.

Vieram as novidades e fomos acatando. Você, filho de Camiló trançador das previsões, homem correto, viu o trator ali enferrujando agora na frente da porteira quebrada do curral. Fomos, diga eu Seu Vazinho, muito empolgados dos progressos alternativos, das coisas certas, adquirindo as sofisticações modernas para melhorar os tratos na fazenda. Arar de boi, burro, foi ficando despeitado, pior, desatrativo. Carreiro, carroceiro competente morria, sumia, envelhecia, desacorçoava, foram todos alongando para os grandes centros. Cismando, difícil de achar, fui rejuntando os percalços, desmesurando atividades soberbas carecidas, novas. Se ponha e veja se não havia razão? O povo foi sumindo, procurando cidade grande, conforto, salário melhor. Por desdobradas competições encarecia aqui o pagamento que se fazia longe, nas capitais, indústria, terras outras. O jornal e o rádio ensinavam parte. Minha cabeça, mais Jupitão, Sinhá Délia, seu pai, corrigiam, ajustavam, premuniam outras prudências para eu inteirar e apetecer. Ensinava a mim o rádio, mas ensinava também os colonos, empregados, meeiros e mais aprendiam eles, muito espertos, sabidos das informações, novidades chegando, cismadas, riscando a poeira como cascavel de oito guizos, dentada, venenativa, com os sindicatos, gatos, curas e tudo se alvoroçava nas premissas de desfazer as ideias velhas, das gentes na fazenda, para ejacular as cantilenas novas. Mudanças, políticas, agitadores, pelegos, começaram a saltar as cercas sem as vistas do Seu Vazinho, meio começando a desassenhorear de si. Intua suas sabedorias e veja se não seriam prudentes meus melindres, desforras que tinha. Comecei a desprover as garantias, as soberbas, as intransigências. As leis trabalhistas ensimesmaram as desfeitas. Se deram.

O cavalo baio começou a envelhecer parelho com meus tropeços. Juntava a vontade deles, gente, de se cadenciarem para novidades com a minha soberba de mandar embora, destinos, momentos, tracejados. Eu passei a abismar nas rapidezes das governanças carentes, entrosava na garupa da discórdia como no lombilho do cavalo para não despencar. Parte era o temperamento meu, a outra ponta vinha no desbragado do vento de fora que eu não desmedia, mas carcomia minhas entranhas. Assuntava. As pertinências eram perigosas, atraiçoadas, desmedidas, satânicas. Os contratempos noviços careciam prudenciais sintonias. Tudo meio assemelhado nas coincidências, negócios, boiadas, nos namoros, famílias, mandados, putarias. Nas putarias, como nas tramoias todas, veja como deus comanda, desarticula propositados lampejos inversos, revertidos, arrisca oferendas dos olhados, flertes, cervejas, as moças, coisas incandescentes de atrativas, enquanto do outro lado ele, deus soberano de destinos e tramoias para sempre governar, lambuza nos presenteios entravados contrafaceando temperanças contrárias, e não titubeia nas distribuições fartas das gonorreias, sífilis, brigas, cancros, ciúmes, nos emprenhados descuidos. Se fossem só devaneios ninguém trabalhava. Deus sabe calibrar as medidas dos acertos e dos erros para os indecifráveis ficarem mais dosados e ele comandar. Mas deixe ele trabalhar sossegado, para que as carências dele, como criador, passem a continuar mais desaforadas.

Voltando à fazenda, foi por isto que o trator começou a assumir reinado, pois as coisas, o povo, os impostos, a carteira de trabalho, o governo da ditadura, as leis começaram a arruinar no sovaco, caruncher nas decisões. Veio e veio categórico de cismado, roncando o trator, enfeitiçando vontades, desejos, conveniências, abrindo espaços, acomodados, justificava comprar, pois as outras ciências antigas começaram a apodrecer, falir, desjustificar. Os tratos dos roçados eram outros mais endiabrados, calibradas técnicas adequadas, curvas de níveis, evitar erosões, calcários, adubos, rotações de culturas, venenos, combates das doenças. E as pragas se desajustavam mais maliciosas, desafinadas, resistentes. Ajuizava mais inteligência, luta, jogo de competências, uma vez a praga progredia, a outra nós segurávamos. Naturezas procedentes, assombros, dúvidas, cada hora, sua hora. De novo deus ajudava uma vez a mavaldeza, depois o plantador, pois ele, deus malicioso de suas empatias, safado, só para se divertir, media uma no casco outra na ferradura. E as coisas eram de continuados procedimentos difíceis, carentes das mesmas atenções, carinhos. Gado apetecia trato, vacina, manejo, aguada, pasto plantado, sal mineral, olho do patrão, ciências.

Melindradas conveniências corretas. Sinhá Deléia, já mais derreada de entusiasmos carnais, eu também cabisbaixo de achegos, mas ainda promitente, conferia se conviria progredir nas adquirências das coisas novas vindo. O mundo não parava, eu, Seu Vazinho, atendia ir no rastro, prosperar. Manejar com máquinas certas justificava nas escritas, nas comparações fluentes de benefícios, nas desavenças; mais rápido, menos perigoso. O mundo passou a ser esquisito, inquieto, premonitório de definir o melhor, mas eu, Seu Vazinho, amoitava no pelego, campeava as serras, endireitava os raciocínios, articulava os sentidos, intuía os certos, conferia com Sinhá Deléia. Embora, e por isto as lembranças das mesuras, ela também resumia corretas as decisões nas consultas dos negócios em prognósticos de outros prazos futuros. E eu persistia, comprava, vendia, seguia suas reservas nos palpites. Jupitão concordava com meus desafios, hoje cala, mas correspondia criterioso sobre o pampa, premeditava e concedia. Eu fazia conta na cabeça do arreio, consultava o baio, mesmo nós dois envelhecendo envelhacados. Carecia prudência, tudo, era por isto que Seu Vazinho, eu, estava imbuído de ser o dono do São Alepro do Jurucuí Açu e contradissesse alguém para me desmedir? Se deu, deram as venturas exatas, corretivas por anos entrados, fechando as manias, escutando os trinados dos trinca-ferros, bigodinhos, azulões, os ventos empertigando as seriemas nos baixios, enquanto conferia as solvências acatadas de Sinhá Deléia, do cavalo amadurecido, Jupitão. Tudo carecia premonição, juízo, ouvir. Eu escutava, lambiscava o coração, a alma, a prudência. Caminhava atado no futuro, embasado no passado e, confesso por verdade, mas só agora, com medo sempre do presente. Nestas formatadas me desmedi, asseguro agora que as horas estão chegando para os olhos, para sempre, fecharem. Jupitão está ai, veja, desmontou da ruana Inhata, apanhou o pampa, para arrearmos nossas mortes emparelhadas por bem dos anos juntados. Quando descemos das nossas montarias, dos apegos, não foi por desafinidades das alegrias, mas por incompetências tanto como das precisões dos fins das nossas jornadas e desandanças acavaladas, como apegávamos, portanto assim desencurtamos logo nos finados. Quem cambar primeiro na coalheira do varal que puxa o restado de vida desatrela o outro e segue um pouco mais adiante até onde o destino desfizer. O sobrado vai apodrecer mais melindrado um restinho, mas será passageiro, pois o tempo aceso no rastilho de defunto é desabusado.

* * *

O cachorro espreguiçou embaixo do alpendre, não latiu, gemeu, pois viu o sol acomodar, não procedia sombrear mais. Tia Biazinha escutou a algazarra dos cupins corroendo a leitura da folha da Bíblia na capela, na parte da desforra sobre as ordens caprichosas de Abraão extraviando sua mulher bonita para o faraó do Egito, ordenando a ela, muito contrafeita, dizer-se irmã e recolherem os frutos das dádivas do Nilo. Coisas das divinas mitologias apostólicas. Gesto enobrecido de confusões e palpites com o qual deus queria castrar em seguida o monarca pelas suas prerrogativas libidinais e pecaminosas sobre os desejos das mulheres alheias. Coisas dos sacramentos e Biazinha se persignou emudecida, pois tinha muito medo de confusões, arrastou o crucifixo, o gato e o urinol para os andamentos, antes de indicar aos morcegos seus motivos e pousos. Na sala de jantar, o vento mexeu agressivo, repetitivo, com os pratos. As travessas de pratas azinhavradas, as taças das cristaleiras, até para se darem justificadas entreolhados dos apóstolos da santa ceia conferindo os barulhos se agitaram. Jesus persistia empolgado nas suas reverentes magias e elucubrações transformando o corpo em pão e o sangue em vinho para todos pretenderem falar das confraternizações e dos perdões por muitos séculos. Restava enorme distância até a solidão da meia-noite, hora dos cantos, dos mistérios, dos galos, tanto assim que as ratazanas mais antigas, que ainda não haviam abandonado o silêncio do sobrado, ficaram impressionadas com os apóstolos embriagados e Jesus se desfazendo em meditações e prognósticos das traições. Na capela nenhum santo protestou pelo barulho dos cupins mastigando os restados da bíblia, enquanto a vela apagada desmerecia seus sentidos, pois caíra exausta sobre os rendados apodrecidos do altar. Seu Vazinho atentou longe suas angústias, desmediu o infinito pela janela, encruou na vermelhidão do poente sol, prometendo estirar a seca. Um galo perdido, esquecido na sua ignorância das desfeitas, desafinou beirando a capoeira sem saber por quê, repetindo seu semelhante das escrituras. O galo cantava quando estava com preguiça, sentia a solidão mourejar vazia ou até no gesto de repetir para não esquecer a melodia, pensou consigo Seu Vazinho, mas nem no ciciado abriu desfeita. Pensou, não procedeu ele no verbo do que imaginara, achou descabido acatar estes desvarios desapropriados com a seca batendo à porta, desfez calado, permitiu-se só ouvir o silêncio entristecido continuar afagando a solidão. Acrescentou suas falas vendo a noite chegar:

* * *

Foi. Devagar fomos desmontando o antigo e remontando o novo. Não se tocava mais fazenda com gente e, igualado, gente não queria mais tocar fazenda. Veneno precisava máquinas, equipamentos especiais. As bombas de usar nas costas judiavam, machucavam, cansavam, matavam. O algodão passou no tempo novo a ser tratado com outras petulâncias e ousadias, calcário, mais adubo, semente, inseticidas novos, colher com um só homem muito competente de suas euforias e conhecimentos sobre a máquina confortável, segura, protegido da chuva, do sol, do veneno. O que vinte carecia antes para atender plantar, aplicar adubo, veneno, um só desbragava isolado, sabido, capacitado. A fazenda foi esvaziando das almas, que os corpos levavam. As mudanças eram, foram, se deram, apalpamos, apetecemos, desinstalamos. Fumo de corda só miserável, pobre e sem paladar fumava. Virou coisa barata, sem comércio, desprestigiada, acabou. Solavaio quis morrer sem promessa, no momento só da sua hora, porque atinava unicamente plantar seu fumo e encordoar com bravatas e gostos para desfazer suas alegrias. Mas as alegrias viraram só dele e ninguém mais sacramentava. Morreu amuado de serventias porque desmediu viver sem suas roças. Enterramos ele em Oitão, onde até o cemitério vai morrer junto, porque o lugarejo vai sumir na estiagem e ninguém mais dará conta.

Marido morto e enterrado, foi em Oitão que se assentou a viúva de seguir com filhos e netos para morar, antes de eles sumirem para alguma capital desconhecida de onde nunca mais noticiaram também. A mulher do Solavaio, saudoso, minha comadre, Teusa Ruivás Quermaço, sempre desmediu alegria, sem mesmo a perna enterrada com o marido, até morrer comendo tudo o que carecia, fartar em sua vida toda para compensar as carências esfomeadas antes de chegar às margens do Jurucuí, na fazenda. O caixão foi aumentado para atendê-la, gorda, defunta, satisfeita, primorosa. A cova era estreita e quebramos o caixão para não carecer cortar mais uma perna antes de pôr no buraco. Solavaio, que a amava muito desabrido, achegou para as suas beiradas miúdas, tumulares, para lhe dar todo espaço carecido. Ela estava sorrindo com uma dentadura nova, inteira, branca como as suas pazes gostavam, por ter comido tudo que apeteceu e reencontrar o marido. Parecia até que mastigava um torresmo de tanta exuberância falecida, nutrida, alimentada, seguindo para a cova. Assemelharam as mesmas coisas com as demais gentes sumidas, fugidas, mortas, sofridas, alegres, que a vida foi redesenhando em outras metamorfoses, centros diferentes, novas vidas. Mas sertão era imprevisível e eu, Seu Vazinho, descompensado das alternativas, não atinei das mudanças. Você cortou a sala de jantar com os meus antepassados de duzentos anos descambando suas melancolias. Ali acomodaram teimosias, arrogâncias, pretensões, vaidades das gerações perdidas que não sabiam senão mandar e os outros obedecerem. Não seria na cuíca da madrugada, quando o galo arrebita as asas e canta, a coruja assiste no repente da noite, que eu mudaria sem arreliar, sem pôr deméritos nas coisas novas. Aprimore, atente. Acostumado a desmandar em muito povo, atrelar o baio na madrugada e sumir nas serras atrás de gado alongado, confesso que até hoje desafortuno de não dar ordens obedecidas mais, pois.

Mas se foram, eram. Memoro muito desabrido de putanhar nas moças, que assediava nas roças, escapando elas para nos lambuzarmos nas capoeiras em ternuras ajustadas. Cabisbaixei minhas autonomias nestas alegrias só muito depois, revelias, creia. Também até foi bom para sofrer mais encolhido. Jupitão foi mais desarbitrário e inteligente, enxergou logo longe, mas não despretensiou do Açu. Nem desfez das terras de Oitão, porque não sabia carecer outras fortunas. Me falou manso, arredondado de mesuras, Jupitão, cambado sobre o arreio do pampa, cavalo bom, mas desafeito de conversas, me ciciou baixo, da alma, seu feitio sertanejo, das coisas diferentes chegando, dos povos indo embora, das leis mordendo, das ações trabalhistas nas justiças. Lembrou as ordenações legais aqui, famílias de muitos anos de fazenda, empregados, meeiros, colonos com seus direitos e a fazenda suas pendências. Das cabeças diferentes dos filhos dos velhos moradores, que até aqui nasceram, dos netos, dos direitos a receber, das coisas dos governos querendo por mando no que era meu, do São Alepro, da família. Despropositadamente. Jupitão atinado com as minhas despercepções, cativo de juízo, prudente de futuro, foi me cadenciando nas desforras. Palpitei, acrescidas às prudências de Jupitão, com Sinhá Deléia. Mesmo assim eu melindrei de desacreditar, não pus querença no imediato, fugia da verdade desapontando certeiro como dois mais dois não fosse quatro. Jupitão calou falando, pois sabia que eu estava mentindo para mim mesmo, como ponderava, e era isto o mais desafeito e perigoso. Sinhá atentou prosperar as cismas de Jupitão igualadas. Mas a vida iria encostar Seu Vazinho, eu, por bem, por mal, chinchado como touro que rouba, resfolegando, amuado no toco. Jupitão sabia, amenizou, desfez, acalentou para eu sofrer sem saber que sofria, deu o avisado, maneiro no procedimento ele era mestrado no engasto como se estivesse murmurando na orelha da ruana. Apaziguamos de discussões faladas, nos aprimoramos nas pensadas, mas o sovado veio manso como cornos de lobisomem e as artimanhas foram outras. Assentou, mediu, atentou, progredimos.

    Novos tempos, novos hábitos, novas manias. Envelheci na cabeça do arreio. O baio, eu soltei no pasto para aprender a morrer sossegado como merecia, dadivoso, inteligente, altivo, fraquejado de muitos anos. Dos filhos, só dois ficaram, o Paladinho, Palécio, atinado, aguentou um pouco mais, largou das farinhas, dos fumos e ficou só no gado. A outra filha, Calinha, Cazélia Rebeiraes Nouvales, moça bonita, mas muita afeita à mãe, solteirou de afetos sem amores, apesar de vistosa, se apeteceu sempre nas grandezas das alegrias nas margens do Açu, da fazenda, por propósitos preferidos. Cuidava das caridades, das doenças na fazenda e dos pais, nós dois envelhecendo. Tudo meio por desvalidas contas dela. Mas tirando os filhos, filhas, genros, noras, netos que estradaram para sempre, que já tinham desatinado pelos vários lugares, capitais, Europa, começaram a ajuizar, Calinha e Paladinho, muito senhores de suas autoridades, que eu já estava decaindo de mandar e passaram a dar ordens independentes e sobre as minhas concordâncias. Quando se envelhece, como asseguro, cheguei à conclusão de que estas arengas de comandos não desaforam mais, descumpri de querer mandar tanto, acomodei de perversidades. Não foram os filhos que ficaram de todo abestalhados de providências corretas, mas eu desprometi de altivezes conjuntamente.

Para você ver, querendo ou não mandaram-me comprar um carro novo enjoado, de formaturas brilhantes, espelhadas, tetos enfeitados, vidros escuros, buzina de sinfonias. Coisa de menino rico. Não discuti, mas não afeiçoei, mas já que estava, atendi desafeiçoado. Queriam um motorista. Não categorizei firmado nas manobras. Só morto. O carro era idiota, não conversava um verbo, não entendia, surdo, mal-educado, incompetente de destinos. Não nos afinamos, mas nos suportamos. Levei Sinhá Deléia para passeio de palpite dela nos paramentos, na atmosfera do veículo. Desafeiçoou, destituiu, mas também não cuspiu. Fomos a Axumaraicá, cidadinha sem proveitos e pertinências cativantes. Se fez Deléia de entediada, sem porventura, desmereceu. Imaginara. A verdade é que já havíamos enrugado nas velhices nossas mesuras. Carro não era espalhafato para Sinhá Deléia empertigar alegria, cadenciava continuar preferências de benzimentos, adivinhações, como sempre acertou, antes dos afetos afetivos das mesuras amorosas sobrantes. As atrativas melodias das carnes, salivas, das novidades, nossas achegadas, refregas haviam esfriado. Tanto como os atentos com o baio. Tal o vento da madrugada, as decisões das compras das heranças, acertos das divisas, grilagens, desafetos dos cavalos roubados, que ela sempre decidiu correto nos meus procedimentos, amoitaram nos passados adeuses. Está velho ali, o carro, coitado, mudo, ignorante de imbecil, embaixo do alpendre aprendendo a enferrujar com o trator desmanchando no sol. Os dois acabrunhados e desservidos de quaisquer alternativas se olham os dias inteiros sem esperanças ou palavrórios.

Os meninos, muito afetuosos das minhas indiferenças, depressão de viver, ajuizaram de comprar um jipe para pôr na minha porta e eu destemer só para andar na fazenda. O carro era para a cidade, as missas da mãe no domingo, que eu levava. Com a Deléia foi só aquela volta sem graça, ir até Axumaraicá, porcaria de lugarejo sem graça ou motivos e chegou. O jipe era uma peste, altivo, ignorante, casco de borracha, que sempre furava longe, na hora errada. Mais saudade do baio me dava do que solvência. Um trambique esquisito, condução de merda, jipe mudo, não conversava como o cavalo, idiota de estradas, não sabia desviar de um buraco, trotão, duro de andar, empacava em qualquer aguinha mais funda, ribeirão raso encrencava. Diziam que entrava água no tal carburador e ele se fingia de morto. Garanto que era preguiçoso, era, isto sim. Veja se tinha condição. Cortava o pasto do baio, no jipe, o cavalo me olhava envesgado, saudoso de conversa, desajustado de pertinências, embaixo do ingazeiro onde a juriti chocava duas vezes por ano. Juriti sabida de afetuosa nos seus dengues e procrias sem falha, sempre cantando para encantar o cavalo. Foi ali que morreu o baio, no pé do ingá, entre o cocho grande e a porteira velha, que sai para a Capoeira da Muriçoca. Eu acompanhei inteiro o dia da despedida, de manhã até a outra madrugada, ele fechando e abrindo os olhos, me cismando, avisando que demandava rumo. Nem conversar mais sabia de tão calado de velho que ficara. Coisa de dar dó. Emudeceu pelo pouco resto que viveu. Eu chorei sem lágrimas. Aquele pedaço de caminho, antes da morte do baio, era uma desova de soberanias para quem desolhava passando. Retrocedo, lembro, me solidarizava sorrindo ali parado por tempos, nas sanhas de ficar apreciando as manias. O cavalo atentado em seus conjunturais pastoreios e reflexões, mesmo o pasto já começando a rarear pela seca. A juriti enfeitando o silêncio com o canto macio, no acalanto dos filhotes, e o Caraça cismado nos encantos das sonoridades. A porteira velha, desmerecida de invejas como sempre foi, debruçava cordial por cima da aroeira. Antes de envelhecer a porteira nos castigos das secas, abria generosa para o vento entrar aguado, farto de chuva criadeira, enquanto o colonião esbaldava, esverdeando, carinhoso, agradecido com a sinfonia das aguadas. No fim, ainda com o baio, do lado mesmo ali sossegado e prazentoso deus descansava desabrido nas informalidades, assentado brioso no pé do cocho, rasurando suas premissas de milagres. O capeta se amofinava coçando suas melancolias, embaixo do ingá, para desenfeitiçar a frieira do casco. Aftosas demoníacas. Tudo acabou com o animal querido falecido. Eu, na morte, desviei de chorar perto, pois a juriti estava espiando muito acabrunhada dos carinhos do companheiro em que se afetivava estirões perdidos. Dobrou a juriti o último canto, o mais triste que eu atendi dela a vida inteira e nunca mais soube de seus desalentos.

Assim, da minha vida, fui dando conta das coisas que foram se apartando. Derradeiro o cavalo, o carro de boi já fora muito antes, as carroças quebraram sem razões de repor, os colonos e os meeiros sumiram nas avenças, alguns nas desavenças. Os couros trançados, que Camiló, seu pai trazia para adornar arreios, carroças, charretes, bagageiras, apodreceram, nenhuma razão para arrumar e, verdade, nem gente para consertar. Saía uma família entrava um trator. Mais outra pedia as contas e a plantadeira chegava, em vez, no lugar. As minúcias eram desmerecidas de comparação, famílias falavam, riam, brigavam, discutiam, até matavam, mas viviam. Desforrando, repito, viviam. As máquinas calavam, custavam, quebravam. Desfazendo, mortavam. Ponha-se, não era para chorar para quem viveu um sertão inteiro nestas adjacências e ver as coisas morrendo sem recados? Eu saudosava do baio, desfazia do jipe, não tinha como. Desmerecia. As casas das colônias da fazenda mal assombraram porque ninguém mais morava. Grassou cupim, barbeiro, desgraça, saudade. Foi assim, muito acompanhado de desventuras, devagar, cadenciados desapegos necessários, obrigatórios, que a São Alepro aprendeu a falecer como as coisas querem morrer quando desanimam as almas de viver. E vieram destravar em minhas mãos. Jupitão não aprendeu a chorar para fora dos anseios, mas desenterre o silêncio destes olhos fundos, que não falam, para desencarnar o que digo e encontrar ali os alagados das lágrimas na imensidão desalmada. As contas, das indenizações, fomos acordando caso a caso. As colheitas vindas dos plantios das modernidades compensavam os acertos. Algodão desmereceu continuar, coisa dos safados dos acordos de deus, com as pragas novas mais atrevidas e as indústrias que inventaram os sintéticos, fibras encarniçadas de petulantes e por demais traiçoeiras e sabidas. Nós desistimos do algodão, mão de obra, veneno muito, cada hora uma marca, qualidade diferente para segurar as pragas inventadas, enfeitiçadas de tempestivas, trazidas com certezas pelas indústrias de tecidos sintéticos e os países produtores de outras Ásias, Chinas, Índias, Américas. Adubos para manter produção, por demais carente, pois as terras aqui enfraqueceram com muitos anos de desaforos sobre elas, mas caros. Virou lavoura de muita riqueza, técnicas, sabedoria, exigências. Só poucos e grandes se meteram a arriscar, melhores áreas, outras, novas, acordos de vendas, preços de assustar produtor menor, como a São Alepro, onde desacorçoamos com razão.

  Grandes negócios ajustavam, nós não, a fazenda desfez. Desmerecemos. Os dois filhos já estavam assumindo importâncias, não desmedi *intrigas. Cachaça acabou, só ficou produto industrial nas prateleiras de mercado, boteco, venda, birosca, tudo coisa ruim, descabida de qualidade. Ninguém mais valorizava de alambique, saborosa, pertinente, não prosperava. Fechamos. Ficamos nos manejos de cana fornecida para o álcool e o açúcar de usina perto da fazenda, ruim de pagar, mas não tinha outra vaza e dava para as despesas. As contas amorteciam, as dívidas se mantinham, não morriam, eram esticadas como saúde de velho tomando soro no hospital. As sandices vieram outras, mais difíceis, desfalecidas. O sertão afogou no descuido, mas não conseguia fazer diferente, porque não sabia andar. Não é trova. Encolheu distância, ficou encostado dos outros centros de produção, caminhões novos, estradas melhores, até asfalto em algumas, desbalanceou as vantagens dos nossos sossegos. Isto tudo descompensava as querenças, das lonjuras dos achegos difíceis de antes. Eles, os concorrentes dos oestes, sudestes, eram mais arteiros, ricos, terras melhores, chegavam aqui com suas arrogâncias de preços miúdos, produtividades, encantos. Atine. O milho, o arroz, quase que a farinha nossa, o feijão, chegavam mais descabeçados, gananciosos, do que custava produzir no São Alepro. Desencaroçamos das teimas por partes, vagarentos, contrariados, desatrevidos. Não diga que eu era contra os progressos. Mas o que dá tira. A mesma estrada, que fustigava e encurtava as horas e as distâncias, veio me arreliar no sovaco da propriedade, trazendo na minha porteira o que eu produzira uma vida inteira; descontraídos de desaforos chegavam fungando.*

    Ainda bem que meus antepassados já haviam desmedido de sucumbir mortos, não iriam resistir tanto desaforo. Nem despeitei, só pontuei a fivela da retranca mais apertada e trotei no sentido da poeira nova. Os meninos viram, ensimesmaram, apiedaram, desistiram. Desmilinguidas desvantagens acabrunharam a fazenda de duzentos anos, as aristocracias, as riquezas, as políticas. Ainda sobrevivemos nas teimosias, empertigamos nossas adjacências e vontades para prosseguir, feitas as contas dos rumos os ganhos eram de nada. Acatamos coberturas de sobras mais nas garantias do gado. O frigorífico carecia para exportar, prosperou, cresceram miúdos nossos arranjos, vagaroso, mastigado, mas foi. Boi atentava com menos mão de obra. O peão sempre era mais querente das suas manhas, apegos, cismas. Afeiçoado ao cavalo, ao vento, ao verde, encanto das aguadas, barulho do silêncio, ao arreio, alvoroço da garrotada, vaca prenha, boca da noite, solidão, laço, égua parida, madrugada. Jupitão e eu, mais dois boiadeiros, peões restados de meia tessitura, nada de qualidade exuberada, gente boa morrera ou fora embora, acudíamos os tropeços, as cismas e os imediatos. Imagine um Tesourinha se desavendo com estas artimanhas. Assentávamos nós quatro só de proceder às carências nos condignos de menores relevâncias e com esses repentes fomos evoluindo como conseguíamos. Nos fins nem conversar mais com os cavalos nós salientávamos procedente. Envelhacamos nos desinteresses, fazíamos só para os arremedos e as alternâncias de não morrer. Mas era. Paladinho, filho, cuidava dos negócios com o frigorífico. Prudente, estirado nas razões, bom moço, muito me apetecia nos propósitos e ensejos. Calinha amenizava a mãe nas vicissitudes, saudades dos outros filhos, as coisas andavam nas divisórias sem outras tropelias além de quem carecia aprender a empobrecer na falta de dinheiro e por controversas teimas até esmolar na fartura de muita terra. Coisas desarrazoadas das contrafeitas e petulâncias das incisivas sem explicação nos plausíveis. Contraditórios despropositais deram-se nestes desaforos, creia. Pasmei e me compenetrei dos componentes, pois não havia como desmensurar contrários. Muita terra, pobreza, dívida, banco, tristuras. Calinha cuidava dos bancos, das dívidas, dos remédios, das agonias, da porventura e era muito. Virou a São Alepro no final, tudo só área arrendada para cana, nós não tínhamos mais empregados e o gado com pouca gente. Muita terra, muito chão, agonia grassando e tudo isto, mas foi.

CAPÍTULO XIII

DO SUICÍDIO, DAS SEPARAÇÕES, DAS DÚVIDAS, DAS DESPEDIDAS

Cadinho aliviou desolhados disfarçados para o forro da maritaca, pois achou que o vento não queria despregar a lágrima que escorreu vagarosa pelas faces de Seu Vazinho, simulada no pigarro. Jupitão desfez as pernas cruzadas para acomodar a pinga sobre a taipa do fogão, mascar pedaço de carne de sol, sofreado desarrependeu de olhar Seu Vazinho, pois sentiu o faro da melancolia. Ofereceu ele o silêncio disfarçado, fraterno, mais cachaça, outra carne, respeito. Tia Biazinha deu descarga no único banheiro, longe, hora isolada para conferir a única hora certa que ela o usava e dispensava seu penico. Sinal de que se preparava para recolher o gato, terço, o urinol, melancolias, escutar o silêncio, rezar seu deus-credo pelas partes mais afetuosas empolgando-se com o deus-padre, atenta nos pontos mais vermelhos dentro de suas imagens perfeitas dos sonhos como ela se referia ao amém que preferia destacar e mostrando ao senhor que não esquecia nunca por lhe gratificar muito. Depois destas nuances, liberava os morcegos para suas procedências. Na biblioteca, as traças da bíblia se acomodaram melhor com a divina comédia depois que se houveram atrevidas com as desavenças do faraó, o criador e as atrapalhadas de Abrão e sua mulher Lote. Os percevejos preferiram dormir, pois a sagrada escritura insinuou que gostaria de meditar. Percevejos dormem, traças são mais apegadas ao trabalho e os cupins misturam provérbio com melancolia. Coisas das naturezas, que sabem dos sofrimentos dos homens e deixam o vento noroeste correr normal quando o senhor designa suas vontades. Abérta a janela da cozinha, a minguante se jogou sobre as ansiedades para se enfeitar de lua. Emudeceram os três, desapaziguados nos pensamentos por alguns tempos enquanto tomaram mais pinga, golinho miúdo para pitar cigarro, e conferiram as preguiças. Seu Vazinho propôs, justiçou verbos, lambeu seus tempos, retornou.

* * *

O que desarvorou, para acabarem nossas teimas e premissas, foi a seca, mijou nos restados, apagou a brasa de viver. A seca é tangente, abstrata, traiçoeira, pasmacenta. Vegetativa de vingativa. Você não enxerga a seca, não apalpa. Pode olhar, vê alguma coisa na escuridão desta lua clareando o silêncio desta secura encardida? Mesmo de dia, sol malversando, arrepiando os mandacarus, gabirobas se retorcendo nas terras amarguradas, mas não é o estio que se arrebita, são as vistas das almas esvaídas das naturezas todas das suas traições e perversidades. Atente as consequências da chuva sumida, o rio desfeito, quiçaça esgrouvinhada, urubu mascando as carcaças, pó desmesurando o vento fugidio. Calor empaca ficando, gado morto. Mas você vê tudo isto, mas não pega a visagem dela, as suas entranhas, a seca não tresanda, não fede, desaparece, nem vai embora, não aplaca. É como assombração e pecado, ninguém vê, mas sente. Estanca, entrava, simula, judia. Começa calada, traiçoeira, muda como alma do outro mundo, caprichosa, desmerecida. Não aponta o segredo do barulho, surdina, indefinida de prerrogativas, covarde, hipócrita, insonsa. Nas aberturas, começo, engana, destituída de invejas, só uma estiagem calada nas beiradas, sinal tacanho de presença. Cresce preguiçosa, a seca, assumindo apaziguadas carências miúdas, pensadas, desarticuladas premeditações, covarde. Não tem odor, pode respirar fundo, veja que não aroma. Experimente o sabor da seca, desfaça, desmerecida de querença. Nem queira apalpar, medir, desviar, supor, impedir, perceber. Desconversei quando Jupitão remoeu as desforras sobre a seca.

Jeitoso levantou ele as beiradas do horizonte, mostrou os infinitos com as mesmas longitudes que o diabo arregala as cismas, mesmou, premuniu afeitado, sabia correto, sentindo a poeira ardilosa para nos corroer enfeitiçando as sinas que viriam. Desacreditei de medo de facear o que ele temperou no aviso. Desmedi prosas de despropósitos simulados, sem querer enxergar. Fingi que comandava meus provérbios. Apeei das realidades para não atribular mais sofrimentos e imprudências. Covardias medrosas de facear o real. Debochei dos confrontos comigo mesmo. Mas assim, portanto, devagar umas famílias, na solidão das crenças, viraram pelas curvas de cima do Açu, atentando que o desenlace seria o sul, terras de serviçais esperanças. Outros gentios se atentaram envergados para as nascentes do rio e cismaram que o norte bendiria a sorte. Quem duvidou das opiniões ouvidas já estradando longe caducou de tentar os apontados rumos pelos cardeais lestes e infernaram até o litoral. Um restado desviou contrárias cismas, enxergando nos oestes salvação, desfizeram os finados adeuses, demandaram. E mais alguns ultimados desfortunados, deus desmerecido de humor enxotou para pastarem noutras desgraças, foram remanchando estradas, pós, misérias, a pé, lombo de jumento, caminhão, carroça, esfomeados. Criança chorando, cachorro melindrado de uivados longos, penuriando. Assistia do moirão assentado mascando premonição, desgraça, o urubu falseando vistas de pescoço entortado para ver onde iriam cair para morder a nuca, depois o restado, espicaçando o carcará para ver quem levava mais.

    Entravamos permanentes de angústias indefinidas nos palpites, despropositamos. Lavoura sem água não existia e parelho acabou porque não tinha quem tocasse e como não tinha quem tocasse acabou. Gado foi a contada justa de arrematar parte do resto, matriz enxertada, garrote, touro, bezerrada, tudo meio por conta de emagrecer, morrer de sede, virar carcaça de gavião, rapinas pestes, urubus. Apuramos os desaforos dos preços despencando, oferecidos, levamos ao frigorífico o que deus deixou sobrar. Paladinho pegou o cheque, deu para a irmã. Amoitava ele, dias depois, no choro deslagrimado na porteira do curral vazio, nunca havia aprendido a chorar, intuído à tristeza ficou como se visse a assombração do gado passando nas travancas, batendo chifres, mugindo, bezerros nos pés, escoiceando, lindeza, performando gordo, sadio, temperou que enlouqueceria nas demências remontando passados, sozinho, e seus devaneios por não ver mais criação cruzando suas cismas. Desfez esperanças do que tinha, cavoucou a alma afundada para encontrar destinos, desmereceu sentido de viver na fazenda. Pediu, o filho, bênção da mãe, minha dei, fez as bruacas, as sobras, as amarguras, pegou o carro, a mulher, filhos, desmandou. Chorava no telefone só de longe para saber de nossas solidões, se não pediríamos também para irmos embora e desandarmos. Na carência de boiada, seca brava, dois meses depois fechou o matadouro. O gado que vendemos foi. Desservido ficou, o frigorífico recusou vaca magra, ossuda de pelanca, bezerro pequeno, boi velho, aftosa chegou feia. Urubu passou a aliciar as vistas esperando sobre o moirão de vigia disputando com os carcarás as mazelas apodrecendo. Entortava a ave a cabeça para os olhos da vaca, hipnotizava até ela destroncar de joelhos, abrir e fechar as vistas moribundas, para desdentar os pedaços da carniça. Não esperavam as cabeças morrerem de todo para repartirem entre as rapinas, gaviões, carcarás e os vermes as pelancas sobradas. A estrada de ferro só poderia desistir de chegar a Perecó das Atalais, pois não subia carga e tão menos descia. O resto veio no toque do rabo-de-tatu, troteado de cavalo redomão, motivados de despropósitos.

 Empacamos de fugir, como mula de cego bêbado violeiro em porta de venda e, simultâneos de desinformados, arrependidos de ficar ou ir, como mulher que apanha e não foge do marido, Jupitão, eu. Amortamos a alma por aqui desde então. Se ponha. A mulher de Jupitão, comadre Sá Valécia Ritais Merque, resgatada gente daqui de Oitão e da fazenda, há mais de três gerações, e os filhos já com suas crianças netas atentando as alegrias, resistiram só mais uns tempos curtos. Desacorçoaram de desmedir secas e desforras, desandaram quando desencantaram vendo até a seriema calar no fundo da capoeira. Procedente, não aceitou a comadre as indecências de ver o seu Açu secar como se fosse vapor de chaleira no fogão de lenha. Empreitou destinos seus para os noroestes, uns cunhados já haviam demandado o rumo, cidade maior. Inteiramente choramingou muito sentida de arrelias, as carências de levar junto Jupitão na boleia, juntados como se foram de suas vidas compridas inteiras de acasalados compartilhados, sempre. Ele apeteceu por envergaduras outras, mas só as dele, de ficar, ela se foi por propositados, só dela. Vidas. Arrazoo as providências da comadre, muito justas, corretas. Nascera Sá Valécia, mulher do Jupitão, nas barrancas do Jurucuí, como nós dois também, igualada à traíra desovada na lagoa, muito arremedada de carência de fartura de água. Atente. Casaram na capela da *fazenda, bênçãos do Monsenhor Rocíáto Pragário, velhinho sendo, mas promitente, embora surdo de penar e de dar dobrada atenção às confissões, como dizia meu pai, e por não ouvir, atinava as penitências nas indulgências simétricas. Minha mãe e ele foram os padrinhos dela e do Jupitão no casamento. Além de mandarem matar um boi, os padrinhos atrelaram também nas regalias dos presentes do casal um cavalo inteiro, potro garanhão amansado de envergaduras, alazão de excelências raciais mangalargas. Jupitão era também afilhado de batismo de meus pais, ele lembra, mas não quer se ater nas reminiscências entristecidas.*

Tempos de alegorias festadas, aquele dia, como era de procedimentos; muita pinga, capilé, carne fartando, groselha, sanfona, tulha cheia, viola, noite alongada, pandeiro, namoradeiras mesuras apalavradas, como sempre as sutilezas das facas e brigas entre pernada e deixa-disso. O Pairatá Canatá Feliceu e o Morengo Potipá se opuseram em seus desfeitos por causa da mulata brejeira, mulher do Berico Morano que bebeu demasiada e queria arreliar graçuras com alguém diferentemente do marido. Reverteu ela de dançar alternadas modas, cada hora com um, e as desavenças se deram. Mas meu pai postergou os primórdios e a ressaca curou. Festanças. Circulados olhados, atabaque, noite pequena, berimbau, gente de fora, chamegos. Arrelias naqueles apegos de tempo era uma eloquência, pois vinha para a São Alepro, margens do Jurucuí, gente de toda parte e cada um trazia suas exuberâncias e preferências. Quem se abnegasse das fronteiras do sul simulava um samba de roda nos palmeados cadenciando as estripulias para sinhás e pagodeiros muito cativos de virar noite e amanhecer serenos. Das serras do nordeste vinham adestrados de viola e catiras, muitos pertinentes e preparados nos compassados pés, palmeados soberbos, desentristecendo os ventos e as coivaras nas cadências dos seus sapateados estridentes, versos rasgados, requebradas dolentes. Era arredondado, embora pequeno, o povo junto dos Martericos e os Barceanos, famílias entrelaçadas de rusgas e afetos, dependendo das luas, das aguadas, das cachaças, perseverantes no trabalho, na faina algodoeira, mas que nos sábados se arreliavam nos desafios e cantorias. Festaram enfeitados inviolados e ruidosos, noite funda, no casamento do Jupitão e da Sá Velécia, por madrugada chegando. Existia uma roda de jongo do mestre Sibiáto Abiacó e seus afamilhados e outros compadres, que subia perto da capela nos sábados quando o sol amainava e esperava ele voltar no outro dia para mostrar que ainda estava na cabeceira dos mandos das gingas e cantorias. Coisas dos nossos sertões. Eram eloquentes as cantadas reisadas, fantasias, brincadeiras, sorrisos.

Havia um retireiro de leite, Vancanor Moreva, no sopé da Coivara do Lobisomem, divisa com a Serra dos Leprosos, nunca atinei apurar a procedência da nomeada da coivara ser do lobisomem, se arrastava mesmo o bicho por lá, até desacreditava em tal, mas se dizia assim daqueles fundos e ficou o nome. Por assanhadas fidalguias chamava o retireiro os conterrâneos que consigo vieram de Pedralvas dos Alambiques, região de fronteiras do estado, plantadores de algodão, gente boa, os Acalios Predícios, os Delboneus Vitratos e os Cosmantinos Trevácios, juntados todos, se lambuzavam nas congadas por noite adentrando sol nascendo. Euforias e nuances. Dos litorais e praias, por uns desacertos de matança e fugas da capital, na beira da praia, meu pai admitiu uns capoeiristas de gingados espaçados, calibrados nas manhas, afetuosos nos sorrisos, que se divertiam em batucadas e berimbaus até a saracura amoitar no brejo. Os tempos outros, daquelas alegrias, sabiam misturar muito certificadas as irmandades entre as fés e as festas. Puritanas sacanagens muito adequadas às conveniências e artimanhas religiosas pagãs, católicas, protestantes, espíritas, candomblés, catimbós ou macumbas, respeitosas rezas e sensos. E o Monsenhor Rociáto, muito calibrado nas ponderações, desfazia as vistas para os outros pecados para não atrapalhar as alegrias. As igrejas e as crenças eram mais irmanadas com o povo. Não falavam desnecessárias improcedências fora das missas, não desmereciam as rezas, cultos, umbandas, macumbas, candomblés, deixavam as artimanhas de pecado, salvação, inferno e outras feitas para os arranjos particulares. Obobolaum superior acatava satisfeito. Formosuras, cantorias, caboclos e exus encarnando, santos milagreiros bisbilhotando, prepotentes gentes atazanadas nas sabedorias dos atributos ou dos repiques corretos: atabaques, pandeiros, incensos, cuíca, reza, afetos, velas, respeito, benzedeira, ciúmes, flertes, casamento, pinga, propósitos, orgasmos, transe. Tudo entranhava nas veias como se fossem as tranças do seu pai Camiló, que sabia operar os couros, as almas e as carnes. As coisas articulavam justas nas medidas das desforras, premissas, interminavelmente alongadas, alegres.

Mas voltando às fugas dos sertões e suas secas, corretas, digo, consabidas, agrego as razões de Sá Valécia, comadre, mulher do Jupitão ir-se. Foram mais fundos outros propósitos seus. Nem ela mesma sabia dos dela, mas nós intentamos, sem lhe contar, pois não destravávamos corretos se pensávamos exatos, dizer como era, pois desconfiávamos das desconfianças. O sertão tem destes silêncios, a gente mesmo não deveria desfigurar de abrir para não torcer as figuras, não desatinar se agradaria desfazer vagarosos segredos dela sem consciências para não melindrar. Propunha, era assim com a comadre, como muitas das coisas aqui na fazenda, ela, as outras, os sorrisos e as reverências com as mulheres demais, nas corredeiras das lavagens de roupas, nas margens do rio, no cheiro de melancolia, repique da ansiedade do que não iria mudar. Atente, difícil perceber, mas era. Só quem artimanhava simplezas faceiras acatava a alegria de conversar carinhos, maledicências, desforras, invejas, afetos, despropósitos, amores, mentiras, meiguices, as invencionices, nas ribeirinhas aguadas correntes entre elas, poderia dar conta. Mulheres-moças, assistindo ao chiado da corredeira calada, petulante, graúda como fora o Açu carinhoso, saberiam o valor de tudo aquilo que a seca filha da puta levara sem pedir permissão. Confuso, eu sei, mas era, creia. Moçadas, senhoras, criançadas, guris afeitos também, vendo, distraídos, passarem corrente abaixo, rio acima, um, quase sempre em seguida, mais um rumando antes de sumir, sumir atrás da curva, atrás das fantasias, atrás-atrás, enfileirados, barcos, veleiros, ventos, levando, trazendo, subindo, descendo, amor, sonho, vida, conversa, prosa. Outro parando na barranca, como eram sendo, descendo gente, partindo depois barcos das gaiolas lotadas de solidões ou esperanças, todos nas mesmas intenções de viagens continuadas. E as lavadeiras ali proseando infinitas indiferenças que enchiam o coração vendo o guri saltar do barranco, o marido, irmão ou o namorado tirar um tucunaré, uma piracanchiara, um pacu do anzol e o sol ficar com inveja. Persistiam fantasias fantasiadas, olhos cegos enxergando devaneios, horizontais amedrontados, soslaiando flertes cismados, amealhando de lado o homem que poderia ser amigado querendo, sem saber ele dos intentos e que por ser assim nem aconteceu desventuras. Também tristes nas dobras das margens, fugindo por elas, talvez até aproando carências pelas aguadas, nunca acabadas e o barco navegando para qualquer desatino e as vistas seguindo e a vontade de ir junto pelos mesmos desaprumados longes por onde subia um biguá criado ou descia um socó-boi à cata do seu destino. O remanso por onde se escondiam as canoas em seus fins, levando as fantasias, era incógnito nas suas desforras, abismado de calado, falante no silêncio, pois escapulia, nos mesmos escondidos poentes destas magias, o jaçanã à cata de seus aprumos, enquanto o tuiuiú voltava para seu aconchego pelas mesmas águas. Por isto que suas correntezas embarcadas com os canoeiros sumiam e retornavam, mas só até depois da outra melancolia. E enfeitando o azul, que brincava de aurora, voejava a passarada de todas as naturezas que sabiam ser marrecos ou gaivotas, para repescarem suas carências vestidas de pirapitingas, dourados, jiripocas, cabeçudas, nos meios das corredeiras, enquanto a meninada destrambelhava das pedras, margens ou tocos para mergulhar.

Mas se deu e veio, no entanto, um dia, não voltaram nunca mais mesmo as águas, barcos, gentes, aves. E junto foram as alegrias, as capivaras, sonhos, peixes, fantasias, seriemas, os amantes, saracuras, as esperanças. Ninguém acreditou que houvesse ladrão para tanta fartura destravada e levou o Açu rio abaixo este sem-fim, afogou no terror quem bebericava esperança nas suas marés. Não foram só as águas que a seca levou, arrebatou a vida. Por assim se foi o rio e era querido, respeitado, instigado, amadas as abundâncias das suas corredeiras. Só quem não sabia que as coisas deveriam estar no começo do resto, por tanto e portanto para sempre, não imaginaria o quanto isto atropelou cada um. Desafeiçoou. Por que deveria ser para incessantemente as coisas, como as comadres todas que ali se contrafeitavam nas barrancas do rio, intuíam, sem darem conta, a privação descomedida da falta d'água para desvalidar sonhos, muitos, enormes, de uma só pessoa? Desaforava ameigada a tábua de bater roupa às mágoas, realçava a paciência, impelia o afeto, enricava apetites mimosos das carnes carentes, estimulava raivas, predizia ciúmes, arribava amores às claras ou às escondidas, tudo às beiras margeadas vendo os rodamoinhos dos anseios, melancolias, querenças rodopiando nos meios das quebradas. Trocados pensamentos em cicios revelados para as ribeirinhas confidências corriam mansas com os carinhos das águas estimulando. O sertão das aguadas tinha destes poucos gracejos, estas miudezas engrandeciam os palavreados, os espíritos das vivências das barrancas. Se ponha. Lavava a alma, acalanto pausado das vozes sofridas, cantochão das lamúrias premindo as batidas, sangrando nas tábuas das salvas castigadas como se estivessem destrinchando os desafios que não foram desencarnados e como se estivessem batendo no marido bêbado, no filho ranheta, na sogra filha da puta, na dívida, torcendo a paixão escondida, no vestido novo que não veio, reforçando a vontade de fuga com o flerte, enxaguando a fome, sovando o patrão canalha. Acredite, moço, sabe das artimanhas da sua mãe, viúva de Camiló, assemelhadas aparências paralelas de conversas caladas dela na beirada do córrego de seu sítio, envergando o silêncio, ouvindo a solidão. Nas incertas ingratas das corredeiras baixando, sumiços arreganhados, tristezas, era como se cada mulher revisse, nas entranhas dos bofes do leito de pedras do Jurucuí esvaziado, suas intimidades, fraquezas, vergonhas voltando, regurgitando. Confundiram nas mazelas das secas das almas entranhadas próprias, com os intestinos vomitados do rio devolvendo suas penúrias ou sonhos.

Na desgraça, a falta d'água levou para o sumidouro os barcos, outras melancolias, os pássaros, os motivos. Sem barco, carência de amor, sem disputa, fim do vento, passarinhada sumida, a vida atolou no brejo seco, as fantasias não surgiram mais nas viradas das curvas do rio, de onde sempre surgia um martim-pescador fantasiado de esperança, cruzando com a marreca levando uma saudade para um indefinido. A simplicidade embalava na brisa e desfazia a tristeza. Sonho não arribava, imaginação engastalhava na secura. Você vai dizer que estou caducando, enrolando despropositados de amor, odiados, peixe, rios, águas, pássaro, fugas, canoas, abandonos. A seca ninguém via, não apalpava, jamais mordia, mas engarupava-se consigo, levando, as alegrias, gentes, famílias, gado, roça, sorrisos, esperanças. Pendurados na agonia, fim das aguadas, ficaram só tristeza, urubus, carcarás, o vento parado, carcaças da animalada morta. Esvaziou o sertão do Jurucuí, como tanto igualado às outras catingas avizinhadas.

Assim se deu. Seca veio. Eu e Jupitão amoitamos nesta cozinha. Calada e sozinha, minha mulher Lícia amiudou entristecer no cômodo do oratório, terço na mão, dedilhando as contas para cada um dos santos de devoção procedentes, espiados, redundâncias repetidas, cantilenas igualadas para *atravessar o dia sem esperança de contar quantos, abeirar noite, desmerecer penitência. Arredondados anseios e desforras milagrosas se punham em mesmices sem desacorçoarem de ouriçar a alma. Desmediu tristeza. Tudo, todos haviam acabado em roda. Filha Calinha, muita afeita à mãe, gestava meditativa acabrunhada, solidão de fim e sentidos, embora vida carecesse ter, nós pontuávamos. Angústias dias corridos seus inteiros sozinha no quarto. Melindrava beiral da janela, aquietada de motivos, vendo o funeral do berço lamentoso do Jurucuí sumido apontando as pedras, margens secadas desmerecidas das farturas de vida ali, criações sumidas, urubu agourando as carniças. Pássaros das ribeiras transviados, passarinhada que dava majestade em tempo de euforias. Desaparecidos os encantos das corredeiras carinhosas que afagaram manhosas sua infância, suas alegrias. Com os barcos sumiram as pessoas e as pessoas levaram os motivos, estes desamealharam suas desventuras e se ponha.*

O fim meu veio naquele rompante anuviado de desgraça, desabnegado, me desfazendo de porventura, maledicência de viver. E se deu maleitoso depois que tomou a filha andamento desajuizado, distúrbio mental, improcedente. Desceu as escadas do alpendre do sobrado, Calinha, acoitou no batente de jacarandá da soleira, choramingando ruínas d'alma. Encontrou, desgraça, resto esquecido de formicida no fundo do porão, destampou a vasilha, alongou o choro, despejou um cisco de côvado na garganta rasa, para dizer adeus, e desfez corpo e alma na terra seca. O cachorro uivou solidão no atento exigido, correto, de carências de socorros urgentes. Ventou desatino ela, desbragou um arroto carcomido, intuído, equidistante, empertigou sonorizando desassossegos, artimanhas pariam os descabimentos. Ouvi sem escutar, não sei como, o aviso veio do além ou do intuito. Desesperei nos firmamentos de onde estava as tragédias pressentidas, gritei, testemunhei comigo, desvencilhei do que premia, corri correto para o baixio do alpendre, para a sanha, saga, desespero. Adivinhamentos e premonitórios sem progressos. Só naquela hora final retruquei meus desatinos de não entender a menina, transpassei gestados de ignorância de não ter previsto antes. Chamei desesperado Jupitão, acudimos a filha na embocadura dos recursos que sabíamos. Formas antigas de desenvenenar carências e vacada. Lavamos com mangueira de borracha enfiando o que cabia de aguada no estômago, goela abaixo, como se animal ervado fosse. Gordura de óleo de algodão junto para ensaboar as entranhas. Remédio de Deléia para bezerro ervado para vomitar as desgraças engolidas. Tresandamos para Axumaraicá à cata de hospital, entrouxando água oleada garganta aberta abaixo e ela devolvendo pelos bofes o veneno. Dadivamos de ir pedindo suficiências dos milagres para que ela não morresse nos caminhos, nas minhas vistas, nos meus desatinos. Eu que não sabia se acreditava em deus, fui pedindo por misericórdias, choros e procedências. Nós, no carro, seguíamos nossas agonias. E gemendo ela os arrependimentos, a má desfeita. Eu trepidando o desespero dela nos meus braços, Jupitão desafortunado, mas competente, conduzindo nos atropelos de enfrentar poeira, buracos, pés atolados no acelerador. Fomos aguando a garganta para ir vomitando ela o que dava, e o formicida desenterrar dos esôfagos, das buchadas, das desgraças, atinamos resvaladas procedências de socorrer os caminhos inteiros. Lícia, minha mulher, subjugava o terço despauterando promessas, ofertórios, oferendas, ex-votos, para a poeira misturar, sem arrependimentos, com nossas lágrimas. Seguíamos de trambolhos e desatinos. Desprocedimentos, discórdias, deusnoslivres pedidos, angústias, trombados anseios. O carro afobava nas magnitudes de Jupitão, seus olhos esgarçados nas curvas, buracos, nos solavancos, esperanças, medos. Na Santa Casa, que de Axumaraicá não era muito mais do que um pronto-socorro, má ouriçada baia de potrancas parir, comparando de canhota, vergonha, foram acomodando de darem os restados dos tratamentos mais prestimosos. Atentamos, Jupitão e eu, que o formicida já estivesse, talvez, meio velho, destampado, poderia ter sido aguado e enfraquecido. Sorte, se foi, não desdigo nem porventuro, embora tenha aventado mesmo que o veneno estivesse menos abnegado de fortalezas perniciosas mesmo. Foi seguido, vagarosa, refazendo de desmandos, Calinha. Chorou uma semana acamada no sanatório, melhorou das saúdes, mas o tempo, único corretivo, trouxe mais proveito, cadenciados morosos. Acompanhamos. Restou sequela diversificada, pequena, de engolir, uns traquejos estranhos na voz, como se falasse do além, mas o corpo dela desistiu de morrer daquela vez.

Foi a última ocasião que Jupitão, eu também, saímos da fazenda quando fomos levá-la a Axumaraicá e o médico fez os complementos das lavagens começadas nos caminhos. A Santa Casa era desmerecida, mas o médico, além de atribuído nas competências, foi afetivo. Era sertanejo de nascimento e bem recomendado por gente de meritórias atribuições. Aperreamos em nossos outros portantos, Lícia e eu, desmerecemos continuar insistindo nas amarguras da fazenda. Chamei outros filhos, reassumiram corretas empreitas, muito competentes de desfazerem desventuras. Intuíram à mãe mais irmã as ideias corretas e as levaram mesmo esquisitas e estranhadas, sem saberem definições e ciências próprias de viverem outras vidas, desavenças, esperanças poucas diversificadas para desanuviar, contrapartidas de inclinações melhores. Quem dera, quem sabia, tentativas? Talvez atentados de lutas novas, lugar diverso, gentes diferentes andejariam percalços melhores. Eu tergiversei uns variados, casmurrei por mim noites preambuladas de insônias desabridas. Voltei conversas com os caibros, os morcegos, os fantasmas. Faltou o baio para amanhecer nos cerrados e conversar de palpites. Desabusei também, por arrepio nas carências de outras aptidões, de procurar Sinhá Deléia, que naquelas alturas já estaria desfeita desinteressada das alternâncias das carnes, dos sorrisos, cismas e adivinhações. Acho ainda que demandou outros sertões, se não acarinhou moda de morrer por uns tempos até reencarnar novas conveniências, como ela acreditava tão veemente nestas exuberâncias. Bom para ela, estas alegorias de reencarnações. Ao que nos meus controversos destas teimas e dúvidas, eu ensimesmava sozinho na garupa da solidão, pois Jupitão já decidira as sinas dele e não queria malversar minhas autonomias. Passou o tempo passando como ele, tempo, que só sabia ser tempo, gostava de fazer com quem não tinha sossego.

    Dia outro, quando a família inteirada atendeu de levar embora mãe e Calinha, segui juntado com cada um e todos até a porteira da frente. Sequenciamos a pé, poeira marcando os passos, juntos ali reunidos para as desfeitas. Lembrei, saudade, tempos, enxuguei a lágrima escondido, pois creia, voltou memória vendo como se ainda fosse, que até a porteira, começando na estrada municipal, antigamente ornava uma corredeira elegante de palmeiras para até fazer inveja e figura, enfeitando os mimos, as petulâncias, empertigava as aristocracias e arrematava no pé do sobrado. Ali pertinho morrera e enterrara o baio, na sinfonia da juruti, que também descambara. Voltou nas ideias, caminhando enquanto cada de nós rebocava seu silêncio e tristeza até a entrada, ou sei lá a saída, para a despedida da vida que se fora querendo me apaziguar de querenças de outros incentivos. Queriam em vozes igualadas, choramingadas, premissas e promessas de eu abandonar com eles todos o Jurucuí, as agruras, urubus, seca, passado. Olhei a janela do sobrado, lá estava Jupitão mortiço como desprezo sem serventia de placenta de égua parida, afeiçoado nas almas dos aléns, lobisomem de melancolias, cismado de repelente de não ir embora, parecia ele exato como era. Crendices minhas, atinei de olhados envesgados, direto para uma banda na esquerda, enquanto estremunhava para outra para a direita. O terceiro olho na angústia. Atinei as cismas, pois ali se davam as desarmonias diferenciadas do passado e do futuro, alternados, emparelhados nos prepostos, paralelos na porteira juntos, de mãos dadas, como cara e coroa de sortes divergentes, desconhecidas, despeitosas, divididas de cisões infinitas, decisórias alternativas. Mas se ponha que era a minha vida nos seus acabamentos a serem traçados. Principiando, do bocado de moirão para trás, passado, de soslaio, para o outro, no desvio dos olhos para a frente, o futuro. O carro acelerando para eu entrar, a porteira me tangendo para ficar. Adjacentes conflitos. Os dois disputando as sinas do que fora uma e a outra do que seria. Mastigando ambos minhas duvidosas dúvidas para eu decidir sozinho como solidão, praga, sofrimento, e só o meu confronto repelente de patrimônio de decisão para instruir. Olhei, enviesado de vistas envesgadas nas maneiras e procedimentos meus das cismas antigas, a cova do baio, a juriti fugida, trator enferrujando no meio da estrada, abandonado, casarão caindo, destelhando, a porteira de cambará despregando do moirão onde está assentada por cem anos. Aquilo tudo era a erosão da minha alma, mas era minha e eu não poderia abnegar. Amofinados perjúrios. No cocho velho, furado, encostado de queixo caído, deus de mechas desgrenhadas, cabisbaixo de milagres desperdiçados na secura do sertão, o diabo, palito no canino como apetecia nas horas de desfeitas, desafiando muito majestoso para eles, divindades demoníacas, travarem um truco dos corretos ou dos errados, dos pecados ou das decências. Teimosias dos aléns e dos sobrenaturais desumanos. De outro ponto, a enxurrada de desconhecidos, a cidade grande, a dependência, o fim do sertão, acanho dos desdouros ou alegrias, a família indo. O resto se deu e você, filho de Camiló, sabe, pois me encontrou aqui, pasmado. Finquei animado no desânimo de não ir embora, sem grandes entusiasmos. Empaquei como jumenta no cio, desaprendizado, feitiço de prosa mole, serão só com Jupitão até horas para acarinharmos o silêncio, ou melhor, a mesma coisa repetida, nada. Tudo nestes achados da noite vendo a lua desapegar de bonita, mas nem pondo valor como era. Fiquei remorçando um quinhão graúdo, desafeito de esperança de tudo, mas preferido de querenças de morrer emparelhado no lugar em que fui parido, me criei, onde depois desmedi de ser senhor, afamilhar, desfamilhar, amigar, desamigar, e que tudo amontoado e junto foi embora com as faltas d'águas. As correntes do Jurucuí sumidas me arrastaram nas mesmas carências. Preferi enroscar por aqui até desaprender de viver. Me calo, Jupitão se quiser prossiga, fale, eu mesmeio sem opinião ou bravata mais, como gostava de permitir meus arroubos de conversa montado no baio ou encavalado no sustenido do gemido da Deléia quando gritava no achego dos orgasmos, atinentemente encalavrada nas altivezes dos procedimentos. Calo por deméritos de falas desproveitosas.

* * *

Finados ditos, silêncios, premeditados olhos sem vistas ou sentidos, nem desconversou Cadinho, propositou ainda menos, descabia, indefiniu. Adeuses, despedidas, até mais, volta quando puder e carecer, voumesemboras, obrigados. É cedo. Careço. Seu Vazinho atentou lembrança mulher de Camiló, repassou falas de homem bom, artista, vidente, sertanejo de raça e timbre. Mandou pegar pedaço de carne de sol, que merecia justiça pelas amizades. Agradeceu e levou, precisava, pois. Pediu licença para sair pela escada da cozinha mesmo, o visitante Cadinho, filho do trançeiro benzedor e adivinho. Saiu ele desanimado, visto não querer assumir cisma igual de repetir as solidões cruzadas na chegada: quartos esvaziados, pós, sala de jantar, quadros de mortos, Tia Beazinha, capela, biblioteca, morcegos, penumbra, medo, caibros podres, imaginação, ruínas, pinturas, livros. Ainda os cupins e traças saltitando suas euforias, prateleiras despencadas, maritaca medrosa, coruja cega, solidão, um gato caolho, penico, ratazana, banheiro, forros despencando, ó, deus! Deram-se adeuses, até quando, vou-me. Agadanhou, despedindo os finais, Cadinho, vistas da lua aberta por falta de qualquer anuviado, afagou o cachorro embaixo do alpendre, pretendeu supostos desconfios de Tia Beazinha espionando da janela, afagando seu gato pardo, confabulando com o urinol, enxotando os morcegos emprenhados nos odores das urinas enfezadas. O filho de Inhazinha, ouvinte de Seu Vazinho, intentou estrada puxando o cavalo Proeiro. Sentiu que o animal fraquejado merecia repouso após vinda longa de troteados e tropicões, macerando as piçarras ressecadas, falta d'água, poeira, fantasmas da Serra dos Leprosos. Nos gestos cismados andava Cadinho em cirandados pensamentos nos anoitados secos, camuflando até os urubus, carcarás, poeiras, só desmedindo a solidão para o curiango ensinar o caminho, saltitando verso e prosa à frente como lhe cabia e desejava exibir os olhos brilhantes de indiferenças nos seus avoados curtos. Na estrada, Cadinho apalpava os buracos, descalço, saudoso do pai, do irmão, do passado, do futuro. Nunca havia tido tanta memória da imensidão da tristeza do futuro. Jamais até sentira o tamanho da memória da angústia do que queria. Achava que descarecia apaziguar, mas soube que iria desfortunar nas amarguras que viriam nas frentes das suas ânsias a brotarem calejadas de desgraças. Não se fez de vidente nem de profeta, mas de sertanejo, filho de Camiló, Inhazinha, analfabeto, bastava tanto para enxergar as premonições nos escuros, que as trilhas dos prováveis escondiam, tendo à proa só o curiango saltitando sem destino ou obrigação. Foi assim cortando devaneios, pedras do rumo, desconjuras de solidão e buracos, uma noite inteira de pós macerados até se apanhar na travessia vazia de Oitão dos Brocados. O vazio enorme da quase desabitada vila e seguiu o órfão levando sua melancolia para dormir, deixando a vista receber a madrugada trazendo o sol da Serra da Forquilha, que ele tanto amava, mas assistia na mesma toada ao cruzeiro do sul escapar para não abrir vaza para qualquer esperança.

CAPÍTULO XIV

DAS DESFEITAS, DAS DESPEDIDAS, DAS SEPARAÇÕES, DOS DESATINOS

Quem deu notícias na boca da solidão àquelas horas da noite, repetidas badaladas, foi o sino da matriz, escutando Cadinho conversar com Simião, mais os pombos arrulhando em voltas. Liau sonolento, mastigando suas fomes, aos pés do sucateiro, entremeados juntos aos destinos espalhados em roda, santos na igreja, chafariz na quietude, postes apagando, vitrais góticos cismando lamber os céus, e, por desfeita carinhosa, a brisa suave espionando o chiado e o burburinho do silêncio. O luminoso da Pensão Nossa Senhora das Boas Dádivas acabara de ser desmerecido. Senhora respeitada de seus destinos e decisões, Cafetina Merinha, pontual, procedeu pôr fins nas tarefas, satisfeita das manobras e tranquilidades do dia corrido, desamuada das obrigações e impertinências, ajoelhou-se respeitosa aos pés da Madalena Santa, protetora das moças carinhosas, agradeceu às graças do senhor, à praça, à vida tranquila das venturas que mais uma noite lhe dera. Muito penhorada de alegrias e responsabilidades cumpridas, Merinha, sem remorsos ou desfeitas por consciência exata dos alinhamentos justos com as purezas, abnegada, rezou, dormiu como sabia. Cadinho amenizava as solidões próprias nos limites dos seus tracejados de carvão, pés sublimes dos carrilhões e vitrais, protegendo suas gentes, angústias, dúvidas. Um carro de polícia desconhecido, diferente dos normais guardas que exploravam todas as madrugadas o entorno da matriz, as meretrizes, traficantes, cafetões, tradicionalmente, para colherem seus subornos, coitos ou drogas, parou para averiguar o que poderia usufruir. Ensaiaram os estranhos policiais as agressões e petulâncias de rotina, pedindo referências, documentos, motivos para o catador abandonado, conversando com seus aléns, protegido nos escuros das paredes das torres, ouvindo os embalos dos sinos. Cadinho levantou os braços, silenciou, deixou de lado os desaforos menores, engoliu os maiores, aconselhou-se com o cigano revoltado. Os guardas viram que não haveria dinheiro, muito menos maconha ou outros interesses para serem extorquidos, chutaram o cachorro, espantaram os pombos, cuspiram e pisaram em cima do Cigano Simião, agitando seus orgulhos, por não aprenderem a vê-lo em alma ao lado do amigo Cadinho, pronto para defender o carroceiro. Riscaram os pés com seus coturnos sórdidos sobre os carvões abençoados, ligaram a sirene prepotente, deram a diligência por realizada, tão logo anotada no bloco inútil de ocorrências. Cadinho, livre das contrafeitas, arrematou suas tristezas:

* * *

Voltando das prosas com Seu Vazinho, entremeou Oitão, vagarento, meditativo, puxando o animal cansado, Cadinho, pisando igualados os dois, os pés amargos que o tempo guardava para ofertar a quem cruzasse a vila. Por sertanejas desventuras cadenciava o filho de Inhazinha ainda os mesmos pensados trazidos das prosas da fazenda, das artimanhas de Seu Vazinho, no que foram as abundâncias, farturas, rompantes, aristocracias, as saudades, arrogâncias, amores desfeitos, políticas, desafetos e nunca mais seriam. Enveredou Cadinho barroca acima rumo do sítio espiando a Forquilha majestosa, serra amiga que o encantava de menino, apaziguando ela o sol enroscado mais um graveto de nada em seu regaço antes de ele começar a acordar para esquentar as teimosias. E tudo se dava naqueles restados de noite se acabando, para quem ainda andasse por ali. As maritacas ameaçaram sair à cata das primeiras algazarras desviando para o Espigão dos Carcarás antes de inverterem para a Capoeira do Jequitibá. Cismava na solidão, o moço chegando. Abriu a tranqueira de arame, desencabrestou o cavalo, mesmo na teimosia sabida de não achar quase nada de pasto, mas se carecia assim. Como era providencial para o afeto, afagou a tala do pescoço que não compensava o capim faltado, mas acarinhava a alma. Foi o que se deu, pois era o que tinha, deu, não dispôs mais por indispor o que não dispunha. Atentou rumo da porta da cozinha para evitar barulho depois de cruzar os encarvoados sobre o saibro seco, que Inhazinha provera nas tradições. Urinou calado ali, desafeitando as sanhas para apaziguar os espíritos e as manias. Assim desfazia de supetão e as próprias sinas dos olhados cruzados, pois procedeu ver a mãe arrumando parelha às brasas do fogão o jacá com as sobras dos trançados e das artes do falecido Camiló. Resto de quase nada para fingir que tinham, como pediam os espíritos e as fantasias para não sofrerem mais. Desprosearam balbuciados destinos sem aprumos ou promessas, desmerecidos por não se fazerem sentidos com os conhecidos das faltas chegando. Amarguradas vidas quebradas, fados futuros das manas, sabiam, calaram nas quietudes, os dois. Inhazinha ombreou o jacá, agradeceu Cadinho urinar nos tisnados, mandou que dormisse, abençoou desmotivada, ofereceu o sorriso que dispunha sem sobrevalências, espionou a coruja, direto nos olhos sisudos, vidrados, para ver se paria então premonição ou esperança. Negativas indiferenças se desfizeram acomodando o nada. A coruja, indiferente às alternâncias e perguntas de Inhazinha, visou indecisa o morcego e se o mastigava naquela hora ou descansava sobre o caibro quebrado. A sertaneja atentou que as coisas não se faziam e preferiu rumar estradando trilha abaixo para encontrar Oitão e desforras. Veio cadenciando passos entremeados, arrastando a solidão, buracos evitados, poeira insinuando entalar nos dedos descalços. Bando atabalhoado de inhambus pretos, repetindo os pousos a cada nada sobre as cercas e quiçaças, seguiam à frente como se precisassem ensinar o caminho à mãe triste, apegada ao casebre, filhos, bica d'água encolhendo aos passados do tempo, tristeza e as passadas justas ao caminhar no rastro da teima. Refez as ideias das coisas acabando, a viúva de Camiló: vizinhanças dos afamiliados restando um nada, pois já nos reparos os ficados outros poucos eram, de também desventurarem alternativas diferentes em dias contados.

 Se deu, ficava Oitão mais destravado de gente, arregaçado na amargura, pó no tempo cruzando no vento quente. Chegando Inhazinha na postura exata de Abigão, abrindo a venda com desânimo, desmotivadamente, se saudaram em desinteresses igualmente desfeitos. Eram bons dias insonsos sem lampejos ou formosuras, como nos anteriores. Enquanto a mulher de Camiló preparava as vistas para as exposições dos trançados entre a entrada do posto de gasolina e a venda do Abigão, temperava nas ideias as saudades dos acabados, como se a poeira voltasse às páginas das reminiscências, das farturas de gentes, boiadas, caminhões, automóveis, cavaleiros invadindo os arruados à cata de obrigações e fantasias, das vidas, euforias, burburinhos. Depois das secas, sem rumos certos, cruzavam a vila vez em quando apoucadas gentes, raro-raro um carro, ora descendo para o sul, ora quebrando para o litoral, quem saberia para quais indefinidos, nas esperanças de encherem as vistas com as águas acabadas nas catingas de onde vinham. Cedinho aquele exato trespassava povinho pobre, muito sem nada, bem de manhã se dando, Inhazinha apenada das impossibilidades de ajudar, seguindo os passos deles nos olhos desanimados, retirando sem destinos a família inteira. Arriavam as dores puxando um jumento em couro russo despelado, carregado de fome, junto um cachorro lambendo as sobras dos seus latidos, era o que restara, filhos ossudos nas pelancas e na tocaia, desespiando sem ver dois pares de olhos dos pais desesperados pedindo clemência, palpite de sina para onde seguir. A mãe tentava um resto de leite do peito caído e saía lágrima, por desgraça, para amamentar o filho caveirado. Os urubus e os carcarás se animaram nas façanhas certas de chegarem com o dia começando em Oitão e apreciaram, dos seus assentos, vendo as desgraças verdejando. O diabo, entrincheirado na boca do arruado, perto do cemitério, chamava deus desbaratado, cuspindo poeira e tossindo, encostado na porta da capela caindo, para verem o que fizeram nas artimanhas dos milagres apostados nos vieses invertidos. Maledicências. Abigão lascou um pedaço de carne de sol, juntou um deus-lhes-abençoe do coração e umas bolachas velhas da prateleira e deu ao casal que devolveu em deus-lhe-pague, pois era o que tinham. O resto não poderia acudir o vendeiro para não ficar sem restados poucos, montar no jumento e sair ele pedindo perdão do que não fizera pelo despautério. Passou o dia todo de quase nada acontecendo, Inhazinha mourejando suas dúvidas, Abigão desfazendo carências. Um carro, um caminhão, outros retirantes a pé, contados sem precisar usar de todos os dedos de uma mão. A cavalo uns restados, ninguém parava, compras de nada, corriam horas, pó, solidão, desânimo. Era.

Fim de tarde sem atrativos, Inhazinha cochilando no sombreado quente do pé de tamboril não via destino de vender nada, mas não tinha outros preceitos por falta de palpites e dinheiro. Tresandava pensados sem ajustes revelados. O joão-de-barro esperava no topo da copaíba chover para terminar suas labutas alegres construtoras e poder aninhar, como era de suas manobras naturais, sabedorias e desejos. Os barros, as melancolias levaram, deixando poeira calhorda nas vinganças. O sol embicou um pouco mais para as suas rotinas. Estacionou um caminhão com retirantes, pau-de-arara, viera lavrando cortes e pós pelos espigões da Serra dos Leprosos, outras freguesias e lampejos sem mais euforias, por onde parava corriqueiro para carregar apoveados do que conseguira pelos trocados pagos. Dispusera nos bancos da carroceria, gente, sujeira, fome, solidão, miséria. Juntava quem tinha uns sobrados para assumir viagem e escapar dos lugarejos avizinhados, conhecidos – Cariapó dos Pecados, Capoeira da Muriçoca, no sopé da divisa com Curral dos Pousos. Moncada dos Alepros, lugar que fora de ladrões de cavalos, nos tempos que se tinha o que roubar, Mato Feio, virada da curva do Jurucuí para escapar da Ladeira da Quebra Cangalha. Passou o pau-de-arara por Peregó da Velha, estradou também por Cachoeira do Frontão, depois, insinuou pelo fundo da Coivara do Lobisomem – todas passagens sendo redondezas de Oitão, que Inhazinha conhecera de saudades e falas de Camiló, enquanto rondava ele com sua matula carreando ofertas trançadas, mimosas, relhos, rabos-de-tatu, cabrestos, cabeçadas. Desceram da condução carregada, enlonada, bancos de madeiras espremidos, criança, velho, solidão, homem, tristeza, mulher, desespero, o papagaio, metades das carnes e ossos do aleijado, o choro, mutirão de fome. Vinham rumando para sinas desconhecidas, lambiscados de esperança para cada um seguir até onde, nas proporções das reservas, que conseguiriam pagar ao dono do caminhão, para fugir sem destinos todos, todos fugindo das desgraças maiores, para ver se pelo menos trombavam com menores.

Abigão lambeu os dedos, estribou à porta, sorriso dadivoso de magnitudes e aprovações, se depôs atrás dos balcões para as serventias, esperançou pedidos, vendas, negócios. As coisas foram-se dando entrecortadas e difíceis de comércio, dinheiro ralo, miudezas. Pedaço de rapadura, risquinho de jabá, manjuba, pirulito, pequenas cinquenta gramas de farinha de mandioca, canjica, fumo de rolo, coisinhas tiquiras. A providência no pau-de-arara testemunhou achegada, aquietada, por ser do seu temperamento de carência de descanso para os povos e motoristas, igual quando as conduções outras dormiam em Oitão, pois a mulherada graúda, levando as crianças de colo, e as meninas pequenas correram para o fundo do curral velho do Abigão para mijar-cagadas onde era dos seus destinos procederem estas necessidade carecidas, próprias, ali na capoeira fechada. Ainda corria pelos desvios de uma mina quase sumida d'água, descendo da nascente na Matinha do Germásio, irmão do Abigão, e atendia na bica as abluções e lavagens das providências pedidas. Os homens desativaram as manobras assemelhadas atrás do posto de gasolina, por ser onde a sombra do sol se escondia descendo pela Várzea da Macoté Crioula até encontrar o Açu estilhaçado de quase seco e onde antes a balsa encostava. A catinga ali escondia as privacidades envergonhadas e os desaforos. Inhazinha levantou nas formalidades curiosas de ver gente e mesuras. Foi de improviso, pois o vento ralo, que há muito não visitava Oitão, borrifou um desembalo sobre a esperança. Dizia Sinhá Délia que o vento sobejava novidades, mas era mais afeiçoado ao demônio quando estava corricando almas para satisfazer desaforos. Se deu.

 Acatálio Jonverte Mouresco, entusiasmado moço do caminhão, entestou os olhos mortiços na garupa magra, descarnada, mas altiva, de Inhazinha. Mediu a leveza da coxa atraente proporcional à bunda entusiasmada, empertigada na elegância, subindo as carnes ralas, mas saborosas, para enfeitar as costas compridas, finas, recebendo os encaracolados cabelos graciosos. E os caracóis escondiam os peitos amiudados, mas nas devidas mesuras. Interessantes procedimentos e reflexões sem contrafeitos, pensou o moço satisfeito e empolgado. Entusiasmou de aditar uns centímetros a mais de quilos nas pujanças das vistas, mas nos devidos tempos, territórios outros, mais depois, e se novas cismas carreassem amadurecidas conveniências. Por oração, a sanha entusiasmava nos adequados da urgência do sexo imediato. Alimentou sabores, aromou. Desfez vistas na temperatura da cintura tangente a barriga enxuta encantando os pontilhados das proporções e achegos. Retornou aos seios condizentes com as mesuras das atrações dos imediatos. As maritacas repetiram seus atropelos para avisar que restava um punhado de dia e bênção, sem lua ainda, para ser socorrido. Acatálio não esmoreceu recompensas, insuficiências desnecessárias careciam prosperar nas visagens, para testar os restados, os seus empenhos. De corretos soslaios e perspectivas irreverentes, introjeções caladas, consabidas, descendeu às nuances esverdeadas dos olhados sorrisos da mulher Inhazinha como se atreveu o forasteiro, enquanto ela apreciava os dentes do caboclo macetando o cigarro mascado nas bocas tortas do confronto. Tudo nos melindres dos interesses das sobejas lavradas nos amoldados das vistas aprovadas até a metade superior das relevâncias dos seios da moça e dos ombros do Acatálio. Emparelharam as relevâncias e os convenientes. Enveredou cismas, tangendo uns restolhos desembaraçados pelas carnes prometidas, nos músculos salientes, no desabrido da petulância do motorista conforme salientou Inhazinha. Era o que provinha de procedente naquela hora de fim de tarde, sol amargo. Viajadas horas compridas em sóis e pós desmereciam outras afinidades. Deste sossego, antes de desfigurar atenções outras, afetivas, resvalando beiradas dos anseios querendo pedir perdões, por se empertigarem disfarçados, encabulados, pela blusa rala e puída, apeteceu pousar os olhos o dono do caminhão à senhora mãe viúva mesmo sendo, até ver se o retrocesso da admiração se calava na parceira. Destes acarinhados dos peitinhos figurados restou enveredar o caminhoneiro os traquejos até o pescoço delicado, que sustentava o rosto bonito amarrado ao sorriso cansado, carente, idade se fazendo, mas viço, beiços assanhados, olhos, olhados, ternura e na ponta de tudo encontrar a mulher Inhazinha muito estimulada de repartir afetos. No devaneio e por ser, instruíram-se aleatórias em seguidas espertezas apropriadas às corretivas prerrogativas para os andamentos das demais fantasias, que levaram os abonos aos dois se enfeitiçarem no pronto e imediato, pois as coisas na seca careciam urgências.

    Esgrouvinharam as procedências. Inhazinha desvaneceu, intrigou, remoçou. Lembrou-se do que se esquecera por tal de tanto nos descuidos macetar a tábua na beira do córrego e da solidão. Entrelaçou nas cismas a mulher fêmea com a fêmea feminina e desmediu as indiferenças para apetecer os agrados. Prontificou. Saltitou os esbagaçados olhados nos peitorais largos do motorista afrontado. Enviesou sem soslaios as atenções merecidas para as soberbas das barbas por fazer, no complemento das artimanhas, o caminhão na rabeira figurando destino, se as coisas prosperassem, as riquezas dos sapatos sujos descendo nas poeiras, porte extrovertido, caminhado vagarento na sua direção. Acatálio não era de Oitão, mas vinha de sertanejadas desforras avizinhadas, igualadas insistências, se acomodando pelas dificuldades de viver como todos depois que as secas se alvoroçaram a comandar as desgraças. Quando descobriu ele que a secura viria sem perdão, a terra plantada acabaria, a fome iria vencer, tresmudou. Vendeu por qualquer o que desmerecia em seu nome de roçados e comprou o caminhão para demandar destinos, transfugir gente. Inhazinha desforrou no pensamento as carências das solidões e os jejuns das entranhas das carnes apetitadas e famintas amortecidas. Fantasiou refazer as semelhanças do que lembrava e se fora há muito para ajuizar uns atentos. Alimentou a saudade de ser mulher ainda e desdisse sem falar, descarecia, apinhou os olhos nos desejos, repuxou a sofreguidão.

Enquanto não se desdiziam de conversar ou proceder, Inhazinha e Acatálio, o povo das retiradas atitudes foi assentando redes e matulas na cocheira coberta do curral no fundo do armazém do Abigão para atravessarem a noite. Criança dormia no chão, cocho quebrado, beirada de muro velho, na pedra caída, barro seco, mesmo sobre poeiras e estercos, sobrados dos tempos ricos em que o curral recebia boiada e tropa. Se deram, dos adultos, cada um ajustou rede própria onde o vento mais carinhoso encontrava a veia do sono e deixava suas amarguras meditarem se o futuro viria ou era mais uma promessa a ser sofrida como desfizera deus nas antecedências desigualadas. Acatálio não disfarçou prognósticos desmerecidos, pois não era do feitio desassombrado seu, mas inverteu a cisma, convidou Inhazinha para uma cerveja no balcão do Abigão. O balcão, anteriormente, se forrava de espertezas e prosas arremedadas, jogadas ao acaso para despertarem as imaginações dos fregueses, carne-seca, linguiça, ambição, canivetes, desejos, punhais, relhos, brigas, arreios, panelas de ferro e pedra, catira, tecidos, rendas, truco, desaforos, baralho, pinga, manjuba, viola, imagem de santo, tecido barato, cebola, porta-retratos, remédio, inveja, lamparina, promessas, relógio, mentira. Abigão era tresandado habilidoso nos incentivos das vaidades adjacentes e assemelhadas. Prosperou patrimônios seus nestes intuitos e melindres antes que as securas abocanhassem os ganhos. Arredondamentos das humanas alegorias e dos sertanejos, dizia ele, careceriam destes desanuviados para prosperarem nos conformes. Gentes escolhiam seus destinos nas extravagâncias do que compravam, gastavam, exibiam. O balcão não mais exibia nenhuma das soberbas dos tempos das farturas, mas Inhazinha, muito incandescente, se despregou dos motivos, sorriu calada no silêncio da fala pouca e na ânsia do prazer, fantasiou, conferiu os procedimentos de Acatálio nas esperanças do que carecia. Por terem correções, ternuras, afeiçoadas justiças, esqueceram-se os dois, propositados, de prosearem de seca, fome, doença, mazela, filho, marido, mulher, passado, medo, futuro. Procedia.

Inclinações eram de outras advertências e as regras estavam sendo jogadas como os avanços sertanejavam às manias carecidas. Inspiraram-se muito amiudadas nas escutas às surdinas dos dois, Inhazinha e Acatálio, nos encontros das consequências das seriemas se procurando amorosas nos fundos da Várzea da Macoté Crioula, para romperem os acabrunhados. Hora certa de o silêncio desapegar para desembuchar falados. O vento bendisse quieto, acarinhou as penúrias antes de acomodar a poeira pedindo pousada. Nos olhados e desditas, como justificava, empurraram, Acatálio, Inhazinha, os seus sertões para longe dos imediatos e dos pés cansados. Desviaram as vistas e as almas das cumeeiras sujas, dos tropeços, das desforras, entrosaram como puderam seus achegos vagados inconscientes e desproveram de cismar. Sabor de amenidades. Destrocaram só afeiçoados seus nas fantasias, lampejos dos segredos. Fincaram nos olhados os olhos dos desejos, serventias. Inhazinha permitiu uns retoques de estorvos, entremeios da carência da pele ouriçando, clamando achego, a cabeça campeando destino. Procedências confusas arbitraram graúdas, difíceis para a sertaneja de sete palmos de servidões atolados em preconceitos e censuras, medos medonhos entre as sanhas de agadanhar de pronto, ali, exato, o corpo sacudido do homem na boca da noite, gemendo na rede, coito carente, justeza das contas, o mundo acabando, orgasmo pedinte, inconsequência das sequências mimadas e os entraves das maledicências dos medos de ter sido mulher amestrada nos pré-conceitos. Deus acuda. Mas apostou na espera e até também no então, onde nas ânsias quebradas, sumidouros e tangentes para as coisas se darem nas parcerias agregadas, naquele caminhão sem volta, para sempre, desaparecer. Tudo isto no silvado dos inconscientes sem muita clareza definida. Destino do desatino desmandando. Desforra do que deus quisesse e viesse impedir para ver. Não desferiu se eram paralelos ou conflitivas as manias, mas nem se despregou dos olhos acatados sobre o macho apalpado para ser devorado na sofreguidão do jejum. Satisfeita abstinência passada, premeditando desfolhar com o caminhão e a estrada até onde o destino quisesse, no limite onde o homem acordasse e se tudo não fosse no mínimo fugir daqueles sertões filhos de umas putas, que a levariam para os nunca mais desvoltados. E no crepúsculo dos contrafortes, das oposições e durezas das realidades, o moço travado de poucos objetivos e mesmices se entrelaçou miudamente nos propósitos de arrebanhar a moça para os confortos, carinhos, saborear os seios pequenos, anca mimosa, boca carnuda, o desejo latente. Tudo na imensidão do imediato, aprontado logo no arrastado dos descambados de outras terras para demais merecimentos, cismas favoráveis. As maritacas retornaram da Forquilha para a Várzea da Macote Crioula, sinal de que deus fora cuidar de outros repentinos e os entraves estavam liberados.

    E nas experiências, depois dos embalos nos tempos exatos, corretos, até onde os limites das vontades unidas se acabassem, poderia Acatálio entravar a parceria num bordel de capital ou adjacências, como articulara de outras festivas. Já, aí, embolavam futuros com vontades e a cerveja estava mais saborosa para estimular os carinhos e a rede até donde o sol deixasse, a preguiça permitisse, fantasias se acabassem. Tempo insensato, insensato tempo, mastigava, cada próprio, suas alegorias, despreocupadas, fingindo que a realidade não existia. Apropriadas tolerâncias para a ocasião e préstimo. Por destino, o armazém do Abigão acabara de esvaziar do que restava e já não era de ser por ali estarem mais outras almas pobres, esperanças tacanhas, compradores desprovidos. Falava sozinho, restado de desafetos, o papagaio na penumbra sobre a prateleira de secos e molhados intentado dormir. Alvoroçados outros dois ratos velhos das manias da casa saboreando a fome ciscavam o chão só com poeira. No fundo, ensimesmada, a coruja mal-humorada assistindo ao casal entreolhar achegos, mãos entrosadas, desejos. Inhazinha e Acatálio desatenderam das virtudes e abandonaram Abigão bocejando nas trancas das portas. Saíram nos empoeirados passos, embaladas fantasias para esticarem rede farta sobre os sonhos e bancos da carroceria do caminhão. Desmesuraram abraçados, arredondando os desejos, premunindo as vontades separadas das outras censuras que haviam por lá tresandado. Delícias, mimos, entraves. Não caberiam mais inventos. Os escuros foram se apagando como sabiam, mas só depois que acompanharam os dois enrolados macetando seus caprichos e deixando rastros marcados sobre o barro seco enquanto demandavam a condução.

Olhos cerrados, mãos vadias. Rede a dispor. Dedos embriagados, lábios soltos, roupas aforando. Figuradas andanças abraçadas e corpos, àquela hora uma só lua sobrara preguiçosa persistindo, brincando de esconder as estrelas preferidas. O que se deram de restados dos outros astros foram sendo levados mansos pelos demais desatinos por trás da Forquilha. Por cadências sistemáticas de destravos, subiram os dois pisando pelos desejos para ficarem juntos, Inhazinha-Acatálio, entremeados em suas malemolências próprias, ganhando a carroceria para os prosseguimentos. Deitados. Corpos suados, bocas moles, braços frouxos, mãos afeitas. Entrecortados trejeitos. Pausa, pernas, afagos, anseios, risos, prosas, mãos, entranhas, estranhas, cismas. Lábios, formas, pescoços, ossos, infinitos, seios. Beijos, bocas, gritos, gemidos, partes, primeiro, inteiros, depois. Ai! Devagar, ponha, espere, assim, só. Ai! Alisa, delícia, desliza. Bom, bem, basta, berro, bruto, boba, baba, beiço, basta. Lembranças, lambe, beiços, acertos, apertos, memórias, volta, vira, virei, vai, devagar. Rodeios, meneios, dedos, bocas, ancas, dentro, fora, meio, fim, começo, remete, sobe, abaixa, não chora. Ui! Espere, uiva, chupa, chupo, chupamos, mais. Sente, sinta, senta, trava, insiste, pede. Pode? Repete. Vagueio, receio, apalpo, apupo, seio, anseio, meio, mais, morde. Parte, porte, pare. Porra! Braço, laço, abraço, enlaço. Carne, parte, teso, liso, sonho, céu. Ó! Sim, só, sabe. Ah! Insiste, persiste, resiste. Vira, volte, vem, vai, pare, espere. Dói? Sim, mas, põe, mais, agora, devagar, espere, não, vagar. Ai! Vai. Morde, calma, mimo, mama, amanha, cede. Espere, siga, sigo, ergue, pare. Porra! Pegue, aqui, lá, não, aqui, sim, vai, já, aguarde, sim, agora, pare, espere, pouco, de novo, bom, mais, funga, fique, faça. Medo, não, mais, de novo, maior, grande, apertada, ajude, vire, salve, viro. Goza? Gozo, gozei, gozamos. O homem, a fêmea, o fato, o fim, o fascínio, o fastio, o fausto, o sono.

    Madrugada demorou em acordar, pois a corruíra passou a noite acordada. Por improvisos e meneios, intercedeu o sol abismado das preguiças e achegos. Inhazinha recostou nos ombros largos, perguntou, sem falar, das sanhas, das senhas, dos sonhos. Queria bolear carona na cabine do caminhão para desandar passado, arriscar futuro. Não prometia nem pedia, propunha. Veio do homem enviesado, no silêncio, anuência sem conselhos, não desmediu reprovas ou palpites, não desdisse, nem escutou sim, não se atreveu no não, nem desarvorou. Até quando deus se cansasse ou fadigasse ficou no silêncio. O sertão ensinava a não alongar esperanças e fantasias. Palmilharam destreza por destreza nas amoitadas surdinas, para não afobarem o bem-te-vi não querendo entusiasmar as fantasias demais. Se puseram. Ela, Inhazinha, só intentava a cabine do caminhão; carecia até onde as carnes se entendessem e as sanhas aprouvessem. Os demais seriam futuros, destinos desmerecidos de juízos e prosas. Se amaciaram acordos nos entrecortes dos confusos e emendaram os limites até onde não poderiam adivinhar as insuficiências. Coisas de indefinidos tempos e desconhecidas lonjuras. Era o que aprovava de provisórias corretivas, exatas, para compensar as secas desfazendo, falta de premissas, poeira, caminhão velho e quebrado, viuvez, desmandos. Saiu Inhazinha pretendendo esticar as desforras e pernas fora da carroceria, avisando Acatálio, olhos e desassombros, para esperar tempo raquítico, se tanto, suficiente de amatular trapos seus, em casa, coisinha de fazer dó, remelar os choros de avisos de sumiços junto dos filhos, despedir do passado, voltar pronta ao presente, afrontada para temer os futuros. Deus desouviu, enquanto assistia às tramas. Ajustadas as cismas e desandar estrada arrepiou no pó o pé, fuga, retirada, retirante, se preparar para enfrentar a serra, subir, sumir. Se deu por dar e foi estradando como aprendera.

    Desmediu sem suspeitas. Galgou rumo acima desfazendo as angústias, a mãe, cismando entranhadas sinas, cadenciando mágoas, entesada de alongar a qualquer custo, qualquer desatino sem destino para salvar sem nem bem saber o que, do que, para onde. A Forquilha, serra velha de manias, viu pela primeira vez Inhazinha entrar no terreiro do roçado desfeita de não sair pela porta da cozinha para urinar embaixo da aroeira, do lado do forno de lenha de assar pão, como se gratificava. Assustou a serra sem afrontar os encarvoados das cismas que também não visitaram as poeiras aquela noite anterior. Estranhas procedências das secas desmereceu a Forquilha calada. Discordou estranhada a coruja tanto como a serra, de não encontrar de manhã os traçados endeusados em garatujas que foram, por ventura, roubados pelos demônios ou pelos ventos, àquela única madrugada desde que conhecia os silêncios e as preces de Inhazinha. Presa embaixo do forno, não entendeu o desarrazoado da primeira vez, a cabra sobrada, a Divina das trepadas dos meninos, por que se esquecera das providências, Inhazinha, de não destrancar a tramela do cocho fechado ali embaixo, imitação de curral. Sem a alternância não poderia sair ela à cata das suas folhas secas e das cascas de árvores retorcidas, como apetecia na solidão, na seca, na fome. Perguntou dos destinos e cadências, o curiango, que acompanhara Inhazinha matutando providências para desandar e por onde andaram seus devaneios chegando das subidas dos Oitões e não das águas do córrego. Invadida a casa para chorar mais acalantada, a mãe pisou serena uma última vez mais o silêncio, sem querer acordar o barulho do chão de barro socado, paredes acomodadas dos barbeiros entrelaçando as mazelas, surdinas e melancolias aquietadas, pois era viúva, sertaneja, mas esfomeada, se chamava Elizia Prouco, pelo que se lembrava, e carecia desfazer destino. O fogão apagado continuou parado na sua inutilidade àquela hora. Por ser de ordem, ouviu os filhos ainda ressonando seus pesadelos e ingenuidades. O morcego voltejou fugindo da coruja meio cega tanto quanto o papagaio desmereceu o cafuné. Assim prosperaram as primeiras medidas. Arrastou Inhazinha o pano da prateleira para pegar um pedaço de saudade, embolada na saia velha rasgada e um par de alpargatas molhadas pelas lágrimas caídas da solidão sem caminho e alternativa, para preparar a trouxa pobre, misturada ao tudo das farturas das faltas. Confusões entre sumiço, desatino, desesperança e até saudade antes de partir, era o que iria levar e carecia.

Desvirtuou ânsias para o terreiro, sendo carecida amarfanhou passos seus encruados últimos naquele pedaço de sertão vivido, requeimou a angústia no sabiá cantando triste, tanto que o pé de cambará afeitou de ver lágrimas correndo miúdas, cadenciadas. As rolinhas duvidaram das despedidas. Veio um mormaço que desprocedeu, seguidos imaginados sempre como intentava da promessa de mentir para ela mesma, a mãe, à volta. Não confortou. Saiu a esmo, como nunca sentindo tão só, arrastando pelas beiradas das cercas suas incompetências. Fartou vistas nos horizontes das Serra da Forquilha, que acarinhava de menina, e repetiu mesmo igual o choro lembrado da fome, primeira memória de vida, quando o pai disse que acabara o leite da cabrita vendida para alongarem as agruras por uns tempos mais. Desceu beirando o riacho com quem conversara a vida toda sobre as promessas, desafetos, carinhos, das vezes poucas com Camiló. Desenviuvou mais um pedaço nas proposições, soluçou e confirmou sumir. Lembrou-se das roupas rasgadas, de nada, socadas na tábua de desfazer pecados e tristezas confidentes. Farrapos lavados para desvirtuar os sonhos sem destinos, sem voltas, cismas e provérbios inúteis cambiados. Cortou pelos fundos dos bambus trespassando olhados, melancolias, onde os pintassilgos aumentaram os trinados sabendo que seria a última vez que ela escutaria a alegria das suas liberdades. Não desmereceu, atinou, ouviu, não pôde retribuir, mas os passarinhos nem se atribularam. As capoeiras dos cerrados têm estas proposituras e vantagens, pois ficam mudas para não ouvirem as mágoas.

Inhazinha pediu para reaprender chorar, chorou. Foi se desfazendo, miúda, pequena de apaziguados na ansiedade, rumo ao pequi, onde preferia sempre quarar os trapos enxaguados enquanto entretinha no timbrado do pássaro-preto aos filhotes. Soube invejar o passarinho, em cada piado comprido, rastejante, na obrigação cismada de não deixar os bichinhos, filhos desovados, aprendendo a voar sem proteção, empenando devagar e de pouquinho, como gostam as naturezas das aves voadoras de progredirem morosas. Dessabidas criaturinhas de deus a se perderem nas bocas ardidas dos gatos-do-mato escondidos nas catingas, subindo as serras ou dos caracarás atrevidos voejando de longe, matreiros, nas artimanhas de abocanharem as distrações inadvertidas. Aperreou Inhazinha intrigada, desapeteceu cismas iguais a mãe entravada, injuriada, retirante. Lagrimou, a sertaneja, sem soluções de ficar, mas atrevendo as fugas prometidas pelo amante recente. Tudo embolado nas ideias dela, muitas, só e sozinha, sofrimentos misturados nos pós e nas estiagens secas, atrevidas nos atrevimentos, nas bocas das solidões, por não poder atender solvências e destinos dos filhos ficados. O pássaro-preto nem silenciou nas ouvidas razões de Inhazinha e suas ideias de reminiscências, repicou o canto mais moroso e bonito, que subiu pela serra para pentear com afeto as solidões das folhagens da copaíba. Conflitos, confrontos, contrastes. Não prometia a retirante as mesmas teimas do pássaro-preto carinhoso, por mais que quisesse, pois o passarinho nem ajustava das teimas, mesmo se atinasse, pois ninguém o ensinara a aprender a sofrer como a natureza fez com as humanas criaturas. Ensimesmou a mãe os reversos dos seus últimos olhados, nas providências dos fins, no pé de aroeira, onde sabia preferir urinar confabulando com a lua, e trancou os destinos, que se não fosse embora, como as dores e tristezas exigiam, iria secar tal igual às folhas da árvore, já não sabendo buscar as suas aguadas com as raízes nos fundos das terras, para sobreviver. Mesmo chorando iria partir para não ver, como com a árvore se daria a ser, os galhos secando, retorcendo, e assistir ela também aos filhos, animais, à vida se acabarem nas mínguas dos sertões infindos. Desprocedeu, mas fez.

Voltou à casa sem galanteios ou interjeições, chamou os filhos — *"Vou embora"*. Não segundou licença de obobolaum, seu guia, não desmediu ou desmentiu. Não sabia outros despropósitos, enganos, disfarces, salvo a clareza direta, contundente, crua, como se falasse com a tábua de óleo no castigo da roupa batida na água, mesma sanha que travou para as vistas na flor de maracujá que a avisou da viuvez. Perfil e saga sem rodeios, sofrendo, mas era e foi. Fim. Assistiu à tristeza lacrimar pelos rostos como ficaram, secos, sem protestos ou argumentos dos filhos calados sem romperem o silêncio. Cada um sabia de si e desfigurou enquanto ela atolava taciturna o resto de nada na trouxa, completando com as rastaqueras o que já pusera: par-de-solidão, calcinha rasgada, o retrato único dos filhos juntos, pó de arroz, o terço, angústia, chapéu, o medo, sutiã, remorso, lenço de cabeça. O adeus deixou de fora para usar na partida. Beijou cada um no tamanho do nunca mais e na insolvência. Conferiu a coruja piscando, soluçou. Apontou a ideia de relembrar de avisar Cadinho para jamais deixar de riscar, para o resto da vida, os chãos encarvoados com as bênçãos das divindades, nas pazes de obobolaum, dos aléns, fosse onde estivesse, para desaguar as tarefas nos dias vindouros seguidos intermináveis. Foi a última vez que Cadinho escutou seus achegos ordenados. Ele seria o herdeiro das cismas da bisavó, aleatórios desatinos.

Se davam sendo as coisas nos sertões, pois eram definitivas, simples e inexplicáveis, assim se propunham continuarem para cada de si aprender a enlouquecer devagar e assistido como fosse de sua alternativa. Não havia mais porquês, Inhazinha rejuntou nos ombros, sobre os braços finos, o remate das roupas, o conflito, a matula do nada, a saudade, saiu carregada com as calmas atribuladas nos sofrimentos pisando apaziguadas tristezas, abnegadas insolvências, retroativas vontades de ficar, mas contraditadas nas refregas de seguir descendo estrada abaixo. Palmeou trilha cadenciando no mesmo gesto de chamar as galinhas para tratar no fim de tarde, se sentiu repelente como jumenta cortadeira de destino, largando o passado nas mãos dos filhos e o futuro nas rodas de um caminhão povoado de retirantes, no braço, sem suporte, de um homem que nunca vira. As meninas se entalaram nas janelas, acompanhando as mágoas descendo nos infortúnios da mãe, empaçocando as poeiras e os passos com as lágrimas pingando o que tinham — solidões. Não levantou cisco ou porventura Cadinho, salvo a amargura da ciência de que nunca mais veria a mãe. Amorteceu o filho no pé da porteirinha de arame e riscou a pedra da binga para acender a palha do cigarro. Era o que poderia fazer no momento. Muito desafortunado, na delonga atinou os olhados sobre a caveira chifruda do caracu amoitada ali pelo bisavô, minúcias de cem anos passados, onde o casal de canarinho desovava duas alegrias por ano, amenizou a cisma que nos contrários das aves os filhotes é que desprocediam de retirar depois de empenados. Não sabia por quê, mas foi, e se deu dando infeliz, sem reclamar, por falta de outras venturas e compaixões.

Atravessou a tranqueira, amargurada Inhazinha dividida mais em bemóis do que em sustenidos, em tons menores inversos dos maiores, não despregava da alma calcada, desolhou sua rabeira repuxando passados, pavor do arrependimento, sobrosso do futuro. A natureza nem se comoveu em suas reticências, jogou propositados festejos alegres dos inconscientes tuins abandonados marcando os definhados adeuses. Postado entre a pedra grande e o leito do riachinho, das suas desforras e lavagens sobre a tábua calada, atentou Inhazinha, que daquele ponto petulante, de onde a árvore de ipê acomodava a passarada rebelde, Oitão ficava aos seus pés, aos desaforos das vistas do senhor e à margem da solidão sem medida dos que abandonava. Acarinhou no peito murcho a lágrima da incompetência de fazer diferente. Atentou ela na porventura dos exatos, só então sumindo, que o ipê espionava a vila para contar aos céus quais as desavenças que esperavam as gentes de Oitão fugindo, desmandando desatinos. A retirante, mãe, amoitou de vez as dúvidas, atropelou Acatálio para despencar estrada afora, sem revirar as vistas nem palmear sinal da cruz, sequer mordiscar os lábios para segurar as lágrimas e o soluço. Deu conta, sozinha, de como era dolorido engolir o sofrimento apodrecendo o espírito, rasgando a incapacidade, mas carecia destino. As janelas se desfizeram meio despregando, velhas, do sítio apegado à Forquilha, piúcas puras, e desajustaram por trás as amarguras, olhados cismados, inúteis dos que ficaram, filhas da retirante. Dali, acompanhando, como sabiam elas, pois não procederiam alternativas ou querenças outras por venturas jamais diferentes, pelas distâncias que se alongavam entre o rumo da fuga indo e a tranqueira da casa ficando.

Cabendo um quinhão de nada só para entretecerem Inhazinha nas vistas molhadas nas poeiras, cismaram de continuar sofrendo como haviam aprendido as meninas e Cadinho. Escamoteadas tristezas seguiram, olhados sobre o caminhão até as curvas últimas do Açu ressecando, cegando as vistas nos pós, escondendo a mãe carregada na amargura. Calaram ao ouvirem o silêncio do jamais na volta última, retorno do desassombro, nos rodeios da estrada e das ideias se confundindo no que um dia fora o rio. Rio das águas fartas encantadoras dos povos, Inhazinha, Oitão, destinos, pai, sorriso, vidas estavam sumindo e até quando teria gente para dar conta disto?, pairou no ar como pergunta da revoada dos tucanos madrugando. O rio levara em suas manias as águas, mãe, esperança, passarinhada. Fim acabado, adeus. As maritacas debocharam destes ideados das gentes humanas que sofriam, devaneavam e, para os provocarem, agitaram as folhas e as flores amarelas ressecadas do ipê para espalharem as notícias da fuga de Inhazinha, como era dos intuitos das naturezas suas pelas subidas dos cerrados, para que todos ficassem sabendo que as desforras dos homens não blindavam as manias das passarinhadas. Instigavam os próprios chilreados, morro acima, não tinham compromissos com as amarguras, pois eram nada mais do que maritacas brincando do que sabiam, algazarras, e nem desmediram preocupadas assistindo às despedidas das coisas findas.

CAPÍTULO XV

DO CEMITÉRIO, DAS IRMÃS, DA DESPEDIDA, DA MORTE

Cigano Simião assistido na praça esvaziando da matriz, madrugada estendida, esfriada no vento abandonando a várzea e se contornando pelos meandros das garoas, desfez das importâncias das suas próprias angústias ao ouvir as melancolias das últimas horas da mãe de Cadinho se desfazendo, estrada alongada, passadiça, para deflorar futuros nas ânsias de assumir destinos, esperanças poucas contraditas. Como sabia, deu conta o cabreiro gitano, que as desgraças dos sertões desacatavam tanto quanto os remorsos entrelaçando pelas calçadas. As angústias de seus passados aciganados nas lutas pelas revoluções anarquistas, republicanas, amiudaram tiquiras quando ouviu os detalhes da separação de Inhazinha dos filhos. Repartição da família em quebradiços cacos virou nas comparações borrifadas das desforras ciganas, somenos de poucos desperdícios na consciência. Assim, Liau acomodou na surdez do sono, sem conseguir amiudar atenção nas tristezas do amigo de Cadinho, no arrulho das pombas, sino cadenciando suas obrigações. Sonhava caninas fantasias com suas fomes e nem prometia outras desforras. Aquela instante, fim-de-noite-amanhecendo, ponto morto dos espíritos e dos aléns trocarem as extravagâncias e as melancolias das putas e gigolôs pelas ousadias dos pães a se ganharem pelos operários e sofredores rumando tarefas, o esguicho do chafariz foi religado chamando os passarinhos para revisitarem seus bailados. Não caberia a ninguém ali cirandando definir quando exatamente a noite deveria partir para embalar as determinações do dia. Nada acontecia até as indefinições se acertarem. O frio pediu a Cadinho para puxar os jornais velhos, cobrir o corpo cansado e as tristezas antigas. O sucateiro continuou desfazendo as tranças do passado para ter chegado ao largo da igreja, puxando um carro atopetado de sofrimentos, latas velhas, tristeza, penca graúda de solidão, tentando suplantar a incompetência infinita, analfabeta de tão ignorante, gestada nos sovacos dos demônios e dos destinos. Puta-que-o-pariu, anotou Cadinho junto com a lágrima caindo, sem deixar o cigano e as pombas se dispersarem antes de acompanharem a angústia.

* * *

Procedimentos, tempos vindos, sucedidos. A vida se arrematava nestas estrofes que deus desalinhava enquanto tramava com o demônio as tarefas de escalavrar os contraditórios e fins dos sertões dos lados preferidos de cada um: morte-vida, fugir-definhar, certo-errado, bom-ruim, enchente-seca, fome-fartura, carcaça-alegria, rompante-desgraça, saúde-doença, bem-te-vi-carcará. Nestas andanças de dicotomias, rupturas, as irmãs do sucateiro analfabeto, retirante, de sobejas angústias curtidas por termos carecidos, sem solvências, arremataram elas, caladas de incompetentes, os fins das lágrimas pelos suplantes da sumida mãe, atrelaram às agruras novas em outros provimentos, fome, falta d'água, vizinhança sumindo, solidão demandando estas brutezas sem respeitos alternativos. Mudaram as rotinas, penduraram agruras entre mais algumas insuficiências danosas, diferentes, a mãe na memória, o pai na saudade, o irmão na dor. Recortaram pelas entrelinhas das amarguras para aprender a curtir novidades de raivas outras nos peitos cismados. Silenciadas moças-meninas se puseram a aprender que as antigas ansiedades teriam suas cadências e ritmos antes de fermentarem e virarem vinagres. Se deram, confortaram, esperando as próximas rebeldias. Nas invertidas dos ventos que continuariam soprando nos cerrados e nas catingas para arruinarem os laços e as famílias, seria só questão do rumo do trajeto aproar, irmãs ali padecendo na espera olhada pelas janelas das angústias e das madeiras se desfazendo em piúcas, retorcidas, estribando as estradas e as tramoias, improvisando até os lançados das desgraças. As andorinhas revoavam à cata de suas miudezas, para não acostumarem a morrer de fome.

Cadinho não desfez nem improcedeu, assumiu. Carecia viver como o desatino gestara e teria por bem ou mal, antes de as coisas piorarem, desfazer das meninas irmãs para longe de Oitão, sertão, secagens. Evitava, nas providências a se tomar, não morrerem todos como carniça para rapina, pastando misérias das faltas, promessas encalacradas, abraçadas ao nada, fim. Se desfazia de analfabeto em leituras de letras, mas era graduado, instrumentado em ansiedades para saber que as desforras acomodavam nos insolúveis, ajumentadas como lobisomens no lombo dos impossíveis, ranço ardido da estiagem. Não adiantaria tentar remediar ou protelar. Descarecia ele, mesmo maldizendo sem ser vidente nem profeta, sentir o travo arredio da desgraça se encostando carrancudo nas portas, cumeeiras, doenças, fogões, fomes dos molambentos, arregaçando desespero, sede. O papagaio não pediu nem duvidou, desistiu do cafuné, viu Cadinho sair pela porta da cozinha à cata das suas insolvências, urinar sobre os tracejos encarvoados que alimentara na véspera e ganhar sumiço. O filho de Camiló arrebitou passadas pelo velho terreiro, que o conhecia tão bem como os ventos dos sertões haviam aprendido, sempre as artimanhas das quebradas das grotas das serras, estradas e capoeiras para ganharem as léguas próprias e indiferenças.

Deixou a casa à cata da peia de corda para ordenha, pendurada na forquilha do cambará, onde o pai preferia esticar parte de seus couros. Chamou Divina nos afagos dos olhos marejados, sofridos. Olhou a cabra magra, acanhada de razões, velha, sumidiça em fome, procurando a inexistência da touceira de capim, um restolho de milho, o que achasse, viesse. Faltadas carências inexistentes carregava ela, desanimada, a boceta que fora tão apetitosa e apregoada por Cadinho e irmão. Não sabia de suas apetências, a cabra. Não era jamais, nunca, o destino só da cabra, mas a certeza e o preparo das agonias para desmantelar a amigação de um vendaval de fantasias rememorando as façanhas e as alegrias das memoriadas trepadas na Igrejinha da Divina, as vistas nas aguadas fartas, nos verdes rodopiando as imensidões das imaginações, curiós brincando de se afugentarem nas matas, igualados às outras passarinhadas. Portanto, era não só o desfazer dos sonhos, mas principalmente da temperatura macia da boceta adornada, afetiva, da cabra atrelada ao cocho raspando o milho tiquira e senhora de seus enlevos com a boca miúda e ouriçada enquanto a infância alegre, matreira, de Cadinho e Jupá, satisfazia risonha nas medidas exatas dos primeiros orgasmos gozados. Descontraídos tempos, que pediam infinitos.

Saudade funda, irmão transviado pelos desconhecidos, quando se fora aos ignorados e agora memorado trazido naquela hora de os pintassilgos brincarem de solfejos nos bambuais esvoaçando ao vento quente como cabeleiras dos desesperos. Por se ver amarrando corda de puxar na bita, levando gota por gota de saudade dos orgasmos pueris, sabichosos, lembrava-se dela, antigamente, passiva, cabrita, altiva, gorda, no capim satisfeita, milho mais, melhor ainda. Despregadas memórias dos passadiços que foram de Jupá e dele, fartavam nas bonanças no chiqueirinho caindo, dos enfeites pendurados para adornarem as fantasias. Se deu às tristuras Cadinho de si acompanhado à cabra arrastada pela estrada, enquanto um rodeio de tucanos sisudos, em sete parelhas de voejos leves e curtos, esticando seus bicos vermelhos, compridos, fungando aprumos, seguiram paralelas às cismas do sertanejo. Caladas, tresandavam as quietudes das aves empertigadas deixando a Capoeira dos Mestiços para atentarem, estiradas encurtadas, como era da cadência típica das suas naturezas, aos picos da Serra da Forquilha, onde esgrouvinhavam seus ninhos de desovas e aconchegos. Tudo acatava atenções propostas, pois o pai sabia de ensinos dados a Cadinho e Jupá que voo encolhido de tucano nesta direção contrária das rotinas, desprendendo do leste das Matas dos Arrepios, onde o vento gostava de acordar, para pousar no Alto da Socabeira da Nega e não sacramentando rumo correto vindo do nordeste, dos Paredões dos Ciganos, nos desmandos extraviados para aportar nos azulados do Poente do Pandegó, couto calado de sossego para jacus aninharem, mudava as alternâncias das tramoias dos climas para as chuvas desaviesarem malignas, incorretas, de não mais procederem caídas nas rotinas dos cerrados.

Eram muitas nestas cismas, como ensinavam as suas naturezas passarinheiras, informando arrependimentos das águas chegarem, faltas d'águas, como estavam se dando e Cadinho não podia deslembrar do pai videnciando os acertos nos seus instintos. Combinavam as premonições corretas do filho do trançador, ainda confirmadas com as atenções firmadas sobre as formigas saúvas, vermelhas de atrevimentos, trabalhadeiras, cabeçudas enormes, imbuídas de andejarem nas suas trilhas pelo sentido das ordens da destra, carregadas dos seus farnéis para levarem às covas fundas e voltarem vazias de pesos, rapidinhas, miúdas, alegretes, pelos esquerdos contínuos dos andados, na cata de mais obrigações. Nas farturas d'águas, os procedimentos eram enviesados nas causas, a cadenciarem secas dos motivos corretos dos ventos, ao soprarem morro acima e ofertarem mais fáceis empreitas de respirarem fundo os seus entusiasmos de compromissos, as formigas, nestes traçados de metas. As idas eram pelas esquerdas e as voltas pelas direitas como deus ordenara, que as saúvas acatassem desde as suas criações de criaturinhas divinas, quando as aguadas eram normativas nos verões. Coisas das ortografias analfabetas percebidas por quem lia correta a natureza das providências que o senhor autoritário escreveu procedente assim, quando sabia ajuizado o que fazia, para haver propósitos nos preceitos.

Tudo muito ajustado mostrado nos ensinados do pai Camiló, mas que agora a seca arruinava ao se confirmarem invertidas, pois não davam trejeitos de desfazerem. Cadinho moureju especulado do coração consigo mesmo, do que aprouvesse artimanhar saber decifrar estas eloquências no azul no horizonte, entender as arrazoadas dos voos dos pássaros, acompanhar os ritmos das formigas, aromar a falta d'água, enfeitiçar as cismas dos buracos dos tatus, se a fome não daria trégua e tudo aquilo não resolveria as agruras? Pensamento de sertão em tempos de estirão de despautérios e liquidação de esperanças sem cismas resolvidas; ajuizou sertanejando no palmilhado dos calcanhares descalços na poeira seca, macerando a angústia, puxando cabrita, pensando nas irmãs a partirem para um sumiço qualquer, para não morrerem ali. Na boleia da amargura, já saudoso de Aiutinha, teria de despencar em seguida, desfazer dos soluços, desaprumar na insolvência. Chamuscou os olhos com duas tristezas e uma lágrima escorregadia, pois se confirmavam suas teimas no andado molenga do tatu se arrastando amedrontado da capoeira da Serra Forquilha para esburacar corrido no seu oco do cupim, pegado ao moirão de cambará, embaixo da caveira de boi, lugar de esconder as teimas, preferido, desde que as tramoias levaram as aguadas para outras freguesias. O buraco na seca carecia labirintos mais dessabidos de propósitos, para os ventos das poeiras desacomodarem de chegar aos sossegos do tatu e suas solidões entrelaçadas nas amenidades do pé do moirão. Ouviu Cadinho o canarinho cantar nostalgia sobre a cabeça chifruda do touro caracu, onde assentara a última desova sobre o tronco velho da tranqueira. A cabrita não retrocedeu nem mesmou, no vazio das teimas cagou seus miúdos quase inexistindo por comida faltada. O mormaço avisava e o filho de Camiló Tranceiro, vidente de longas braças, sabia enxergar no firmamento os carregos mais graúdos em desgraças para onde o cupim mudava de prumo, a tucanada induzia, as formigas apontavam, o tatu escondia, a cabra entristecia. Trespassou o andarilho da Forquilha, órfão, seus atalhos, pois sabia de tudo, menos de si e da solidão.

Desbragado, o demônio mimoso palitava as sandices no arroto quente que a chuva faltada calcava, tanto que Cadinho desmereceu continuar pensando muito mais fundo e enquanto cismava palmilhava o pó sem atentar sofrer mais do que carecia. Sem verbo ou ajustes, a cadência assanhou pausada na memória para não deixar esquecer que não podia desistir. Desviou, sofrido, o irmão, o filho da Inhazinha mãe viajante, já longe por insolvências, fugida no pau-de-arara, para sair ele do sítio pela moita das candeias, pegada ao chiqueiro velho, resto das euforias da construção dos avós, e onde o irmão imaginoso acendia as tramas de transformar do nada dos adobes caindo em uma casa fantasiada de permissões, delícias, sexos animalizados. Despedida da cabra passando pela última vez por ali, onde fora apropriada em versos e sonhos pelos irmãos, no aclamado sonho do saudoso venturado na imaginação, bordel da Igrejinha da Divina. Júbilos, tempos, memórias. Estirou a vista aguada para as bandas da casa de Aiutinha, intrigou, desprendeu um sorriso de solidão, assomado, pois a janela pequena enquadrava a figura penada da tristeza, carência de carinho pedido na idade de florir da menina-moça dali apontando esperança e querença. Os olhares se entrecortaram nas insolvências. Sentiram os tropéis dos mil potros enlouquecidos galopando sobre seus devaneios, triturando com os cascos afiados as delicadezas do que nem haviam plantado como sementes do nada ainda, mas ansiavam. A distância calada entre suas agruras sabia bem às perguntas de cada um, sem repostas, do que seria das vidas suas, tramas, sonhos, dos fins. Aquelas afeições não ditas, sem eco, desouvidas, marcavam mais do que a secura da pastagem queimada entrelaçando as melancolias. O vento que subia da Várzea da Macoté Crioula arrepiou seus ciciados sobre o silêncio para ouvir o sussurro do sofrimento atrelado pelos olhares e um voejo do curiango o avisou que não era hora de fantasias. Aiutinha fez aquele olhar triste, candente, alongado, dizendo que sabia que não sabia. Desfez ela, mordiscou os lábios, choramingou na escuta do mesmo diapasão dos pintassilgos indiferentes trinando para encantarem o sol. Se recolheu, avisando no olhado, que correspondia ao silêncio de Cadinho marchando para as incapacidades e derrotas. Afinaram os recados mudos, trocados, que voltariam a se aninharem nos achegos últimos enquanto o tempo não levasse tudo de vez, de roldão e para sempre.

Remediariam suas ausências e pazes nos dias marcados que faltavam para se acabarem em tempos do que ainda sobraria, se veriam, despediriam, sofreriam, antes dos fins e até os jamais que sucederiam uns atrás dos outros como as coisas estavam se dando. Cadinho arredondou destino saindo do sítio, olhando atrás o passado, como se pudesse com este gesto mudar o futuro. Desaprovou, pois seguiu no compasso e verbo das desistidas teimas. Puxava a cabrita beirando a cerca que dividia a estrada com a Capoeira do Buriti, rumo alternado também para o ganhado da corruptela e arruados. Cismava seus sofrimentos na falta de outras melhoras. Desmediu pela canhota cabresteando a cabrita, intentado o túmulo do pai enfurnando pelo Cemitério da Saudade, portão da rabeira, dia começando, paciência pedindo – *"acuda deus, senhor dos desgraçados, acuda".* Apinhou os olhos na porta da venda do Mutalé Maneta, onde o funeral do pai pausara para condolências findas antes de cruzar os achegos às portas do cemitério e túmulo. Ofereceu a cabra para fechar negócio. Mutalé avisou, desculpado; abandonava tudo, dois dias mais desaprumava com a mulher, filhos, quatro, papagaio, a tristeza, cachorro, raiva, ignorância, a vida inteira abandonada no lugar que nascera e não dava conta de viver mais sem água, sem negócio, desesperançado. Se desfaria o vendeiro Mutalé rumo de algum indefinido ainda, leste-desnorteado-oeste, podendo acatar traçados sudestes ou inversos confrontados, tudo como o vento da desforra empurrasse e, com certeza, por bem, até onde o dinheiro acabasse, ou por mal, se a desforra desanimasse. Não desfazia da cabra, mas não comprava pelas graças dos desapegos de sumir. Mas no afago ofereceu trago largo de pinga, à vontade, por achego das separações a saudades do pai. Palmilharam as despedidas, boas sortes, até quando se reencontrassem, se o inferno não desmanchasse Oitão e os recebesse voltados, o filho de Camiló. O amigo do pai adeusou em deficiências e melancolias. Rumando, Cadinho lembrou-se da contada do pai que Mutalé virara apelidado no adorno aderido no nome de maneta por ter perdido a mão numa bomba de tamanho desbragado nuns folguedos de São João em menino. Desfestaram em Oitão naquele dia pelas tristezas.

Cadinho enviesou pelo cemitério, deixando Mutalé Maneta preso aos seus ensimesmados de retirante. Enxergou de longe o coleirinha assentado à cruz de cedro que deixara sobre a cova do pai Camiló. O mesmo perfil miúdo, saltitico, alegre, do passarinho trinando pausado, dolente, que encantava o pai, enquanto trançava os couros, as fantasias e cantarolava repentes às crianças, sabedorias e devaneios de viver e dividir os bocados. Assim eram os apegos de Camiló trabalhando nos artesanatos, enquanto fossem, e eram muitos, no sítio, na porta do Abigão, no Curral dos Pousos, massageando os afetos na zona, sonhos, moças carentes, nos reparos das peãozadas quebradas das montadas caídas, adivinhações, premonições, intuitos. E o coleirinha nas porventuras e alegrias. Na imponência dos manejos das cartas, um deus das tramoias nos embaralhados astutos para desafiar no truco as artimanhas onde nunca encontrou adversário competente o jogador sertanejo. A ave miúda entusiasmava a alma de Camiló repousando no cemitério vazio, solidão. Voou tiquira de nada, do túmulo pobre para outro caindo, a avezinha, para não atrapalhar as conversas de pai para filho, que não se viam desde o enterro. Também não distanciou tanto, para não se permitir ouvir os achegos das saudades, saudações. Passarinho sabia carências de corretas braças meritórias distanciadas entre a melancolia e os convenientes. Cuspiu Cadinho nas mãos antes de trançarem as convencionais relações filiais-paternas – *"bênção, pai – deus lhe abençoe".* A seca brava não acabara de vez com o toco de cedro prometendo brotar mesmo na vastidão da secura. Milagre e cisma, pois a cruz soltava nas ranhuras seus brotos, desafiando as contradições. Acocorou nos acalcanhados intuitos de encontrar chamego, Cadinho, pegado ao cedro, confessou carência, saudade, assustou da intimidade, enquanto o pai o pôs à vontade atentando provérbio novo de morto, nunca desaforado em vida. Coisas do além e das melancolias, matutou Cadinho, raspando o chão empoado, com as pontas dos dedos, enquanto coçava a sola do pé canhoto descalço, para arrebatar assunto, como fazia com as bolotas deliciadas de bichos-de-pé, que gostava de saborear mexendo, quando menino.

    O vento bateu e lembraram que nunca haviam se proseado, como pretendiam uma vida estendida inteira, mas ali, naquela hora de infinitas falas caladas, em funerários procederes, se entusiasmaram, no campo santo, na seca, morte, retirada, porquanto nas águas fartadas não sobravam tempos para as carências e afetos. Se apeteceram, sem desencontros, como se fossem pai e filho, como nunca haviam sido abertos antes, prontos para se amarem. Cadinho apontou a cabrita Divina, respeitosa na cabeceira do túmulo, tentando lambiscar um broto estirando da ponta do cedro. Confessou que a comia muito prazeroso, atropelado por Jupá, também carente de tesões aflorados. A cabrita se fez indiferentemente silenciosa, nem desmentiu ou discordou. Camiló, aprendendo a ser alma, esbanjou sem fúnebres magnitudes, que sabia de tudo, sorriu, mesmou, também fora menino, de tesão e de caprinas extroversões. Não intercedia nos ativos, pois eram de muito alvitre e convencional as procedências dos amaciamentos das cabras nas ausências das ofertas faltadas, outras. Cadinho contou que a mãe se fora. Camiló intuía, calaram. Uma lágrima do filho desfez mansa sobre a cruz de cedro, mas nem chegou até o pó antes de secar. O vento trouxe um rodamoinho vagarento nos atentos de rever saudades e propósitos. A cabra se deitou aos pés do pai e da cova, atrelada ao emparedado do adobe pobre, enquanto em volta foi sendo abdicado tudo por outras atenções, gracejos dos folguedos dos papagaios, cruzando seus destinos à cata da Forquilha.

Nos rompantes de pai e filho, desfeitos de jamais terem conversado muito, porque não sabiam razão de terem sido assim as querenças escondidas de se aproximarem nos afetos, disfarçaram as vergonhas admirando os farfalhos das aves, que nunca deixaram de gostar. O sertão afina e reprega o caboclo na solidão da natureza na falta de outras magnitudes, mas não descola nem os pensamentos e nem as alegrias dos verdes, das aves, das sanhas, das manias. Camiló pediu ao filho que depois de despachar as irmãs, mandar embora, enterrasse o cavalo Proeiro, parceiro das artimanhas da vida, que iria morrer em seguida, como pressentira muito no zunido alvoroçado das arapuãs que vieram lhe avisar, se desfizesse dos restos dos couros de trançados sobrados secando sobre as árvores, soltasse o curió, enxotasse a coruja e o morcego cego. Derradeiro, por mais valia, indo nos rumados, na partida, passasse pelo armazém e desse presenteado o papagaio ao Abigão, com expressa ordem de, se ele vendeiro também cismasse largados definitivos de Oitão, soltasse o loro na capoeira da Serra da Forquilha onde nascera. Mesmo que acatasse a morte na liberdade, o papagaio, por falta de atitudes e justezas de nunca ter saído do sítio, as independências seriam mais condizentes aos procedimentos das coisas das aves faladeiras dos sertões abertos. Fechando, pediu Camiló, principalmente, não esquecesse nunca de atear fogo na palhoça para não deixar rastro de que ali vivido havia, por mais de cem anos, gentes deles, caboclos duros, calados, que sabiam sofrer, trabalhar, mentir, gostavam de trepar gemendo, ouvindo o vento soprar manso pelas cumeeiras, procriar, queriam intentar outras agruras, mas não aprenderam a morrer de sede e fome. Ordenava o fogo para além de não deixar rastro, ajudaria a acabar com os barbeiros finados pelo fogo último.

Muito claros os propósitos, não era um pedido de pai, Camiló, para o filho, mas ordem última desejada de morto em andamento, aprendizado novo de sinfonia. Pediu a Cadinho para, antes de sumir, de todo, que voltasse pelas mesmas pegadas do caminho do cemitério, achegando à cova do pai novamente, no derradeiro, aprouvesse mais uma vez urinar um tanto sobre a cruz, do lado contrário ao sol, para jorrar na sombra, como preferia o instinto da muda da árvore, no mitigo de um nada que fosse de aguinha, ajutório de carência para o cedro enraizar nos sumidos, sovaco de traíra se tanto, talvez e pronto, ajustou Camiló. Cadinho, enquanto se comprometia, ouviu os garantidos de pai, defuntando moroso, que o cedro sobrevivia então, seus poucos até, graças às forças que ele fazia para molhar nos seus restolhos de urinadas falecidas, no atento da sobrevivência da tristeza dos brotos miúdos, fracos, mas propositados de florirem um talvez distante na cruz de marca. Altivezes. A cruz rebrotaria em árvore frondosa, seria a esperança de Camiló para lembrança da alma depois que tudo se acabasse em Oitão. Memorou os destinos dos Proucos de se marcarem com as tarefas acalentadas de urinarem sobre os tisnados traçados, tais quais sobre as garatujas deixadas às noites pelas mãos da mãe Inhazinha em homenagens a obobolaum, pois careciam lavar os carvões acalcados para atender os deuses dos inexplicáveis e exorcizar os demônios dos sadismos. Vendo a esperança do pai de o cedro não morrer, as lamúrias analfabetas de Cadinho enveredaram nos olhados das razões dos homens carecerem eternas existências para não enfrentarem os medos de morrerem para sempre sem memórias como as coisas deveriam ser para os descansos e as pazes dos espíritos. Mas as ideias das empreitadas dos humanos homens vivos ou mortos era de não quererem falecer mesmo depois que haviam morrido para sempre; muito estranho, ajuizou o filho, sem entender e acordado das insuficiências de suas analfabéticas desinformações, mas àquelas alturas das outras providências pendentes se aquietou.

    Na falta de mais porventura e esperança, foram se dando as atitudes como teriam de ser. Camiló contou correto, acabrunhado, porém, mas era, ser o momento premido de desprender o filho, destino incerto, porém carecia, sabendo das agruras e das providências cabidas que viriam e teria ele a desfazer caminho. Turbilhão de atentos sem arrazoados chamavam cada um dos dois sertanejos, ali encrustados, para cravarem seus diversificados sofrimentos a serem enfrentados, desandados, retirante, de um lado, e funerários provimentos do outro. O coleirinha não sabia chorar, mas na incapacidade saltitou longe, miudinho como aprendera para ser passarinho, tanto que nem fez menção de cantar enquanto aprendia mais tristeza em sustenidos, atentando ver, por ciosos meandros, pai e filho, ensimesmando passados sumidos, arrependimentos sem soluções futuras. Nos desconfiados dos intentos, a mania derradeira de Camiló seria entravar em Cadinho filho um único abraço apertado, se coragem aportasse, até um beijo, aconchegado, carinho do pai contraditório, amigo enrustido, distante, confuso, carente, censurado, sofredor, camuflado, tacanho, por causas fundas dos atavismos dos vivos de não ter sabido como se despir dos preconceitos, das machezas e das sertanejadas cismas caboclas. Cadinho desacreditou dos ouvidos, estribou nos aléns dos remorsos e perguntou por que as coisas eram só depois, quando deveriam ser antes? Mas também não sabia como diferenciar para não ser, emudeceu, calou, atrelou na despedida, partiu andando como provinha correto.

O homem Camiló, pai, aprendera, sertanejando, muito amiúde nos garimpos das coisas e nos rateios das vidas tantas que levara, a trançar tão bem as almas das moças carentes como apertar corretos os couros enfeitados, manipular matreiro as cartas e atinava desfazer as torções das carnes ossadas ou dos ossos encarnados dos peões machucados nas tropelias das domações. Desfazia no baralho as fantasias e os sonhos das ligeirezas, habilidades e tramoias, indispensáveis manejos para surrupiados ganhos e resultados nos sustentos das apostas. Lia ele corretamente as cadências das formigas avisando os desatinos das águas carentes e traduzia os intuitos dos tucanos enviesando adejados voos invertidos de caminhos sabidos de antigos para novarem maldades das secas assumindo reinados. Conversava intimidades com o tatu para conhecer seus pendores pelos ventos, que as poeiras ressecadas iriam tomar, levando consigo nascentes e ribeiras. Mamava o intento do cupim descendo das serras para se acomodar nas várzeas secas, avisando o homem para entesar fuga, pois as lagoas e remansos encolheriam até restarem as veias das suas costelas esburacadas. Endiabrava os voos das abelhas escapando dos altos para acasalarem nas baixadas dos rios. No entanto, por sarcasmo do destino, jamais atinara sanar a vergonha de aprender a abraçar e beijar nenhum dos filhos, como intentava fazer agora, morto, como deus decidira e quando Cadinho não teria outra ventura senão desaparecer para sempre. Desmediram as teimas, soluços e desacocorou Cadinho para esticar a tristeza. Urinou e chorou o que sabia sobre o cedro agradecido e as aprovações do pai. Desfez os olhados no passado, fugia para o futuro sem desvirar para trás, não intentava atrasar destino nem se descompor mais na frente dele. Partiu cuspindo desmotivadas razões, procurando o restolho do cigarro e a binga de isca de pedra de fogo no bolso fundo, para disfarçar a angústia, chutou poeira mole, acalcanhou as veias do chão do sertão, que não se dizia culpado, mas assumiu os invertidos, porque a terra parada não aprendera a andar. Tragou a fumaça ardida do cigarro e viu a mesma igualada se desfazer no ar seco tanto como se dera com a sua esperança. Mole de espicaçar os respiros, os pós encardidos levados alvoroçados pelas solas descalças dos pés e dedos coruscados e tudo no fingido para dizer que se tornara homem, entesara sofrer, cabia decidir. Foi pisoteando as almas, como se quisesse apertar o coração do sertão para fazer aquele sapateio da raiva atiçar a loucura e a demência mais para longe da realidade. Embobou seguidinho de deméritos e preocupações, pois não se resistiu por muito nos intuitos do papel representado de não aprender a sofrer. Amedrontou, calado ficou, lembrou que nem pedira bênção, mas recebera, agradeceu, sorriu, aprovou. Depois, como as tarefas pediam, foi mesmo desentusiasmando cadenciadas pegadas ladeira abaixo, assobiando um chorado fininho, venturado, assemelhando o trinado do coleirinha, continuadas rotinas de puxar a corda no pescoço da cabrita. Dueto de improvisos e delicadezas, pois sabia que o pai compunha a melodia por trás do passarinho carinhoso para enfeitar as fantasias, enquanto ele desfilava vistas no horizonte, preparando a angústia para desfazer das irmãs.

Pelo vácuo do silêncio, por onde a teima gostava de amoitar, enviesou o filho rumado certo para o portão de baixo do cemitério, porta das saudades enricadas, voltada para o arruado principal da vila, por onde se assentavam os lados das sepulturas mais acatadas nas soberbas mortalhas e famílias enobrecidas. Túmulos dos fazendeiros abastados, padres espertos, passador de jogo do bicho, pastor protestante sabido, homens endinheirados em boiadas fartas, comerciantes, das cafetinas, que aprenderam a morrer em Oitão, depois que souberam ser velhas, tanto como quando careceram também velhacas como os demais. Apadrinhados mausoléus de tijolos compostos, caiados, enfeitados de santos barrocos de cimentos vadios ou, melhor, santos vadios de cimentos barrocos, vasos de flores ressecadas e mais as penduradas mensagens nas fronteiriças petulâncias em bronzes grafadas se estendiam nestas sepulturas ricas. Muito a calhar vinham frases escritas resmungando perdões, mentiras, inutilidades, sobre as tumbas, louvando as vaidades e as fantasias de quem ficara para agradecer as heranças recebidas de quem se fora. Caiu na estrada arruada saindo do cemitério Cadinho, conversando suas angústias com ele mesmo só e ciciando à cabra a fome dos dois. Seguia desouvindo devagar, cada vez menos, o coleirinha pela distância deixada para trás do cemitério, pai, tristeza, cruz, solidão, saudade. Para compensar, assumiu no atento ameno de ouvir o trinca-ferro nas suas altivezes, que para tanto se fez escondido na grota do Catadeu Airoso.

Cruzou a Capela de Santa Eulábia, padroeira de Oitão, destravada nas desforras de caírem penduradas algumas das janelas de madeiras carunchadas, piúcas puras, presas à taipa, telhados furados, bancos quebrados, desajustada de milagres e esperanças. Lembrou ensimesmado das manias jogadas pelas tarrafas dos destinos quando o sino pequeno da capela fora furtado pelo pastor pentecostal andejando as catingas e os povoados rastaqueras para abrir freguesias novas, vender palavras de deus, ordenar ao capeta, que lhe era fiel e obediente, que encarnasse ou desencarnasse e receber nas exibições e metáforas expressionistas, em sagrado e secreto nome do senhor pelas mágicas enfeitadas, os dízimos cativantes. Matreiro de euforias, o religioso enfiara de madrugada o furto num dos jacás da cangalha sobre uma mula pedrês, tiquira de mal servida para lambanças luteranas. Cruzaram o rio no lugar dos desaforos e das corredeiras matadeiras, ali chamada de Devão da Criminosa, por onde o mesmo diabo se banhava enfezado de madrugada, conforme falas de Sinhá Deléia, nas suas altas intimidades com estas sapiências. Quis evitar a balsa de travessia que emendava Oitão ao firmamento justamente para disfarçar escondidos da carga malandra do sino roubado. A porventura não acatou destino e por ordens sineiras se afogaram todos, mula, sino, pastor, cangalha, ao tentarem cruzar o Jurucuí Açu, em ponto sabido sem mais vau, nas épocas fartas de saudosas enchentes, bonanças. O pastor dizia que deus lhe dera autonomias por ordens dos badalos, pois carecia mais de avisos e sustenidos para os fiéis que iria encontrar nas suas pregações e dízimos do que sacristão católico. Deus não se intrometia nestas querelas partidárias. O sino discordou das avenças pastorais, não pretendia sair de Oitão, onde seus avisos eram respeitados e carecidos. Fincou suas cismas nas euforias e meandros de ser enterrado nas águas pelo peso do bronze onde queria pender e mandou os outros rodarem pelas desgraças rio abaixo. Foi assim que se deu notícia do sino sumido e foram as histórias dos aléns que rodaram nos achegos de Oitão por tempo suficiente. Tudo nos provérbios e nos falados, mas só até antes de mudarem as notícias, quando as putas velhas, nos traquejos das coisas novas, trouxeram menina virgem para a casa da Naquiva e o Coronel Lavrário Tricó, fartado de gado de corte e cria de cavalo raçado, depois das libações devidas nas comemorações com a protegida e atentá-la de amasia por quase um verão, deu os tempos por resolvidos e os assuntos por encerrados. Decidido, regurgitou o Jurucuí o sino quando a seca enviesou os intestinos do rio arvorando as pedras. Voltou à capela com seu badalo mudo, pois não tinha mais a quem avisar. Desacorçoado deus, e com razões, o sino amordaçou quieto sobre um toco de aroeira, largado na porta da capela à guisa de banco e ali calado só memorava que Oitão estava sendo corroído, mesmo sem pecados, por falta de gente fugida nas poeiras das estiagens.

CAPÍTULO XVI

DAS NEGOCIADAS, DAS CISMAS, DAS ARRELIAS, DAS ANSIEDADES

Indiferente a estes pensamentos, seguiu o filho, abeirando pelas teimas das taperas já quase todas vazias da rua principal, olhando onde poderia desfazer da cabrita. De vez em quando um morador retardado na sina de retirante assumia a porta ou janela da palhoça para desacreditar de alguém ainda cruzando por ali. Enfiava o olheiro a cabeça pelo vão dos batentes, mostrava para uma criança magrela, pendurada nos braços, que em Oitão existia ainda, porventura, um restado de gente também sem destino. Cumprimentava em afeto espaçado, curto, melancólico e recolhia para cismar as próprias teimas de quando deveria partir. Rumou enviesado de vontades, Cadinho, para encontrar o armazém do Abigão – Abigácio Ruaz Morfahá, filho de libanês, enriquecido em Oitão por conta das manobras atiladas, comerciante hábil, ativo. Palmeou a tristeza, Cadinho, na porta semiaberta para diminuir o pó, disfarçar a agonia, enganar o sol. Soltou a corda da cabra sobre a indiferença, a melancolia e o toco de peroba fingindo de banco. Na penumbra, por sair do sol carrasco arrepiando as vistas, convite para mandriar, deslumbrou Cadinho as ansiedades de Seu Abigão, como o chamava por idade de gente amadurecida como seu pai, de respeitos carecidos, mordiscando sua teimosia e o palito para os dentes sobrados, as agruras, como de costume no fundo do balcão. Saudaram-se nas praxes miúdas, nos afetos pausados, tristezas fartas e nos limitados das faltas carregadas nas propositturas. Cadinho não fez delongas nem dramas por antever os destinos. Apontou a cabra, expôs ser restado último mesmo que dispunha para desfazer e carecia despachar a irmã caçula para as capitais, atrás do Jupá irmão, nos recursos levantados. Não chorou, nem pediu, não era de direito, carecia, sabia com quem tratava. Voltou prosa, memória – *Abigão era um intervalado enorme de confusão sertaneja, vazio esparramado entre o agiota e o coração. Bicho xucro, orvalhado de contraditórios e apegos, cadência esquizofrênica de taturana com bem-te-vi, e nascido de égua passarinheira enxertada por lobisomem* – dizia Minhoco Desfolado, parceiro de truco de Camiló, aquele desparelhado de figura humana que pretendia preservar os dedos do pai e pendurá-los entre outras euforias das prateleiras do armazém para enaltecer as mãos do melhor jogador de baralho de todos os sertões. Desmamado, afetuoso, arreliento, imprevisível, extremoso, irascível, introvertido, arremessou Abigão o palito e a paciência para o lado do papagaio, escondido atrás da manta de carne de sol. Suspendeu, provisórias imanências, Cadinho, desapreciou a teimosia, sem portentar, destravou binga de acender pito de palha, baforou a tragada no silêncio para enxergar o futuro, mas viu a retranca, pediu licença para pegar água fresca na talha quebrada sobre a prateleira das panelas de ferro, emudeceu. Soslaiou estrábico, sertanejou sem instigar os travos maiores do vendeiro, aguardar pelas desditas menores, surpresou na quietude. Carecia anuência do tempo antes de prosperar.

O papagaio que conhecia Abigão tresmudou rápido seus sentidos para a janela do fundo, esperou aquietado ser chamado de loro outra vez, quando fosse para ser, e empenhar cafuné e outras prosas. O tempo espreguiçou quente, amorfo, suspendeu os imediatos, enquanto os dois ratos mais velhos da casa se acomodaram entre a saca de feijão, longe do gato velho, cego, e o silêncio de Abigão. Tudo entravou para Cadinho desemperrar seus provérbios, procedimentos. Chamou o mormaço por testemunho, o filho do trançador, não retrocedeu nem desfez. Aprendera com o pai que no truco da vida havia um compasso de espera, purezas, carentes naturezas para amadurecer, como procediam as cachaças antes de se desapegarem das suas acidezes e só tornarem macias depois de amainadas nos tonéis das paciências, com aditivos de carinhos e desfeitas de remorsos. A Cadinho apeteceu licença, desafiou calado, propôs espera. Em memória às tradições amigadas com o pai, carecia vender a cabrita para comprar no pau-de-arara um lugar para mandar viajar, para sempre, com certeza, irmã Nema – Helésia Prouco, quatorze anos na bica do jogo – para a capital e procurar Jupá, o irmão, como deus ordenara a ele desaparecer, mas a sorte na falta de coisa mais ajuizada acataria ela de encontrá-lo. Conversas confusas tanto como a cabeça pensando entortados, reconheceu Cadinho, mas não tinha outros procederes. Outros e nem certeza de nada tinha, só das cismas para não deixar a Nema morrer em fome bruta onde nascera.

Abigão introvertou medindo Cadinho as mãos de dez dedos engrouvinhados, diálogo calado, esperou o pouso do papagaio no fueiro das mantas de torresmos, vazio, destravou. Limpou o suor, o filho do libanês, mordeu o rancor com sabor de fim, pegou outro palito, espremeu ciciadas lamúrias das angústias. Se pôs mortiço e metódico entremeando as prosas nos arreliados dos proventos, tanto como nos afetos e canduras. Era uma herança enroscada, libanesa, de confusões e conflitos sertanejando nas desavenças, melancolicamente. Desceu os olhos pelas paredes sujas, fazendo de cada esburacado sobre os adobes caiados, envelhecidos nas poeiras ranhetas, sua conta de terço, terço de lamúria para orar os recitados das desgraças, desventuras. Foi destecendo o vendeiro Abigão, destraçados do passado, para encavalar o presente e desfigurar o porvir. Memorou sussurradas novas prosas velhas, alegremente tristes: o pai fugira das securas amargas das areias dos desertos do Líbano para encontrar a liberdade de não rezar ao deus em que não acreditava e poder banhar mimoso, pelo menos as vistas, nas farturas das águas remansadas e das corredeiras alegres do Jurucuí Açu. Detestava, o velho libanês, o deserto seco, desaguado, o futuro das obrigações de rezas e preconceitos mulçumanos, parados tempos e areias, mortiços motivos. Saíra menino, conforme garantiu Abigão, o pai saudoso olhando o poente, palmilhando as pegadas, as mesmas sinas compassadas do sol, à cata de um barco que enxergasse o horizonte, atentando achegos a diferentes vidas, continente-país-sonho, ambição de ficar rico, independente, família, filhos, herdeiros, sangue, raça. Se fez em mar, aventura, destino. Por obras dos ocasionais, veio entravar, sem nem saber bem por quê, em Oitão, às margens bonitas, alegres do Jurucuí. Ali eram e foram a se dar os destinos das suas andanças e buscas. Mourejou, trabalhou, sofreu, despendeu anseios de ver Oitão crescer, que conheceu menor, tiquira de nada, de dez palhoças, contando uma sua, e boca de estrada para afundar sertões outros, ponto de travessia obrigatória do rio. Atinou que por acostar a balsa nas margens de Oitão os progressos viriam como as certezas das marés. Asseguradamente. Fundamentos, espertezas, avistados, libanesas vistas. A balsa de travessia de quem vinha carregado ou para carregar do leste procurando o poente havia se instalado ali em Oitão dos Brocados, justamente porque o rio era mais afunilado, menor, encolhido.

E se desfaziam as alegrias das vistas esparramadas sobre os volteios das jaçanãs envergando suas asas para agradecerem as distrações dos peixes fartos, as marrecas saboreando as águas agitadas nos ventos, os socós-bois esperando suas vezes para brincarem de azuis. O Líbano, do qual fugira, desmedia comparações e não havia como não trocar as areias secas dos desertos pelas farturas aguadas que atiçavam o velho pai de Abigão. O libanês, cismado nas sutilezas, cafungou cheiro do futuro e do novo. Atilado velho, sangue de mercador, nariz de águia, premonitório. Abigão foi salteando um lagrimado enroscado, dolorido, despropósito de não saber nem o que dizer dos tempos acabados, da vila, do pai, da vida. Respirava fundo, mastigado, meandros tristes e mandou, o vendeiro, o papagaio calar para não contradizer. Abigão memorava os passados do pai, começando tudo miúdo na certeza de que iria crescer como era da vontade de todos que para lá se atentavam confiados, dispositivos, mesmados nas igualdades das serventias. Paixões e lutas enroscadas nas crenças, destinos promissores. E corriam muito embelezados os guarás pelas barrancas e águas do rio, acompanhando as outras voadoras alegrias. E tudo trazia apegos e prosperidades, que os cascos dos cavalos, as poeiras levantadas, os caminhões cruzando, enalteciam em proveitos, saúdes, ciências. Heranças das coisas dos tempos do pai muito ativo comerciando rápido, sabicho e transferindo depois para os filhos suas sabedorias e proventos. Continuaram descontraídos nas querenças de engrandecerem nas sanhas para as brisas protetoras das catingas, das águas fartas do Jurucuí, formosuras, antecipadas esperanças. Os prováveis eram maduros, sabor de quase certeza, enfezados, gestados.

Enquanto cismava conversando rasante de motivos, Abigão, fora se dava um voejo ouvido, rebuliçado, espatifados de urubus atiçados crocitando no meio do curral, fundo do armazém, onde uma vaca desmontou as sobras das pelancas na falta de destreza de viver mais sem água e pasto. Entraram pelos olhos e pelo cu, para levarem a alma, as aves rapinando antes mesmo das pálpebras fechadas da bicha definitivamente. O vendeiro prenunciou de ouvido, nem olhou pelas janelas, sabia, perguntou aos céus, *"até quando e por quê?"* – mas sequer mexeu do assentado seu. Conversou sem mais só com a agonia, estirada sobre o balcão, e Cadinho atento na vista calada; restava pouco, sussurrou consigo e o seu infinito da alma, o vendeiro. O pai de Abigão, meninote entesado, trouxe seus instintos cobiçosos, hábeis, libaneses, para Oitão. Subia o mercador, arrazoando sua língua embolada ainda de verbos truncados, até o porto maior de Axumaraicá, pelo rio, trazendo na gaiola a vapor, nos retornos, nos começos, tiquirinhas de mercadorias. Muito de quase nada de poucas montas e atendia revendas dos intermediados às sobras das pobrezas mais enricadas, boiadeiros, putas andarilhas, tropeiros, ladrões, peões, jagunços, outros também mais afortunados rodantes seguindo destinos.

Gentes e folias cruzando as portas da sua birosca acanhada de fazer negócios, parada obrigatória da estrada e da descida da balsa. E sabia o pai barganhar galinha por fumo, fumo por pinga, pinga por dinheiro e tudo o que desse uma sobra de lucro para ir afinando com as manobras e as espertezas. As águas do rio e os sertanejos foram aprendendo os caminhos das encomendas e das mercadorias como sabia bem ao libanês atilado. Destinos vieram, foram sendo envolvidas providências nos ensejos de prosperidades. Por ali cruzavam trilhas várias, lonjuras de outros sertões à cata de ilusões novas e merecidas, garimpos, trabalhos, plantios, sonho, gado, esperanças, tropas, amores. Gastando cada viajante uns minguados na bodega do pai, propôs Abigão lacrimado suas reminiscências. Venda acanhada de duas portas, a do velho, a primeira, começo, construção de meia-água de sapé, eriçada em pau a pique, fundo para as águas do rio, trajeto da descida da balsa, frente para as poeiras da estrada, coisa miúda de penitência, mas intencionada de desaforo, abastada na crença de prosperar e, como era para ser, se deu. O tempo e a esperteza ajudaram. Ano bom, ano ruim, ano difícil, fácil nunca. Precisava intuir o que vinha, o pai era mestre de ler futuro, fungar destino, beber as almas nos créditos, enfeitiçar as ganâncias da freguesia.

 O povo foi aumentando em gente nova chegando e as nascenças nascendo nas vilas e vizinhanças de Oitão. O caboclo gostava de carinho, amor, trepar, ter filhos; deus tomou conta do diabo para não atrapalhar muito, naqueles idos, por uns tempos. Oitão dos Brocados foi se empertigando nos aprumos, crendices, necessidades. O pai cheirou longe, intuído, aprendeu a arrematar terras por nada, perto, jogando devagar boiadinha criadeira de poucas vistas, mas prometidas, salvando o que dava, vendendo o que carecia. O cerrado sabia dadivar nas águas fartas, chuvas boas, promessas cumpridas. A bodega se enfeitava devagar a cada dia passado de mercadorias mais atrativas, estoques maiores, chitas para as mais pobres, vaidades, organdis, musselines para as abastadas. Roupas, comidas, apetites, chapéus, invejas, arreios, desejos, esporas, ostentação, estribos, ciúmes, panelas, devaneios, não desfaltava nada. Principal, mais e mais gente achegando, redondezas, euforias. Abigão garantiu que o pai era arquitetado em provocar as ganâncias. Instigava os vizinhos confidenciando particulares do que cada um levara para enfeitiçar invejas, desejos, ciúmes, compras iguais, querenças. Atraía mais gente de sertões outros, aficionados nas desforras dos galos índios de brigas que atiçavam as apostas de vulto e falações corridas. O libanês e depois Abigão se esmeraram em enfeitar as construções de uma rinha de briga nas exigências sofisticadas. No fundo do armazém sempre se punha encarregado de criar a melhor galada de briga e vinham outros, de todos os cardeais sertões e cidades, empenhados nas rixas para as tramoias das desfeitas e desaforos apostados em altos padrões. Abigão e o pai eram ensimesmados em virtudes exuberantes: comércio – moça bonita – galo – cavalo bom – carreira – apostas – ganhos. E tudo nas pazes das desforras dos dinheiros das sabedorias.

 Os tempos do libanês correram nas manias e vieram os filhos, entre eles, o próprio Seu Abigão, que não empacou ou caiu de beiço para se lastimar. Não foram poucos e assim mesmo couberam bons dotes de heranças para cada. Salvo e sem problemas, entraram nos acertos uns herdeiros de contrafeita e amigação, que o pai acarinhou reconhecer e partilharam na herança, para não desmerecer ninguém. Mas sobrou fartura para todos. Nas contas, dividiram-se terras, dinheiros, avaliados do armazém, cada um tomou rumo preferido, enricaram alguns, perderam outros, procriaram todos. Sumiram os que quiseram, tudo como sempre era a vida, e tinham de ser e foram. Das irmãs de Abigão, houve as que casaram, foram para outras terras. Uma, para o convento. A menor assentou casamento arranjado com primo no Líbano e nunca mais se viu. Só carta. Outros irmãos afazendaram preferências nas terras boas, aguadas fartas, gados raçados. Algumas larguezas até compradas em outros sertões ou fronteiras novas. O armazém, por paixão e dote, coube ao Abigão, esgrouvinhado como ninho de beija-flor, desde menino, nas sapiências do comércio, do gado, dos cavalos de raça, nas carreiras e das brigas de galos junto com o pai. As bonanças se deram. Ele, filho do libanês ativo, sangue grosso de merceeiro ensimesmado nas entranhas, deixou intuído correr as artimanhas das vendas e ofertas como as águas fartas do Jurucuí Açu que obedeciam às gravidades e caminhavam sabidas para os mares. Assim, os estocados aumentavam nas farturas, prateleiras altivas da casa. Jogava ativo, Abigão, como aprendera com o pai, para ambicionar as vistas dos passantes, nas portas largas escancaradas, as roupas faceiras da moda, provocativas para as moças casamenteiras, instigar peões exibidos.

De tudo não faltava nada. Meritoriamente. Mas, repetia repetido e choroso, Abigão, de tudo não faltava nada, arreio, vaidade, pistola, ciúmes, pinga, raiva, baralho, esperança, vela, crença, feijão, missal, carne de sol, terço, pólvora, fé, chumbo, espingarda, anzol, mentira, pescador, quirelas, catiras, fubá, arroz, jogador de baralho, briga, cabresto, cachaceiro, fuzarca, morte. E as mulas, alegrias, carros, enfeites, cavalos, papeados, carroças, caminhões, canoas, jumentos, bêbados, barcos, cargueiros, canoeiros, carros de bois, segredos, ocupavam as portas, os currais dos fundos, as sombras das árvores derredores, o porto da balsa, atracadouro. Enfezavam as gentes às beiras do rio e arruados em volta para saberem que ali se instalaram heranças arrancadas e trazidas pelos ventos longos dos assanhadiços libaneses neles carregados, mercadores argutos, milenares, amamentados em velhas trilhas dos desertos, camelos, areias, oásis. Tudo trazido, moço atilado que fugira do Líbano, do homem-menino, comerciante precoce e ardiloso, desafeito de alá, criador do universo e das intrigas do alcorão, livro das penitências e das discórdias, tudo por ordens dos infinitos nas solidões dos desertos escaldantes, mas para desaguar nas exuberâncias do Jurucuí dos sertões.

Abigão enfezou, demandou os olhos nas tristezas, por falta de alternativas, mostrou acabrunhado para Cadinho que as agourentas aves esvoaçando, mais as secas, tramoias, as agruras combinavam seus alvoroços nas portas do seu comércio e vida para desfazerem o que levara duas gerações para aprumar. A desforra, maleitosa, não deu espaço. Por esperteza instigada de acabar com tudo, contrafeitas e desgraças vieram montadas, metade nas secas e nas pobrezas que atacaram o sertão como lepra, o resto dado por um coração de abobado próprio, ele Abigão, dessabido de querer ver a miséria sem compaixão batendo na sua porta. Não aprendera a dizer não, preferia arcar com os despropósitos das agruras a lacrimar um pedinte. Tentações, sofrenças.

Mas ralhava antes dos afetos. Abobalhou entesado, o que teria ele a ver com a cabrita última de Cadinho, filho de Camiló trançador, atinado no truco, vidente, arrancador de dores das carnes, das almas das moças e dos peões, morto nas atribulações dos seus manejos e carinhos? O ouvido de Cadinho não amolengou nas desfeitas nem na porventura retrocedeu. Era da sabedoria do ocasional. Pousou o filho de Camiló, aquietado, redondilhando correr a mora, calmo como fermento de garapa, para avisar que o tempo não era de discórdia nem de atrevimento. Sabia o filho de Inhazinha, pois era caboclo da Forquilha e se assumia pedinte de dadivosas premências, até por metáforas, antes de lamber os definitivos, pois carecia dos préstimos de Abigão e sabia com quem cumpria promessa. Atentou as desforras difíceis de estender no mastigo da água salobra, saibro seco das chuvas, esperou momento justo até Abigão debulhar inteiras suas almas todas. Sigilo atenuado, prudentemente, eram os tempos corretos, exato, de chegar às solvências poucas, mas carecidas. No entanto, naquelas lonjuras de tempos, gentes sumindo, Abigão também não estava mais para desfaçatezes, penúrias e impingir malqueridos desaforos, vinganças sem merecidas causas nas gentes que conhecia havia serões, caminhadas, ladainhas. Protestou um infinito sem porteira das coisas acabando, gente partindo sem ter como pagá-lo, sem sobrar nada para comprar e com que sobreviver pelo caminho, não tendo ninguém rumo, como saber, aonde chegaria ou se morreria antes com pendências nas agruras.

Sem saber seus porquês, no fim acanhou acomodado no nada e na insolvência, não escapava de si mesmo, aportou Abigão na angústia e no definitivo por derradeiro, depois de margear seus lamentos, protestos sofrimentos. O dono do armazém mandou acomodar a cabrita no fundo do armazém, curral em que acabara de morrer a vaca que os urubus e carcarás traçavam arreliados, voejando nos gritos curtos, agourados, briguentos. Tudo entravado na mesma sina, ao lado outro do que fora a exuberância da rinha afamada das animadas brigas de galos. Tinha penduras e entraves de montas miúdas, Abigão, coisas poucas apequenadas, mas suficientes, com o dono do pau-de-arara, e acertaria passagem, banco de sumiço e madeira, fim, para Nema seguir, na lamúria de ver ele, comerciante, mais uma retirante moça sertaneja, que vira nascer, crescer em Oitão, e deus artimanhava levar sem deixar nada trocado, além das raivas e das sinas no lugar. Nas sobras da gentileza, muito do seu feitio, Abigão abasteceria a menina na barganha da cabrita, além da passagem, poucas, mas levaria consigo algumas roupas de chitas baratas e nos adendos, para não desfigurar demais na viagem, teria uns nacos de carnes de sol somadas às bolachas e biscoitos de polvilho para enganar as fomes, caminhos tidos, e adeuses. Camiló, pai, em alma, merecia sacrifício e mesura, crê-em--deus-padre, saudade, amém, falou chorado o vendeiro em finalidades, apertando a mão de Cadinho muito cerimonioso, reticente e lacrimado. Se dessouberam mais como ajustaram e foi o que o momento palpitou e até mais ver, portanto. Desenrolaram das falas.

Rebatia nos arredores um noroeste, ventinho encardido, fracassado de propósitos e destinos, inescrupuloso de quente, meio palmo de repelentes motivos desajustados, tudo sem muita explicação como andejavam depois das estiagens bravas as coisas. Por carecidas atenções ajuntava uma gritaria arisca envolvendo o bando de periquitos demandando serra, empurrando os passos miúdos da ansiedade de Cadinho para os desvãos da casa da Dona Naquiva, como se deu ele às falas, nos respeitos devidos. Meditamentos propositados de ouvir a mulher, chefe-mãe-acarinhada da casa das putas, precisão de pedidos e conselhos, seguia ele cismando, bamboleadas pernas à cata de desventuras. De soslaio, muito saudoso para o que fora a bica d'água secada e o pé de maracujá morto, últimos a verem o pai vivo, apiedou Cadinho suas tristezas e memórias. Assassinado depois que saíra da casa da cafetina na madrugada, Camiló memorado quando o sol risonho começava fazer-se para distribuir, como lhe cabia impor as obrigações de cada um pelo resto do dia. E o trançador dos couros e dos baralhos, com mais Acalina a par dele, juntados nas agruras, para serem baleados pelo coronel, depois de um azo de nada. A tristeza da morte de Camiló ou a secura sumiram com a aguinha e o maracujá, no sobrepujado só do resto de galho seco, uma casquinha de pau, fim, amarrado na melancolia. Cadinho choramingou desditas. Definharam sem memória ou compaixão, água e flor. E pensando no que sucedera foi no propositado amarfanhando o chapéu nas mãos querendo aprender a falar as coisas certamente corretas, o irmão de Imati e solver ali pendência do destino dela como carecia. Atentou ser analfabeto de letras, confuso de intenções, mas premia. Palmilhou as portas cerradas de Dona Naquiva. Silenciosas indiferenças de trejeitos, aparências desaparecidas só de desabitadas pessoas vistas vivendo na casa sem caras surgidas, portas e janelas mudas, trancadas. Tempos aguardados, insolvências, rodeou o terreno para afrontar a cozinha, repicar palmeados. Deu-se. Irrompeu a senhora enquadrada na esquadria pobre, muito disforme de entusiasmos, perguntando desejos, propósitos. Cadinho situou-se por ser filho de Camiló, conhecido. Esperou ciência de reconhecimentos, confirmação e apaziguadas posturas. Dona Naquiva estranhou presença, esperou tempo curto para falas e cismas, mediu o moço filho, porte assemelhado nas canduras de não assustar e invadir, tais e quais os melindres do pai próprio. O filho chapinhava igualadamente o chapéu amassado nas mãos nervosas, desfazendo as explicações meio gaguejadas de estar a fim, pois que não possuía dinheiro, reserva nenhuma e carecia ensinar alguma independência ou destino para a irmã mais velha, filha tanto quanto ele de Camiló tranceiro, massageador, truqueiro, ciente homem imbuído de atender as almas, afetos, adivinhar os reversos, destinar desatinos. A amiga do pai lembrou que fora a última a pedir para Camiló acudir a menina desalmando, Acalina. Acolhia Cadinho achegar em casa de Dona Naquiva aquela hora por conta das desventuras de achar solvência para os seus desarrimos assumidos sobre Imati, irmã. Se amoldaram nas conveniências, propósitos, intentados longos, variados e morosos, sertanejados. Intercambiaram as corretivas afinidades, alongando os começos das falas para aquietar penúrias.

Por sendo conveniente e propositai, adentrou pela cozinha mesmo, sinal de conciliação e afeto, apreciou gestado Cadinho, acalado, mudo. Quem falava primeiro rodou no ar por uns momentados tempos miúdos demorados de passar difíceis, junto com a coruja que acantonou emparelhada com a imagem de Madalena Santa padroeira das moças meretrizes abençoando as poucas sobradas na casa e no serviço. O fogão aceso requentava o café que Dona Naquiva ofereceu com bolo de fubá. Cadinho não recusou no intermeio, antes dele apetecer licença para pitar. Abriu o verbo, o irmão. O pai morrera como a senhora sabia. A mãe desfez sentido de outras terras com o pau-de-arara e motorista na tristeza de deixar os filhos, mas na esperança de achar destino, coisa diferente de morrer na seca e fome, catinga, sertão, desgraça. Deus mandou sorte, ela colheu, se embrenhara ao destino, era mãe, continuava sendo, mas longe, quem diria o contrário. Sobrou no roçado, sem solução, a miséria, uma cabrita trocada por passagem no pau-de-arara, mais roupa pouca e sortido de frangalho de comida para atentar destino da outra irmã, o cavalo prestes a morrer, cachorro velho e cego, a coruja a ser enxotada, o curió com ordem de soltura e aviso portado certo, pelo pai Camiló, os couros de trançados, sem serventias mais então e ele. Não era muito para não dizer nada. A irmã mais velha, Vilácia Prouco, Imati não sabia ele destino a dar, pedia conselho a ela, Dona Naquiva, senhora experiente, antiga, amiga do pai, para ajutório carecido nas soluções da vida e achar caminhos para a menina irmã. Ela, mana, por sorteios dos cerrados e dos sertões, tão analfabeta como ele, não teria como sobreviver sozinha sem amadrinhamentos.

No forro, se formara uma fuligem enfezada, curiosa, debruçada sobre a providência e o destino para atinar como Naquiva se entrelaçaria com as premissas e os conflitos. As coisas das vidas destroncadas das mulheres da vida não se faziam pelas escolhas dos intermediários e parentes, ajuizou ela antes de interceder conversas. Meditou fundo, como de feitio. Era um aparato de desacertos nas restingas das almas e tormentos, pondo impedimentos e desfeitas nos transvios das moças, atentos de carecerem desmandos nas tramoias: falta de dinheiro, famílias pobres, desejos, fantasias, vidas, ambição. Lembrava a senhora, sem petulâncias ou solvências das suas sinas, não desmereceu tristeza nem repetiria se o diabo não estorvasse. Muito atinada de suas sabedorias existenciais, vivências das almas, enxergou os olhos fundos, desamparados, de Cadinho e se deixaram sofrer ressabiados, juntos ambos eles, os dois, atentados de cada lado das sanhas próprias, por quanto aguentaram sem falas proseadas, como era das melancolias particulares carecidas naqueles momentos. E muito assim se pasmaram até providenciarem outros andamentos de quebrar o silêncio. Desintrigaram devagar e por vez, assentados nos bancos de cada um, fumando respeitosos, café tomado, vendo a solidão acariciar as fuligens destravadas do fogão, aquietadas nas suas serventias inúteis, enquanto a coruja amoitava. As tristezas foram sendo lidas nos olhos perdidos nas indefinições das vistas, lançadas abobadas sobre as paredes manchadas e as carências sem destinos ou provérbios. Para atentar o silêncio, a maritaca crocitou intento de fala, mas também não foi entendida olhando do alto do fumeiro vazio. E por serem sem finitos as ideias aproveitaram o canto triste do sabiá no fundo da capoeirinha, que antigamente o rio beijava, antes de quase sumir, rasgou como entendeu mais prudente o silêncio e Cadinho pediu sinal de franqueza para trazer irmã Imati, quinze anos, mas já afeminada nas formas e peitinhos tanto assim, carecia ajuda de Dona Naquiva para encaminhar a moça até ficar de maior ou coisa assemelhada em se fazer gente independente, acatar profissão, se gostasse. Não tinha ele como dar conta das irmãs, sobrara sem nada e destino. Nem de si sabia depois de solvidas tarefas de endereçar as meninas, enterrar o cavalo, soltar o curió, afoguear a palhoça, enxotar a coruja, entregar o papagaio, desfazer dos couros secos, pensar na sina do cachorro, despedir do tatu e do canarinho na porteira. Serviceira sem retoques e ajutórios. Coisas do seu sertão vivido, sangrando em terra brava, aléns dos sofrimentos merecidos, prosas infindas, carentes, sem começarem nem acabarem por falta de parcerias e ouvidos.

Adversos silêncios antes de desandar, sumir e o capeta sem dizer onde acabariam as desforras do retirante, filho de Inhazinha e Camiló, tanto a porventura e como a sanha, lá na frente da angústia brava esperando arteira. Eram despensamentos desaquietados, carcomidos, amiudados para encolher as sofrências. Naquiva horizontou a angústia, perdendo a vista pela janela à catadura de seus internos, acompanhando uma corruíra silenciada no galho-pau mediano da peroba empertigada subindo por suas velhices no frontão do calor. Foi mensurando vagueadas nos arrebites melancólicos, a cafetina, senhora de suas obrigações, lembrando-se dos arrastos seus pelas paredes do armazém do Abigão, no trauma de carecer de Camiló afeito ao baralho, então muito entremeado na alegria, acomodado na cachaça, no truco e quando ela pedira a ele socorro para Acalina nas histerias arrependidas de vida amarga, amásia manteúda de coronel exibido, enfeite de vestido novo, quarto separado. Se não acudisse tempestivos tempos à moça, suicidava, entesava, perdia alma e juízo se o benzedor não desencantasse as malignidades.

Senhora Naquiva desfez sem confidências que iria embora, dois dias mais, se tanto, com suas meninas sobradas, de cinco sendo, pois as demais ciscaram rumos alternados sozinhas; as pioradas de serviços de putas e vistas mais desfeitas de embelezamentos ficaram. Entesaria desconhecidos lestes, enviesando para os traçados rumos das nascentes dos sóis, lugar enfeitiçado de palmeiras e ventos, passarada branqueada para fugir do negrume da urubuzada, onde fartasse água, homem com tesão e dinheiro. Provavelmente litorais, pontos praieiros para estender as vistas cansadas e velhas de agruras, esparramar só sobre o mar de onde as salmouras não tinham cantos para fugir. Aprimorou suas regras: não era do seu feitio e consciência desandar menina menor, por arroubos desnecessários com a polícia, meritória de canalha nos subornos, e crença em Madalena Santa, jamais desmerecida das morais. Mas faria ela das vezes de atendimento especial nas obrigações devidas de seus arrependimentos, atrelados nas tragédias com Camiló atirado às portas da sua casa na madrugada da desgraça, com a menina-moça Acalina. Emudeceu ela e lançou no infinito suas definições, olhou umedecida em lágrimas de saudades sobre o pé do maracujá que escolhera sua flor amargurada, mas preferida, para subir entrelaçada à alma de Camiló, levando notícia à família do assassinado. No entanto, desmediu enxergar Dona Naquiva só a morte e a seca, depois de disfarçar um soluço. Restavam, no compasso, os restos dos galhos pendurados, do que a soberba do maracujá fora, esperando o vento só mais abusado para parir os adeuses. Finando prosas, empenharam os brios e as teimas para Cadinho trazer Imati, mais a bruaca das poucas roupas, não esquecer as agruras com as tristezas, juntar as melancolias, que não ficariam sozinhas sem os irmãos separados, e preparar as mágoas para seguirem com as despedidas no dia de desfazer Oitão e nunca mais.

Cadinho desprendeu em corpo, enquanto se despedia alongado antes de deixar um pedaço de apego da alma na casa da Naquiva, confortado do presente, choroso do passado, apavorado do futuro. Sintéticas confusões sistemáticas. Acompanhara vistas postas nos redores, enquanto prosava com a Senhora Dona Naquiva, acompanhando olhados nas moças andejando rumos alternados desincumbidas de suas vaidades motivadas, circulando desmerecidas de fingimentos pela casa, cozinha, à cata do banheiro único, camisolas, meio nuas, uns pedaços dormindo bocejos, sem nem intentar provocá-lo, mas arrebitando as ideias. Nunca entrara em bordéis, no entanto, fantasiava as maravilhas das cenas dos locais tresandando em azuladas neblinas pecaminosas, sabores de delírios entorpecentes, rodopiando pelas vagadas cadências dos andares requebrados das fêmeas lindas, flutuantes, pousando pelas paredes, tetos, imaginações. Tudo envolto em enevoadas translúcidas luxúrias, flertando olhares lascivos. Os abajures sombreados de cores rosa, sonhos enfeitiçando cada uma das moças. Nas alucinações de menino, enrolado nas memórias das fantasias das vaginais indiferenças da Divina, cumpridora cabrita de seus achegos, idealizava as meninas das casas das alegrias na zona, portando sete dezenas de dolências suaves distribuídas por todas as alucinações para serem introduzidos nos devaneios corretos os pênis, os olhos, as orgias. As portadoras das ternuras deixariam cair pelas coxas, pescoços, seios, nádegas insinuações delicadas, sem preconceitos ou restrições, entrelaçando os cabelos soltos, ousados, esvoaçantes, perfumados, delírios. Roupas transparentes caindo cuidadosamente sobre as carnes palpitantes, bolinadas pelos dedos das unhas enormes pintadas, voltadas para os céus e pedindo que os pecados lindos e os desejos multicores debruçassem sobre seus lábios para beijá-las infinitamente em orgasmos. Jamais poderia admitir tantas simplicidades igualadas em suas ideias comuns, dispensáveis, que amulheradas putas tivessem corpos marcados de cicatrizes, pelancas soltas a serem escondidas e, embora transitassem seminuas de roupas pobres e rasgadas, despertassem nenhuma preocupação de provocação, disfarçando os olhos para não estorvarem as liberdades.

Infiltravam pelos corredores, quartos, à cata do único banheiro sujo, velho, para se acomodarem como gentes comuns nas urinadas e cagadas, como tanto assemelhadas faziam as demais fêmeas, as cabras ou as outras mulheres carentes das vidas. As andantes pareciam identificadas à sua mãe, irmãs, vizinhas, gentadas pessoas indefesas, tristes, esperando o nada passar para não se desacatarem mais ainda das vidas sofridas. Fugazes e ingênuas dos cotidianos, sem aleluias ou estardalhaços. Desmereceu Cadinho as senhoras meretrizes do sertão com muito dó, pois eram por ser tão iguais nas carências e amealhadas aos seus nadas, como se pôs mais triste ele ainda por assistir o começar do acabar do ato final de seu teatro de frustrações. E matutando junto das vistas, vendo baixarem os panos da decepção do real sobre as fantasias, interpolou um desassombro no despreparo, mas que até foi bom o desjejum ao relaxar em prosas abobadas das amulheradas desditas, desfazendo incongruências cotidianas, imaginando que aputar não era coisa muito transversa, dificultosa, mas muito sofrida. A vida de puta, se Imati entrosasse, iria continuar a mesma merda, ensimesmou o irmão. Despediu e destravou seu caminho para voltar no dia combinado. Desajustou da janela um frenesi das maritacas crocitando para tentarem levar a tarde até o crepúsculo que esperava quieto no pico da Forquilha e Cadinho prosseguiu nos seus contrafeitos.

Seguiu, apequenado como intuíra com seus diminutos. Calado continuou sem falar na volta para as suas solidões: proseando só com seu destino, afundou pelo curral do armazém do Abigão, pois era cisma de ser, desfolhou querença do último desapego e lágrima vendo a cabrita Divina muito desconforme na sua fome, esperando um sacramento do nada para desenganar o inexplicável. Procedimento muito correto dos animais que não sabiam ouvir a seca, entender os carcarás, maldizer os homens, inventar um deus, sonhar com as sortes. Gestadas procedências dos irracionais por não entenderem como se sofria corretamente. Ensimesmaram nos seus tempos e motivos particulares, a cabrita e o retirante, nos absurdos individuais e as vistas solitárias, que cada um guardou na sua cisma. Memórias, tempos, tempos eufóricos das barganhas risonhas e alegres, das trepadas simples, alvissareiras, escambadas em medidas exatas e honestas no cocho abastecido de quirela e, do outro lado, os orgasmos sadios, puros, inesquecíveis, santificados de meninice sem remorsos vieram nas desfeitas últimas. Jupá-Cadinho, fartando na boceta amena, encabritada, indiferente apetecida de felicidade azul do horizonte e comida verde-amarela-fubá-capim disposto na exuberância. Enfronhados desenfronhados fins, conflitos atiçados nas indiferenças e gritos dos prazeres acabados, cabrita e retirante se desolharam ali no curral do vendeiro. Não sabiam por que a história os levara tão longe para separá-los tão perto dos castigos e de repente. Encurralados naquele estreito de tábuas velhas, os dois únicos remanescentes, cabrita-Cadinho, desabrochados das ânsias, fomes, fins, carcará, urubus, secas, pós, estradas, se desmediram sem saber por quê, sabendo que sim, mas só porque não sabiam. Adeuses, ó, deus dos infelizes, e foi Cadinho, passando primeiro pelas euforias das sofisticações da rinha de galos desmantelando, da grandeza do que fora um dia, depois subindo as escadas, para desaprender um pouco do choro, até esgueirar-se sem afobação pela porta do fundo do armazém do Abigão novamente.

    O vendeiro retornara à depressão, postado no amuo, enviesando os olhados para os despropósitos, mascando o palito de sempre, aconchegando um cafuné no papagaio mudo, esperando o nada entrar pela porta em vez de Cadinho. O irmão pediu as roupas e as quirelas de mascar das meninas para calejarem nas viagens. Adeus deu ao Seu Abigão, mediu o sol começando a se esconder por trás da Forquilha e, sem outras amarguras além das que já portava, aprumou firme, calado, subida da serra que conhecia tanto. Nunca atinara enfrentar o mesmo pó, caminho igual, sina repetida, pensando consigo no mais fundo, ele, por que as coisas faltadas doíam tanto na alma? Atentou, foi atolando mágoa insolúvel, última, na sabedoria amarga por levar consigo um quase nada de tão pouco do que salvara, além das roupas e farnéis, mais só o desespero do punhado de fim sem volta, desesperança, para oferecer às meninas. Subiu, sem mais assobiar, cadenciando as alegrias como era do feitio das suas cismas antigas. O curiango desceu de suas insistências, olhos muito marejados de tristezas e ansiedades, pousou no moirão de cambará, das suas afeições e métodos, em frente ao dos canarinhos em seus cantos dolentes sobre a caveira chifruda, para avisar que Proeiro, o cavalo amigo, endereçara recado para Cadinho achegar em tempo de ainda vê-lo despedindo embaixo da moita de bambu. Lugar mesmo das conversas que desfizeram por último, antes de decidirem que o animal carecia morrer. Deu-se, o amigo entrou pela tranqueira do sítio já jogada no chão, pois não havia mais nada para escapar, recebeu quieto o beijo do vento, olhou a serra, enfrentou as vistas das meninas especulando caladas das janelas pequenas, carcomidas nas piúcas dos batentes. Enxotou dois urubus agourando as traquinagens rapinas sobre o futuro e lembrou que era Cadinho, sertanejo, órfão de pai, sem mãe, arrimo das irmãs, e não procedeu falar de si ou acreditar na realidade. Quem saberia? Sem resposta, parou por aí e nem intuiu mais antes de se preparar para se ater com o cavalo.

CAPÍTULO XVII

DO CAVALO, DO ADEUS, DO CURIÓ, DA DEFLORADA, DA QUEIMA

Sem descanso, repicando ameno, mas triste, noite se fazendo em toda, sino da matriz no mesmo embalo, por não ter outras obrigações além de marcar horas e manias. Liau farejou alongado, radiante, a primeira lata de lixo deixada à porta da pastelaria. Entusiasmo, prontidão. Arregaçou as mesuras, permitiu-se a Cadinho, licenciou-se com cigano, ordenou juízo às pombas e alvoroçou na captura dos desprezados. O sacristão conferiu se os santos retardatários, sonolentos, mais insolentes por descuidos e temperamentos, haviam retornado às suas fidalguias introspectivas nos altares, posturas eretas, sofridas, insinuantes, carismáticas, antes de abrir as portas fronteiriças e laterais, majestosas, convidando fiéis, desocupados, curiosos. A matriz se aprestou em soberbas imputações de enlevar fantasias e demandas para as quais fora traçada. Assim, coube ao vento acatar licença pelas entradas liberadas, se empertigou pelos meandros visitando os milagres e segredos dos perdões com um achego umedecido da garoa levando seu sabor de madrugada. Acordados pelos ruídos camuflados nas entranhas da noite, os silêncios se arvoraram para serem ouvidos por quem se prestava às orações nas preferidas obtenções esperançosas com os padroeiros afinados mais achegados, pois o dia foi autorizado a ir procedendo como as tarefas pediam. Tanto que o chafariz mimoso já se permitia alegre receber seus passarinhos preferidos brincando de aurora, contrastando com o azul que o sol pretendia esconder. O tráfego afobou graúdo em bom volume ao já se pronunciar imprudente, buzinas, alguns andantes cruzando suas finalidades, pressas, destinos, portas dos bares invadidas. Liau se apeteceu dos restos, saudou a lata de lixo afetuosa, sorriu, voltou, naquele adorno de satisfação nos olhares e assim iria sonhar com a fartura até quando sentisse fome como era de sua natureza. Atento, o cigano, as pombas, Liau dormindo, os santos pasmados, chafariz chorando, ouviram as memórias do retirante.

* * *

Era sertão em toda a sua sina. Com o vento manhoso, recolheu a prosa do curiango, do aviso do cavalo, para não perder tempo, o parceiro. Anoitava. Saiu ele à cata de seus destinos, outros, antes de falar com as irmãs ansiadas nas janelas miúdas. Boca da noite tremava, saindo as primeiras estrelas por trás da Forquilha, despregando cada uma de seus aconchegos, como melhor lhes apetecia, escapando dos galhos afetuosos da peroba velha, pé de pau imponente, enorme, de onde os canarinhos-da-terra saíam cedo para enfeitarem as manhãs. Também de lá vinha a boca da noite, por onde as mesmas luas gostavam de apaziguar os conflitos antes de andejarem e que Inhazinha preferia por serem os melhores poentes para acatar os rabiscos encarvoados e tentar alentar as pazes com os céus. Enquanto tal, Cadinho desviou direto na captura do bambu da beirada do riacho enxugado na réstia de quase nada d'água, para não dizer que acabara sem. O Proeiro ali, cavalo da infância e juventude, orgulho do pai, piscava sistemático entre um olho voltado no trilhado da despedida, embora ainda com vida, e o outro enviesado para as bandas já do além. Nos enroscados dos pés dos bambus brincando de brisas e silvados, Cadinho acocorou para escutar carinhoso as divagações finadas do animal, meio no delírio do feitiço que dizem gostar de acompanhar a morte. Pecó, cão dos afetos a vida toda com o cavalo, naquelas imensidões de inexplicáveis, cego nos fins, mas atento dos ouvidos, aparceirava as despedidas. Nos conformes, o sertanejo ouvira que os ricos não morriam sem os padres venderem em tempos convenientes umas alegrias de ressalvas, recomendadas no capricho das derradeiras providências, apregoadas loas religiosas recitadas nas prosas litúrgicas adornadas das extremas-unções. Tudo se elaborava em místicas ejaculações de latinos palavreados sofisticados cantados pelos curas imbuídos de suas magnitudes, magias ritmadas espargidas com bentas águas aos sonidos de sinetas prateadas abrindo conversas com os céus, afastando as rebeldias dos capetas para não atrapalharem as avenças e aliviarem os estirões dos rasgos entre o corpo de um lado, que iria definhar, da alma, que tresandaria ao outro. Assuntos das mitologias apostólicas invadindo sem muitas certezas os sertões dos Oitões, mas que não enalteciam as desfeitas dos cavalos. Deveria ser mais gracejado para o espírito do Proeiro umas miudezas simplórias preferidas, como a derradeira espiga de milho, se o coitado tivesse resto de dente, apetite, para não ir-se para os atendimentos da morte em jejum de pasto e algo no cocho. As tramoias diferenciadas dos homens e dos cavalos destravavam as ideias e as carências em fundamentos muito despalpitados, inversos das rebeldias de cada um, despregou o cachorro. Entristeceram-se, sem sobrossos, simultaneamente ambos, igualados nos olhados e pensamentos enquanto se despediam. Cadinho memorou muitas respeitosas ordens recebidas de pronto, apoucados tempos, determinações claras do pai para que não abandonasse Proeiro na ingratidão, pois deveriam voejar aos redores as garras unhadas das rapinas, sem acalantos e avivamentos se não fosse corretamente enterrado. Proeiro nem entendeu, sequer preocupou das regalias. Preferiria levantar, andejar ao som das estrelas, do cruzeiro do sul com quem mantinha um enlevo de vida e acompanhava, simultâneo, simetria do timbre da dalva a surgir para encontrar seus infinitos e pastejar nos ensejos de ouvir os pirilampos brincando de firmamento.

Na trava do moirão, esquecido ficara cabresto de couro cru trançado, muito velho e desservido, mas em tudo descrendo do cavalo. Bateu na falta de diferentes afinidades uma brisa morna, sem atrevimentos, enfrentando sina de subida castigada da serra vindo da Várzea da Maculé Crioula, e parou para resfolegar cansaço, olhativa das carências de Cadinho amolecendo as mãos carinhosas sobre a tala do pescoço do Proeiro para ensiná-lo a fechar os olhos e mesmo depois, sem melancolia, acatar morrer amainado. Se entrelaçaram nos definhamentos das tristezas últimas, os dois, homem e animal, nas normas das despedidas, enquanto o curiango não aprendia a chorar como seria das suas intenções. Por palpite, a brisa continuou serra adiante, pois não tinha o que fazer ali e carecia destinar. A noite demorou a se compenetrar das angústias de Cadinho, aparceirando o Proeiro despalpitado de desmerecer viver. Nas alternativas, as irmãs Nema e Imati, enviesadas nas janelas de cada lado, acompanhavam os desfechos das finalidades fúnebres e as penúrias se pondo. O coração do sertão bateu fundo, mas nem deus deu conta de converter calado e sem lágrimas. Se descuidasse das tramas, no dia seguinte os urubus e carcarás atacariam vivados, sem melindres, o que sobrasse se não fosse enterrado o cavalo nas condizentes ordens do pai, prosperou Cadinho. Trejeiteiro, na ponta do jacarandá, o sabiá cadenciava suas orações em sustenidos arrancadas do fundo da alma à guisa de despedidas do cavalo com quem sempre mantivera uma sintonia mágica. Assim, mimoso de ofertas, o cambará, desfolhado de esperanças e secura, acenou para Cadinho atentar para os restados dos couros nele pendurados, por serem de dois garrotes e um bezerro, que Camiló recomendara, no cemitério, entre uma urinada e outra, ao moço dar destino antes de ir-se. O filho atinou corretas manhas de apaziguar as fúnebres despedidas do Proeiro acarinhando seu corpo com os restados couros e embalá-lo na ternura e aconchego. Uma imensidão aluada providenciou as cismas no assisto das tristezas antes de se esconder por trás da Forquilha para se fazer madrugada.

 O cavalo desistiu de piscar e preferiu morrer mesmo sem saber as corretas artimanhas carecidas para o fim. Por serem as venturas procedentes, o sertanejo foi acompanhando as vistas do cavalo muito calmo nas suas intenções, desmerecido de querer viver, consciente das carências das tranquilidades da morte, como preferem os animais mais maneirados quando apontam suas horas. Desfez. Começou cavar braça e meia de cova rasa misturando labuta com as lágrimas, piçarrenta terra dura, seca, sem alternativa nem de pensar em mandriar desforra, Cadinho. Propósitos e manejos dos trovejos de grilos estirando os silêncios cadenciaram as providências fúnebres do coral da solidão. Pois cova feita, tempo justo, lua iluminando suas condolências e o corpo aquiesceu de tombar no finito. Cadinho amalgamou os couros enredados nas magrezas finais do animal muito despreocupado de futuro. O do bezerro chita, até bonito, ornou de travesseiro para a cabeça e as costas ficaram alçadas, protegidas, sobre o corpo mole, pois as peles dos garrotes, fumaça e mascarado, cobriram carinhosas as amarguras do cavalo, que seguiu galopando para o além e o nunca mais. Cadinho lembrou-se das tramas nele amontando, Proeiro sendo, nas exibições para Aiutinha, se confraternizou com o horizonte do passado, alegrias. As terras desabrigadas de suas profundezas gostaram de se empertigarem voltadas às origens do buraco aberto para aquecer o animal. O sertanejo choramingou um restado enquanto lavrava dois pedaços de galho de goiabeira para encruzilhar sobre a tristeza e a cova. Prontas se deram as feituras antes de subir o irmão para o casebre e atender as meninas, encarvoar os chãos e conversar com o silêncio. O curiango, parceiro do animal, assumiu suas mágoas fúnebres pousando sobre a cruz proposta por Cadinho, fazendo força para chorar, mas mal esboçou um lamento comprido como cabia e o fez.

Cadinho voltou ao casebre. Resto de noite entravada, desmerecida, nem se ativeram em diferentes incumbências, desprosearam pouco nos motivos os três irmãos. Entregara Cadinho os bornais com as roupas e as comidas ralas para as providências de se arrumarem as meninas para abandonarem as secas e as fomes. Tudo no dia seguinte e se tanto. A família se destravava de fim sem conversas ou manejos e cada um assumiria sua insônia até o pássaro-preto chamar todos para as demandas. Amanheceu. Acordados, Cadinho nem testemunhou muito tempo, pediu às irmãs para se ajambrarem como dessem com as roupas trazidas, enfiarem as merendas ladeando as angústias, mais as tristezas sobradas na bruaca para descerem a serra e adeuses. Coisas de somenos, pois não possuíam destrezas de serem diferentes os sofrimentos. Prosa miúda, difícil, maleitosa, final. Não deveriam desfazer dos choros, mas poderiam ir mascando as lágrimas enquanto desceriam a serra, era de direito, procedente, admitiu Cadinho. O irmão não sabia se padeceria mais com o cavalo, com a mãe sumida, pai morto, Jupá nos desconhecidos, Aiutinha difícil de achego ou as irmãs levadas, mas na ignorância urinou sobre os tisnados enquanto decidia. Tudo era postado em rodilha de desmontes carecidos, que ele não sabia se conseguiria acalentar ou pôr juízo nas desforras desentendidas. Pois eram de virem amarradas às tramas e incertezas do além para serem desfeitas, e ele conta desse e não perguntasse se teria ciência ou competência. Foi.

Os três se atribularam de mãos dadas, apequenados de esperanças, suando, amarfanhados. Cadinho entremeado entre as duas, arrastando as meninas nos próprios pés delas ainda descalços, querendo ficar na prontidão, mas as almas sofridas sabendo carência de irem-se. Pecó cismou de enveredar cego atrás da trindade serra abaixo. Caminharam carregando suas manhas os três, sucumbidos e calados. O cachorro emudecido, desolhado, farejava na captura do nada. Cruzaram a tranqueira e o canarinho sobre a cabeça chifruda do caracu cantou como lhe cabia, pois previu que não veria mais Imati e Nema. Sem intenção de ajutórios, seguia à frente um inhambu preto piando tristeza e melancolia. Era o que teria de minguado e nos fins, no seu porte de ave voajeira a oferecer, deu. Foram os irmãos enveredando os passos dos pés descalços sobre os pós e as solidões. O curiango aquietado no cambará restou miúdo de provimentos, mas encarnado na sanha de tomar conta da alma do cavalo enquanto a irmandade fazia estrada. Cadinho estancou provisório na porta do Abigão e em palavras de pouca monta se desfez de Nema, arrematando ao vendeiro que seguiria sina e entregaria Imati aos cuidados de Dona Naquiva para as providências serem finalizadas.

Como nos combinados, Nema aguardaria ali o pau-de-arara consentido para embarcar para a capital, nos termos pretendidos de ir atrás de Jupá pelas mãos de deus ou da merda. Abigão não desmereceu intentos e de seu posto, enfezado, com o palito entre os dedos, acocorando cafuné no papagaio, amostrou à menina a porta do fundo para cair no barracão dos carros de bois, carroças, arreios, mais do trator e automóvel, lugar contrário ao curral onde ainda fedia a vaca morta de fome e a cabrita, que provavelmente seguiria destino assemelhado, tudo sob as ordens dos urubus, desforras, do fim. Muito generoso em suas agonias mandou, de pronto e desafobado, o vendeiro, a moça atar a rede onde lhe aprouvesse no galpão disposto, pendurasse suas nostalgias nos vazios junto das mínguas das roupas trazidas, subisse depois para a cozinha para prosear com sua mulher Belícia, andada de carências, deprimida no vazio justo da sumida de filhos, filhas, netos, gentes todas, saudades, medo da seca, pavor dos ensejos, futuro sem fumaça vista. Se dariam assim as manobras até o pau-de-arara chegar no dia seguinte ou em qualquer tempo prometido nos ensejos e as tragédias deixando os rastros nas almas, só. Enquanto não embarcasse no caminhão, deveria comer na companhia da mulher, do que tivesse pouco e às ordens, na cozinha. Coração largo do Seu Abigão, escondido na tristeza e na simulação. As meninas se desafeiçoaram numa última lágrima e um só beijo, não perguntaram sanhas ou sinas nem ofereceram esperanças, sabiam que o nunca mais chegara e o resto daria conta de outras providências. Não tinham a quem maldizer, pois eram sertanejas, analfabetas, descrentes, acostumadas nas desfeitas, amiudadas de estimas. Calaram sem repentes ou protestos, se repartiram em duas melancolias igualmente sofridas, antes de procederem seus adeuses.

O tempo não parou para apaziguar. Seguiram os proveitos. Imati assumiu destino nas pegadas de Cadinho, passos assemelhados postados atrás um do outro, mesmo como seguiam juntos, nos premonitórios para as agonias não ficarem atrasadas, rumos os dois à casa da Senhora Naquiva. No mesmo desamparo do irmão dia antes, cruzando local da cena, lembrou-se Imati do pai atirado de garrucha, desapiegado, caído ao pé do maracujá com as mãos dentro do córrego da Bica-das-Putas, onde soletrara suas últimas previsões. Mudos de motivo, se desenxergaram nos entreolhados, Cadinho e a irmã, muito irmanados nas securas dos sofrimentos com pouca lágrima sobrada, perguntando às almas próprias, pois as dos outros não tinham informes: por onde erraram ao escolherem nascer nas placentas dos absurdos? Não cabia mais desfeita do que pensaram alto, iguais, sem saberem as artimanhas das palavras corretivas que atendessem às ideias certas, para definirem os coriscos das confusões. Desencontraram as prosas, desafinaram os olhados, desanimaram as vistas. Mudos, continuaram calados em silêncios, passos à frente como lhes carecia e ordenaram as sinas. Muito encabulados, não sabiam se eram os sertões, os pais, vidas, as merdas, desatinos, as refregas, azares, as sortes. Era e era só e foram seguindo desmerecidos de explicações, por serem incompetentes das atenções de saberem, em sendo ignorantes de direitos de conhecerem. Se desafinaram dos entendimentos mais, o tempo ordenava e as vidas obedeciam, caminhados desmandados de ambos. Entremearam conjuntos umas tantas braçadas poucas que se deram, em seguida, troteados emparelhados para acelerarem os apressados, pois foi como fizeram quando bateram palmas repetidas, clamando ôs-de-casa e coisas-e-tais. Dona Naquiva atendeu à janela da cozinha, sombreada tristeza olhada, angústia de vivência, mas afetiva nos reconhecimentos das vistas. Entrados, insinuou a hospedeira à menina uma banqueta da cozinha, aproximou a cafeteira e o bolo de fubá na fartura da vontade e esperou disfarçada de perspectivas ofensivas pelo sorriso agradecido de Imati no intento de atentar os dentes, igualado se dava de costumes, quando cavalo se barganhava em assemelhados propósitos. Dentes bons, putas de meritórias harmonias para agradados sorrisos. Coisas interessantes e de boas valias, confirmou os dentes do sorriso da moça, concretizou a cafetina, inteirada de satisfação profissional, antes de despachar o irmão atoleimado, mas embirrado nas insolvências e que só saiu depois dos apertos das mãos dos irmãos sem proseados, mesuras, mas afrontados nos sofrimentos. A porta fechou nas costas de mais um fim acabado.

Cadinho igualou caminho nas voltas pelos mesmos passos, contornando rumo mesmo da casa do Abigão e achou as trilhas iguais nas sinas por onde viera. Sem condições de desmantelar, remanchava uma agonia pegajosa pelos cabaços dos colhões, irritante de não conseguir esquecer passados, sem trejeitos adequados de propor futuros. Entravou nas agruras dos rodamoinhos desfazendo das irmãs, saudades saudosas das coisas sumindo sem desarmar tramoias. No espaço tido, Nema já postara rede atada no jirau dos arreamentos das carroças e arribara por cima a melancolia que trouxera. Se afinara para esperar os imprevistos que encostariam com o pau-de-arara e sumiriam nos aléns. Ainda não atendera a menina as atenções de Abigão para encontrar dentro da casa Sinhá Belícia, como fora insinuada de procedimentos. Andejando à cata de seus finais, Cadinho cruzou por fora do curral das agonias, a tempo ainda de deslumbrar entre as catingas fétidas engrossadas de penumbra a vaca morta e a amargura dos desânimos da cabrita Divina arrependida do mundo dos homens e das naturezas, sem explicação dos modos desajustados como a abandonaram. Desencorajou ele, procedências corretas, desmotivado de aproximar-se, ver a tristeza desfigurando os olhos da bita, fome, memórias dos afetos, milho, trepadas, capim-mimoso. Em vez se dando enviesados urdidos dos urubus carrascos nas rugas, estimando seus fins sem explicação para a cabra, que sempre fora comportada e solícita. Contornou o irmão o armazém para desfazer as derradeiras avenças com Nema arremedando silêncios. O cachorro Pecó, no rastro do faro embalado nos pés de Cadinho, mesmo na aptidão cegada, viu as tristezas na alma de Nema desfeitar. Entreolharam-se os irmãos arrastados, disfarçando as lágrimas, enquanto ele cruzava o terreno carregado de pó afogando a solidão, no que ela contrajeitava sem amparo o amargo do silêncio da última despedida sem palavras. Restados anseios e olhados, refizeram mudos do quanto se queriam, isto ali no socavado fundo, abeirado das trincas dos tempos fecharem. E nos andados se puseram mudos no tamanho de seus medos de se amarem escancarados, desanuviados em proseados e carinhos, vida inteira em anos sem falarem ou sorrirem destas cismas. Calaram enrustidos, sobre os muitos dos tantos que nunca se entreolharam, arrastados sem prosas, pelas almas fechadas. Como conseguiram desandar vida toda sem se achegarem? Mediram, naquele final sem fim, os insolúveis das imensidões das cruezas da boca desdentada do futuro que iria devorá-los, digerindo estraçalhadas as sanhas de cada um nos bofes fétidos do nunca mais. Por que os deixaram pasmar tão analfabetos nas escritas e tão letrados nos sofrimentos?

 Por ser, engoliram quietos os desalentos nos despropósitos das ignorâncias, memorando crianças ainda, brincando de pegas pelos verdes, a cantoria da passarada voejando derredores, azucrinando as alegrias, acabando eles as algazarras, sem fôlego e risonhos, nas águas fartas do ribeirão, onde se banhavam despidos das roupas, tristezas e preconceitos. Ao lado, atabalhoando a mãe, sorrindo massacrando a tábua de lavar, beiradas espumadas das corredeiras buliçosas do Riacho do Perobinha, cruzando para desaguar imponente, tormentoso no Jurucuí Açu. E tudo muito majestoso das ingenuidades que se desemparelharam. Gestos e ternuras foram se desfazendo nas lágrimas e o tempo trouxe a sina de cada um exatamente naquela hora para dar destinos diferentes, andados opostos, desigualadas linhas. Cadinho enfiou a amargura e os pés descalços fundos no pó seco, levantou os dramas nas pontas dos dedos, chutou, sem acertar, a raiva e a impotência, enquanto o joão-de-barro viu, sem trinar, Nema subir as escadas enxugando os olhos para os lados da cozinha de Sinhá Belícia à cata da outra solidão. Cada de si se deu sofrendo fugidio, para ir desforrando as imprevidências das naturezas trazidas pelos cerrados secos. Desjuntaram enviesados os irmãos, eternamente nas tristezas, sem olhados para trás, pois não procederiam alternativas ou soluções. Finadas as delongas e tarefas, Cadinho entabulou rumo à Forquilha para apaziguar suas desfeitas, desfazendo amiudado de ouvir as maritacas espalhafatosas levando o silêncio mais para junto do sol se deixar entardecer. Escutava o irmão de Nema e Imati, cada vez mais junto, a cadência do seu coração propondo enternecer Aiutinha. Forçou nas vontades próprias esquecer o quanto dessem as sanhas, como as confusões deixassem, mas os cravos vinham arrebitados, como nas ferraduras do demônio.

Cadinho se deu largando o povoado rumo de casa, atropelado pelos anseios de encontrar Aiutinha na janela ou portinhola, enrugar um pouco as turras, enganar a solidão. Se deram as vistas dos encontros aproximando da tranqueira de onde os canarinhos na caveira do caracu piaram mansos no choco. Embolados em tropelias e adjacências, como as naturezas se pediam, outras passarinhadas alongadas nas mesuras da serra invadiram para testemunhar os sorrisos de Aiutinha descendo mimosa pelas beiradas do canavial desfeito de folhas, cruzando o leito seco do Riacho do Perobinha na harmonia de encontrar afeto nos braços de Cadinho. Bateu um ventinho lerdo, mormaço quente de habituadas cerimônias para deixar o pensamento vaquejar, despencando do cerrado em tempo de fim de tarde e sertão, intentado de desfigurar as ideias aquietadas do enamorado embaixo da moita de candeias onde se encolhera com seus destinos, desfeito de propósitos, esquecendo por carência e serventia, só do momento ali, das irmãs, mágoas, pai, seca, mãe, Jupá, tristeza, sertão, cavalo, fome, cabrita, futuro. E por ser procedente, nas mesuras e pontualidade cruzou da capoeira da Forquilha, para ganhar trilha do buraco do pé do moirão, o tatu calado nas suas indefinições, nenhum propósito de pressa pelo balanço das pernas tortas e ginga miúda nos rastreados de suas benevolências.

Cadinho seguiu as minúcias e indecisões do tatu medroso encantoando seus rumos, sem descuidar da formosura de Aiutinha achegando. Oportunamente.

Se amaciavam as preguiças, pois a moça esperou o tempo amolecer o canto triste do papa-capim antes de acarinhar os ombros de Cadinho, que a recebeu mansa e, assentados, passaram ambos a meditar carinhos ao lado da raiz do cambará. Procederam as esperanças, tarde caindo devagar para não desperdiçar doçuras, ameigados se puseram os dois. Assim aflorou o gracejo nas minúcias das mãos se encontrando para brincar de desejos, cores, inconfidências, sonhos, de suspiros, fantasias, pertinências. Aquele, o quanto durasse, não veio desapegado de manhas para atrapalhar os afetos. Acomodada nas fantasias, sussurrou Aiutinha um achego para receber seu beijo. Muito correto, borrifava leve o azul preferido das manias predispostas para os carinhos vindos calados na forma de brisa da Várzea da Macoté Crioula, empurrados pela seriema chamando o companheiro e a chuva. Melancolicamente se fazia o nada sem provocar o silêncio. Não havia desarrazoados afobando os tempos, os apressamentos descabidos. Cadinho mordiscou as ideias, minucioso como corruíra-do-brejo enveredando escondida nas macegas das taboas, remexeu a ponta solta delicada do cabelo de Aiutinha. De onde se deu assim até arvorar os cachos da moça para em seguida destacar pequeno ramo do arbusto da candeia e enfeitá-la de verde sobre a pele linda, escura, sertaneja, cafuza. Mimou. Devagar, enfeitiçou Cadinho uma esperança de enganar as tristezas, amassar teimoso uma ponta macia de vazio e, o quanto desse, esquecer o futuro, desmerecer o passado. Era tarefa de atrevimentos e desjejum de conversa consigo. Embebiam tramoias dos íntimos, confidenciando sem falar as tramas próprias, para não confundirem com as dos outros. Cada um calava a sua. Juras silenciadas de confissões não despertas não foram diversas por absurdas e descarecidas. Coisas dos aléns para se tecerem avagaradas e para barganharem mágoas por fantasias. Se deixaram prosseguir mudos desfazendo das agonias até o quanto as ideias carecessem aprender a parar de sofrer. Pedia tempo, acalmados, ensejos. Mas vieram beirando as vontades, pois enveredaram pelos carinhos como pediam as carências. Mãos dadas, olhos perdidos, desejos lapidados calmos em delírios suaves. Manias, manhas, mimos, modos, meios, maneios, e se enfeitiçaram os afetos apegando os recantos das partes gratas dos corpos disponíveis, sombreados pela delicadeza da candeia, ouvindo o silêncio, bebericados pelos perfumes caindo das flores da serra, dos enfeitados ipês. E por serem carentes ainda se tinha os guarantãs disfarçando nos esverdeados os pintassilgos, sucupiras rodeadas de arapuãs, os jacarandás desolhando os horizontes, demais por serem bonitados, pedindo águas, mas descendo pelas catingas. Mansos de afobação ganharam a porta da casa, os dois abraçados, que rangeu para avisar o papagaio e a coruja aquietados que não se assustassem em suas indiferenças, mesmo se o morcego não enxergasse antes de fugir para o fumeiro do fogão de lenha apagado.

 Enviesados assumiram, calados, propósitos para as vidas de suas querenças, entrando pela cozinha e nas contrafeitas vendo as desforras das tristezas mais agudas escapando provisoriamente pela porta da frente, por onde o vento morno invadiu macio. Procedia. Por hábito, o sapé acolheu a coruja desfeita de destinos, dando sossego ao morcego cego engastalhado invertido de cabeça para baixo no caibro da cumeeira. As mãos se pediram deitar abraçados sobre o jirau pobre de Inhazinha e Camiló nas repetências dos achegos. Por inativas manias e sossegos, foram encontrando seus meandros, descobrindo as vontades como as corredeiras das águas sabem proceder nas nuances envolvendo as pedras, na procura dos remansos, para enfeitarem os sorrisos das naturezas próprias, até cadenciarem os burburinhos para desafogarem nas solidões. Desmereceram as roupas caídas nos pés do jirau deixando o suor liso, fluido, carinhoso, amolecer os retoques dos dedos percorrendo os exatos, entranhas, lábios, carnes, tesões. Não tinham então contas a prestar nem ao nunca, de tão virgens e castos que ainda eram e haverem atentado estar como ali na primeira situação de apalparem tanto as carnes macias do outro, gente humana de sabor e verbo, como as coisas procediam naqueles acasos que escolheram. E acolheram as alegrias para testemunhar. Na dúvida, enorme vazio na imensidão do nada abriu desatravancado pelo passado que se afastava em tempo, sem nenhuma sanha de mudar o futuro desmerecido de ciência prevista pela impossibilidade canalha de cochichar qualquer senso de sentido esperado do que iria acontecer. Magia do amor desforrando das agonias e das sagas e só por ser seria, até quando durasse e veio. Despalavrearam como carências permitidas e se deram ao fim que pediam, sem ajudas de deus, descarecidas de afoitezas, refregas, desfeitas.

    Muito argutos de desfazerem imponderáveis procedimentos, combinaram corretos e pertinentes desdizerem desfalados verbos, que não eram horas de pensados em cismas de cinzas, sagas, tristuras, secas, fugas, ranços. Apalparam-se, desconstrangeram-se amarfanhados no presente curto, mas desejoso, desfazendo as fronhas das agonias para as beiradas dos temporões e ribanceiras desmontados como cascatas de águas fartas escapando de suas vertentes. Coisas mais lindas as canções surdas das imaginações bolinando as entranhas para encontrarem o gozo nos finais dos imprevistos. Desfeitos nas magias dos ventos miúdos, almas abertas, foram refazendo seus meandros, de dois viraram um, em um só amor unido único, viraram, depois reviraram enevoados, tresloucados de doçuras, beijos, sonhos e foram se desmanchando em achegos. Apeteceram azulados apertos, moles, carinhos, mais. E por ameadas formas e provérbios merecidos de urdiduras, melindraram insinuados em se tornarem aquele unidade enroscada, infinita, esquecimento, abandono a si, a só, ao além, ao outro, ao infinito. Cadenciaram os lábios nas carnes finas mordiscadas suaves pelos gestos delicados como as fantasias ensinavam a quem não carecia aprender, apesar de ser tudo, a prima, a solta, a-legre, a-mar. Foram repondo mesuras, mãos, molezas, aninhos, corpos. Tarde acabando, noite começando. Apeteceram nostalgias calmas, dadivosas, arpejos ensonhados, desacanhos de cissuras das carências de cada um muito afoito de agadanhar o outro, em chamegos infinitos, em gozos furta--cores. O resto da luz ensolarada começou a se desfazer para encontrar o sossego, trazendo consigo a nostalgia da passarada entoando os últimos arpejos, o lusca-fusca, as manias. Pecó, calado de opiniões, desapeteceu indiferente à escuridão ou à luz, pois nem sabia se era cego ou não entendia de amor.

    Noite e por ser de desejo entreabriram-se como as estrelas, amenas, as pernas de Aiutinha assumindo, inteira, seus motivos à ganância de confundi-los com os anseios de Cadinho na sofreguidão do ato-ativo juntos, único, amantes-parceiros esfolados pelas veias assanhadas, devorando os sexos recíprocos, amadas alegorias. Sonho e fantasia, enquanto o azul correu suave enfeitando os corpos nus, carentes, calmos. As três luas que acompanhavam os afetos em sustenidos se desvaneceram em pequenas lágrimas escondendo-se nas sombras da Forquilha. Realçou na quietude a imponência do enlevo e o ruído surdo das indefinições, crianças brincando de não diferenciá-los como pediam os delírios dos infinitos. Se puseram atrevidos a serem o que pediam, desarrazoados de preconceitos e medos, em uma só imaginação explodindo, silêncio nos derredores respeitosos para ouvirem as almas próprias, só. Chegaram os dois, simultâneos, presentes, engatados, à unidade do orgasmo com a simplicidade da escuridão surda, como o desejo exigia.

Enquanto aprendiam esquecer, calados como mereciam, deitados nos achegos próprios, braços longos nos sossegos, bebericou uma revoada de fantasias indefinidas, propósitos claros de amor, para recortarem os silêncios de Aiutinha e Cadinho em tresloucados tempos da vida: paixão, carne, desejo, gozo, medo, carinho, ânsia. Viajaram arteiras as vontades apaziguadas, tresandando nas espreitas à cata de simplificarem os manejos, bolinarem o que permitissem as sintonias, igualarem as respirações desobrigadas e cadenciaram em um só dueto recebendo o infinito do apogeu alegre do tamanho da fortuna do orgasmo obtido. Cadinho ciciou nos ouvidos de Aiutinha, não prestativa muito em atentos, pois merecia mais enlevada em anteriores sintonias do que recebera, e pregou ao léu: *se existisse mesmo um céu para quem não tinha o que fazer depois da morte por falta de obrigações e estiadas desacudindo os cerrados, aqueles conformes dos achegos tidos nos amores e prazeres estariam adequados e promissores nos gozos e compensados se durassem para sempre.* Aiutinha nem desouviu nem desmereceu o imaginado, sem pensar delongado, pois descarecia naquele momento de outros apaziguamentos, descabidos de verbos ou ideias complicadas. Aproveitaram a preguiça enquanto foi permitido por mais uns tocados até os finados imporem. Para tanto se dar, o sertão seco só veio entrando mais tarde com seu pó amargo pelas frestas da porta, a coruja revoou no resto do escuro esbranquiçando os silêncios, o papagaio pensou que se fizera entender para o morcego tomar cuidado. As réstias de luzes das luas cortando o sapé e invadindo as trinchas das janelas toscas ordenaram ao curió que desse os primeiros trinados, como era de seus provimentos e alegrias. Sem se darem por ser, enquanto se acarinhavam, ainda nos finados das fustigadas horas corridas, sem perceberem, a alegria da noite atravessara inteira a Forquilha e fora buscar uma madrugada completa para agradecer os mimos de Aiutinha e Cadinho. E depois do tempo todo passado, sem eles nem atentarem, veio a alvorada puxando um sol desapaziguado de compromissos para começar a desenrolar seu dia e obrigações.

Cruzando inverso da sua cova para a capoeira da serra, o tatu é que atentou surpreso Cadinho abrindo a porta da casa, passar a mão no tição desabrasado para tisnar muito atrasado, por ser já madrugando, pela última vez os traçados abençoados, em meia-lua crescente de obobolaum maior que Inhazinha determinara enquanto fosse de seus procedimentos. Aiutinha não mediu nem desfez, conhecia as sanhas e as cismas. Calaram, desfalaram, emudeceram, despediram. Atravessou um bando de papagaios nos inversos das rotinas saindo do Pico dos Urucaus, região de cajás e braúnas, ponto acomodado entre a ternura e a solidão, de onde deus gostava de jogar suas intenções sobre o azul para inventar parábolas e caçar as almas, antes de assentarem as aves dos lados da Serra dos Leprosos. Na rotina se davam nas invertidas, pois nas calmas dos ajustes, o bando deveria levantar das capoeiras da Várzea da Macoté Crioula e revoar para o Espigão dos Carcarás. Cadinho leu naquelas desenhadas garatujas nos azulados desanuviados dos céus dos sertões dos Oitões, pelos voos contrariados às rotinas comuns dos papagaios, naquele ensejo madrugador, avisando com aquelas caligrafias feitas de entravados, que desfariam para sempre as tramas e os achegos dele com Aiutinha. Céus tão desanuviados como as desesperanças daquela hora nunca mentiram. Ao sertanejo só coube tentar·chorar como sabia. O sobrosso das mágoas apregoou e ele não confidenciou, lagrimou calado. Maturou no tempo pequeno a desforra do sabor ácido do nunca mais, travaram as gargantas, se puseram trocando tristezas nos olhados derradeiros, enquanto ela retornava. Era assim castigado enquanto descia disfarçando o choro na manga, Aiutinha, ciscando vagueados miúdos dos pés descalços, para poupar no vagar o que conseguiria salvar na memória da noite que fora. Vazava ela andando curto pela beirada da cerca na cata da travessia do Perobinha quase secado no pó, descarecendo, no então, a pinguela. O canavial foi escondendo o corpo e a melancolia da moça, enquanto os dois se desapareceram das vistas próprias, para os desejos se transformarem em saudade. Deixaram penduradas nas penumbras das lembranças, amarradas a uma revoada de canarinhos ganhando serra, as alegrias dos emaranhados mimosos, soltos, livres de uma noite inteira sem pregas e medidas, mas descobriram que, embora não soubessem fazer voar as tristezas, viram em seus destinos que aprenderam a sofrer como estava sendo. Cada por si desfez como pôde das manias sem saber bem como desmerecer as serventias. Os carinhos nas memórias do que fora angustiaram tanto como as vistas do Perobinha também sumido, deixando Aiutinha atravessar as barrancas pela derradeira vez. Cada um desmediu seu destino, pois o tatu entocou no mato, Aiutinha entrou em casa, desistida de espiar o passado pela janela, a coruja acomodou no fueiro esperando o morcego distrair no voo, papagaio assentou na prateleira vazia das roupas poucas das meninas para sentir o cheiro da solidão, sem esperança de cafuné. O canarinho cantou bonito, mas em tom de melancolia. Cadinho se desfez para desfazer o que fora e refazer o que viria.

CAPÍTULO XVIII

DA SERRA, DAS DESFEITAS, DAS TRISTEZAS, DAS PARTIDAS

E assim, nas travancas cegas, Cadinho se fez de forte, assumiu os derradeiros embalos e preparativos para dessertanejar, carregando amofinado no peito miúdo só as agruras. Passou mãos suas na gaiola do curió, desmediu as despedidas, saudades e as tristezas, entortou passadas, mais alma afrontada acompanhando o vento subindo a Serra da Forquilha. Destinadamente. O cachorro sentiu, cego, o faro do desatino e enxergou as pegadas de Cadinho atropelando as trilhas, seguiu na sina mesma atrás do enamorado. A Forquilha continuava o emaranhado das indefinições nas desfeitas, trilhadas, árvores, aninhos, pedras, nascentes. Se fazia aqueles despropósitos de ninhos, querenças, animais, vistas, passarada, amenizadas nos carinhos, correndo nos agitados das mesuras, cada recanto, brisa, aroma, resfolegando memórias nas veias das infâncias de Jupá e Cadinho. Andejando o irmão com a gaiola arribada nas mãos, o passarinho foi apetecendo voltejo aos nascedouros. Fora caçado na distração das brigas com o adversário engaiolado no descuido de destramar o alçapão armado pelos meninos nas sofreguidões das espertezas. Trocara a liberdade pela farturinha dos alpistes e quirelas. Coisas de poucas regalias passarinheiras sem soberbas para quem não aspirava estas. Cadinho desconsiderou os preceitos do curió cismado, seguiu entristecendo nas lembranças das vidas na serra. Cão no faro. Voltou menino, memória rica, arteiro, Jupá animado nas subidas da pedra grande, onde se escondia no pé a paquinha precavida, antes de descer puxando a boca da noite para aguar sede no Perobinha, ainda correndo cristalino naqueles tempos, frio, cismado de ser bebido na corredeirinha, por dentro da mata, preparativo para empertigar outras bravuras de suas obrigações e encontrar o Jurucuí. Afundou Cadinho as vistas agradecidas no jacarandá velho, abrigo do azulão disfarçando seu ninho nos recatos do alto para escapar do gato-do-mato ardiloso, da jaguatirica ligeira, do gavião desabusado. Entravou Cadinho vistas, barranco íngreme forrado de samambaia gigante por onde sumiam as lagartixas rapidinhas, nas cataduras de borboletas, mosquitos, propositadas nas sanhas de desfomearem. O sabiá cantava igualmente suas melancolias da ponta do ingá madurando devagar as favas doces, de onde acompanhava o vento trazendo notícias do tucano bicudo, premeditando estripulias nos ovos aquecidos nos chocos dos pássaros-pretos avizinhados. Cadinho atentado foi assentando rumo para soltar o curió exatamente nas touceiras de embaúbas, perto de onde o descuido o caçara nas sintonias dos berros alegres de Jupá artimanhado de sabido.

Mas o sertanejo queria desfigurar cada canto, cada cor, aroma daquela saudade que iria sumir dos seus sonhos, vida, da alma. Divagou fundo com seus particulares e assobiou para o faro do cachorro seguir suas pegadas e tristezas. Sentiu, no infinito da alma, que quando soltasse o passarinho voariam juntos seus passados e trejeitos, sobrariam as melancolias, cismas, angústias por brotarem. Caminhou sentido do topo da serra desacorçoada de almas de gente comum achegar nas normalidades, o Espigão dos Carcarás, zona dos melindres, escaladas e conversas com os impossíveis, terra de ninguém, e por isto fora tomada no sangue e na raça, na imaginação, por direito e outorga, por Jupá e ele. E dos grilados que arrebataram nas certezas de se fazerem os picos descabidos, devolutos de dono e fronteira, deixaram desandar como seus a captura de fantasias, pássaros, do gato-do-mato, visturas, nascentes fartanças de águas bebidas na fonte, disparates dos trinca-ferros, gritando "bons-dias-seu-dito", sonhos, papagaios, manias, papa-capins, ruídos, maritacas, histórias, araras, pacas miúdas, risos, coleirinhas, alegrias, preás, sorrisos, macaco sauá, pássaros-pretos, bugios, artimanhas, tizius, imaginação, gavião, diabruras, gambás, mimos, maracanãs, canarinhos, carcarás, ouriço, tico-tico, imaginação, saguis, quimeras, catetos, quatis e houvesse fôlego e tempo para assistir às dolências das naturezas enfeitando as advertências antes que os ventos vindos da Várzea da Macoté Crioula embaralhassem as vistas e secassem as lágrimas. Ao abandonar a Forquilha, sentia estar abandonando aquela enorme reboliço alegre da passarada, arvoredo, animalada que por desdono de gente humana pertencia a deus e por ser de deus era usucapião de quem amasse.

Dia limpo como estava, pela seca castigando, se anteparava pelas direitas clareadas, desviadas as atenções do Morro do Serrote, se desmedia até as lonjuras da Comarca de Axumaraicá, permitindo nas meias distâncias separadas, muito por pouco nada, as corruptelas de Moncada de São Alepro, arriba, um tostão a mais, depois do Várzea dos Cariapós, caía o Curral dos Pousos, sitiados miúdos depois outros fronteiriços, arruado da Socabeira da Negra, entremeados da Capoeira das Antas e pendia já para os achegos de Bom Jesus dos Tropeiros. Tudo o que as antigas farturas de aguadas, gentes e vidas dos antigamente prosperavam nas teimas, tarefas, lutas. Oitão, dali, parecia que estava na beirada do chão mesmo da janela de tão perto visto de cima. Bambeando os olhados para a esquerda, Cadinho destacou, saudades voltadas, muito pequenininhas de distinguir nos horizontais das atenções, tanto ajustando as vistas merecidas, enxergava os lugarejos outros que a seca despovoara, a bem dizer, e seguiam Coivara dos Lobisomens, distanciada de légua, pois, depois de atravessar o grotão do Padre Velho, vinha Frontão das Mortes, onde sucumbiam amiúde boiadeiros e boiadas arrojados quando o vau do rio desmerecia passagem para quem abusava e, como dizia o povo, era rompante de criminoso o frontão maldito. Engrossava matadora e destemida, quem desmerecia conhecimento e atazanava desatinos nas travessias nos pontos das correntezas abundando. Jogou as vistas nas capturas das rabeiras da serra desencontrando as divisas dos casarios pobrinhos, sapé e pau a pique desmerecidos, fundão de barrocas feias de caminhos ruins, quase sumindo para os cantos das nascentes do Jurucuí, Capão dos Mulatos. Isto vinha até ali separado por nada da Aparecidinha das Bordadeiras, até enfrentar, nas curvas escondidas, da Mata dos Arrepios dos Bornais, antes de embocar no que fora de muita vida e simpatias o povoado de gente atarefada nas proposituras, usos das rocas pelas moças-mulheres sabidas na produção de mantas e tecidos de algodão e lãs, que enfileiravam jogadas nas calçadas das ruelas de Gameleira do Redentor, para serem escolhidas pelos passadores a outros sertões e alegrias.

Cabia ciência, para dizer melhor, confiadas de conhecimentos, como era de Cadinho, tudo aquilo pisara ele mesmo a casco de cavalo montado na garupa do pai destravando roçados e vilas para negociar seus trançados, laços de doze braças, cabrestos, bonitos, cabeçadas, cobiças, peças envenenadas. Baldrames decorados, embornais, bruacas, peitorais, trançadas arrelias, rédeas de crinas, guaiacas. Eram vilas visitadas nas crenças das alegrias e das sobejas nas negociadas para ofertar os trabalhos. Agora tudo curto de gente, fim de vilas estraçalhadas nas poeiras, morador sumido maioria, prontos para desfazerem dos casebres poucos, arrumando tralhas, desabrigos, mudanças, tristezas, fugas, sem nem cachorro para latir solidão, dar sinal de vida ou desentocar o silêncio. Despovoando os restos das almas, retorcidas melancolias. Olhando daquele infinito de cabeceira do espigão, lugar de pouca gente humana dando procedências de ter rastreado, povo conhecido despassaram, desapercebidas, ninguém quase assistido. Cadinho tinha o deslumbre de ver Oitão pequenininho como se fosse um amontoado de amarguras e sumiços descabidos nas palmas das mãos afrontadas às desforras entre o diabo e deus procurando olhar cada um em seu desaforo para explicar suas rebeldias de terem ajudado a vir a mágoa. Daquelas lonjuras altas, visitando os aléns, se cismasse, entravava Oitão inteiro na gaiola, dali de cima, enveredado os olhos por trás das taquaras e das lágrimas. Cadinho se convenceu, tomadas devidas rasuras nos seus íntimos, que as despedidas andadas nas serras, Forquilha acarinhada desde menino e ele, ali, mourejando seus anseios, não eram intuitos finados para soltar o curió, somentemente, que muito afinado nas formosuras, cantos conformes prazenteiros de delicadezas, saberia voejar tão bem como aprendera sempre de onde estivesse desde que aberta a portinhola que o tangia. Estava ali para ver desforra, para destecer sua alma engaiolada na solidão do sertão, destramar da serra que sempre acalentara suas alegrias.

Enquanto urdia remendando seus pensamentos corricando as manias, voltejando indecisões, descruzou o guará medroso atropelado nas suas artimanhas à cata de assentar as preferidas carências no rastro da lobeira para carregar para longe a semente do fruto comido, depois de cagado, no proveito de transmudá-la, soberba de euforias e brotação de mais belezas, como acalantavam as invenções das naturezas suas como deus provia. Circundava o moço – menino – triste, passo-passo, pensadas venturas recolhidas, entranhados desagravos voltados à infância finda, reparo d'alma, se houvesse mais tempo, malditas sanhas, despedida dos recantados esverdeando as desforras infinitas, árvores musgadas em velhices e sabedorias, na cadência de ver no rumo do poente o buriti irmanando seus sombreados com os folheados do cambará, encanto tanto, tudo pronto a ficar e ele demandando caminhos, desaprumos. Esgarçava o coração largar ali seu pedaço de alma. Pecó escutou a amargura do sertanejo Cadinho desarmando o espírito para partir. Desmediu tristezas o órfão abandonado e aquietou no reparo carinhoso, afeitado, do beija-flor muito sabido de magias, parado sobre o abstrato, como só a ele condizia saber, retido no arpejo da quietude, imobilizado de pressas e destinos, empertigado como atinava preferir, refrescar os melindres batejados das asas ligeiras, ninar a flor do jataí agradecido oferecendo o melado do néctar escorrido. E mesmo muito ali calado, desvalido das vontades de ir embora, entesou o filho de Inhazinha o ruído das arapuás brincando de zunidos coloridos nas confabulações, muitos, para desfazerem pouquinho de nada de mel como as suas naturezas de abelhas desensinaram por falta de carências e ganâncias. Coisas das capoeiras e cerrados, que Camiló pai entendia, mas não arrazoava por desvalidos atrevimentos, desconformes, de quem sem amor de movimentos das coisas da natureza não merecia atentados enfronhados de tomar conhecimento por não apreciar como mereceria. Cadinho aprendera ler estas amenidades nos volteios dos detalhes pelo pai, mas ainda chorava de vagueio como assistira da mãe correrem as lágrimas quando via o marrequinho ser carcomido pelo cachorro-do-mato. Tal se deu, pois o curió da gaiola, mudo, dessabia o que estaria fazendo naquelas lonjuras, voltado às suas nascenças e outras novidades. Virou vistas à imensidão da Serra dos Leprosos e desvirou para desmedir a petulância do pau-de-mangue prepotente, o sertanejo entristecido, circundado de voejos pela ariramba assustada, nas proximidades das estranhezas faceirando as voltas da copa frondosa da caroba, que os aromas pediam para não sumirem nas secas. Do topo, só dali naquelas alturas e as vistas nas perdidas infinidades, poderia colher as forças para desenfurnar pelo desconhecido, mundo louco a se abrir sem rumos, fugir das secas, sem bênçãos de mãe ou pai mais, quando partisse.

Relevando e suspendendo, desacordou do infinito e das divagações e voltou às prosas consigo e, enquanto tomava fôlego, Cadinho ultimava instruções ao curió ajuizar nas alegrias das liberdades, não desmerecer os destinos, gatos, desforras, gaviões, cuidados, gambás, traquejos. Careceria vistas longas, sabidas, não arreliar as soberbas nas disputas com passarada de sina igualada, folguedos ajuizados, brigas descarecidas e outras manias cuidadosas alertadas nas despedidas como mereceriam nos destravados das lágrimas, porventura. Acomodar nas simpatias de uma fêmea muito duradoura de procriações e enfeitar os mundos com os cantos dos filhotes carregados de ternuras demandados que chocariam. Lacrimou sozinho, mas apreciou a atenção do curió muito curioso das conversas em merecidas formalidades de despedidas. Sempre se entendera bem nas conversas passarinheiras. Se conheciam havia muito. Relação meio descambada nos conflitos, confusa, de carcereiro com condenado, mas as simpatias se mereciam sem perguntadas derivativas para evitar repostas melindradas. Agora findas as diferenças, mesuras, as despedidas e adeuses se desfariam sem magoados. Terras do sertão e adjacências não protestaram, assistiu Cadinho calado no desenlace, prosseguimentos, para os voos reaprendidos se darem, medrosos, cismados, enobrecidos.

O retirante empacou no olhado, antes de evoluir para as solturas findas, o oco na pedra de onde ele e Jupá trouxeram o loro-novo. Se fizera, lembrou o moço acabrunhado, que sobre o forno de lenha distraíra o loro-velho, fim de tarde escurecida, sombreada pela Forquilha, e o gambá da matinha, ligeiro e curto como cio de vagalume, tão logo Inhazinha desfez os melindres dos atentos, comeu a presa. Se pondo a chorar, tardiamente, a mãe, na salvação, as coisas se deram. Os meninos procuraram remediados de pronto. Conheciam das andanças, bem no alto, Espigão dos Carcarás rondado, no canto das pedreiras aprumadas, truncados caminhos de ribanceiras, ocados disfarçados nas pedras, atrativos pontos das desovas protegidas das maldades graúdas, ventos, chuvas, gentes, bichos, sustos. Buracos fundos nos barrancos dos granitos escondiam nas perfeições exatas carecidas, os ninhos e as sanhas dos papagaios, tucanos, araras, maritacas. Os irmãos, logo que começaram a emplumar os filhotes dos papagaios, armaram uma artimanha de taquara fina na boca do buraco na pedra do ninho para os pais continuarem nos tratos das crias e os filhotes não saírem à revelia antes dos achegos para Inhazinha. Trouxeram o loro-novo acabado de empenar, graça, desconfiado das novidades, que acomodou nas farturas e proveitos da alegria à mãe muito reconfortada do mimo reposto. Voltando do espigão, saudades, nunca mais, com certeza, reveria Cadinho, confabulava consigo as memórias. Desafogou o olhado à cata do pau-d'alho engalhado que escondia nos passados a corruíra assustada sempre à cata de seus destinos miúdos. Procedeu, ainda saltava ali um sanhaço de altivas imponências ensinando que a natureza mudava nas novidades, mas por mais que fosse diferente se fartava de passarinhada competente nos cantados e coloridos.

Cadinho ensimesmou desejo, iria embora e não pediria nada ao destino rabugento que viria estreitar as aparras, mas carecia ser um proseado de falas caladas, tristes sofridas, para encontrar em um infinito qualquer por mais que padecesse e poder recordar consigo no destino novo as beiradas de capoeiras forradas dos jacarandás, dos cantos, dos ipês, das destrezas, das pedras, voos, embaúbas, canarinhos, nascentes, vento, codorna, subidas, vista longas, fantasias. Ponderou aléns entranhados, já malditas sinas se dando do irmão, do pai, da mãe, das irmãs, Aiutinha, o cavalo, levados, mas pedia respeitadas recompensas que lhe deixassem nas memórias, no sangue e nos sabores os carinhos das alegrias das coisas pequenas, miúdas, desvalidas de quase nada, para encontrar nos distanciados das feituras às das catingas semelhadas, ali, lá, sertão alongado, para repor o fôlego do retirante despatriado. Sofrimentos aperreados nas virilhas esporadas como potro redomão selado com lombilho velho para viagem rasgada fosse. Findou trilha no encontro das embaúbas entouceiradas no Grotão do Uruvacui, justo no ponto onde Jupá armara o alçapão para caçar o curió cobiçado. Se entreolharam ambos com as vistas deles, desconfiados das teimas, desminuciados, antes de Cadinho abrir a portinhola, afugentar o passarinho para achar seus trejeitos novos. Amaciaram naqueles horizontes dos portantos, desdizendo, se mediram em meditadas indefinições, como preferiram os pensamentos conflitados, desacreditando finadas separações de tanto que viveram juntos. Focando as dúvidas nos disfarces das vigilâncias de cada um, o curió assustado, à procura, primeiro confirmar a liberdade, depois repensar destravado de um galho mais perto, saltitado, outro em seguida, por último o da confirmação de sentir o vento tresandando nos alongados das asas livres das travas. Por desforra, descarecidas da gaiola, desajambrada em taquarinhas afinadas, cedeu espatifada em partes moles desfeitas com o peso do pé descalço do sertanejo intentado do esquecimento e repartir a solidão. Choramingou seus choros o retirante, apesar de o curió cantar sonoro. Acalantos, pois o passarinho continuou motivado no solfejo pelo enobrecido gesto da despedida ou da liberdade. Cadinho enterneceu, mas não desconfundiu das duas cismas quais procedentes salvaguardariam as teimas: as despedidas alegres do passarinho já enfolhado nas confusões dos galhos, sumidiço das vistas voejando curto nos escondidos das fantasias ou as tristezas de se separarem. Pecó arrematou um uivo triste ouvindo o faro do parceiro curió alongando no indefinido.

    O sertão do cerrado não desmediu nem protestou as providências. Despretensiou. Sem gentilezas dos afetos restadas para as rabeiras, as embaúbas leram as simpatias de Cadinho terminando os apaziguados do dia, deixando escorrer melado pela alma do sertanejo as saudades de Jupá, arteiro das gaiolas e alçapões, ora então muito abandonado nos infinitos dos desconhecidos. Desencontrado pela capital, o irmão fugido arraigava na memória como embira de pau sofrido de ser esgarçado. O sabiá viu o resto das fainas de Cadinho lacrimejar subindo serra acima lembrado da gaiola, do curió, memorando as mãos suadas segurando as das irmãs seguindo destinos contrafeitas, mas convencidas. Amoleceu vistas, o moço seguindo as solidões das pegadas do preá, tiquinho de miúdo e esperteza, escondido embaixo das gabirobas ressecadas nas beiradas do córrego, quase desprovido de todo, por mal dizer, das aguadas, mas abeirou as vistas despreocupado nas jataís-pretas brincando, serem o que eram sempre, abelhinhas, ao entreterem seus voos curtos, para melarem com insignificâncias de polenzinhos poucos sua casinha penada de tão miudinha. Cadinho arrebitou o sorriso e lembrou o pai, garantindo confiado, proseados de bocas de noites, porta de venda, cachaça farta, que as abelhas miúdas se saudavam respeitosas cruzando nos voejos entre as tarefas, bastava olhar as intimidades dos seus sorrisos. O sol cortava prudentemente ramadas d'árvores para esquentar as folhas secas caídas no chão por onde a paca melindrava suas intenções, rumados caminhos, águas carecidas. Entardecia vagado, depois das manobras começadas cedo, tanto que Cadinho foi entristecendo serra abaixo até onde a angústia seguia atrás para escutar a memória, mas desvanecendo sentidos do canto floreado ainda do curió ciente, livrado para seus novos destinos. Melindrava um mutirão de pintassilgos acalorados, piados estriados em sustenidos motes, revoando nos entrecortados dos galhos da copaíba, adivinhando por onde a luz ensolarada cortaria as capoeiras, demais arvoradas, para salpicar os chãos enfolhados. Recatava ensimesmar os passos, desencostando Cadinho das quiçaças feias, evitados mandados das peçonhentas maldades envenenadas cascavéis de guizos dobrados de velhos revelados pelos inúmeros os anos contados, urutus enovelados nas covardias das moitas secas, jararacas das cegueiras certas se atiçadas, amaldiçoadas, serpenteando ameaçados botes preparados nas artimanhas praguejadas. Muito preparado das revelias das cobras disfarçadas, distraía de malícias, evitando sucumbir aos andejos desprevenidos nas beiradas, atentando passos trafegados só nas trilhas limpas para livrar das imprevidências dos pés descalços colocados nos caminhos errados, como tanto se dera com tio Ubirato Josinalvo, irmão de mãe Inhazinha, que desfolegou de viver cego ao não enxergar mais nada com as vistas suas para sempre nos traçados dentes envenenados da coral fininha, mas desaforada, que lhe roubou a alma e as saúdes, numa só picada, até morrer definitivo.

Passarinho solto, serra vista, lugarejos despedidos, pintassilgos, vento quente, canarinhos, borboletas, pássaros-pretos nos motes, ouvidos tristes, papa-capins, arvoradas preciosas, maritacadas revoadas, quatis em bando de revelias, Cadinho desamoitou enviesado da Forquilha, descendo serra acabrunhado, veio descaindo corpo cansado de fadiga, desaprendido de soluções a dar como potro esvaziado da barriga de égua mãe emprenhada depois do amojo. Ciência da desforra do nascimento assustado do potranco, mas carenciado, no conforto dos aprendizados da natureza, para não enroscar entravado e morrer juntado também na barriga prenha. Se enroscasse no ventre do sertão, iriam morrer juntado como potranco abortado de égua entravada. Sacramentos. Naturezas sabichas, tanto triste mesmo sem solvência, mas sem arrego, Cadinho veio batendo pés nos pós, folhas secas e cismas até encontrar o rancho parelho com fim de tarde chegando, afinados, tudo no calor, dúvidas, melancolias. Cruzaram as manias sem as arrogâncias descarecidas, o tatu, nas suas simplicidades, e o moço, amuado nas suas amarguras. O canarinho assumiu o tom de tristeza cantando sobre o chifre do cambará do seu mourão de aninho. Entrou em casa ataperada na derradeira das intenções ao já se fazer de retirante o sertanejo. Desapaziguado, juntou os minguantes das tralhas, roupas de nada, angústia, pedaço de charque restado, solidão, encarnou ultimado na matula os destinos, sem saber quais seriam os que ficariam para trás, procedimentos descarecidos de carregar a mais, arrebatou outros sobrados tiquiras dos pertencentes, o viajante já embalado na despedida com a alma na estrada e o pé na sanha. Entremeou o loro na canhota, intencional livrado da destra disponível para as artimanhas finadas. Bebeu o sobrado de nada da pinga. Desencabrestou a coruja desassustada, desprevenida, saindo pela janela da cozinha de onde olhava os ultimatos rompantes das sanhas estranhas, do alvoroçado moço, de sobre o fueiro. Salvou ele a única rede de piaçava restada para atiçá-la por cima do forno de lenha pegado à janela da sala. Beijou o crucifixo torto pendurado na saudade sobre o quarto pequeno dando para os fundos, atirou-o despreocupado, mas sem atrevimentos ou desmerecimentos, pela porta da frente para cair deitado no barranco das gabirobas na beirada da bica d'água minguando nos derradeiros. O cupim maior ladeado de fora da cozinha ficou por baixo das advertências e das coisas mais de nada que Cadinho arribou, sem desconsiderar destinos diferentes, pois providenciando sagas ainda dentro da tapera quebrou o filho obediente o vidro da lamparina com resto de pavio molhado de querosene sobre o colchão de palha de milho onde ateou fogo no jirau, sem nem livrar as vistas dos sofrimentos. Desmediu um tempinho curto para acompanhar as mesuras das chamas aprendendo a subirem preguiçosas, começando pelos princípios do mais baixo para irem se fazendo de petulantes até as cabeceiras das paredes e na previdência saiu ele para o aterrado, onde gostava Inhazinha de encarvoar os destinos e o pai de urinar sobre as manias velhas. As chamas foram abraçando manhosas, devagarosamente como aprenderam, pelas almas dos recheios das taquaras trançadas para encarquilharem as terras que foram molhadas há mais de cem anos para se conformarem nos barros, então se quebrando com cipós e os paus a pique. E tudo foi temperando os sustenidos dos chiados fininhos como aprenderam as chamas pelas trilhas corretas das piúcas secas.

Contundentemente desforraram as labaredas suas ganâncias unhando as paredes, no intuito de lamberem os sapés amoitados sobre os caibros de candeias, amarrados com embiras estorricadas e as carências empobrecidas. Sem entender das afinidades, os barbeiros nem se benzeram antes de chamuscados, como Camiló gostaria de ter visto, e foram aprendendo a arder. Assustado, o morcego preferiu enfrentar a coruja alojada sobre as candeias do fundo do sítio a aguardar o calor do fogo chegando mal-intencionado nas fumaças. Cadinho empoleirou o loro desconcertado sobre o ramo baixo do cambará de esticar os couros dos trançados, amarrou a rede no desafino de entrelaçar suas vistas na miséria do nada acabando, acompanhando arder miúdo e sem protestos o casebre depois de um centenário tempo de lutas dos Proucos naqueles roçados de teimosias e capoeiras. Do postado, Cadinho juntava uma vista para o destino, a outra para a tapera chamejando e o terceiro olho à janela de Aiutinha nos ultimatos das solidões. Por ser necessário e de mandado, o papagaio mais o silêncio, além disto a amargura e o cruzeiro do sul, apezinhados por Cadinho, não fecharam os olhos esperando um noitão inteiro de solidões, enquanto o pau a pique ardia moroso encontrando os caminhos do fim. Baixou um vento vagado pedindo ao curiango para tomar conhecimento, sem dar opinião ou palpite, antes de conversar com o morro da Forquilha, como era de sua teimosia. Das fronteiras de cima, Cadinho sentiu igualadas cismas angustiadas de Aiutinha espionando calada nas vistadas da sua janela de ansiedades, muda, triste, mas respeitosa dos enfezados aquietados carecidos dos crematórios. Se pudessem, os dois, despretensiosos de altivezes, ensinariam deus a não desacorçoar dos manejos de desistir do sertão e das catingas e ao demônio não amiudar destinos descarecidos. Enfeitiçariam as sagas para desmerecerem maldades e para as secas aprenderem a aguar nas farturas. Nos bons proveitos das procedências corretas, enfeitiçariam as várzeas e tabuleiros dos cerrados para enverdecerem e, nos culminados, arreliariam alegrias novas para as vidas voltejarem aos normais dos antigos, das festas, dos juízos.

Oitão mereceria, mas as sinas desfizeram. De pronto e verso, quem dera ser diferentemente, mas os fins se davam dando, deram. Ardia fundo naquele oratório dos encerramentos do casebre como oferendas das almas amarguradas as misérias trazidas pelas estiagens, os desfeitos das famílias e, no estirão maior, as piúcas abrasando a desforra da vista escura, apagada no breu do futuro apavorando. Nos amores e proveitos das serventias justas, queimavam naqueles simultâneos tempos as desgraças dos desaforos igualados à tapera incensando aos destinos e às esperanças deles, Aiutinha e Cadinho, esgarçadas dos passados e sem assentarem promessas das mudanças vindas ao futuro. O papagaio deixou queimar a última brasa antes de ver Cadinho amolecer na rede, estirar sem fechar os olhos até a Forquilha se desfazer em aurora. Restou parir do passado marcado pela sina, antes do vagueio do vento jogar sobre o terreiro o sol já acalorando as desavenças, e preparar as sanhas da retirada sem norte, sem data, desmerecida de senso e rumo. Aiutinha apagou o candeeiro, pois o dia nascendo deixou-lhe a carência de desarmonizar suas lágrimas, lhe oferecendo só um pedaço grosso do infinito da sua solidão.

CAPÍTULO XIX

DO RETIRANTE, DAS DESFORTUNAS, DA MATRIZ, DA CAPITAL

Por insistência, mania e verbo, a cidade se desandava, tráfego, faina, loucura para ensinar o dia despertar nas tropelias desfeitas em tempo de andanças. A noite trouxera, como era de suas sabedorias e imprevisões, os apaziguados dos tracejados de Cadinho, bordados, riscados fundos pelos encarvoados e sagas, sobre o chão de pedras, labutados das cismas. A lua prazerosa benzera as crenças, anseios. Cigano Simião idolatrara e tudo se dera dando. Mas a rotina carecia espaço, movimento, demência para sobreviver depois que o sol comandava as sinas. O sertanejo rebrotado na sucata desmerecia ciência e teria de abrir espaço para os paradoxos e comprometimentos. Sabendo das ansiedades, na desventura, a Cadinho não coube mais do que apetecer aquietado, levantar, urinar sobre seus encarvoados, volteado para os badalos dos sinos da matriz em respeito ao infinito e ao imponderável, enquanto as andorinhas começavam a ensaiar os primeiros revoados e petulâncias à cata dos invisíveis e mosquitos miudicos. O chafariz já se fazia majestoso, convidando passarinhada de extravagantes revoos, saltitadas graças, para aguarem e, nas serventias dos olhados, os transeuntes admirarem as delicadezas das fontes molhadas brincando de rococós barrocos sobre os arabescos e fantasias. Chafarizes se comprazíam destas singelezas do cotidiano, enquanto não possuíam outros destinos e conversas, reforçou Cigano Simião, andejado de conhecimentos, belezas, mundo afora. Por ser de sua obrigação e proveito, a igreja recebia gentes ensimesmadas em consagrações de despecar pecados, distribuição farta de ázimos espirituais proventos pães para atenderem milagrosas regenerativas hóstias, devoções, rezas, confissões, primeiros fiéis imbuídos. Na tristeza, Cadinho chama todos para as suas atenções de Oitão.

* * *

O sol, motivado nas rotinas e andanças, não deixou de sair bocejando ainda dos carinhos da mesma Forquilha que o anoitado por um serão inteiro e desprevenido das ciências das queimadas da casa em brasas restada se deu conta da ausência da tapera de Inhazinha e seus encarvoados, que a rodeavam nas manhãs de sempre. Temperou o sol calado, desfigurou melancolia, empertigou cismas sobre os motivos de Cadinho nos ateados dos fogos e assistiu ao homem aliviando as urinas sobre o abrasado apagado da tapera desfeita, pois se punha como tanto sendo ali iguais as magias de suas rubricas encarvoadas requeimadas de todo na véspera. Escurecendo as sobras espalhadas, a roda de obobolaum santificado, indiferentes às desigualdades dos derredores em pó e seca do massapé da terra, agradeceram. Neste então, o sertanejo já se encarnara retirante, carecia atinar destino e rumo, acalcar fundas passadas largas, desmerecer agruras para as ficadas saudades. E nos provérbios, desinibir os medos, dessabidos propósitos, onde os impedimentos não justificariam atrasar nas marchas. Aboletou as lágrimas nos restolhos dos anseios, amalgamadas nas desfiguradas sinas da matula ombreada, apaziguou o loro atrapalhado das andanças, mudo, no braço livre, destravou carência de rever a coruja que sumira durante a noite, sem saber se escapara do gambá rasteiro. Seguiu paralelo a suas tristezas, deixando a portela de arame mesmo no chão, destravada, pois não sobrara o que segurar nos traçados da propriedade nem de animais, sequer da alma, muito menos nas cismas.

Sem ouvir se a tranqueira chamaria de volta para prosas desarrepiadas ou promessas de entravar saídas descabidas de desmagoarem infortúnios, mas qual, não se deu nem dando sequer o cicio, pois o vento para desfazer o passado apagava os rastros dos pés descalçados macerando em frente o pó e a agrura para ansiar futuro desconhecido, mas mandante. O curiango consultou, como era de suas alternâncias, a Forquilha ensimesmada, se caberiam ajutórios de serventias dos que restavam sem saberem aprender a ir embora como eles, mas se calaram na imensidão do sertão, que nem a seca respeitava de tão grande. Amealhando seus medos nos sovacos miúdos, protegidos na carcaça grudenta, o tatu muito estimado de curiosidade dos desinformados foi contornando descaminhos diferentes para palmear desvios dos queimados da casa e, sem soberba, especulou os motivos dos homens e dos temperamentos das naturezas nos tempos secos gostarem tanto de desfazer as coisas feitas e seguiu meditando seus atributos por onde andarilhava desmolestado até perpassar as brechas do começo da catinga da serra. Desfigurou Cadinho despedidas findas do tatu e depois jogou os olhados na cadência da cabeça chifruda, enorme de petulante, do boi caracu deixada no batente da porteira centenária plantada pelo avô Olegácio Prouco, traçador de rima e couro, tanto como o pai Camiló. Nas virtudes das alegrias, os dois canarinhos de acasaladas vidas escondiam-se entranhando pelas serventias dos olhos grandes para amenizarem no choco. Nunca mais, chorou o retirante Cadinho a lágrima que nem bordou o chão de tanta tristeza e pó, pois não ouviria mais a cadência do canarinho pela manhã e muito menos encantaria com os andejos desengonçados do tatu. E por ser assim foi pisando fundo, depois do adeus, para não ficar parado, esperando mais desassossego arreliar o retirante de não achar solução de fugir da trilha emendada como gostaria, mas carecida.

Circundando cercas fronteadas, foram de dois, como eram ambos se desfazendo os olhos vistos das enxergadas cegas de Aiutinha muda apoiada no beiral da casa dela e Cadinho atentando pelos lados dos diminutivos sofrimentos, mas que só aumentavam as agruras. Pedindo muito a ela prece muda, ajutório de não desmerecer de chamar de volta nem desanimar ele de fugir das sinas. Era tão tramoiada de esticada, robusta, a dureza das amarguras nas sequências dos perigosos arrependimentos dos dois, precipício sem volta, que estirou larga amarrada linha das agonias, carrancuda de cortadas agruras. Tanto enfezada de enrugada na resistência da linha das vistas deles, pois se deu onde o curiango desabusou de assentar para tentar aprender a chorar. A corda grossa do sofrimento dos enamorados foi se desenrolando pelas beiradas dos barrancos, Cadinho caminhando arrestado como jumento cego de sacristão e Aiutinha calada como inutilidade de dúvida de defunto. A corda se entrelaçava rija nas angústias esgarçadas nas desforras às mudezes, ambos gritando seus silêncios ao se sumirem cada um do outro nas distâncias que se alargavam, acompanhando as maritacas nos ventados crocitando para aprenderem a levar as penúrias dos dois e esparramarem pelas cabeceiras das serras. O sertão não calejou nem pediu perdão à seca filha da puta que extraviava um disfarce de arrependimento querendo brotejar nas almas deles, mas compensou as desistências mandando os urubus revoarem suas arrogâncias para afastarem as desfeitas, enquanto o pó começava a esconder as vistas dos amantes de se enxergarem pelas distâncias aumentando que os separariam nos caminhos para sempre. O medo de Cadinho veio atarracado de palpitoso, palavreado amolecido, achegado por desjeitos de urdiduras desencantantes, para confundir e destramar as sanhas de pensar em nunca mais ir embora, mas se tal desse ser entravaria como se fosse o cambará da porteira para esmorecer nas mortes duradouras nas secas da catinga, nas pragas. Mas nos alternados dos amores, caso arrependessem, prestariam contas aos desatinos e só na rima de morrerem minguadas.

Por serventia dos ajuizados, malvadezas das confusões impostas, subiu nas contrafeitas das manhas, para quem sertanejava de meninice, sabia ler as ortografias dos cerrados, um revoado de tizius desvirtuando contrários nos sentidos dos ventos, nascendo na Serra dos Leprosos e morrendo na Forquilha e não nos hábitos de principiar na Várzea da Macoté Crioula e desmerecer as forças no Frontão do Padre Velho. Estas caligrafias voadoras, refeitas das premonições, cientificaram corretas as andanças das aguras, que os destinos das amarras de Aiutinha e Cadinho estavam prestes a se destraçar efetivamente para sempre e não caberia desajuizarem, para não aprenderem a desalmar juntados, emboramente amando, mas falecendo amortados, como potranco entravado na barriga da égua mãe. Os deuses dos infortúnios, que os batizaram nas cacimbas das secas, atiraram os búzios para os desafortunarem, pois não caberiam meandros de outros caminhos pelos improcedentes. As mágoas se entravariam nas frentes esperando as desgraças achegarem, mas não avisariam as antecedências e só caberia rumarem às cegas. Desmotivaram paridos de sofrimentos de desistirem suas sanhas e no retoque do sol castigando o curiango arribou da angústia encordoada de sofrimentos estirados entre os dois olhados se distanciando, Cadinho impregnando os pés nos pós e Aiutinha desalentando da janela, pois carecia a ave revoar contrariada para abrir pouso na linha grossa ao carcará atrevido, esfomeado de rapinagens nas desavenças das fainas. Aquele infinito de fados foi alongando serra abaixo, muito desmotivado de romper, até Cadinho aconchegar no portão do cemitério e Aiutinha desmerecer os olhos afastando da janela. As mortes chamaram Cadinho para dentro dos arrabaldes dos túmulos e as lágrimas puxaram Aiutinha, agregada às sanhas da sua choça, para outras melancolias. Um arremedo desoportunado balançou com a brisa angustiada estirada à corda de sofrimento, embalando o carcará para diferentes desavenças. Deus descobriu que o infinito da solidão não tinha findados e deixou as coisas se desfazerem sem atrapalhar mais os destinos e os livres-arbítrios, que ele não sabia bem por que inventara e que tantas atrapalhações causara.

Procedeu. Se deram corretos compromissos e rumos, pois gostava àquela hora de as coisas achegarem antes do coleirinha aproveitar o ventinho fraco, aprendizado de brisa de tiquira, se tanto, a subir do que fora a Bica-das-Putas e refrescar suas asas de voos curtos. No cemitério vazio se divertia nos proseados dos silêncios o vento revendo as fainas dos rodamoinhos brincando de volteios e entravava jocoso nas poeiras alguma alma penada distraída, desmemoriada da sua sepultura esquecida. Era um encardidão alongado, poeiras secas espalhadas para os lados todos, contornando as covas rasas, adobadas ou túmulos atijolados dependendo das riquezas funerárias. Suspendeu as cismas e as esperanças de desistir, entrando pelas portas dos fundos do cemitério Cadinho, sem persignar, acomodado, entretanto, nos respeitos aprendidos, mas principalmente intencionado de urgir as conversas com o pai, aprestar contas e traçar rumo. O loro ajuizou aquietar, pois viu o coleirinha cambiar da cruz da cova de Camiló, pai da moçada, para uma fronteiriça de envergadura mais altiva, túmulo de gente de posse e herança deixada, mas que na seca e abandono também arderia nos sumiços com certeza. Os atentos eram as motivações corretas, primeiras, das prosas de filho e pai nas despedidas horas. Se acocoraram desavisados de cerimônias descarecidas, mas abençoadas saudações cumpridas. Cadinho deu conta dos fogos atados, portanto, casa abrasada nas cinzas, curió nas capoeiras, papagaio nos rumos, saudades andadeiras, mas sem quebradas desistências nos achegos de Aiutinha, partindo triste, decidido, cavalo assossegado na cova própria com os couros últimos repassados nas proteções mandadas, coruja sumida, tatu na serra, por conta própria, canarinho piando triste no moirão de cambará e no chifre grande. Atravessou sisudo, do poente, para cruzar as tendências das cabeceiras do Jurucuí Açu, invadindo o cemitério pela porta da frente e saindo no confronto da entrada do lado do muro divisado com a venda do Mutalé Maneta, já fechada, um sopro miúdo, retrato triste da solidão carregada para desvanecer o coleirinha cantando no túmulo enricado para mudar de sintonia e apaziguar acomodado no braço protetor de uma estátua, encardida de lamúrias. Era de São Francisco pelo que Cadinho se encantou no verso. Rolaram disfarçadas as prosas de Camiló e o filho, como se enfeitiçavam sempre nos propósitos, assistindo voados da avezinha muito acabrunhada dos finados dias do trançador, vendo o último dos seus abandonarem Oitão e os cerrados. Disfarçadas lágrimas se enviesaram nos pós, enxugaram nos fungados das mãos calejadas. O silêncio assumiu o manejo enquanto o tempo premeditava as andaduras e despedidas. Os homens dois ali calados, no vazio enorme do quarteirão dos defuntos, silenciaram nas paciências mudas de motivos, apertaram por pequenos emudecidos gestos as mãos nos achegos dos seus infinitos de almas desamparadas, deixando cambiarem as vazadas saudades e desesperanças pelas veias fundas das tristezas, que cada um desconhecia e pelo tempo que restou. Melindraram. Achegou o termo sem medirem prazos e pai mais filho cadenciaram as licenças de encostarem por alongados os rostos carecidos. Fecharam as vontades, Camiló, os feitos, com um único beijo ali no filho Cadinho, depois que ele apeteceu de crescer barba, tida e ele gratificado de receber o afeto.

Nos atropelos, vindos tempos depois, muito nos futuros das suas sanhas, quando Cadinho cortou as passagens dos portões do sanatório que o acolheria, lembrou do carinho da fala última do pai e confundiu com almas dos aléns propostas pelo psiquiatra espírita para entronizar as explicações dos destinos do sertanejo. O pó seco nem desfez as forças de Cadinho cumprir promessa de desaguar, o que guardara de urina, no pé de cedro minguando ressecado, arremedando bezerro transverso tal qual na barriga da parideira, engastalhado, para soltar umas misérias de brotos encruados por causa das securas. Não caberiam mais recursos ou destrezas. Cadinho amainou o afeto, desempertigou do acocorado ranço, despachou o choro, endedou o papagaio e cadenciou destino para os lados das indicações do coleirinha, portão da rua central. Foi atentando o filho marchando miúdo para desmerecer a sanha, alongar devagar para render mais a despedida encalacrada, difícil de desgrudar das entranhas, ouvido roubando o ensejo do passarinho voltado ao cedro para ensimesmar as solidões de Camiló, trançador das almas, mestre do truco, dos couros, aprendiz de defunto e solidão.

Arruado desmerecido de gentes, vontades, levou Cadinho licenciando prosa de respeitos tradicionais para entrar no armazém, dispensou palmeado na porta meio cerrada, pois bastou bater olhos nas angústias de Abigão na postura de dentes palitados, seu papagaio afetado pelo cafuné, para saber que era bem-vindo, mesmo trazendo mais tristeza e despedida. A solidão do arruado invadira as tábuas vazias das prateleiras da venda, onde se penduravam as ofertas exibidas muitas nos bons tempos. Acabaram-se nos tilintares das secas as sofisticações e euforias. Cadinho sintetizou as afeições expondo ao vendeiro: cumprira tarefas todas de findar os tratados da família em Oitão, pai morto, cavalo enterrado, mãe retirada na boleia do pau-de-arara, irmãs entregues para os despachos carecidos, amor de Aiutinha impossível, Jupá alongado nas desfeitas, casa queimada, curió no mato. Restaria o que não tinha destino ou cadência, a saudade da Forquilha, o tatu confortado, o canarinho chocando os filhotes por nascer, o nunca mais, as lágrimas, sem ter o que fazer com estes restolhos. Sobraram nas manias o rumo a tomar e as desventuras por virem. Ficara na mão e no destino o loro para, nas ordens das coisas e do pai, deixar com amigo Abigão, deslambuzar de Oitão afora das demais mágoas, sumir no desconhecido, carregando o nada e os desabnegados desaforos das penúrias outras, entrecortadas sinas, amatular nas costas e no adeus. Abigão despalitou a boca sofrida por momentâneas desventuras e procedimentos, entreolhou o loro trazido, parecido nas semelhanças com o seu, estranhando as novidades, não desaprovou nem desmediu, acatou sem provérbios. Mandou Cadinho afortunar um pedaço acalentado de charqueada carne, restada de pouco na prateleira esvaziada, uns estocados de bolachas velhas para desacarinhar as fomes que viriam nas trilhas, certezas consabidas, até quando deus aprouvesse sustentar. Nos finados se destrançaram as lágrimas atristadas, pendentes no infinito das solidões e do jamais, antes dos outros rumados. Cadinho permitiu licença para desacatar as últimas vistas andarilhando pelo barracão vazio de gente e esperança restada, onde deixara Nema irmã já desafrontada se dando embarcada no pau-de-arara e seguiu pelo curral das mortes do fundo onde não sobrara nem a carcaça da vaca desfeita pelos urubus e carcarás, salvo ossada seca, nem a bita, que deus e Abigão deram algum desaforo para suas alternativas e ele desfez imaginar dessofrer como as maldades enjuriavam. Descaberia outras improcedências nas despedidas do vendeiro ou do destino, calados nas suas desventuras desenfeitiçaram das desavenças das cismas, despediram e Cadinho pé no pó, na puta merda e no adeus. Foram as últimas premissas do sumiço, do sertão dos Oitões de tantas vidas e tramoias e assim se fecharam as vazas para o homem sertanejo calejado, retirante novo, dessaber dos seus rumos e restou assumir desatino desmerecido sem proa, sem bússola, sem razão.

Da cabeceira do balcão, pés emparelhados nas alpargatas engatadas, apontadas para as sinas a tentar encolher as agruras, desmedir infortúnios, Abigão estreitou vistas miúdas, calativo, despedidas adoidadas de mais um desafortunado retirante avistado pela porta entreaberta, fugindo nos rastros do mesmo Oitão. Escapava de onde fora nascido nas margens do Perobinha, fraldados da Forquilha Serra, avivada de alegrias, filho de Inhazinha e Camiló, último afamilhado sendo, na tristeza cumprida de deixar um adeus, assumindo as beiradas trilhadas das jusantes do Jurucuí Açu. O rio levara as águas, os sonhos e agora mais um filho da terra. Sumidas aguadas que se esconderam nos sovacos dos demônios para desenganarem as vistagens e as petulâncias de deus e das despovoadas fugas. Cadinho enfeitiçou no prisma de ir acatando até onde as corredeiras do rio foram carcomidas, levando consigo uma penca soberba de agruras, gentes, uma refrega de tramoias. Atiçou nas ideias que as fugas dos burburinhos, passaradas, alegrias, peixes, fantasias se atraíram pelas alvoradas das nascentes dos sóis, caminhos do mar, desaguadouro correto das águas, como garantiam os tarimbados, para elas encontrarem os infinitos dos oceanos e dos mundos, onde as coisas não acabavam, escapando das delicadezas dos Oitões dos Brocados e atinências, iria ele seguir os mesmos cardeais destinos. Partiu de Oitão amiudado de alegrias, desfeito de seguranças, descalço, analfabeto, órfão, desirmanado.

Por entraves dos pecados andarilhando as incertezas, virado retirante por inteiro e destino, desfortunas, foi assistindo parelho nos andados os ventres do Jurucuí Açu aforando as vísceras, regurgitando as pedras calcinadas sumidas nas magias mansas das aguadas nos tempos das euforias. Cadinho palmilhava ora enfrente, ora sendo repetidas, estradas secas, pós, corruptelas vazias de gentes e esperanças, que desfiara pouquinhos dias antes com as vistas acariciando dos altos dos Espigões dos Carcarás, nos infinitos da Forquilha. O rio antigamente bordava as alegrias das margens apinhadas de ribeirinhas serventias, apetecendo de farturas, meandros, passaradas, novidades, povos. Cada recanto aportado, remansos de delicadezas, carregava formosuras atraindo passantes, abnegados, aventureiros, jogadores. Encalhada em Portinho do Conde, primeiro arruado depois de Oitão deixado, beirando rio abaixo, quando das aguadas fartas, desbeiçava atolada no seco, espatifada nas pedras, a antiga eufórica Fragata das Virgens. De sobejas exuberâncias saudosas e nos atiçados, vagava ventada pela brisa constante, destemida, desaforada de proveitos, rio acima, margeados descendo, carreando muito liberadas moças, adequadamente nas tarefas procedentes, apropriadas e resolutas, para atenderem as clientelas afazendadas nas riquezas das graças dos tempos das chuvas fartas.

Pois na fragata se acoitavam nas simpatias procedentes boiadeiros tantos, muladeiros outros, se carecidos variados, abordo, vistas meninas de destravadas prerrogativas, com carinhos de modas diferenciadas, elegantes roupas, bebidas, músicas apropriadas aos diletantes enricados, entusiasmados. E a embarcação graciosa acariciada com as meninas velejando as fantasias pelas águas petulantes, ventos fartos, levando as moças nas corredeiras sigilosas, brincava de alegrias nas margens aconchegantes, repicava nas ondas requebrando para fugir das pedras. Anuências, afinidades e confabulações com as autoridades policiais apeteciam à fragata rodando as jusantes e as montantes do rio afortunado de águas e diversões, e as apostas da roleta viciada, nas mesas de bacará, pôqueres e outras atinências meritórias copiadas dos bordéis e cassinos de bons gostos e petulâncias do mundo afora. O barco aportava por dias nos trapiches escolhidos, mas instigava freguesias e exuberâncias pelos tempos durados, até se incentivar para cruzar outras demandas. Nos oportunos e rompantes dos extravios e proveitos, as casas das Naquiva e Jupita Ganzoe, como todas as igualadas dos aportados ribeirinhos cabarés de zonas do Jurucuí, entrecortavam as substituições dos seus plantéis de garotas novas, arrebatando também interessadas nos tombadilhos, sempre nas provisões de novidades e afeições da desejada Fragata das Virgens. Cadinho lembrou, de soslaio e dadivoso, das providências de Orocatinho das Ervas, produtor renomado e confiável de maconha nos cerrados e bem escondido nas fronteiras sumidas de Capituté dos Veadeiros, fundão difícil de achego e surpresa, desmotivadas sinas sem petulâncias de policiais se afundarem, barrocas das catingas disfarçadas da Serra dos Leprosos, que supria a fragata de demandada erva nas surdinas das madrugadas. Atendendo, nos anoitados, sistemáticas procuras, às bibocas e botecos das miudezas desprovidas se fartavam nas euforias do Orocatinho, tanto.

As águas, pelos pecados cometidos, mas não relevados, deveriam ter-se esquecido dos caminhos de volta, arremedou Cadinho com seus conceitos, e foram se afastando cada vez mais distantes. Tristuras e insolvências, estradeiras melancolias, desatinos, fé e solidão ficando para trás, seguiu palmilhando pelas procedências sem muitos rumos, na inconveniência de empacar onde não cabia achar proveito em aguada, comida, gente, destino. Perversamente prosseguiu por falta de inversos. Acareados desfeitos tristes dos passados e sertões, memórias, chão à frente, passo, passo, mais passo, seguia, houvesse. Remoeu as cismas repisando os buracos, tristezas, pós. Voltavam e revolteavam as teimas, mãe Inhazinha muito desafeita nas saudades, onde desestaria naquelas horas de sumiços e desfeitas das imaginações? Nem deus desafiava, arisco, palpite. Acabrunhou barganha no pensamento lembrado da despedida de Nema irmã amarrotando a rede e a solidão no barraco do Abigão, antes de ir conversar prosas findas com Sinhá Belícia, mulher do comerciante, tanto igualada em sofrimentos, choramingando filharada e finados propósitos do marido não desentocar das manias, sertões. A estrada não encolhia as secas, muito menos os empoeirados cursos atiçados, comendo leitos e abarrancados do Rio Jurucuí, desaguado, silencioso, esticando as várzeas para encontrar os sopés das serras nos perdidos das solidões. Rumo teria Imati, desfazendo estrada com Dona Naquiva, que quando passou Cadinho pela Bica-das-Putas viu a casa vazia e tramelada. E todas moças de cinco juntas, mais a irmã, foram dali levadas para outras fronteiras, andanças, nunca mais a ser encontrada, levando na bruaca a saudade e deixando a melancolia? Amuou na teima de lembrar de Jupá sumido na carroça bagageira de Cirió Oveiro, que assim pasmado de solidão e ciúmes, nem soubera das mortes do pai atirado, nem do cavalo Proeiro morrido, nem da mãe no pau-de-arara ou das irmãs rumadas.

Correram mais outras tramas, sem contas de anotar nos atentos tempos, porfiando tristezas, até Cadinho começar a bater nuns reboliços anuviados, assinalados de chuvas miúdas, mas sendo, cortando ainda gentalhas poucas de quase nada, figuras ciscando nos rareados apovoados entrepassando caminhos e adjacências. Casarios de insignificâncias de moradores e recursos de misérias minguadas vistas. Cruzados de um acolá cavaleiro indo na deriva do outro voltando, subúrbios de coisas ponteadas por acontecer, enquanto um piá desenvergado, perdido, entocando dois bezerros afoitados por um caminhão fazendo pó, sinais de mundo, vidas, surgimentos. Estradas continuando para outros desvios impertinentes ao que indicavam os enfolhados, aguadas atribuídas ao talvez, novas venturas, vagarosamente vidas querendo ser. E por se darem ocorrer olhados olhos desconfiados de caminheiros novos, subindo outros desconhecidos rumos diferentes, descendo com as vistas especulando no sertanejo chegado, o que pretendia de ser sua querença, sem abrirem prosas, mas amoitados nas desconfianças, Cadinho foi martirizando seus preconceitos e intimidades. O Jurucuí, ali onde amoitara chegar depois das andanças perdidas, não desfalecera inteirado completamente de seus arrepios, mas começou a pretender gracejos, afortunadas miúdas em tombadilhos de corrediças águas pequenas, mais enfeitadas, coisa de aprazar os gostos, proporções de pouco, vistas miúdas, mas entrecortando as pedras cismadas, já se escondendo encabuladas das feiuras nos desaforos de umas corredeirinhas cativadas, cativantes. Outras cadências atendiam às conveniências de mais chegadas umidades diferentes, afluentes vindos por ribanceiras, margens alternadas, calados remansos miúdos, sem desforras, mas preparados para engrossarem o rio e entrelaçarem suas manias nos começos de se enroscarem pelas barrancas empoeiradas, nas entranhas, pelos bofes. Não dispôs o sertanejo de suspender os andejos nem as tristezas, mas pediu por mais provérbios e mimos, nas ambições de rever volumes maiores de aguadas às frentes dos seus caminhos, por acreditar que viriam.

Cadinho desprometeu desistir de contar para si mesmo o quanto andara, sem desfiar datas e lugares. Perdeu-se em completo, desmereceu pôr sentido de sofrimento. Apaziguou na melancolia e desfez de pensar para decidir o que não sabia o quê. Despropositou, mediu o verbo até acreditar, era sertanejo, retirante, carregava as sanhas das desalfabetizações, mas estava vivo por mercê das fugas, da puta que o pariu, chorou só, fodido. Apeteceu o retirante no pé da copaíba imponente arribada na curva do rio, emanado por um coleirinha cantando igualado o mesmo da cova do pai. Esqueceu da alma, merecia, para dormir um frangalho de destino, enquanto desmedia as providências. Sonhou que aguava nas correntezas do vau do Jurucuí, atinado nas beiradas de Oitão, montado na garupa do Proeiro, Jupá irmão na cabeceira empolgado com as chuvas fartando e Aiutinha atrelada nas vaidades dos sorrisos abeirando as margens arredondadas de passarada enviesadas, marrecos, nas pescas graciosas, garças flanando, irerês afundando, martins-pescadores ouriçados nas catas dos cardumes de suas artimanhas. Coisa de nem crer de verdade, duvidou de ser, mas era. Acordou mascando as indiferenças ensolaradas, providências castigando o rosto, enfeitando as turras com chuvaradas, alegrias pequenas molhando o barro, o espírito, bênção e choro. Quando, sem enxergar, viu as dolências ali volteando pesqueiras nos mergulhos enfeitados, as avezinhas mesmas dos sonhos, repinicando outras também seus destinos, jaçanãs enfileirados, socós lindos, guarás, alegrou. Desacreditou das manias, mas procediam nas aguadas mais fartando, desvistas desde saído das quiçaças murchas abeiradas do Jurucuí e Perobinha, secos como boca de olaria queimando barro atijolado. Enveredou atenção nos frangalhos menores de gentes ciscando derredores, vistas desempobrecendo nas carnes mais graúdas, coisas de poucas montas, mas de lembranças comparadas trazidas com os últimos retirantes trombados nos vieses dos descalabros desde as saídas de Oitão. Teria carência de procedências corretas, o sertanejo, de merecer artimanhas de seus intuitos, se fazer do nada, umbigo de si mesmo a ser cortado, recomeçar sem princípio, desmediu. Demandava rejuntar as almas, atentar suas teimas de si, restava descarecer das agruras velhas para ensimesmar as novas. Impunha formatar juízo outro, ideias, desejos. Conversar na entranha de seu consigo, naqueles desassossegos de espírito onde os cafundós passados não se acomodariam mais para os que viriam.

Fantasiou nas rebarbas das angústias que o envolviam as cenas de seus sonhados, como se as desandanças viessem à frente de seus passos sofridos, as águas e as passaradas para elas por ele tocadas encontrarem seus acomodados. Cismou se tudo que estava vendo existia mesmo, se seriam seus sonhados, ou se não seriam ideias atrapalhadas sem propositruas de não confirmarem. Lembrou que era analfabeto e estas formas atabalhoadas deveriam ser atiçadas das demências ignorantes desprecavidas das suas incompetências. Não desmereceu enquanto atinava até onde desfaria os andados e se encontraria consigo mesmo lá no futuro para não ter tanto medo de chorar. Foi sentindo que estava sendo parido mais uma vez, desengravidado nos arrojos de destinos novos, saindo da placenta velha do amojo engravidado do sertão sofrido, carecendo desaprender moroso largar do antigo para encravar nos atentos de outras agruras novas, por onde desandaria repensar suas sanhas. Desacanhar até de amoitar, conversar com os gentios abusando os olhados sobre suas magrezas de fome retirada da fuga das catingas, das secas.

Assim, desavisado de onde desatinara chegar por andejos próprios e descaminhos, pasmou aquietado enquanto assistia ao cirandar das ribeirinhas graças das avezinhas brincando de manias pesqueiras e se reconfortou muito dentro dos cabimentos das suas ideias e despautérios que teria de ser outro. Coisas de improviso sem passados, distorcidas manhas, desengatilhado de gentes prosperou suas porventuras. Deixando os tempos correrem paralelos aos passos, viu andejar povo subindo, desfazendo invertidas descidas, assustando com o chegado, ele, atentados, desconfiados e medos ambíguos de partes igualadas. Desandara para os lestes das intenções, se não falharam os motes, pois os oceanos, que diziam não acabavam as águas, não deveriam distar coisas de tantas léguas.

Desaprumou no intuito. Esqueceu de si, dos avizinhados, seguiu moroso cruzando destinos invertidos uns apoucados ou igualados nas corretas tendências, por mais uns dias, até rebater nos acasos e nas trilhas de um mar de canas sumindo nos horizontais desencontros das vistas. Coisas de estirões intermináveis. Amedrontou de tanta semelhança e solidão esparramada de infinito, cortejada de gente fluindo, caminhão traçando, verdes campeando. Avivou por cima dos rastros mais batidos das estradas para divisar uma construção de desmesuradas imponências, movimentados ruídos circundando os redores, carroças, carros, tratores, carros de bois, caminhões chegando à balança para aferirem suas cargas, saindo vazios para recarregarem com suas fainas, zunidos, obrigações. Um enevoado muito sincopado de alaridos aquosos pegajosos melando os rompantes, abelhas atoleimando as dádivas permanentes pelos ares, um azucrinado doce, sofreguidões enaltecidas de atarefadas petulâncias produtivas, engenhosas habilidades, momentosas azáfamas. Gentes agadanhando espaços e manias por todos os atropelos que conseguiam e rumos. E se movimentavam as carretas, caminhões, carroças, carros de bois, enfileirados, lotados de canas cortadas simétricas a serem pesadas ordenadamente em suas providências serviçais e mandatórias na balança, que recebia tudo em ordenações perfeitas. Provimentos achegando comportados nos volteados escapados dos buracos enlameados, estradas várias, adentrando o átrio das ebulições, vindo dos infinitos enormes esverdeados, que Cadinho cruzara muito afoitado em pasmos. Nas suas acomodações, povos afobados, burburinhos desmereciam atentar as agruras do sertanejo encostado ao sofrimento pelas beiradas dos vazios.

Se mediu comparativo com as diferenças dos cerrados, serra, mãe acuda a saudade tanta, Forquilha ficada na veia da angústia e de prontidão das vistas, desconhecimentos de tudo que carecia aprender para desfolhar nas tarefas e intentar renascer no novo. Teria de enfrentar as cismas, vergonhas, medos, diferentes alternativas. Oitão morreria nas intimidades e perseveranças para reencarnar nas novidades. Amarrotando as abas do chapéu para destorcer a agonia, mãos amanhando as timidezes, desfez carência de perguntar onde haveria capataz incumbido de arrumar emprego e merecer atentos nas pretensões da sina. Embeiçaram os fundos das construções exaltadas das fainas e atividades, um apequenado de poucas exuberâncias, onde, não fossem as teimas analfabetas de Cadinho, teria ajustado a leitura do nome altivado de Central de Engenhos do Urucumã. Ali se instalara a Usina de Açúcar do Alto Urucumã, concentrando as produções de cana dos muitos engenhos avizinhados pelas baixadas ricas das várzeas do rio graúdo, Urucumã, caudatário das deságuas do Jurucuí e de outros assemelhados. Memoradas histórias e acordos de proprietários desfizeram engenhocas e alambiques de pequenos portes para agrupá-los em companhia açucareira de envergada prosperidade. E os engenhos tiquiras se aglomeraram em portentosos investimentos adjacentes de movimentos e das sabedorias das carências exportadoras e agrícolas. Cadinho, desabnegado de intolerâncias, atentando modestiar os palmos de angústias, encarniçando as costas arranhando as paredes nas timidezes, coisas dos aprendizados de retirante e desfeitas, enveredou apiedado o escritório para entravar as suas magrezas no balcão de poucas afinidades. Dispôs nos metódicos anseios os alaridos sussurrados, arrastados dos sertões ensecados, mastigados das fomes, carências cismadas, desventuras, famílias extraviadas e arrazoados de ali estar pela carência de emprego ter. Atropelado de arrogâncias e desinteresses dos particulares, um desmerecido empertigado de cruezas altivas, lhe deu as senhas de um facão de quatro dedos de costados e dois palmos e meio de braçada, um vale, referido a dinheiro, de retiradas para uso nos balcões da cantina, armazém, e como alvará de pouso para despejar o nada de tralha no dormitório nas fronteiriças fainas da usina.

Se deu combinado, mandou Cadinho acomodar uma cruz no papel escrito das coisas faladas, por assinatura analfabeta servindo para garantir as desfeitas o encruzilhado iletrado. Apeteceu sem remorsos, pois não tinha desjejum e enfurnou nas manias dos alojamentos, retirados de poucas braças miúdas do escritório. Foi uma noite desfeita de sono no turbilhão de aforados de tantas outras bandas, gentes tão desafeitadas como o retirante. Dos nortes, escapado de uma seringa em desacertos de trabalho escravo, que por bênção de crisma se chamava Ainhandu Tomásio, como fora registrado por batismo e afeto, acomodado na cama ao lado esquerdo e, de poucas prosas atendidas, ficou Cadinho ciente ser o avizinhado. Mais aberrados embaixados no corredor do barracão, fugidos também das secas de outros sertões atacados, atinando não responderem às atenções por medos de desfazerem suas cismas, atendendo por Uniávo e Pecoró Rampoti, de nomes ou apelidos de irmanados que eram, quando se falavam calados desviaram as vistas de Cadinho, que amoitou as mínguas da bruaca sua onde deu vaza. Moncotó Caium, nascido nas fronteiras da usina, perverso de cataduras e olhados de soslaio, que para impressionar as virtudes se almejou de contar matança da mulher própria sua, que o corneara nas mágoas das ribeirinhas águas do Urucumã, rio acima, quatro léguas e meia tidas de medidas, quando fugiu de onde fora a desforra, para acoitar em outra freguesia. Por aí foram se dando as maleitas das quietudes indiferentes ao lado outros de Cadinho, para passar a noite quase no claro segurando o facão, estirado no jirau e nas cismas da matula de tiquinhos pertencentes atarracados ao pé. Calou o sertanejo fugindo dos olhados transviados do Unhataú Caolho, apetecendo sua matula ruim, pequena, de poucas minguas, virou uma vista para o além e a outra, por conta de cega, para o receio, transviado de costas. E se deu de pedirem todos ao raiado da madrugada que entrasse pelo silêncio logo para o dia começar. Desfortunou Cadinho de amizades e prosas, por noite sacolejada, muita desconfiança e receio, preferindo prosear com sua solidão mais a teima, olhando o teto e vendo se enxergava deus ou o provérbio pelos arribados das estrelas anuviadas. Desmereceu de tentar dormir com a claridade enfiando pelas goteiras enquanto zelava suas tramoias.

Alvorada, sem graça e desfeita, por trás das imensidões do mar de cana, desapega o sol pegajoso do amanho preguiçoso, enfeitiçado para se fazer dia e veio chamar todos e cada um. Pernoitada finada em pé de faina cada por si atinou sua providência para acomodar-se; caminhão do gato buzinou encostado à porta do barracão-dormitório e quem foi, foi, quem não, rastejou na carreira de ficar. Cada homem e não se desfazia de mulher que também calava na mesma empolgação de tarefas e sustentar a carência, procedências várias se afinavam igualitárias para destinarem aos cortes das canas, assumirem seus silenciosos espaços de bancos na condução segurando ao colo a marmita, mais garrafa de café, vertendo as tristezas, cataduras das vistas nos infinitos sem esperarem as melhoras. E mulher com marido ou desafeita, não dava por saber as manhas, tal como se atinava merecida de magreza Liába Teisa, levava carecida criança de colo mamando, mais pirralhos emagrecidos dois outros ainda tantos desapaziguados de fortunas, nos intuitos de também trabalharem todos nas macegas, pois eram igualmente afamilhados de gentes miúdas suas dependentes, mas comiam os sobrados. E tudo seguia para os eitos por não terem rumos diferentes. Se via maturado de pouca intimidade, Rolavo Feicó, de caras cortadas nas facas, pois amiúde desenfeitava do bornal a garrafa de pinga para ir mordiscando a sanha de beber ritmado e depois trabalhar amuado nas sofreguidões das despeitas. Posiano Ventaro se acomodou no fundo do banco, entre uma foice que não largava e o embornal de onde não tirava o olho por causas do punhal preventivo escondido na mania. Desmembraram suas desfeitas antes de descerem os trazidos, pois subiram pelas rabeiras do caminhão, na espera do desapego e seguiram à cata do que careciam para viverem gentes de todas as naturezas e melancolias. Calados todos de suas disputas sem brigas, mas sem sobrossos, pois não queriam conversas. E o caminhão se foi sacolejando nos buracos enlameados. O motorista desafinava a mesma nota pobre da música ruim, ré menor em bemol de solidão, no assobio. Estradas desfeitas de passarada e motivos, tanto sim que um jatobá isolado insinuava desavistando muito afastado um triste ipê perdido nas memórias de sua velhice, que ambos foram amadrinhados por mata exuberante, antes do fogo que lambeu tudo para virar canaviais inacabados das vistas. Seguiam paralelos as sinas amoitadas, monotonia dos verdes infindados vistos, garoas lavando os ossos e almas encarnados à flor das peles. Meia légua de buracos e maus caminhos, barros dos atolados desviados, fim de linha.

Capataz, rumos assentados nos tabuleiros, enfileira os mandados em ordens direitas de afundarem as mãos, braços, facões, destinos, nas farpas e cortes das folhas queimadas das canas na sofreguidão de darem contas do eito nas tarefas carecidas. E o corte afiado comia gestado, mãos empunhadas, canas enfileiradas nas beiradas pelos meninos menores, trazidos nas artimanhas do caminhão do gato, armando os feixes, nos seus paralelos comportamentos iguais para os adultos arribarem. Os rostos foram encarvoando nas fuligens das canas tostadas pelo fogo para desfazerem as palhadas, nos sobrados esbugalhados das aparências só dos olhos acometidos do ensolarado castigando. Os pensados de Cadinho destorceram pelos meandros do sertão longe, faina azucrinando, Aiutinha no sumidouro, feitor acavalado no berro, o curió alegre que ficou, o corpo no castigo na usina, a ideia na solidão, enquanto o facão comia ligeiro os gomos das canas tombando, as mãos crespando, as farpas ardendo. Do lado, Sinhá Liába, olhando de longe os meninos trabalhando, o peito aleitado para atender o bebê, cortava um eito na ventura de igualado tanto a homem, na faina de ganhar menos, por desmerecer ser de fêmea, mas se não provesse os piás desfaziam nas fomes. O capataz desfazia das desigualdades e gritava sistemático no frontão para as competências não desacorçoarem nas tarefas. E assim desencurtava o dia parando para um almoço frio na manhã trazido na marmita e um café e pão seco à tarde, pois o dia só acabava quando o sol proibia de enxergar.

Se fez dia, semana passa, ano corre quase inteiro, para não dizer que cruzou. A rotina mata, melancolia agrava, fome carece, a humildade amansa. Cadinho não esmoreceu nem abdicou, foi desaprendendo de achar que sabia viver, pois carecia só atento e suficiência para lembrar da serra, Forquilha, Aiutinha, destinos desirmanados em sumidouros, cemitérios e naqueles rompantes ganhar para comer. Era o que cabia, desatar as misérias pequenas no suficiente de não desapetecer na míngua. Caiu, então, dia cismado, esgarçado do inusitado desafundou nisto numa manhã das normalidades igualadas de uma das estradas, uma qualquer indefinida, não se vendo qual, como lobisomem de sete carapaças e doze pernas de rodas, o barulho azucrinado de uma geringonça afundando os dentes das plainas nas canas verdes, engolindo o que dobrava e as entranhas limpavam, tais magias, as linhas. Do pé de cana devorado não restava rastro. Pasmos e arroubos, gentes paradas, facões suspensos, o azul acompanhava de longe as desavenças. A cana caía sumida sob o ronco, pelos sovados da desventura, enquanto a máquina arruinava um mutirão de eitos conjugados em poucas meias palavras e petulâncias.

    Intangível e sorrateira como a seca que não tinha verbo nem fronteira, chamado Cadinho às falas lhe avisaram que a usina, nas venturas das despesas encolherem, nos anseios das defesas ambientais, na ânsia de acabar com as queimadas, adquirira o equipamento para acelerar os cortes das canas e desempregar gentio. Coisa simples de desvalia e motivos. Contas se acertaram, muitos obrigados, boas viagens. Nos desarmados e desfeitas, sem meandros, discussão ou demérito, retornou o retirante aos estradados, matula acostada, desfeito de rezingas e desaforos, caroneando um caminhão lotado de açúcar, seguindo fronteiras do sul, na obrigação de ajudar o descarrego da mercadoria nos atropelos chegados. Prosas poucas, fins dos doces canaviais amargos, que não chegaram a desfazer as saudades da Forquilha, do sertão, das águas do Jurucuí. Atiçou da janela na boleia do caminhão recurvando as dúvidas, Cadinho, nem por juízo desaturdiu de botar tristeza e vista, desmedir os corredores dos canaviais sendo comidos pela fúria da colheitadeira faminta abdicando de cortador, descarecendo atear fogos nas palhadas e outras satisfações escancaradas nas motivações justificadas. Empoleirou na sina e não reverteu, pois já ajustara de não ter destino ou querença. O retirante de Oitão foi desatinando os olhados às memórias das várzeas do Urucumã, envesgou os atentos do engenho central para indiferenciar despedida do capataz, de quem desolhou a cisma, pois também perderia emprego, facão devolvido, estrada, silêncio. Para as tristezas e pernas magras da Sinhá Liába dos filhos carentes, que não teriam destino a terem, nem deu para dizer adeus ou esquecer as vistas. Desapeteceu das canas queimadas, solidões e nem sabia para os quais lados os vieses do caminhão escolhera para levá-lo, sem aviso ou desatino, mais ele atrelado à sua angústia. Restou aproveitar o barro para sertanejar os olhados sem cochilar até onde as águas do Urucumã enveredaram por outras andanças portentosas e desmerecidas de nomes sem clareza, por ser analfabeto de leitura nas placas, o viajante desempregado.

Correram três dias, duas noites, sem avarias ou entravos, apoucadas paradas de supetões e desditas, salvo um banheiro nos acolás e por desfeita um prato pronto de comida ruim nos meiados. Nos desavisos e manias, motorista tomando pinga e remédio de acordar, pervertin, antes de baterem nos abeirados de grandes sofreguidões, por capital tomada. Cortando ruas e trajetos, gente saltando nas fugas das rodas e demências, atentou Cadinho das vastidões e despautérios. Abismou, mas sentiu que iria desapeiçoar os restos da sua alma e corpo por ali mesmo, se deus não enfurnasse mais desfeitas. Desaforou calado para não ser ouvido pelo além. Desmediu enquanto descarregava o caminhão e despedia do desconhecido motorista, desnomeado de afinidades, prosas, razões, por falta de serventias e circunstâncias. Sozinho, com suas ignorâncias, atendeu outras desfeitas improcedentes desnecessárias, seguiu a teima mais desmerecida. Preferiu voltar às fantasias de seus Oitões e despachou rumo às escadas que arribavam dos trapiches do porto, beiradas da Baía de Acarampó. Desmensurou a aptidão das águas entrecortadas nas vistas perdidas por serras, curvas, recantos, casarios, despropósitos. Cismou que era todo o aluvião das aguadas vistas, belezas dos encantos, roubo procedido em artimanhas das secas do Jurucuí, do Perobinha e dos sertões, sugando as umidades subtraídas que não souberam voltar como deveriam ajuizar. Enveredou as tramoias das suas alucinações pelas imensidões de barcos, navios, tamanhos desmedidos, apitos, fragatas, o mar sumido se abastecendo de infinito, veleiros. Aves esvoaçando à cata das algazarras sobre as farturas das ondas aguadas espumando, repescando habilidosas seus trejeitados mergulhos, enviesados movimentos para enganarem as presas, engrandecendo as fantasias. Continuavam, contornavam as águas, até se perderem das vistas, as serras abruptas, brisas, prédios, coloridos, casarios, horizontes.

Optou rumo de andarilho solto e sertanejo sofrido para desvendar as tramas. Subiu para os lados da velha Matriz de São Apalício dos Perdões, onde o ruído tomava conta do azul. Nos complementos dos enfeites e das dádivas, a cidade se desencontrava em motivados alaridos, esparramava pelos meandros e subidas, se enfurnava pelas vielas, assoprava seus ventinhos miúdos, liberava alegres as prostitutas tristes para atenderem às corretivas fantasias. Nos embalos, deixavam os lajedos do pátio, às pombas ouvirem os silêncios, os postes urinarem nas sofreguidões dos cachorros, benzedores vendendo suas ervas e mentiras, barracas expedindo suas tramas, tapiocas, ilusões. Ainda pastores vendendo cotas de perdões e sucessos para se acordarem com o demônio nas suas falcatruas, arvoredos protegendo os pardais, pregadores surrando suas bíblias, gentes assistindo às loucuras nos seus trajetos, sinos avisando as horas. Mais nas calçadas padres, chafariz, carrilhão, batedor de carteira, jornaleiro, gigolôs, crentes, garapa, mundanas, casarios. Tudo recortado pelo azul que se disfarçava de infinito. Do outeiro descortinava a baía ainda mais despachada nas desigualdades em formas retorcidas de construções perdidas, para desencontrarem os horizontes onde as vistas não distinguiam o fim do céu embalado no começo do mar, mas assistiam aos dois se beijando no rebuliço do infinito para enfeitiçarem o imaginário perdido em multicores de casarios, meandrosos movimentos correndo entre prédios e demências. O tempo invadindo o verbo, a realidade deflorando as fantasias. Achou que estava enganando a si mesmo ou endoidando e por ser retirante desempregado, sem terra, quase pôr do sol, analfabeto reincidente, miserável, atenuou a paranoia, esparramou a melancolia onde intentava dormir e amoitou embaixo dos sinos esperando a solidão agasalhá-lo, carinhosa. Desmereceu proventos ensimesmados, desmotivou quietude, era só Cadinho, desilusão e incerteza.

O carrilhão cadenciou suave, como era de sua nostalgia, embalou seis badaladas, intuído dos atentos para o dia do senhor carecer findar no pôr do sol e simultâneo pela esquerda de quem visava o grená poente, arrojou à praça um molambo humanado, atrelado ao desespero. No apego afainado, arrastava seu carro de sucatas e descartados o catador de sobrados e sofrimentos. Resfolegava a penúria com os pés nus encardidos fincados nas pedras ásperas, enrugadas, calçamentos abrasando. O vento trazia notícia da baía e nem carecia dizer que não atendia preocupação de quem transitava em direções todas. Diferenciado, sem saber motivos e intentos, Cadinho apeteceu vistas solidárias acompanhando o homem atracado ao desespero para chegar aos destinos do pátio do Largo de São Apalício dos Perdões. Ladeira acima íngreme, angústia em carnes vivas, olhos pedindo clemência, o homem arrastava o carro dos badulaques no mitigo de passo atacanhado no sofrimento. Por ser de juízo e merecido, destravou preconceito Cadinho, arrepiou os recalques e se atirou nas rabeiras das rodas nas artimanhas de repartir a luta. O carro desatolou da servidão, desaprumou dos enroscados, atreveu. Achegados, Intávio Barnécio Alcas, o puxador do carro das sucatas, mais ajutório, cachorro, agonias, lutas, estirou a Cadinho garrafa de pinga entravada entre as desfeitas. Mimos das aderências. O sertanejo do socorro desatolou em sorriso, amainou na estima de harmonia, nem desmediu ou porfiou. Destinaram silêncios progressivos para os achegos. O cachorro Liau, parceiro de Intávio, lambeu manhoso a mão de Cadinho, afeto da salva dos espontâneos procedimentos, intimidades, se apegaram e só os tempos disseram depois a que vieram e foram.

    Desforras, desfeitas, imensidão, a cidade entrelaçava, cada hora afobava seus cidadãos, ruas tomadas em subidas, controvérsias enviesadas, ladeiras descidas, luta progressiva, sofreguidões, demências. Carros, angústias, ônibus, pressas, andantes, pedintes, velhos, penas, crianças. Cadenciadas indefinições. Os pés do Mosteiro de São Apalício passaram a ver por tempos corridos, sistemáticos e diários, repetições dos retornos das andanças e das urdiduras de Intávio e Cadinho, depois de rasgarem seus labirintos pelos arredores nos escambos das miudezas, lutas, sobras, desaforos rejeitos. Corre ano, vencem dias, prosas raras, fomes juntas, acertos das divisórias das migalhas das catações dos inúteis e desprezados. Irmanados se confundiam nas refeitas e sinas, retirante e sucateiro, unificados nas andanças, provendo cataduras nos escaninhos das arruelas, suores, vilas, sofrimentos, barracos, escolhas, destinos. Intávio abeirava idade de muitos anos vividos, escaldado no sofrimento das sobras, restolhos, quebrados, desprezados, para refazer um nada e, no miúdo das faltas, tentar matar as melancolias e as fomes. Se aparceiraram. Na desdita, compensadas cismas de retirante, sertanejo, analfabeto, cortador de cana, desempregado, órfão, Cadinho se atreveu nas aprendizagens de puxar um carro de sucateiro, entravar pelas ruas com os rejeitos, especular nas ausências do que faltava para sobreviver das insignificâncias. Se dividiam nas caladas tristezas, atrelados ao varal de carroça, Intávio arrastando menos pelos avanços dos anos, Cadinho mais, pela carência da ajuda da parceria, raça, afinados. Afeiçoaram-se nas manias suas de cada um. Assim, pois se fizeram em silêncios unos, mais terceirizados pelo cachorro Liau acomodado à fome e ao carinho, desquestionados motivos partilhados acataram-se nas conveniências maiores, nos desapegos menores. Humanadas posturas, tradições dos que não sabiam enfeitiçar nos cinismos, pois não tinham como aprender em sendo analfabetos. Desapequenaram das miudezas dos egoísmos e invejas, cativaram calados pelos tempos que se suportaram.

Acontecido, sem registros e saudades, marcou. Dia de sol e faina igualada, destino, tarde caindo em Frontão dos Alabastros, bairro das periferias nos fundos da Baía de Acarampó, vista perto até relativa à Praça da Matriz de São Apalício, subida de quebrar silêncio, pés enfurnados nas desavenças, encarquilhados fôlegos. Cadinho no varal e na ânsia do reboque da rabeira empinada, a carroça destravou as pegas, derrapou na ladeira abaixo, até abraçar o poste sobre a calçada invadida, pois o suporte de Itávio atrás não atendeu de espalmar as carências. Correram-se as turbas, azáfamas, Intávio tropeçara na idade e no peito dolorido, amordaçara a saga, sentiu o braço esquerdo amortecer, dor, grito, tombo, queda ao chão pelo raspado corpo. Arrastou a alma antes de desmerecer das carnes por dois metros até a calçada, mas desfaleceu. Atendimentos. Não houve tempo ou receita, Cadinho esvaziou as tralhas, abodegou os trazidos da faina na beirada da rua, jogou Intávio sobre o carro e seguiu desatino pedindo à gente assustada caminhos de hospital, pronto-socorro, milagre. O vento acalentou silvado pelas portas principais do sanatório, levado pelas complacências dos atendentes e o corpo de Intávio se perdeu pelos corredores sumidos dos aléns. Cadinho amoleceu na agonia, refez seus desdéns, desensarilhou a sorte e mais uma vez espreitou a sina vir se enfiando pelos seus desalentos para amaldiçoar o futuro.

Agoniou na sala de espera sabendo que iria ouvir novamente a solidão trazer notícias fins e tristezas. Rodou meia-noite no sino da matriz e a prontidão veio de branco na voz de uma enfermeira indiferente dizendo que haviam terminado a autópsia de Intávio Barnécio Alcas, que morrera de ataque cardíaco, em virtude adicionada pelo coração dilatado com doença de Chagas adquirida na infância. Cadinho voltou à memória das queimas do casebre em Oitão e não sentiu se consolar por ter acabado, nas despedidas, com os barbeiros, como ordens do pai. Finados fins, sem destinos, e por atavismo de desgraça a Intávio concederam a honra de ser embebido em formol de corpo inteiro. Virou prestimoso exemplar mumificado, depois de esgarçado no peito com as devidas ferramentas de abrir e estirar, ferros apropriados usados para ser exibido Intávio, desdentado, sem petulâncias, mas intitulado na plaqueta pregada ao polegar do pé para ser lido muito claro – *"indigente pelas conformidades – sala de aula de anatomia da faculdade – arrazoados da demonstração – despropósitos da doença de coração chagado adquirido nas desfortunas das catingas e cerrados dos fundões do país"*. A Cadinho coube aviso de condolências e, por não ter conhecido da família de Intávio presente, apor cruz de assinatura analfabeta nas anuências das outorgas dos restados do corpo para ser usado pelos estudantes. Foi como se despediu de Intávio e por direito à tristeza se fez herdeiro do carro das sucatas, do cachorro Liau e das amarguras.

CAPITULO XX

DOS MARES, DOS FINS, DOS ANSEIOS, DAS DEMÊNCIAS, DAS AGUADAS

Confirmadas foram nas linhas das boas emanações de obobolaum, que em tempos apaziguados pelos astros existiria uma cautela em cada brisa para renascer diariamente na várzea espraiada de onde o Tomuaiacá, rio das magias e contos vindos dos sertões, nascido com o nome de Jurucuí, recebia outros afagos de aguadas pelas matas e pelos mistérios, para desaguar na Baía de Acarampó. Assim, antes de brisa se preparar para subir à cidade alta, enrolava-se faceira nas areias, refrescava nas águas das vertentes das marés mansas, brincava despreocupada nas rodas faceiras das capoeiras, artimanhas coloridas das gingadas negaças, rabos de arraia, meias-luas, bênçãos, molengas desfeitas, cabeçadas, macacos, generosas pausas. Atiçava o berimbau, a brisa, em sustenidos e saudava as divindades nos respeitos aos imponderáveis. Vestida de silêncio e dogma, só então a brisa encravava pelas escadas do frontão rumo à matriz soberba, se persignava com a canhota, nos dias pares, e invertia nos azuis. Apesar das contrafeitas, por ser brisa em destino, como preferem as poesias, enfezava nas diligências, arrebanhava a imaginação para conferir se não faltava nada para a artimanha começar a enlouquecer, suavemente, como era carente aos povos e gentios bons. Nos conformes adequados, como rezavam os pescadores achegados cansados em suas jangadas embandeiradas, a madrugada só se desfazia depois destas querenças cismadas dos ventos e das brisas trazidos por eles dos aléns das quebradeiras das ondas, oferecendo as graças dos netunos e das iemanjás.

Nisto, as providências descarregadas nas praias acatavam derradeiras as ordenanças dos sinos mascateando suas delicadezas e encantos nas cismas de alongarem as tarefas pelo cotidiano. Por ser de prudência merecida, as estrelas foram se acomodando em apropriadas solidões depois de brincarem de pirilampos com as escuridões fartadas da noite exausta de bailados e movimentos nas abundâncias dos firmamentos. Entrecortadas se deram as rotinas como as manhãs se faziam sempre para repetirem as carências das igualdades. Dia comum só se daria se os feitiços desacomodassem de suas preguiças para jogarem destinos seus à cata das providências.

Liau desfez as agonias correndo atrás das latas da pastelaria no apetite das sobras e repetiu os bocados até saciar os encantos e preparar para os mandriados. A história de Cadinho umedeceu disfarces de ventos frios nos olhos cismados e experientes do Cigano Simião, esticando as vistas para ouvir a viola afinada de Croágio Borta. Os proventos se desfizeram em melancolias no calom antes de afivelar as calças, enrolar o lenço revolucionário sobre as altivezes e retornar pelas paredes da catedral, repetindo as euforias das lagartixas, invejando os santos postados e transvasou dois sonhos delicados para poder brincar de horizonte com as nuvens mais baixas. Senhoras e senhores entreolhavam as imundícies do retirante encastelado em sua sesmaria encarvoada, atiçada de retratos, bênçãos, cruzes, pombas, dores, cachorro, sucatas. A catedral refazia as badaladas remarcando os quartos, as meias e as inteiras horas, para os fiéis se aprontarem para as orações, mentiras, confissões, fingimentos, comunhões, invocando e provocando as deidades das devoções preferidas, na falta de outros cinismos. Tempos mimosos, sol já assumindo seus desafios e calores. Coisas miúdas de vendas nas ofertas e negócios se pautaram pela calçada, ervas curandeiras atravancadas nos lajeados, prostitutas a negociar michê, travestis empolgados. Ônibus, carros, pedestres circulando. Hernacinho do Capiteo, sobrinho do Jacob Razio, vereador eleito pela escola de samba e seu patrono, acatado banqueiro do jogo do bicho do Bairro Alto das Catambeiras, ativando as primeiras entregas de maconha através dos garotos carregando suas caixas de engraxates para disfarçarem as fomes e as tarefas. Ativos se postavam os silêncios ruidosos pelos alaridos das esquinas e travessas da praça, nas confirmações de que os desacertos caminhavam dentro das procedências e sinas. Estava confirmado ao dia permissão e extravagância para desentravar nos arredores da matriz, pois Acotinha Dourados, atendente consagrada do melhor bordel do centro, Pensão Nossa Senhora das Boas Dádivas, saíra para as compras e as manutenções das carências, alardeando sua sombrinha cor-de-rosa e levando de companhia, braços dados, tiracolo, Valinha Diliá, sua afilhada de achegos e exuberâncias, para aprender a regatear nas transações e miudezas, antes de se realçar nas nuances das permissivas conveniências de cafetina habilitada também. Deram-se os rompantes para referências do sol e da terça-feira fartarem incongruências.

O chafariz, como era de sua magnitude italiana, festividade, se empolgou sobre as pedras derredores, desafogou de suas bordas rebuscadas em rococós e barrocos adventos e desatrelou dos patíbulos os melhores anjos, querubins e serafins disponíveis, adereços dos seus afrescos. Exuberou. Estes, extasiados em angelicais euforias, abandonaram seus anseios e insinuações, nas formas e conteúdos calmos, como se procediam nos batismos dos jordões rios dos joões e batistas cristianizados nas noviças conversões dos povos bons dos jerusaléns, desnudaram carinhosamente Cadinho para provocá-lo nas imensidões das aguadas fartas. O chafariz empolgou e Cadinho enveredava cantorias e provérbios convidando o infinito gentio passante para se atarracar aos delírios. Os santos da matriz desgarraram de seus fiéis impertinentes e marcharam desanuviados de censuras e obrigações pelas calçadas afogadas em águas fartas e merecidas. Deus se empolgou e mandou chover tudo o que sabia. Esqueciam e desprezavam os beatos pelos bancos da igreja, atopetados de abismados incrédulos inconvenientes, suas flechas sangrando, trapos vestidos, bebês aos colos, cinismos, lágrimas inúteis, desaforos, milagres pedidos. Os sinos repicaram, gentalhas pararam agradecidas nos acompanhamentos das farturas das borrascas jorrando suas exuberâncias para molharem os casarios, gigolôs, prédios, advogados, amantes, arvoredos, traficantes, vendeiros, namorados, transeuntes. Os pássaros, embalados pelas pombas mais ousadas, ordenaram às nuvens continuarem chovendo como era de suas obrigações. O senhor, também prazeroso, desceu de suas altitudes e indiferenças para beijar os olhos de Cadinho chorando de alegria, agradecimento pelas aguadas fartas, que salvariam os apaixonados sertões sofridos. Nas calçadas repletas, pedestres invejavam o sucateiro nu convidando todos para as santas remissões das águas e desvalidações das secas. Voltou aos seus íntimos o sertanejo sofrido, chamou seus interiores, cismas, desfeitas. Desmanda carinhoso o sertanejo para Simião saltar das torres, onde bolinava as nuvens mais doces, para se afortunar nas nascentes do chafariz. Inhazinha aflora do retrato miúdo, esquece os limites dos encarvoados saltando por cima das divisas entre o imaginário e o real, se despindo de corpo e alma, como faceira se punha nas imensidões dos horizontes das capoeiras escalando os grotões da Forquilha sabendo lacrimar seu riacho, o Perobinha, que se pôs a correr jocoso nos cascalhos da matriz. E ela, mãe, a afundar, sem receios ou cismas, nos arpejos do chafariz. Sobre as calçadas, um tropel de aluviões e cascos desprega da Esquina dos Jornaleiros as artimanhas do Proeiro na imensidão das crinas soltas ao vento, trazendo Camiló, pai, envolto em seus trançados laços, cabrestos, relhos, rebenques para enfeitarem dadivosos, aos léus e afortunados, os sexos dos anjos e querubins agradecidos. Jupá arregaça um sorriso enorme puxando a cabrita Divina presa à bagageira do Cirió Oveiro encalacrada nas portas enormes da entrada da igreja, por onde os fiéis desapegavam seus pecados e oferendas antes de se molharem na chuva farta. Arreganha Jupá a boceta linda, enorme, carente, da cabra para obrigar Cadinho a extroverter um imenso sorriso azul e agradecer aos céus. Sete papagaios enfurnaram desobedientes pelos sinos dos carrilhões e repetiam sistemáticos os mantras de que as sanhas das solidões, das secas, reparações, mortes, findariam os tempos dos sofrimentos e seriam absolvidos todos pelas alegrias das demências. As irmãs Imati e Nema abdicaram de suas tristezas trazidas nas bruacas, irromperam nas euforias das farturas das inundações chuvadas e contemporizaram os delírios beijando o irmão desafeiçoado dos martírios.

Aiutinha deslumbrou sua nudez inteira abraçada ao sertanejo para serem arrastados em euforias sensuais pelos enfermeiros da ambulância acompanhados do guarda armado para levá-los ao Sanatório do Caiajuru, por ordem do delegado e a pedido da sociedade dos amigos da praça da matriz. Fiéis estereotipados, agadanhando suas incongruências, crucifixos e missais, encabeçados por Monsenhor Rocio e o namorado Necauzinho Donca, nas remissões dos pecados, aplaudiram as imputações impostas ao sucateiro sertanejo despregado na sua exuberância, alegria, sorriso e nudez. Na outra margem do chafariz, entremeados pelas compensações, protestos e desforras, aumentavam os gritos dos gentios sofridos e afeiçoados ao retirante, demais endiabrados das vidas, traficantes, gigolôs, jornaleiro comunista, cigano, prostitutas, cafetina, cantador cego, pedindo todos liberdade aos sonhos, aos delírios e igualdade de gênero, raça, amor e loucura. Ouvia-se no burburinho dos aléns as enfezadas cismas dos reclamantes pelas atitudes e tratos desapiedados ao mendigo sucateiro, inalterado no sorriso largo das alucinações cativantes e afetivas, condizentes nas dissonâncias e altercações dos envolvidos. O alto-falante do Bispo Azaias Revanto, fundador da Unidade Universal da Confraternização Redentora, repicava que aquela alma atazanada fora abocanhada pelo demônio dos infernos nos tormentos do pecador ali alvoroçado na praça, pela inadimplência dos dízimos devidos ao senhor e para os quais as suas mãos piedosas estavam autorizadas a recebê-los na sua sagrada igreja localizada em frente do chafariz. As exibições de encarnações e exorcismos do verborrágico e empolgado bispo se realizavam ali onde fora o antigo Cine Teatro Alcobaça, no passado, o melhor teatro de rebolado do Velter Pachado. Bispo Revanto ciciava com deus e o demônio, seus parceiros nas estripulias mágicas salvacentistas e espetaculosas de encarnações e desencarnações, qual a melhor tramoia a ser aplicada àquela hora oportuna para abismarem mais os desinformados e crédulos a serem convertidos em contribuintes.

Repetindo cadências e mesmados, as buzinas que acompanharam Cadinho chegando à praça retornaram suas alegorias protestando das insanidades liberadas pelos deuses e as águas afogando o largo da matriz atribulavam os passantes desesperados. A cidade enlouqueceu na enchente, tráfego parado, desespero. O sociólogo, por dever de ofício e prática, enfeitiçado pelo racionalismo analítico dialético do partidão, subiu pelos infinitos da escadaria da matriz e pregou as raízes das artimanhas ali contempladas, na criação dos abandonos nas zonas rurais em sertões dos Oitões dos Brocados, por culpa dos latifúndios, dos liberais e das elites conservadoras impedindo as agrárias reformas. No aconchego da solidão, deus desanimou das minúcias dos homens, saturou-se das estropelias dos racionais, desabençoou a teoria da libertação, passou a demonizar a pedofilia sistemática em mosteiros religiosos e para encerrar, desanimado dos seus representantes, mandou cerrar as portas da matriz para ouvir o silêncio e a oitava sinfonia. Indiferente das individualidades e das sanhas, as vidas e insânias caminharam como apeteciam aos senhores de boas vontades ou não. Depois de um dia cheio de alegrias e sandices, a tarde começou a se confirmar nos repiques do carrilhão.

 Cadinho seguiu sorrindo triunfante em seus delírios afetivos. Aiutinha carinhosa, abraçada aos sonhos não o largava afetuosa. Desafrontando entrada pelo portão enorme do Caiajuru, os enfermeiros levaram o sucateiro embalado e foi recebido nu pelo médico de plantão estupefato. Ali, no portal majestoso, recordou do único beijo carinhoso da vida toda, do pai afetuoso, quando deixou o cemitério de Oitão dos Brocados, escutando o coleirinha conversando com Camiló e enaltecendo sobre as importâncias dos cantos dos pássaros para definirem as imprevisões e os sofrimentos a virem. O pai lhe ciciara ao pé do ouvido, enquanto lhe acarinhava, que as coisas iriam piorar muito com os anos corridos, pois os cantos das seriemas nas capoeiras da serra haviam mudado os diapasões, as formigas inverteram as trilhas com as secas, as sete luas de obobolaum desalinharam de seus cardeais destinos e tudo isto se confirmou ao ultrapassar os portões. O sanatório era uma imensidão de repetições de espelhos, retornando ao sonho premonitório quando Jupá abandonou Oitão, todos refletindo as almas dos Cadinhos que foram se acomodando pelas paredes e corredores, se perdendo, misturadas às outras gentes ali internadas. Espelhos que refletiam somente as solidões, as almas e não os corpos. Atrás de Cadinho, abraçado carinhoso à Aiutinha e tolhido pelos enfermeiros seguia a festa: Inhazinha-Camiló, Imati-Nema, Jupá-Divina, Proeiro-curió-papagaio-morcego-coruja, todos encontrando suas acomodações na euforia do retirante. Simião retornou às suas sagas, endiabrou nas cismas e perguntou ao criador se seria carente endoidar os abandonados dos sertões ou as vidas eram premeditadas nos nascedouros para deixá-los sofrer e só depois reconfortá-los nas demências ou como ficaria o livre-arbítrio? Ouviu-se uma revoada de silêncio encarniçada de deus espantando as pombas que se pretendiam espíritos santos e desamoitou o cigano do regaço suas dúvidas, pois o senhor não estava para minúcias e atentava mais em ouvir a oitava sinfonia. O tempo seguiu sem as repostas do criador, pois nem deus, muito menos o tempo sabiam parar suas cismas.

Messiânico médium espírita, diretor do hospício, médico dos cosmos e perfeições, enlevado nos astros e infinitos, concluíra em análises espíritas irrefutáveis sobre as sinas de Cadinho, que seria ele o perfil acabado das reencarnações provisórias, dilaceradas, carentes de reformas profundas da alma atazanada. Vinha tresandando imperfeições e imperícias conflitivas existenciais em várias vidas. Determinou aos alunos plasmados nos conhecimentos profundos do espírita professor, que anotassem meticulosos, nos seus apontamentos sobre as crônicas existências do paciente tresloucado, Cadinho, em letras vermelhas instigantes, para os realces das previsões a se confirmarem nos anos eufóricos, alegres, petulantes, nos próximos dois milênios em que as reencarnações sucederiam.

O sol se pôs. Soaram atabaques e ganzás, motivando a revoada de pombas brancas assumindo os céus sobre os telhados protetores das insanidades dos internos do sanatório, recebendo Cadinho despido, amordaçado em sua camisa de força, sorrindo toda a sua imensa exuberância, abraçado à Aiutinha. As alegorias dos delírios entrelaçadas ao sertanejo se enfeitiçavam pelas paredes, cômodos e arvoredos do hospício como se fossem ratazanas amestradas, libélulas enlouquecidas e flores beijadas pelos colibris. Aiutinha, agarrada à nudez exuberante do retirante, continuou sorridente. Inhazinha acarinhando seus cabelos soltos desgrenhados, sujos. Jupá oferecendo a boceta amena da cabrita Divina para desfazer as ânsias. Camiló esporeando Proeiro para passarinhar petulante nos calçamentos molhados. Ao violino embalava afetuoso Simião para acarinhar os ouvidos atentos do cão, pássaros, dos desejos e sonhos. Delicadas sutilezas iluminavam os olhares assombrados do menino Cadinho, voltado nos tempos das andanças atrás das passarinhadas nas matas da Forquilha, perdido na imensidão dos seus devaneios, desejos, esperanças. Os enfermeiros, aferrados aos controles das insubordinações e gargalhadas eufóricas do sucateiro, apaziguado em seus infinitos, apertavam ainda mais seus braços imóveis na camisa de força com a alegria delirante.

Sob as bênçãos e proteções dos astros, o médium científico, ante as preces do seu espírito alemão, Fridhert Hynedetius, desencarnado em ano par profético, regular, para atender às clemências nos momentos das conjugações dos zodíacos, se empolgou na salvação da alma do sertanejo. Sob as luzes da verdade absoluta, altercou o médico pedindo carinho e atenção aos enfermeiros tenteando como lhes aprouvera acanhar as manobras das tentativas de fugas e alegrias de Cadinho, afeito às limitações que o seguravam. Sob os estigmas dos aléns, embalou conchavos e adereços, o orador mediúnico convicto, para que os espíritos tranquilizassem o corpo daquela alma desacorçoada na impunidade do pecado e devassidão, pois teria muitas vidas a enfrentar, tendo então desperdiçado encarnações seguidas em esbanjar fortunas, luxúrias e libertinagens, inclusive como nesta última, antes de se preparar para regenerar e merecer voltar aos reinos dos céus e do senhor.

Cadinho ouviu atento as afirmações, nem desacreditou nem desmereceu. Olhos no além da alegria dos delírios. Em sintonia com o destino, repicou tempestivo, unicamente, como lembrou e cabia, que esquecera Pecó na Forquilha, o coitado procurando a solidão serra acima. Ficara desacorçoado, perdido, o cachorro, por muito cego de velhice e rumo exatamente no entremeio do cambará maior debruçado sobre a tristeza, pegado ao canto do curió, entonando seus lamentos bonitos à procura da companheira e ao lado da brisa azul debruçada sobre os sonhos para se fazer crepúsculo. Pobre cachorro. Chamou o sertanejo, retirante, catador, um pedaço afetuoso de além que tresandava solto pelas brisas do sanatório, descuidado como os aléns todos seguem seus anseios, e propôs retornarem à Forquilha para ajudarem o coitado do cachorro tão cego como...

Cadinho agoniou na falta de proveitos, pois reverteu os pensamentos como se fosse menino quando queria chorar ao atentar que era tão analfabeto a ponto de não saber comparar a cegueira do cachorro com...

* * *

    Perguntei a Amandácio do Catadeu de onde ele destramara os repentes das sagas de Cadinho, mas a burrada xucra no exato refugou o vau do rio desmerecendo água pelas rebordas. Nas carências, espatifou ele para os desconhecidos nortes para atentar a cisma feia das refregas, que o sertão sempre improvisava para quem viajava nas tropelias de muladeiro. Para se fazer prudente, apeteceu necessárias corretas posturas sobre o cotiâno da mula alazã que preferia nas suas simpatias e tresandou para o infinito naquele momento das urgências. Não mais deu notícia, pois atropelara pelas canhotas atrás dos castigos da tropa que intentava sumir nas carreiras nos sentidos que a sorte mandou corretivas para os lados da nostalgia ao afundar pelas refregas e pelos **Ensaios à Solidão.**

* * *

Esta obra foi composta em Cambria
pela Editora Labrador em novembro
de 2018.

* * *